米西亚

著

重启时光
的女孩 上

百花洲文艺出版社
BAIHUAZHOU LITERATURE AND ART PRESS

图书在版编目（CIP）数据

重启时光的女孩 . 上 / 米西亚著 . — 南昌 : 百花
洲文艺出版社 , 2018.1
ISBN 978-7-5500-2483-0

Ⅰ . ①重… Ⅱ . ①米… Ⅲ . ①长篇小说－中国－当代
Ⅳ . ① I247.5

中国版本图书馆 CIP 数据核字（2017）第 256979 号

出 版 者 百花洲文艺出版社
社 址 江西省南昌市红谷滩世贸路 898 号博能中心 A 座 20 楼 邮编：330038
电 话 0791-86895108（发行热线） 0791-86894790（编辑热线）
网 址 http://www.bhzwy.com
E - mail bhzwy0791@163.com

书 名 重启时光的女孩 上
作 者 米西亚
出 版 人 姚雪雪
出 品 人 连 慧
责任编辑 胡艳辉
策划编辑 李 艳
封面设计 仙 境
经 销 全国新华书店
印 刷 北京时捷印刷有限公司
开 本 880mm×1230mm 1/32
印 张 10
字 数 180 千字
版 次 2018 年 1 月第 1 版
印 次 2018 年 1 月第 1 次印刷
书 号 ISBN 978-7-5500-2483-0
定 价 39.00 元

赣版权登字：05-2017-426

都说人心难测，
但对陆加尔来说人心都是透明的，
因为她能听见任何人的心声。

目录

第一章　心理学界的奇才

B大的阶梯教室里，一堂心理学的课程正在进行。

"行为心理学，也可以说是一种读心术。我们可以通过动作、体态、服饰、目光，清楚地知道站在我们面前的人的行为习惯以及内心真实想法……"

这个声音来自讲台上身材玲珑有致、面容清秀的年轻女教授陆加尔的口中。

"动作，我就以轻触鼻子为例。当一个人用手摸鼻子，次数少或只是轻触，属于正常现象，次数频繁，那就表示他在撒谎。最著名的案例，美国前任总统克林顿在绯闻事件之后接受法院审问中，触摸鼻子的次数近26次。也就是说他试图用谎话来掩盖事实，然而肢体上却习惯性地轻触自己的鼻子。再例如一个人要撒谎的时候，就会不由自主地眨眼……"

这时台下一男学生举手，陆加尔示意一下："请说。"

男学生一本正经地说道："陆教授，你刚才说摸鼻子，要是这人刚好感冒或者是鼻窦炎患者呢？"

这话惹得在座的学生都笑了起来。

陆加尔看了下男学生："就算有特殊病因，依旧可以通过一个人的表情以及反应去解读其内心。"

"陆教授，那您现在是否可以通过我的言谈以及表情，知道此刻我内心的想法？"男学生看着陆加尔，饶有兴致地继续提问。

对于好学的学生，陆加尔一律表示欢迎。她看了下男学生，个头高大，外形阳光，那双还算清澈的眼睛正与她对视。

陆加尔的目光在他的脸上停留几秒，随后道："你此刻内心的真实想法是，台上的陆教授漂亮又有学识，我以后找的女朋友一定以她为标准！"

此话一出，阶梯教室顿时响起一阵笑声，不愧是陆加尔教授，教学方式不拘一格。

"开个小玩笑！不过你刚才听到我这句话后，眉毛微微上扬，两眼睁大，嘴巴微张，脸上还露出一抹红晕，这些反应说明你很惊讶并且害羞，也印证我的话是对的！"陆加尔继续道。

男学生咬了下唇，喉结滚动，随后鼓起勇气冲着台上的陆加尔喊道："陆教授，我喜欢你！"

面对在课堂上公然对她示爱的男学生，站在讲台上的陆加尔内心没有一丝波澜，她嘴角微微上扬，柔和的声音透过讲台上的话筒传到教室的每一个角落："谢谢你喜欢我的课！"

"我不仅喜欢你的课，还喜欢你本人！"男学生纠正道。

陆加尔不紧不慢地回道："喜欢我本人？说明你很有眼光，其实不瞒大家，我也挺喜欢你……们！"

大家被陆加尔的幽默逗乐，阶梯教室再次笑声成片。

陆加尔淡淡一笑："谢谢这位同学让我们这堂课变得如此生动，请坐！"

男生面露失落，坐了下来。台上陆加尔都看在眼里，其实她已经够委婉地拒绝了他。

时间一晃便到了下课，陆加尔一边合上讲义，一边道："同学们，这节课就到这儿，下周见！"

"陆教授，下周见！"台下的同学齐声道。

陆加尔拿着教案离开了阶梯教室，好几个同学都追上去跟她讨教问题。

三十分钟后，一手拎包一手拿着教案的陆加尔来到停车场，正要走近她的白色卡宴，却见到一位男士从旁边一辆豪华有型的迈巴赫上走了下来。

他身材颀长，外貌俊朗，穿着黑色T恤，浅蓝牛仔裤裤脚折起，休闲不失时尚。夕阳刚好斜照在他的身上，整个人被附上一层绚丽的光晕。

陆加尔眼睛轻闪一下，与那男士对望，随后脸上露出一抹不可思议的表情。

男士向她走来，主动对她伸手："你好，我是BUA的靳向东！"

靳向东！陆加尔立马启用大脑搜索这个名字，很快得到相关的记忆。

靳向东，IT界传闻的天才，传说中的丑男！BUA科技的创始人，公司主打项目AI（人工智能Artificial-Intelligence）的总工程师。网上关于他的资料少之又少，但关于他的传说却多之又多。

陆加尔再次打量他，深感传闻不靠谱。都说上帝是公平的，给了你长相，就不会给你智商；给了你智商，就不会给你长相。对于眼前这个男人而言，上帝无疑是偏心的。

平时极少露面的他会出现在这里，应该是与她前段时间回绝BUA科技担任AI心理学工程师的邀请有关。不过当下这些都不是重点，此刻的重点是她的脑海闪过一句话：如果一见钟情是传说的话，那么在这一秒，传说变成了现实。

陆加尔伸手与他握手，随即脱口而出："靳先生，我可以追你吗？"

话落，陆加尔意识到自己唐突了，可是说出去的话就像泼出去的水，覆水难收。

一向喜愠不形于色的靳向东，听到这句话，眼眸闪过一抹异样的幽光，然后很快就恢复如常。他细细审视着陆加尔的脸，不知她是认真的，还是说笑的。

陆加尔迎着他的目光，眼底有惊奇，有探寻，也有一丝期待。她真的好久没有对一个人这么感兴趣，而且还是一个男人。

尽管对陆加尔个人档案一清二楚，但有的事相处之后才能了解。

于是，靳向东沉思几秒："我很难追的！"

"难追？我可以理解为，还是有可能被追到手的意思吗？"陆加尔解读道。

靳向东看她："难追系数不一般！"

"难追才有挑战！"陆加尔道。

靳向东友情提示："人生在世，时间宝贵，不宜浪费。"

他的声音偏冷，却带着一丝低沉，传入陆加尔的耳朵，让她顿时有一种听古典音乐般的享受，对他的兴趣猛然倍增。

不仅因为他是靳向东，也不仅因为他长得帅，最最重要的是她完全读不出他的心声！就算采用所学的行为心理学知识，也无法猜透他此刻的想法。

所以短短几分钟，陆加尔得出了结论：他太特别了。这勾起她想去探究一番的强烈欲望。不过初次见面，如此直白的对话，万一把人直接吓跑，就无法进一步探寻他的"特别"了。

陆加尔脸上露出笑容："时间确实宝贵不宜浪费，靳总，刚才冒昧了。一直听说你的传闻，初次见面，实在好奇像你这样的天才面对唐突的言语第一反应会是什么样子。"

靳向东看着陆加尔脸上的笑容："这算是心理测试吗？"

陆加尔没有正面回答，而是冲着他笑了笑。

但靳向东却接着说："可我当真了！"

闻言，陆加尔睫毛微闪，感觉自己被反将一军，尴尬地笑问："我说对你一见钟情，你当真了？"

靳向东点头："是的！"

陆加尔不禁失笑，随后大胆地接话："若是真的，你的答案会变吗？"

靳向东看她："陆教授，希望我改变答案吗？"

被反问的陆加尔有种被人调戏的感觉，脸上不自觉地浮上属于女孩子特有的羞涩，不由得连忙转移话题："正式自我介绍一下：陆加尔，B大心理学特聘教授。"

"BUA科技AI项目的负责人，靳向东。你也可以叫我Ace。"

半小时后，两人分别驱车来到一家日料店。

推门而入，店内播放的是手嶌葵的《别了夏天》，歌曲舒缓而温馨。

室内的凉意，将进来的每一个客人身上的暑气驱散。

进入包厢，两人面对面坐着，靳向东让陆加尔点餐。

"日式生牛肉，招牌芝士卷，后切三文鱼……"陆加尔熟练地点菜。

随后，陆加尔将菜单递给靳向东，开口道："靳总，你也点几道。"

靳向东道："你点吧，还有叫我Ace就行！"

陆加尔又点了两道，合上菜单，目光看向对面的靳向东："Ace！高贵的！一流的！人如其名！"

"这个名字是我父亲给我取的！"靳向东解释。

"你的父亲非常有远见！"陆加尔夸道。

"我会将你的话转达给家父！"靳向东道。

陆加尔淡淡一笑，随后靳向东便进入正题："陆教授，我们公司的邀请，是不是在哪方面没有达到你的要求？"

"不是，是我无法胜任！"陆加尔道。

"陆教授，你过谦了！"靳向东道。

靳向东所言不假，陆加尔是过谦了。别看她才芳龄二十五，却是B大最年轻的特聘教授。她在行为心理学领域，不仅在国内享有一席之地，在国外也声名远扬。用她的研究生导师韩教授的话来说，她是心理学界的奇才。

可是陆加尔心里清楚，她根本不是什么奇才，而是异于常人。

起初，陆加尔怀疑自己是外星人，可是大脑没有一丝有关外星人的记忆。也曾怀疑自己是精神分裂患者，可是检查后一切正常。最后，陆加尔只能慢慢接受自己的"天赋异禀"。

而选择心理学，就是最好的掩饰方式，还能将这个"天赋异禀"发挥得淋漓尽致，去帮助一些需要帮助的人。

"不是过谦，是真的无法胜任！"陆加尔再次表明自己的立场。

靳向东听后，目光落在陆加尔的脸上，凝视几秒开口道："陆教授排斥AI？"

被靳向东猜中内心真实的想法，陆加尔觉得有趣，一般都是她知道别人的想法。

"是的！"陆加尔没有否认。

"能问具体原因吗？"靳向东询问。

"AI的发展，确实是科技的一大进步，不过不代表它没有潜在的危险！"陆加尔道。

"陆教授过虑了，AI终究只是工具！"靳向东表明道。

"或许是我过虑了，不过现在的计算机已经比人类聪明，后续会如何，似乎有一定的预见性！"陆加尔道。

靳向东笑："我能理解陆教授你所持的观点，在不断拓宽AI的边界时，确实会让人类产生一定恐慌，大家担心AI的完全开放会导致人类的灭绝，甚至还有人说将来极有可能出现人机合体，人类变成AI。"

"这些猜想或许很快就会变成现实！"陆加尔道。

靳向东没有反驳，继续道："AI是取代不了人类的，它的存在及价值是由人类决定的。我们公司目前开发的AI，已经在很多领域为人类及社会服务了。言而总之，我们公司是不会违反自然规律去开发AI的！"

陆加尔知道BUA科技旗下的人工智能，不仅广泛应用于军事、医疗、金融等领域，还成为许多家庭的生活助手，确实给人类的发展带来很多便利。但AI的普遍运用也使得人类越发四体不勤。

这次靳向东亲自出马，已经将诚意最大化，陆加尔轻轻地拨了一下头发，随后看着靳向东问道："心理学领域知名的教授有很多，为什么你们公司这么执着于邀请我加入你们AI心理学工程师的团队呢？"

"专业！"靳向东回复两字。

被认可自然是令人开心的事，陆加尔失笑："被你如此夸奖，这绝对可以让我跟别人吹一辈子牛！"

靳向东淡笑，随后语气郑重道："总之，陆教授是我力争之人！"

话已至此，也算是诚意满满，不过陆加尔还是有所犹豫："我倍感荣幸，不过容我再考虑一下！"

"好，希望能尽快收到陆教授的佳音！"靳向东诚恳地说道。

两人刚结束谈话，新鲜可口的料理也呈上餐桌。

"女士先生晚上好，这道日式生牛肉，采用的是上等的牛柳，将其烤到四成熟，入冰柜冷藏一夜，切片后放在洋葱打底的料理盘上，入口即化，清甜爽口。"服务员呈上料理后，特意讲解了一番。

但是服务员话刚落，陆加尔便开口道："这牛柳真是上等的吗？"

服务员顿了一下，随后点头："是的！"

陆加尔淡淡地看着她，随后对靳向东道："靳总，请！"

服务员见此，顿时起身离开。

靳向东拿起筷子，漫不经心地夹了一块，但没有吃，似乎在等陆加尔解释刚才的情况。

陆加尔果然主动解释："上次来这家就餐，主厨以次充好，所以多问一句。"

"陆教授还是一个美食家。"靳向东道。

"美食家这顶帽子我可戴不了，顶多算个吃货。"陆加尔笑道。

靳向东接话："那你是怎么识破的？不，我不应该问这么愚蠢的问题。"

陆加尔轻笑，随后幽幽道："所以现在流行一句话，千万不要与律师、警察、心理医生这三种职业的人谈情说爱、谈婚论嫁！"

"陆教授言重了，下午不是有位男士跟你表白吗？亲眼见证了你的魅力。"靳向东将牛肉蘸了蘸酱料，漫不经心道。

闻言，陆加尔眼底闪过一抹意外："你下午听了我的课。"

靳向东点头。当时他坐在最后面，亲眼目睹陆加尔站在台上的风姿，授课的专业以及面对学生告白时的幽默。

陆加尔虽然对自己的授课非常自信，但是课堂上学生表白一事，似乎还是有点不妥的。

"靳总，不带这么揶揄人的！"

靳向东嘴角轻扯："Ace！我更喜欢别人称呼我这个名字！"

面对如此平易近人的科技公司创始人，陆加尔也只好恭敬不如从命："Ace，下次你再来听课，记得跟我这个教授报备一下。"

靳向东很配合："好。"

陆加尔莞尔，随后转移话题："尝尝生鱼片。"

靳向东看了下她，拿起筷子。

餐厅的背景音乐已经换成了手嶌葵的《LA VIE EN ROSE》。轻柔的音乐入耳，美味的料理入口，这是陆加尔最为惬意、最为享受的一次晚餐，看不透对方内心所想，让她变成了正常人。

两个小时后，两人走出料理店。

陆加尔正要和靳向东道别，无意间看到十五米外的街道上聚集了一群人。陆加尔定了下神，随后眉头不由微微皱起。

靳向东注意到这个细节，开口道："陆教授，哪不舒服吗？"

陆加尔连忙摇头："没有，今晚很愉快，谢谢你的晚餐！"

"我也很愉快，静候陆教授的佳音！"靳向东道。

陆加尔点头，随后朝自己的卡宴走去，准备伸手打开车门，可是最终还是忽略不了那女孩的求救声。她转过身，快步朝对街走去。

对面街上，围着一群人。人群中间，一个男人用力地拽着一个柔弱的女孩："臭娘们儿，跟我回家，别在这儿丢人现眼！"

"我不认识你，放开我，大家救我！我真的不认识他！"女孩哭喊着跟人求救。

"臭娘们儿，吵个架就说不认识老子，回去看我怎么收拾你！"男人口气凶狠，大手拖拽着身旁的女孩。

旁边围观的人群中没人上前拉架，有几个劝说：别动气，夫妻有话好好说。

赶过去的陆加尔拨开人群，目睹现场后，冲着那男人道："放开她！"

所有人的目光瞬间朝陆加尔的身上集中。

"你是哪根葱啊，我们两口子吵架关你什么事！哪凉快哪待着去！"男人对着突然冒出来的陆加尔吼道。

陆加尔面色平静，定定地看着那男人，开口道："她根本不认识你！"

被男人拽着的女孩，听到这句话，梨花带雨地连连点头："对，我根本不认识他！他突然走到我面前，无缘无故就要拽我走！"

"我不认识你？要不要看看身份证，你叫刘英红，今年24岁，江西赣州人。要不要我把你爸妈的名字也报一遍！"男子振振有词道。

听到这些话，陆加尔却面无表情道："就算你知道她的名字，知道她是哪里人，她也根本不认识你！"

男子听后，表情变得狰狞，目露凶光："你这个娘们儿是不是欠揍啊！别人夫妻吵架关你屁事！"

陆加尔对他的谩骂不予理睬，厉声道："放开她！"

男子恶狠狠地瞪着陆加尔，脸上的怒气不言而喻。不过他也不理会陆加尔的话，直接拖着身旁的女孩就要离开。

陆加尔走过去，抓着他的手："我说放开她！"

"你这个多管闲事的臭娘们儿！"

男子动怒了，挥手想给陆加尔一个巴掌。不过手臂挥到半空，就被一双有力的大手抓住了。

心有余悸的陆加尔微微侧过脸，看见身材颀长的靳向东稳稳地站在她的身旁。此刻的他就像一棵巍峨的大树，及时地替她挡住了暴风雨。

"没听见这位女士说的话吗？放开她！"靳向东偏冷的声音中带着命令的口吻。

面露凶光的男子想挣脱，可是手却被靳向东牢牢地抓住，拉扯之间力道也跟着加重，男子不由皱眉嚷道："我跟她真的是夫妻！"

陆加尔直接反驳："你撒谎！"

男子眼睛猛眨几下，横着道："我怎么撒谎？要我回家拿结婚证给你们看吗？"

"不需要，而且你也根本没有！"陆加尔冷冷道。

男子的眼神忽变，随后横了陆加尔一眼："谁说我没有？谁说我没有！你们这些多管闲事的人！"

陆加尔毫无惧色："先放开她！"

男子不愿意放手，这时靳向东的手不禁加大力度。

"我放，我放！"最终，男子只能乖乖地放开那女孩，靳向东这才缓缓松手。

女孩被放开后，条件反射地躲到陆加尔的身后，因为害怕，身体瑟瑟发抖。男子瞥了陆加尔一眼，准备溜走。

陆加尔却道："先别走，跟我们去趟公安局。"

男子闻言，直接往右边窜，想逃走。可是刚跨两步，就被围观的人挡住去路。男子被两个高壮点的男人给制住，旁边围观的人纷纷议论着，还以为是两口子吵架，原来是歹徒强行劫持女孩啊！于是，纷纷拿着手机，拍照的拍照，录像的录像，当然还有人打电话报案。

总算杜绝了一桩悲剧的发生，陆加尔转过身，看了下那瑟瑟发抖的女孩，伸手轻轻地拍了拍她的后背，轻声道："没事了。"

可是没想到事情在下一秒发生反转，被制住的男子挣脱了束缚，直奔陆加尔他们。靳向东想阻止，已经来不及了，因为男子的手中突然多了一把锋利的尖刀，朝他刺来。

场面瞬间变得混乱不堪，围观的群众害怕受伤连忙闪开，靳向东虽然躲过了刺刀，却眼睁睁地看着陆加尔被那男子劫持。

男子面露凶狠，快速地钳住陆加尔的脖子："让开！都给我让开！"

靳向东没想到事情会变成这样，眼底尽是担心的神色，论格斗技能他绝对不逊色，但是此刻陆加尔被挟持，他怕出意外，不敢妄动。

围观的人群立马给让路，男子一边挥动着手中那把锋利的尖刀，一边凶恶道："让开，快让开！"

靳向东紧跟在后面："别乱来！"

眼底闪过一丝惊恐的陆加尔看向靳向东，她看到他眼中的担心，手不由紧攥成拳，让自己恢复镇定。

男子意图将陆加尔拖往路边的一辆黑车，这时警察也赶到了，团团将男子围住，但没人敢妄动。

男子贴着车，正想打开车门把陆加尔塞进去，可是就在这时脸上的表情却突然黯淡下来，随之挟持陆加尔的手也跟着松开，另外一只手拿着的刀也跟着掉落在地。

这一场景，直接让围着的警察和一旁的群众都看傻了。警察快步上前，直接将男子制住，将他整个人按在车玻璃上。

靳向东箭步过去："陆教授，你还好吧？"

刚才被掐着脖子的陆加尔猛地咳嗽几声，对着靳向东摆手："没事！我没事！"

几分钟后，警察将男子带走，刚才差点被掳走的女孩被叫去录口供。刚刚被挟持的陆加尔也成为被害人，一起去了公安局。

"我刚下班……走到巷子的路口，这个男人……不知道从哪窜出来……拉着我的手将我往车上拖去，我开始挣扎……呼救……没人理我！幸好这位好心的女士站出来救我……"刚才差点被掳走的女孩情绪还没彻底平复，说话断断续续。

录完那女孩的口供，便轮到陆加尔。警察的目光落在陆加尔的脸上，陆加尔开口："陆加尔，B大心理学教授。"

话音刚落，警察便立马站起来："原来是陆教授，我就说怎么这么眼熟！我是你的学生，也是你的超级粉丝！"

面对"粉丝"，陆加尔很淡定："要详说过程吗？"

"嗯！"警察客气地点头。

陆加尔将如何救了女孩的过程讲了一遍，警察听后还是心存疑惑。

"歹徒为什么突然停手，放下手中的刀，陆教授当时跟他说了什么？"警察询问。

警察就是警察，不放过案件的每一个细节。

听到这个问题，陆加尔眸光轻闪了一下，这是个秘密，不能告诉别人。但他们审问歹徒之后也会知道她说了什么。

陆加尔如实说出答案："我告诉他，劫持我的后果就是坐牢，让他家里的妈妈独自一人生活。"

警察听到答案眼底闪着光："陆教授，你怎么知道他家里就只剩下他妈妈一人？"

　　在一旁的靳向东听到这个问题，也不由将目光落在她的身上。

　　陆加尔故意混淆概念道："心理战术。一个男人再坏，对自己母亲也都存着一份孝心。"

　　警察没有质疑，不过很是佩服陆加尔当时的冷静："陆教授不愧是心理学专家！"

　　陆加尔淡淡一笑，内心也稍稍松了一口气，因为眼前的警察已经相信了她的话。

　　她不可能告诉警察真实的过程，歹徒见自己被警察包围时，内心对他的母亲产生了歉意，所以她才说了那句话。

　　"如果陆教授有时间的话，多来给我们上课，让我们好好学习学习！"警察客气道。

　　"下次市警局再组织心理学培训，邀请我的话，一定来！"陆加尔道。

　　"非常期待陆教授再次给我们上课！"警察道。

　　陆加尔淡淡一笑："谢谢！"

　　"那个……"警察犹豫了一下。陆加尔看着警察，警察挠了下头，不好意思道："陆教授你能帮我签个名吗？"

　　"可以！"陆加尔没有拒绝。

　　警察连忙将手中的笔和本子递过去。

　　陆加尔指着本子："换一本比较好。"

　　警察意识到自己拿录口供的本子给陆加尔，顿时有些窘，连忙从办公桌右角翻出另外一本笔记本。

　　陆加尔拿着笔龙飞凤舞地签下自己的名字。

　　两人从公安局出来，靳向东看了下身旁的陆加尔，随后道："刚才太危险了！"

　　"嗯！"陆加尔点头，"刚才确实很危险。"

　　"你经常这么冒险吗？"靳向东问。

　　陆加尔淡笑："偶尔。"

"就算是偶尔，也验证了我的眼光是没错的。"靳向东道。

陆加尔知道他在夸她，心里有一点点窃喜。

但靳向东紧接着道："不过我还是好奇。"

陆加尔知道靳向东好奇什么，却绕着弯道："现在的人太冷漠了，几乎都是事不关己高高挂起，我们救下一个女孩，也算是功德一件。"

靳向东听后，若有所思地点头。两人回到日本料理店的停车场。

"今晚不好意思，让你虚惊一场了。"陆加尔要上车前对靳向东道。

"该说不好意思的人是我，没能保护好你。"靳向东满含歉意道。

陆加尔听后，内心升起一抹暖意，眼睛不禁多看靳向东一眼。其实刚才他抓住那歹徒的手，让她逃过那巴掌，就已经让陆加尔有所感动了！

靳向东知道她在看他，似乎有些享受，开口道："时间不早了，我送陆教授回去吧。"

"不用，我自己回家就行。"对于靳向东相送的请求，陆加尔拒绝了，但补充一句，"Ace，很高兴认识你！"

说完，陆加尔伸手想与靳向东握手告别。

靳向东轻轻握住她的手："我也是！"

两人对视一眼，陆加尔觉得他那眼睛就像一个发光的水晶玻璃球，让人不敢迎视。

陆加尔的视线稍微往下，无意间瞥到靳向东的手臂，上面竟然多了一条伤痕。如果没记错的话，刚才吃饭的时候，没有看到有这样的伤痕。陆加尔的脑海闪过刚才被歹徒挟持的情景，靳向东想将她拖到一旁，当时歹徒拿着刀朝他挥去。

"你受伤了？"陆加尔抓过靳向东的手，想要细看那条伤痕。

但靳向东却在第一时间将手缩到身后，淡淡道："没有。"

"我看看！"陆加尔要求再看一遍。

"那是我小时候受伤留下的疤痕。"靳向东解释。

陆加尔再次回想，确定自己的记忆没有错误："可是刚才吃饭的时候没看到有这条疤痕！"

不过靳向东却应付自如，淡笑道："陆教授，你这是要揭我的伤疤吗？"

被他这么一说，陆加尔没继续追究，若真是小时候留下的疤痕，或许对于靳向东来说不是一件愉快的事情。

"不是。"陆加尔道。

靳向东比了一个"有请"的动作，陆加尔顺势坐上车，靳向东帮她关上车门。陆加尔放下车窗，冲他挥了挥手。

正当陆加尔要将车窗关上时，靳向东突然开口："陆教授！"

陆加尔停下动作，目光看向车外，靳向东那颀长的身材在路灯的照射下，影子拉得长长的。

靳向东似乎有些犹豫，但最终还是开了口："陆教授，经常对第一次见面的人进行测试吗？"

"测试？"陆加尔不解。

"傍晚见面时的告白测试。"靳向东解释。

闻言，陆加尔的脸上不禁露出一抹尴尬，几秒后缓缓张口："你是第一个！"

靳向东的嘴角露出一抹不易察觉的微笑："荣幸！"

B市东南区的一处公寓里。

戴着一副黑框眼镜，穿着卡通睡衣的苏涵，见陆加尔一进门，快步走到玄关："听说今天有学生跟你表白？"

"你要是太闲的话，赶紧写小说赚钱。别整天刷微博刷微信！"陆加尔低头换鞋，顺道回复一句。

苏涵笑嘻嘻道："陆教授教训的是！"

陆加尔没接话，越过苏涵，径直走到客厅，伸手倒了一杯水，咕噜噜地喝了大半杯。

苏涵坐了过来："做教授就是好啊！有一堆小鲜肉仰慕和追求。"

陆加尔放下杯子，应道："没兴趣。"

"你没兴趣，我有兴趣啊！"苏涵一副兴致盎然的表情。

陆加尔瞥了她一眼："就地取材最好先付点版权费。"

苏涵知道自己在陆加尔的眼里就是透明的，心里想什么她都知道。

"版权费好说！下部小说就写一部轰轰烈烈的师生恋！"苏涵宣布道。

"你确定？"陆加尔道。

"确定！今天看到新闻之后，灵感就跟火山大爆发似的！"苏涵说着话，眼睛闪着晶光。

陆加尔拿过手机想看新闻，还没点开，手机就被苏涵夺走了："现在的自媒体很多都是不带脑子写文章，不看也罢。"

这点陆加尔赞同，也就作罢，靠着沙发思考几秒，随后开口："我今天对一个人表白了。"

"是我出现幻听了吗？"苏涵不可置信地看着陆加尔。

"靳向东！"陆加尔直接报上名字。

苏涵听到这个名字，一脸惊讶，尽管网上有关靳向东的资料很少，但是苏涵还是了如指掌。因为她有过目不忘的本领，看过一遍，便能牢牢记住。关于这点，她也觉得自己有点异于常人。不过跟陆加尔的"特异功能"一比，似乎又算不上什么。

"你见到他了？如何？"苏涵一脸好奇。

"是他来见我，很帅、很年轻、很有诚意，当然也很奇特！"陆加尔总结道。

"奇特？"苏涵看着陆加尔，猜不透她的所指。

"嗯！"陆加尔回忆跟靳向东相处的几小时，确实非常奇特。

"你对他一见钟情，小心脏怦怦直跳？"苏涵道。

"心跳正常。"陆加尔道。

"什么意思？"苏涵追问。

"我竟然听不到他的心声！"陆加尔如实告知，对于这一点她一直耿耿于怀。

苏涵脸上露出一抹诧异："会不会是你最近工作太累，身体疲惫，接收功能减弱？"

陆加尔摇头，随后确定道："他是一个特别的存在！"

苏涵看着陆加尔，从她的脸上看到异于往常的表情，像是一个万念俱灰的人重新燃起新的希望。苏涵知道自己这个比喻有点不太妥当，但是对于陆加尔来说却很精准，因为她对异性已经麻木太久了。

不过像陆加尔这样奇特的女孩，能让她侧目的男人肯定更为奇特，这让苏涵对靳向东更加好奇。

为此，苏涵直接跟陆加尔道贺："恭喜！"

陆加尔瞅她一眼："我最近看上去很疲惫吗？"

苏涵有些赶不上她的脑回路，刚才还在谈论靳向东的问题，立马转到她自己身上。不过这似乎也正常，女孩都爱漂亮，一旦恋爱更加注重形象。

"还行啊，皮肤挺Q的。"苏涵审视了一下她的俏脸，评价道。

而陆加尔听完这话，却不禁伸手揉了揉太阳穴。

苏涵见此，不由将手贴着自己的胸口道："我说的都是实话，岂敢对陆教授你撒谎啊！"

陆加尔如此反应不是因为苏涵的回答，而是在思索跟靳向东道别时看到的那条伤痕。刚才回来的路上，她再次将下午至晚上与靳向东相处的点点滴滴过了一遍，最终的结果是：她的记忆没有出错。

可是为什么靳向东会否认呢？还有，若真是晚上被划伤，肯定血流不止。想到这些，陆加尔的脸上不禁露出一抹疑惑的表情。

靳向东回到自己住所，一栋占地数百平方的别墅。别墅两层设计，底色以白色为主，家具和装饰风格极为简约，一眼便知他是一个极简主义者。

"主人，你回来啦！"一个白色又可爱的机器人见他回来，直奔过来。

靳向东看了眼机器人，这是他设计的第一款机器人，有着特别的意义。这些年不断地给它升级，现在不仅是家里的管家，也是不可缺少的家人。

"主人，你受伤了！"机器人扫描到靳向东皮肤有受伤的迹象，靠了过去，抓住他的手。

"没事，处理一下就好。"靳向东道。

于是，靳向东跟机器人一同前往书房。

书房面积很大，一列列的书整齐地放置着。靳向东走到办公桌后面的中央处，伸手轻触了一下书架上一本精装书，书架缓缓分开，一间密室呈现在眼前。

密室是一间高科技的实验室，靳向东走了进去，机器人也屁颠跟着进去。

十分钟后，靳向东从密室出来，手臂上的那条疤痕消失不见了。

"主人，我去给你做夜宵。"机器人道。

"不用！我去洗澡，你帮我放一首Berlin的《TAKE MY BREATH AWAY》。"靳向东道。

机器人听后，眨了眨眼睛，随后应道："好的！"

几秒后，室内响起《TAKE MY BREATH AWAY》。

等靳向东从浴室出来，身上围着一条浴巾，未干的头发低垂在额前，少了一份精英气息，多了一份随和及性感。

机器人端着一杯果汁到靳向东面前，顺带问他："主人，要再重播一遍吗？"

"可以。"靳向东拿过果汁，应道。

机器人又将歌曲重播一遍，随后仰着头，眼睛眨了眨看着他。

靳向东也看它："有事？"

"主人，你恋爱了？"机器人问道。

闻言，靳向东差点把口中的果汁喷了出来。机器人的眼睛扑闪扑闪地看着他。

靳向东抹了下嘴角："你说什么？"

"主人，你恋爱了？"机器人艾克继续眨着萌萌的眼睛。

"判断依据？"靳向东问。

"香水味和这首情歌！"机器人艾克回道。

靳向东听后，嘴角微扬："依据太少，不能成立。"

"你的表情以及笑容！"机器人艾克继续道。

靳向东问："我的表情如何？"

机器人艾克开始扫描靳向东的面部，随后回答两个字："愉悦！"

靳向东的眉头微微挑起："还有呢？"

"春心萌动！"机器人艾克这次回了四个字。

靳向东微窘，艾克竟然用这个词形容他的表情，于是道："上次杰森说想让你去他家当他儿子，你要不要考虑一下？"

果然不能得罪主人，艾克那双萌眼眨了眨："不考虑，我要跟主人在一起！"

靳向东看它一眼："我想考虑考虑！"说完，靳向东将手中的杯子，放置在茶几上，随后朝书房走去。

艾克一脸蒙圈地站在那儿，几秒后反应过来，追了上去："主人……"

靳向东走到书桌前，拉开椅子坐了下来，看着奔进来的艾克，一边打开电脑一边淡淡道："我要开始工作了！"

"我帮主人一起处理工作，求主人不要考虑把我送给杰森好吗？"艾克眨眼，一副可怜兮兮的样子。

靳向东看了它一眼，嘴角露出一抹不易察觉的笑意，其实他是逗它的，就算把这栋房子送给杰森，他也不会把艾克送给他。

陆加尔一周就三节课，今天没课，苏涵让她陪她去书店买书。

路上，陆加尔接到一通重要人物——市公安局何耀局长的电话。

"何局！"陆加尔尊称道。

"刚听分局汇报，说你昨晚挺身而出解救了一个女孩！"电话那头的何局道。

"刚好碰上而已。"陆加尔淡淡回道。

何局知道陆加尔性格淡然，不由道："救人是好事！不过也要多注意安全！"

陆加尔听后谢道："谢谢何局关心！"

何局接着道："下次你来局里培训的时候，我亲自去听你的课！"

陆加尔听完这句，便猜到何局打电话的目的了："何局，我可不敢劳你大驾来听我的课！"

何局笑："加尔，我也不跟你绕弯子了，我想让你直接来我们局里担任心理学侦查顾问！"

"何局，你这也太抬举我了，我哪担得起顾问一职啊！"陆加尔委婉地拒绝道。

"我就怕我庙小容不下你这尊大佛呢！"何局道。

"何局，你就别取笑我了。"陆加尔道。

"不是取笑，是真心诚意地发出邀请！"何局认真道。

陆加尔知道何局就是一只老狐狸，当初让她给市公安局做心理学培训，意图就是想让她加入他们的刑侦大队。陆加尔知道打击罪犯，保护民众是很崇高的工作，可以充分发挥她的学识和聆听他人心声的天赋，可是一旦加入，指不定哪天她的"天赋"就被人给侦查出来了。

"何局抬爱了！我这人比较懒散，无法胜任这个职务！"陆加尔委婉地拒绝了。

"没有尝试，怎么知道自己不适合呢？"何局笑道。

"何局，我知道自己几斤几两啦，上上课、卖卖嘴皮子我还行，保护人民的工作责任太重了，我担不起！"陆加尔道。

"加尔，谦虚是一种美德，但是太谦虚那就变成骄傲了！"何局笑道。

陆加尔微窘，她并非摆谱，是真的不敢跟人民警察成同僚啊！

"何局批评的是，我确实是个很容易骄傲自满的人，所以你错爱了！"陆加尔干脆顺着这个话梯子往下说。

"我可没错爱，你是不可多得的人才，你要是肯担任我们局里刑侦科的顾问，我求之不得啊！"何局道。

陆加尔皱眉，果然不能跟人民警察走太近。可是人怕出名猪怕壮，她都委婉拒绝多次了，但何局还是没有放弃。

于是，陆加尔只能用最幼稚的方式去化解此刻的谈话局面："何局，我这边信号不好，你说什么没听清楚，喂，喂，喂……"喂了几声，陆加尔便将电话挂了。

坐在一旁的苏涵侧过头看她，叹了一句："名人就是名人，大家都争着抢着！"

陆加尔却来自我检讨："看来我得改改多管闲事的毛病。"

苏涵了解她，笑着道："陆教授，你已经够冷漠了好吗！如果不是偶尔管点闲事，我都怀疑你修炼成仙了！"

陆加尔闻言，直接转过头，眼底射出一记眼刀。

苏涵笑了起来，随后建议道："你要不想得罪何局，就赶紧答应BUA的邀请！"

闻言，陆加尔侧过脸看她，眼神变得意味深长："你对靳向东这么感兴趣？"

知道自己任何心思都瞒不住陆加尔，苏涵坦诚道："对他当然感兴趣啦，你要是去BUA做研发工程师，说不定我还能沾你光见到他本人！再说你不是说他奇特吗？那就好好研究一番啊！"

"说不定这又会成为你小说的素材之一！"陆加尔太清楚她的心思了。

苏涵闻言，笑道："知我者莫过于你也！"

陆加尔思索几秒："你这个建议，可以考虑一下。"

"别考虑了，靳向东都已经亲顾茅庐，你就别再矜持啦！"苏涵道。

说到矜持，陆加尔不由汗颜，恐怕在靳向东对她的印象里绝对不会出现这个词。

陆加尔正在考虑这个问题的时候，车子刚好转弯，险些撞上前车，不得不来了个紧急刹车。车上的两人身体因惯性往前倾，随后重重地弹回座位上。尽管陆加尔反应很快，但车子还是亲吻到前面那辆车的屁股。

一个小时后，陆加尔站在骨科室的门口。

一个身材高大的男人推着一位头发半白、气质温雅的老人从科室里出来。

陆加尔迎了上去，看到脖子打着石膏的老人，再次道歉："实在对不起，老先生您的医药费我会全额负责！"

戴着颈套的老人看了她一眼。从事故地点到医院，老人对她没有半句责备，这让陆加尔心里难安："真的很抱歉！老先生，您家住哪？我送您回去！"

"不用，我们自己回去就行。"老人道。

旁边的男人看了下手机屏幕，接着对老人说："教授，Ace说他马上就到！"

听到Ace的名字，陆加尔不由愣了一下，心想不会那么凑巧吧？

接着站在老人身后的男人朝向她身后道："Ace，这里！"

陆加尔转过头，看到那高大身影，终于体会一把什么叫无巧不成书。朝他们走来的男人正是昨天跟他见面的靳向东。而靳向东看到陆加尔时，眼底也闪过一抹意外，径直地走了过来。

"爸，您没事吧？"靳向东走到老人的面前，看到他脖子上的护颈关切地询问。

这一声爸，让陆加尔直接呆了。她真的是有眼不识泰山，眼前的老人不正是那位非常知名的科学家靳升平吗？

不过也不能怪陆加尔没认出来，毕竟靳升平常年在国外，能见到他本人实属不易。陆加尔顿时紧张起来，没想到自己一不留神撞到了靳升平，如果不是中彩票，一般人遇到这种事的概率应该非常小吧！

"脖子轻微骨折，没什么大碍！"靳升平温和道。

"其他检查了吗？"靳向东追问。

"医生说没事。"靳升平道。

亲耳得知靳升平的状况后，靳向东不由松了一口气："那就好。"

询问完，靳向东的目光才转向陆加尔，见其表情，便知一二。

"陆教授，又见面了。"靳向东开口道。

陆加尔有点窘，歉意道："Ace，抱歉，把你爸爸给撞了！"

靳升平见两人认识，不由多看了陆加尔一眼。

"这说明我们有缘！"靳向东淡笑。

确实够有缘的！陆加尔心里默默地回了一句，随后看向靳升平："靳老，我真是有眼不识泰山把您给撞了，真的很抱歉！"

面对陆加尔的再次道歉，靳升平淡淡一笑，开口道："你是哪个学科的教授？"

"心理学。"陆加尔回道。

"心理学，关注人类心灵的科学。"靳升平道。

在靳升平这样重量级的科学家面前，陆加尔就算再有成就，也根本不值一提。

"是。"陆加尔轻声应道。

"爸，介绍一下，这位是陆加尔教授，任教于B大，是研究行为心理学的翘楚，也是我公司力邀的AI研发团队教授之一。"靳向东跟靳升平推荐陆加尔。

陆加尔听后，倍感受宠若惊，Ace似乎太抬举她了。

见靳向东如此郑重地介绍陆加尔，靳升平再次审视了下眼前这个女孩，眉目清秀，身材匀称，但身上透出的气质有些清冷。从来不知道紧张为何物的陆加尔，此刻完全呈木状，不知该如何是好。能被靳升平多看几眼并记住名字，陆加尔觉得这辈子值了！

"陆教授，我的父亲靳升平院士。"靳向东接着道。

在靳升平面前，哪敢称教授啊！陆加尔尽量克制自己，但还是无济于事，还说了以前从未说过的话："靳老好！很高兴认识您！您能给我签个名吗？"

话落，陆加尔脸色更窘，把人撞了，还索要签名，简直给人缺心眼的印象。

靳升平见此，脸上露出平和的笑容，答应道："好啊。"

靳升平的爽快让陆加尔有些不好意思，可是在他这样的人物面前，就算一副脑残粉的样子也很正常！平日里经常被人索要签名的陆加尔急忙从包里掏出一本黄皮的笔记本，那紧张又激动的样子，跟昨晚的那个警察如出一辙。

站在一旁的靳向东看到她如此的一面，没觉得不妥，反而觉得此刻的她很可爱，别于昨天的冷静。

靳升平给陆加尔签名后，将笔记本递给她，陆加尔犹如一个小粉丝一样跟他道谢："谢谢靳老！"

"一回国大家对我的称呼就变得很正派，敬老爱幼！"靳升平笑道。

靳升平的幽默瞬间让陆加尔内心的紧张消除些许，接话道："靳老，您确实很爱幼！把您撞了，您却从头到尾对我没半句责备！"

靳升平笑："这么一说，还真是名副其实的敬老爱幼！"

陆加尔被逗乐："靳老，您太幽默了！"

之后，陆加尔送靳升平和靳向东他们到医院的停车场。

靳升平先上车，靳向东则站在车旁，面对着陆加尔："我爸伤势不重，你别太放在心上。"

"假若有其他状况，一定要告诉我！"虽然靳向东反过来宽慰她，但陆加尔一副负责到底的样子。

靳向东微微勾唇："好！"

"还有……"陆加尔迟疑了一下，"我接受你们公司研发团队的邀请！"

靳向东目光微闪："陆教授，你接受我们公司的邀请我固然高兴，但若是因为今天的事情想作为补偿，大可不必！"

陆加尔摇头："不是补偿。"

"那你是被我们公司的诚意打动？"靳向东问。

"诚意算是一部分吧。"陆加尔道。

"一部分？这个回答让我好奇你接受邀请的另外一部分原因是什么。"靳向东笑问。

陆加尔看了下靳向东身后的车子，随后将视线移到他的脸上，非常郑重地说了两个字："是你！"

送靳升平回酒店的路上，一向内敛的靳向东嘴角浮着一抹若有似无的笑意，陆加尔的那句"是你"，就像把一块小石头扔向平静的湖面荡起粼粼微波。

这表情刚好被坐在后面的老爷子看到，开口道："我被那个陆教授撞了，你似乎还挺高兴的。"

靳向东立马收起表情："爸，我有这么不孝吗？"

"看你的表情挺高兴的。"靳升平道。

靳向东只好解释："我只是在想人生的际遇很奇妙，昨天特意去B大见她，今天她却把难得归国一趟的您给撞了。"

"当你发出这样的感慨时，心里就对这段际遇有所期盼。"靳升平的目光落在靳向东的侧脸上。

"我对这段际遇是有所期盼！"靳向东没否认，因为陆加尔答应加入他的研发团队，两人的缘分肯定会进一步加深。

靳升平闻言，表情异样，眸光微闪："你认真的？"

"我做事一向认真！"靳向东笑道，接着下一句，"陆加尔已经答应加入我的研发团队了！"

原来如此，不过靳升平的内心还是被他说话的断句激起一层波澜，以为他……对她动情了。

"你的AI新产品进展得如何？"靳升平随口问道。

"等您休息好了，亲自去检验。"靳向东偏冷的语气充满着自信。

"好。"靳升平应道。

靳向东接着对靳升平身旁的男人道："小董，接下来的行程，你帮忙取消吧！"

推掉行程固然抱歉，不过靳升平这次回国，最初只是因为中科院的一位老友八十大寿，可是有人听到风声，无形中就多出好些行程，比如B大学的演讲以及一场专家座谈会。

"B大的演讲以及跟袁辛院士见面的行程保留。"靳升平交代道。

尽管身体有恙，但靳升平还是不想让对他的演讲期待已久的莘莘学子愿望落空，他是一个非常愿意跟这些年轻人交流的人。

"爸，演讲还是取消吧？"靳向东侧头看靳升平一眼，担心道。

"小伤，不碍事！"靳升平倒是不以为然。

既然靳升平已经决定，靳向东也不好干涉太多，接着问一句："爸，您几号跟袁辛院士见面？"

"你要随我同去？"靳升平猜到他的潜台词。

"如果可以，我想随行向袁辛院士讨教几个问题。"靳向东道。

靳升平闻言，开口道："你跟袁院士见面还需要我引荐吗？"

"不需要，不过刚好您回来，聆听您跟袁院士之间的对话，肯定更有收获！"靳向东道。

靳升平道："你又想偷师。"

"您不是经常说'三人行必有我师'吗？"靳向东笑道。

靳升平的脸上露出笑意，说了一句："你的《论语》是我亲自教的！"

靳向东回道："教得好！"

夏日的阳光灼热似火，路边的树上知了声声。陆加尔陪苏涵去书店买了几本书，随后便直接回家，这么热的天气最适合的配置便是空调、Wi-Fi加西瓜。

陆加尔刚换上家居服便听到门铃响起，她径直走到门口。

门口站着一个快递员："陆女士，你的快递。"

陆加尔看了看快递员身旁放置的长方形的大箱子，回想了一下，这几天好像没有上网购物，不过她还是拿起笔签上自己的名字，将快递签收了。

快递员帮忙将箱子搬进室内，坐在沙发上的苏涵看向门口："买了什么东西啊？"

"不清楚！"不过话刚落，陆加尔看了产品的Logo，瞬间想起上午跟靳向东道别时，他说了一句：有快递，记得签收。

陆加尔好奇靳向东给她寄了什么，不由快步走向厨房拿了一把剪刀出来，将纸箱拆了。

"什么东西？"苏涵走过来。

"机器人！"陆加尔打开箱子看到里面的产品，说出三个字。

苏涵的眼睛看向箱子，果然是个很萌的机器人，不禁惊呼："哇！"

陆加尔没把机器人搬出来，而是拿起手机给靳向东打了个电话。电话拨通，没等陆加尔开口，便传来靳向东那好听的声音："快递收到了？"

"嗯，收到了，不过无功不受禄，恐怕得给你寄回去！"陆加尔道。

面对陆加尔的拒绝，靳向东不紧不慢地回道："这是寄给你做生活体验的产品！"

陆加尔虽没用过AI产品，但是没吃过猪肉，不代表没见过猪跑。就目前而言，智能机器人是高端人群才能消费得起的产品。

"这种体验产品太贵重了！"陆加尔推辞道。

闻言，靳向东却回复道："比起产品，我觉得陆教授的学识才是最贵重的！"

那磁性的声音在耳边流淌，那些话让人不禁心里一暖，陆加尔的心脏出现异样，节奏明显比平时要快一些。

紧接着听到靳向东继续道："希望它对你接下来的工作有帮助！"

既然靳向东已经这么说了，要是再拒绝，那就显得矫情了，于是陆加尔道："既然是工作需要，那我恭敬不如从命了！"

"如何使用看说明书，不懂也可以打电话问我。"靳向东提醒道。

面对如此贴心的Boss，陆加尔被小小地感动一把："好！谢谢！"

挂电话后，陆加尔和苏涵齐心协力地将箱子里的机器人搬了出来。

"哇，萌死了！"苏涵光看到机器人的造型，就已经臣服于它的外观设计。

陆加尔拿着使用说明浏览一番，随后伸手到机器人的脖子后，轻轻一按。

下一秒，机器人嘴唇微动："陆加尔教授，您好，我是您的机器人管家艾米！很高兴为您服务！"眼前这台叫艾米的机器人管家竟然直接称呼她陆加尔教授，难不成它的运行程序是专门为她写的？

"Hi，艾米！我叫苏涵！"苏涵有些兴奋，主动跟艾米打招呼。

艾米的眼睛看向苏涵，随后道："Hi，苏涵美人！"

"这嘴甜的！我喜欢！"苏涵听后，直呼喜欢。

陆加尔看了下艾米，不得不承认BUA公司生产的AI产品的外观设计真的很萌，让人无法拒绝。至于程序部分更不用说！单凭靳向东在短短几年之内就让他公司出品的AI产品成为国内外最具竞争力的产品，可见不一般。

而今，陆加尔答应加入他的团队，这么一来，原本研究人类行为的专家，从现在开始研究机器了。

"艾米，你会做什么呢？"陆加尔问道。

"陆教授，你现在需要我帮你做什么呢？"艾米眨了眨那萌萌的眼睛。

又一句陆教授，陆加尔猜想这台机器人应该是靳向东亲自调试过的。

面对这么萌的机器人，陆加尔跃跃欲试："帮我倒杯水！"

"好的！陆教授！不过帮你倒水前，能告诉我水杯和水放置位置吗？"艾米道。

"我带你参观一下厨房吧！"陆加尔道。

于是，陆加尔带着艾米参观厨房。艾米知道水杯的位置后，直接拿起一只水杯，放置在大理石桌上，接着问道："陆教授，你要喝温水还是冰水？"

苏涵听后，眼睛放光，再次赞道："艾米也太贴心了吧！"

"冰水！"陆加尔道。

艾米用眼睛扫了一下陆加尔的全身，随后道："夏天虽热，但尽量少喝冰水。"

陆加尔眼底掠过一抹惊奇，这个机器人的智商都快赶超人类了，不过既然不让她喝冰水，干吗还给她提供选择呢？

才短短几分钟陆加尔和苏涵就感受到AI的强大。

陆加尔靠坐在沙发上，苏涵跟她的姿势一致。

"感觉家里多了一个人。"陆加尔看着天花板，开口道。

"我不介意！"苏涵也看着天花板回复道。

陆加尔侧脸看她："你当然不介意，有艾米在，不出一年你的懒疾肯定无药可救！"

"科技的发展不就是为了更好地服务于人类吗？"苏涵反驳道。

"被服务的人类从此自理能力为零！"陆加尔道出自己内心最真实的担忧。

"陆教授，你未免太忧国忧民了！"苏涵道。

陆加尔没应她，此刻她正陷入在自己的思绪中。AI若是发展到极致，有了人类的思维模式，那将会是怎样一番场景呢？

酒店，商务套房里，刚和陆加尔通完电话的靳向东，将手机放在茶几上。

带着护颈的靳升平淡淡看了他一眼，漫不经意地问一句："最近身体怎么样？"

闻言，靳向东的目光与他对视："挺好的。"

靳升平听后，脸上露着一抹和蔼的淡笑："那就好。"

"我姐最近好像很忙的样子？"靳向东随口问道。

"好像是吧。"靳升平淡淡地回道。

靳向东听后问道："爸，您还跟姐姐置气啊？"

尽管靳升平表情很平静，但是眼神还是流露出一抹闪躲："没有，她最近确实比较忙。"

靳向东若无其事地点头，也没再多问。这几年靳升平和姐姐靳向岚的关系似乎有所疏远，靳向东知道这其中的原因有自己的份。

知道靳升平有午休的习惯，靳向东开口道："爸，您去睡会儿吧。"

"不睡了。"靳升平飞了一整夜，这会儿脖子成这样，就算睡下去也不太舒服。

"那我陪您下会儿棋！"靳向东道。

"让你陪我下棋，还不如让艾克来呢！"靳升平嫌弃道。

靳向东哑然失笑："艾克不在这儿。"

"那就把他带过来啊！"靳升平道。

见此，靳向东小小地吐槽一句："爸，您都快要把艾克当亲孙子了！"

"你以前不是说过艾克像你儿子吗？那不就我的亲孙子！"靳升平挪揄一句。

靳向东笑："嗯，有了艾克，不要儿子。"

靳升平听后，眼底闪过一抹稍纵即逝的苦涩，膝下两个孩子，尽管都非常优秀，但已经结婚的大女儿却是丁克人士。所以尽管年岁快七十，靳升平膝下至今无人承欢。

"你没艾克可爱，就别吃醋了！"靳升平道。

靳向东没有吃醋，只是跟靳升平说笑而已："那好吧，待会儿让小董去家里把艾克接过来陪您。"

靳升平看了看靳向东："艾克暂时不在，你先凑合陪我下一盘。"

看靳升平一副勉为其难的样子，靳向东不由笑了笑："还请父亲大人手下留情！"

不过靳升平却回复道："棋场无父子！"

话是这么说，但靳向东的棋技其实并不差，一盘棋下来，从刚开始的劣势最终反败为胜。

"父亲大人承让了！"靳向东没有得意，而是一副很谦逊的样子回道。

这副德行让靳升平看着气恼："你肯定跟艾克偷师不少！"

靳向东没否认，笑道："艾克说得没错，青出于蓝而胜于蓝。"

这话噎得靳升平没话说，只能叹气："好吧！有进步是件好事，但别太得意忘形！"

靳升平这话其实是双关语，靳向东了然，开口道："我不会的！我们家的家训我牢记着！"

B大是一座文化兼风景并存的大学，楼群耸立，绿荫葱葱，让每一个来过这里的人都对她赞美有加。手里拿着书的陆加尔沿着一条绿荫小道，往办公楼走去。阳光从密密层叠的树叶间透射下来，遍地斑驳，清风吹来，斑驳摇曳，仿佛在跳舞。

刚走到办公楼门口，便碰到了系主任和教务处主任。

"主任好！"陆加尔主动打招呼。

系主任韩毅一向对陆加尔爱护有加，冲她微微一笑。教务处主任郭飞似乎有话要说的样子。陆加尔已经做好聆听领导训话的准备，因为那天学生上课对她表白一事今天才下了热搜。

"小陆，你待会儿来我办公室一趟。"教务处郭飞主任开口道。

"是，主任！我把这些书先放回办公室。"陆加尔应道。

郭飞点了点头，陆加尔拿着书上二楼办公室，尽管已经走远，却依旧能听到两位主任的细声交谈。

"老郭，小陆毕竟年轻，脸皮薄，待会儿批评的时候口下留情点。"韩毅教授完全一副护犊子的口吻。

"老韩，我知道小陆是你的得意门生，但也不能太过放任不管！"郭主任道。

"是不能放任，不过这也不全是小陆的责任，现在学生的个性你还不了解吗？"韩毅教授笑道。

"了解，不过该说的也得说说。行了，老韩，见你这么心疼，我会悠着点的。"郭主任道。

"什么心疼？别用错词啊！"韩毅教授纠正道。

"好好好，算我说错话！"郭飞主任就此打住。

走到楼梯转角的陆加尔听到这些对话，对韩教授的关照心存感激，但是对郭飞主任就有些反感。因为她听到郭飞主任的心声，不由想起一句话：有人饱读诗书，为人君子；有人学富五车，肮脏如屎。

她和韩毅教授的关系绝对是纯师生关系，只是韩毅教授对她极其器重，导致一些思想龌龊之人有了扭曲的想法。

将书放在办公桌上后，陆加尔便去了教务主任办公室。

不过三分钟，陆加尔便回来了。同为心理学教授的同事李琳有些意外，郭飞主任虽不是唠叨之人，但被他叫去，没有五分钟是肯定不能解决的。

李琳关心地问了一句："没事吧？"

陆加尔淡淡道："没事。"

"唉，现在的学生太有个性了，也不完全是你的责任。"李琳的话跟韩毅教授说的一样。

陆加尔道："我的教学方式也得稍稍修正一些。"

"别矫枉过正，保持自我。"李琳笑道。

陆加尔淡笑，随后开始做自己的事，办公室顿时安静了下来。

不过一会儿，陆加尔抬头："琳！"

李琳也抬头，目光看向她："有事？"

"靳升平院士来我们学校的演讲如期举行吗？"陆加尔问道。

"如期举行啊！"李琳应道。

"哦。"陆加尔的心落了下来，不过又有些过意不去。

"你那有几张票？"陆加尔接着道。

"八张，不过都被抢光了。"李琳道。

陆加尔顿时有些失望，其实教务处给了她五张，结果被她的那些学生给抢走了。

"你不是有票吗？"李琳道。

"都被那些熊孩子给抢走了。"陆加尔叹道。

"你啊，就是太宠你的那些学生了！"李琳道。

陆加尔无奈地笑了笑，虽然大部分时间她都喜欢独来独往，但她跟学生相处确实少了一份教授的威严，多了一份随性。

"你想去？"李琳问。

"想啊，不过现在估计一票难求！"陆加尔叹气。

"确实一票难求！我的朋友得知我有靳升平院士的演讲门票，个个都跪求！"李琳道。

陆加尔无奈道："看来我只能在门口偷听了。"

"你要不找韩教授问问？"李琳看了看她，随后笑着建议道。

听到这句话，陆加尔看了下李琳，眼底闪过一抹黯然："嗯，回头我去问问。"

　　能听见别人的心声，对于很多人来说，求之不得，但对陆加尔而言，如果可以，宁愿不要。就如李琳教授，平时两人相处还算融洽，她也算是一个知书达理的人，可还是免不了有自己的一些小算盘。

　　都说，世界上有两种不能直视的东西，一个是太阳，一个是人心。而人心就是所谓人性，也就是情感加利益。每当陆加尔赤裸裸地直视身边每个人的真心时，就越发向往平常人的生活。

　　想到这些，陆加尔脑海不由自主地浮现出一个人的身影，至今为止她所遇到唯一听不到心声的男人——靳向东。

　　李琳见她出神："想什么呢？"

　　陆加尔回神："没什么，你忙吧。"

　　李琳低头接着忙自己的事，陆加尔也是，不过心里在想作为肇事者是不是该去探望一下靳升平。于是，陆加尔拿起手机给靳向东发了条微信："Ace，靳院士住哪家酒店，我想去探望下他！"

　　过了几分钟，没有得到回复，陆加尔只好将注意力转回到工作上。

　　一个小时后，正在上课的陆加尔放在讲台上的手机屏幕上多了一条微信。

　　下午三点半，炙热的太阳可以直接烤熟鸡蛋。陆加尔从的士下来，鞋子踩在地上，清晰地感受到从地面传来的滚烫。拿着一束鲜花的她，拨了一下头发，随后走进酒店大堂。

　　两分钟后，陆加尔来到1808房间的门口。

　　第二次面见靳升平，陆加尔还是有些紧张，从包里拿出镜子看了下自己的妆容，又低头看了一下自己着装，深深地吸了一口气，才伸手按了下门铃。

　　几秒后，门开了。出现在陆加尔面前的不是靳升平的助理小董，而是一个跟艾米一样可爱的机器人，眼睛一眨一眨地看着她。陆加尔有一秒钟误以为自己敲错房门，但很快又确定了，因为眼前的机器人绝对是BUA科技出产的。

"请问，靳升平院士在吗？"陆加尔礼貌地问艾克。

"在的，请进！"艾克一边说，一边做有请的姿势。

陆加尔走了进去，只见脖子依旧戴着护颈的靳升平坐在会客厅的沙发上。

"靳老好！"陆加尔微微一笑。

靳升平笑呵呵地看着陆加尔："陆教授来了！"

这句"陆教授"直接让陆加尔觉得自己要折寿，连声道："靳老，叫我小陆就好！"

靳升平看了下她，和蔼道："坐吧！"随后吩咐艾克，"艾克，去给小陆姐姐倒杯茶。"

小陆姐姐！这个称呼真好听！

艾克屁颠屁颠地去倒茶，陆加尔放下手中的鲜花后坐了下来。尽管有些拘束，不过还是尽量表现的自然："靳老，您的脖子好点没？"说着话，陆加尔的脸上呈现着内疚的表情。

"好多了！艾克说我现在的样子像铠甲勇士！"靳升平笑道。

陆加尔被靳升平的话给逗乐，没想到在科学界威望极高的他，如此的平易近人。

"真的很抱歉！"陆加尔再次致歉。

"小陆你要是来道歉的，我可不欢迎啊！"靳升平道。

陆加尔闻言，不知该怎么接话，不过她听到靳升平的心声，知道他对她印象不错。看到桌上放置着一盘棋，陆加尔不由灵机一动："我是来陪您下棋的！"

靳升平有些意外，随即高兴地应道："那就切磋一下！"

陆加尔笑着点头，心里似乎已经提前预料到了结局。

其实她的棋艺不高，但她有别人没有的"天赋"——倾听任何人的心声。所以无论做什么，获胜率都极高。

因此拥有异于常人的天赋，是件极其矛盾的事情，一半是厌恶，一半是迷恋。

果不其然，一局下来，陆加尔从毫无章法的博弈中杀出一条血路，最终赢了靳升平两步棋。

连着两次被年轻一辈赢棋的靳升平，不由感叹："棋艺不精啊！以后再也不敢随便跟人下棋了！"

"是靳老您爱幼，故意让我赢！"陆加尔引用了上次在医院时说的话。

靳升平闻言，不由笑了起来，随后跟艾克说："艾克，这位小陆姐姐是不是很可爱？"

艾克那双萌眼看向陆加尔，随后点头："可爱！"

陆加尔听后，脸上不自觉地浮现一抹少女的羞涩。她不知道自己有多久没被人形容可爱了，因为平时她给人的感觉是冷漠，是疏离。

有人说戴久了面具，等摘下时发现脸早就跟面具一样！陆加尔以为自己不能幸免，但在靳升平的面前，她似乎可以褪去面具，做个真正的自己。

靳升平将她害羞的表情看在眼里，脑海里不由想起上午靳向东给他来的电话，特意恳请他空两个小时单独接见她。

室内突然变得安静下来，陆加尔不免拘束，随后将目光看向艾克："你叫艾克？"

"是，我是艾克！"艾克应道。

"艾克，你好萌啊！"陆加尔夸道。

"谢谢夸奖！不过我比较喜欢别人夸我很帅！"艾克回道。

陆加尔不由笑了起来，配合地改口道："嗯，你很帅！"

接着，靳升平跟陆加尔介绍艾克："艾克是向东亲手设计的第一台机器人！"

陆加尔听后，眼底露出一抹惊诧，再次审视了下艾克："那艾克今年几岁了？"

"我今年十五岁！"艾克主动报出自己的岁数。

十五岁！那就是说这台机器人是靳向东很小的时候设计的。天才就是天才，在别人刚学会擦鼻涕的时候，他就开始学着发明了智能机器人。

"艾克现在的样子跟当初还是有所不同，向东这些年不断给他升级！"靳升平道。

难怪！眼前的艾克跟家里的艾米在外形上有所相似。

不过陆加尔心里有所疑惑，开口道："艾克，刚才我站在门口，你直接让我进来，万一我是坏人怎么办？"

靳升平听后，不由笑了起来。

陆加尔不解，不过艾克给了答案："陆教授，你的资料已经在我的系统里了！"

陆加尔愣怔一下："我的资料？"

"是的，你的资料！"艾克回道。

对于这个问题，靳升平帮忙出面解答："向东知道你要来，提前将你的个人资料上传到艾克的人物资料库里！"

靳升平的话有所保留，没有完全透露给陆加尔，她个人资料在艾克的人物资料库的级别。

"哦！原来是这样！"陆加尔恍然大悟，"我的担心是多余的，还以为程序上出现BUG！有安全隐患呢！"

靳升平笑："你的担心是正常的，世界上没有任何东西是绝对完美、绝对安全的！"

陆加尔赞同这话，但对于靳向东的设计还是给予肯定："不过BUA科技出品的AI产品在国内外位于一流之列。"

"期待有你的加入，向东的公司在AI项目上能更加完美、更加安全！"靳升平道。

听完靳升平的话，陆加尔也不矫情："Ace诚意满满，希望我能对他的AI项目有所帮助！"

"我相信他的眼光！"靳升平道。

被靳升平夸奖，陆加尔觉得整个人有些飘："靳老，过奖了，我对心理学这块领域勉强熟悉，至于AI这样的高科技领域，我觉得自己就是幼儿园里的学生。Ace对我寄望太高的话，恐怕到时候会失望！"

可是陆加尔的谦辞得到的回复依旧是那句：我相信他的眼光。

第二章

职场潜规则

车子还没维修好，陆加尔这些天出门只能打车，今天的目的地是B市科技园的BUA大厦。

BUA大厦是一座人文理念超前的高层建筑，不仅是BUA科技公司的总部，也是B市的新地标。陆加尔偶尔会经过这儿，但只是经过。今天是她第一次走进这座大厦，从进门的那一刻，就感觉像是进入到一个新世界。这里跟她的大学教学环境截然不同，入眼全是高新科技的人文理念。

陆加尔一边前往总台，一边给靳向东微信留言："Ace，我到了！"

几秒后收到靳向东的回复："让前台安排工作人员带你上来！"

前台的漂亮姑娘得知来者是陆加尔，第一时间安排工作人员——一个可爱的机器人给陆加尔做向导。

"女士，请！"机器人对着陆加尔道。

这几天跟艾米相处的陆加尔，面对机器人习惯不少，因此毫不惊讶地跟在机器人的身后，前往靳向东的办公室。

在电梯里，机器人向陆加尔简单介绍了一下BUA的科技和文化。陆加尔因此进一步地了解了这栋大厦包括研发、运营、创新的职能。

电梯一层层往上，最终停在56楼，电梯门缓缓打开。

入眼便看到靳向东本人，白衬衣配黑西裤，干净得体。

看到身着浅蓝连衣裙的陆加尔，靳向东的眼睛不由一亮，感觉她就像一条美人鱼一样。他冲她微笑道："陆教授，欢迎你的到来！"

靳向东亲自迎接，陆加尔再次感受到被重视，随后和机器人一起走出电梯："久等！"

靳向东淡笑："不久，请！"

　　机器人自动离开，陆加尔跟着靳向东前往办公室，一路过去，不少人朝她投来目光。

　　陆加尔眼睛的余光也轻扫过去，尽管是BUA的高层办公区，却设计成敞开式，高层清一色男人，目光无不带着审视，内心无不带着好奇。

　　陆加尔跟靳向东在办公室聊了半个多小时，随后签了一份保密协议。

　　签完字的陆加尔将笔放下后，看向靳向东伸手道："靳总，以后还请多多关照！"

　　靳向东轻握她的手，纠正一句："工作时可以称呼我总工，私下照旧！"

　　总工，总工程师！不过陆加尔听到这个称呼，脑子却不禁冒出四个字：总攻大人！陆加尔虽不是腐女，但当今社会腐文化却很流行，尤其是年轻的女学生，跟她们交流时能了解不少。

　　而事实证明，他就是名副其实的"总攻大人"。对于陆加尔的加入，靳向东安排了一个小型的见面会。

　　BUA的AI项目研发团队主要成员包括陆加尔一共有九名，清一色男性，只有她一位女性，陆加尔感觉自己来到一个男儿国。不管胖瘦，一律白衬衫黑西裤，跟靳向东身上的穿衣风格有几分相似。换作常人一时半会儿难免会分不清楚，不过陆加尔却通过聆听众人的心声瞬间记住了大家。

　　Ace终于良心发现啊，挖了一位这么漂亮的女教授进来！内心感叹这话的是一个三十出头的男人。

　　陆加尔知道他叫杰森，是研发团队中的副主程。

　　坐在杰森右边的男人跟他对视一眼，内心也很默契地OS（读白）一句：确实良心大大地发现，我们团队再也不是光棍团了！

　　不过更多的OS无非这句：不知道这位美女有没有男朋友。

　　整个团队倾向年轻化，从他们的衣着样貌以及行为谈吐，陆加尔通过自己的专业得出判断，除了她，这个团队里：三个已婚，两个有女朋友，三个光棍，其中一个性向不明。

陆加尔必须给予纠正，不该称呼他们为光棍；而应该是单身贵族。因为能进入这个团队的人，绝对是集智慧和财富于一身的精英中的精英。

介绍会结束后，靳向东有事，将陆加尔交给杰森。

陆加尔确定了自己的办公位置后，便随杰森去研发室。

"杰森！"杰森趁机再次自我介绍一番，让陆加尔加深印象。

"陆加尔！"陆加尔大方回道。

"我看过你的相关报道，这次Ace能邀请到你，实属我们团队之幸！"杰森道。

"我也看过你的相关报道，能获邀加入你们的团队也是我的荣幸！"陆加尔回复道。

杰森听完陆加尔的话，不由笑了笑："有没有感觉我们的谈话不像是同事，而像是两个国家元首！"

闻言，陆加尔不由轻笑："有，相当的官方！"

一旁的黎正见谈话气氛不错，也加入来："黎正，很高兴认识你！"

"陆加尔，Me,too！"陆加尔笑回。

"陆教授，看上去才二十几岁，就已经是教授级别，很厉害！"黎正赞道。

"又来一位国家元首！"陆加尔打趣一句。

一同前往研发室的几人不约而同地笑了起来。

"陆教授，有个问题我想替我们团队的几位单身男士请教一下你！"说这话的是已婚人士郑杰博士。

这话一听便知郑杰想问什么，不过没等陆加尔回应，黎正便道："老郑，你别把刚来的陆教授给吓跑了啊！到时候Ace唯你是问！"

陆加尔不以为然，淡笑："郑博士，是不是想问我是否单身？"

"是，陆教授有没有男朋友？"郑杰很直白地接话。

"要是没有，郑博士是不是要帮我介绍啊？"陆加尔顺势接话。

"要是没有，杰森、黎正几个可以帮你介绍，自我介绍的那种介绍！"郑杰道。

陆加尔瞬间被郑杰给逗乐，事实证明，这些所谓的高智商的理科高材生，并非是大家印象中的那样呆板。他们也有自己"不正经"的一面。而这些"不正经"的一面，瞬间拉近彼此之间的距离。

和这些"不正经"的精英们一同来到研发室，陆加尔有些看呆了，觉得自己像是亲临了电影里的高科技实验室的现场。

层层关卡，道道权限，陆加尔有种刘姥姥进了大观园的感觉。像这种高科技的研发实验室应该都是理科生的地盘。而陆加尔就像《爱丽丝梦游仙境》中的爱丽丝，因为Ace的邀请，进入了一个全新的科幻世界。

看到陆加尔一脸新奇的样子，杰森的脸上露出一抹得意："终于在实验室体会一把成就感！"

陆加尔闻言，侧脸看了下杰森。

杰森笑回："整个研发团队几乎都是男性，偶尔有女性参与进来，不过在她们的身上是体验不了这种成就感的！"

陆加尔瞬间了然，就算这些高智商的男人们平日里可以完全不屑别人的恭维奉承，但他们终归还是男人，内心依旧期望能得到异性的崇拜。当然这些异性是有分级的，学识层面越高的女性对他们的崇拜越让他们自豪。

"隔行如隔山！以后我这个幼儿园的学生还得麻烦你们几位博士导师多教导！"陆加尔道。

"陆教授谦逊了，术业有专攻，以后在工作中互帮互助！"黎正回道。

陆加尔淡笑，将头移回正前方，刚好看到右边区域好几个工作人员在做一组实验，不由好奇："他们这是在做什么测试？"

杰森随着陆加尔目光看去，随后道："面部识别！"

"面部识别？"陆加尔重复念着这四个字，"这个技术好像在好莱坞的大片里看过！"

"没错，科幻电影通常是人类科学的预示器。不过面部识别这项技术目前已经相对成熟，不再是科幻了！"杰森道。

"我们用的那个颜值测试仪，也属于这个技术吗？"陆加尔问。

"那个只是浅层的运用，我们公司研发的面部识别系统目前是最先进的海量人脸检索系统。"杰森道。

对于这些技术，陆加尔这个文科生纯粹是一知半解。

身旁的黎正接着道："我们马上要进行升级版！"

"升级版？"陆加尔今天完全就像一个好奇宝宝。

黎正热心地接着解说："升级版叫'索伦之眼'，也叫'魔眼'！"

"'魔眼'？是《魔戒》里的索伦？"陆加尔问。

"没错，就是《魔戒》里的索伦。升级之后，系统可以调用世界上任意位置的摄像头，以及终端视频系统。只要是你想搜索的人或事物都无处遁形！"黎正津津乐道。

陆加尔听完感到震撼，这也就是说他们已经将电影里的科幻技术变成了现实。对他们的崇拜感瞬间倍增，可是陆加尔内心也产生一些忧虑，科技进步是给人类带来很多便利，但同时也让人类受控于它。

就譬如说这项"魔眼"的系统，若是真如《魔戒》电影里的场面一样，高高矗立的它所能辐射之地，无论天涯还是海角，所能辐射之时，无论白天还是黑夜。它一直都在注视着你，让你无处遁形，这是多么可怕的一件事。

转眼到了午餐时间，感受了一个上午BUA科技公司工作氛围的陆加尔，在杰森的带领下继续体验他们的食堂。

杰森在前，陆加尔在后，她环视了一下四周，餐厅设计很有品味，环境一点都不亚于外面的西餐厅。

"看这里人不是很多，不会是高层的小灶专供地吧？"陆加尔问道。

"不是，三楼四楼都是食堂，都对所有人开放！"杰森道。

陆加尔笑笑，就算对所有人开放，高层出没的地方，大部分的员工也都会绕行，这是普遍存在的职场心理状态。

不一会儿，陆加尔和杰森各端着一个餐盘，走到靠窗的位置坐了下来。

"听闻B大食堂的饭菜很好吃！不过我们公司的也还不赖！"杰森对公司的食堂自信满满。

"听闻不如一尝，改天来B大我请你吃食堂！"拿着筷子的陆加尔笑道。

"好啊！"杰森爽快地答应。

"陆教授请杰森吃食堂，我能一同加入吗？"身后传来偏冷又熟悉的声音。

陆加尔闻言，快速转过头，靳向东不知什么时候站在了她的身后。

可是没等陆加尔回答，杰森就已经帮忙回绝了靳向东："不能！"

靳向东的目光从陆加尔的身上过渡到杰森的脸上，不紧不慢地挨着陆加尔的位置坐了下来，回复一句："不是你请客，你没资格拒绝。"

杰森反驳："蹭饭是一件很可耻的事情。"

"要是这么说，你已经可耻到无药可救了。"靳向东道。

"谁可耻到无药可救啊！"杰森表示不服。

"回头我让艾克列一份你到我家蹭饭的记录表！"靳向东有理有据地答复。

杰森听了这话，自知理亏，但依旧嘴硬："那是艾克喜欢我！让我帮他品菜！"

对于杰森的辩解，靳向东表示不接话，随后看向身旁的陆加尔询问道："陆教授，上午感觉如何？"

"爱丽丝梦游仙境！"陆加尔回道。

听到这个答复，靳向东嘴角轻扬："那我岂不是兔子先生？"

"那我不会是那个疯帽子先生吧！"杰森无细缝地接入话题。

"你是那只蓝色毛毛虫！"靳向东纠正道。

陆加尔被逗笑，虽然接触眼前两位男士的时间很短，但是通过两人互损的谈话风格，便知他们私下应该是非常要好的朋友，是互相绝对信任的工作伙伴。

"这事你说了不算，得问陆教授！"杰森对靳向东给他的角色定位给予否认。

陆加尔淡笑，开口道："看来两位在童年时期看过不少童话故事！"

杰森回道："童话故事没看过，刚好看过这部电影！"

"你这话似乎暴露了什么？"吃着饭的靳向东淡淡说道。

杰森立马给以声明："本人单身！"

面对杰森的辩解，靳向东目光看向陆加尔，不紧不慢地问："陆教授你是心理学专家，他刚才的辩解有可信度吗？"

将话题引向她的身上，陆加尔也不由看了对面的靳向东一眼，心里默默吐槽一句，他这是想让新同事对她敬而远之吗？

杰森的目光也落在陆加尔的身上，似乎期待她的回答，同时有点担心。

就算陆加尔没有听见他人心声的特殊"天赋"，通过半天的接触，也还是知道杰森的性格以及行事作风的。

看着两位帅哥期待的眼神，陆加尔只能开口："他现在确实是单身！"

杰森听后，一脸得意："我爸妈从小就教导我做诚实的孩子！"

不过话刚说完，就被陆加尔给打脸："刚才你说那句话时声音瞬间抬高，这表示心虚。你对跟你一起看《爱丽丝梦游仙境》的女孩，刚开始还有点兴趣，后面不喜欢了！"

杰森听完，吃惊不已，怔怔地看着陆加尔。

陆加尔看他，开口道："是这样吗？"

杰森默认地点头，随后对坐在对面的靳向东说："不会是你说出去的吧？"

靳向东白了他一眼，不说话，夹了一根青菜送进嘴里。

陆加尔解释："这些信息都是通过你的言语及行为知道的！"

"怎么知道的？"杰森对陆加尔的专业倍感好奇。

"像你这样高智商的男士，一般而言不会喜欢看这一类型的电影，可你却能清晰地记住这部电影，说明你对它印象深刻。可见你是陪一个你感兴趣的女孩看的，但你说自己现在是单身，那就是显而易见，现在不感兴趣了！"陆加尔说出自己的依据。

杰森看着陆加尔，陆加尔也看着他："你桃花很旺，现阶段正被两个女孩倒追！"

杰森一听，立马反驳："追我的人何止两个，要是排成长队，从我们公司门口都能排到英国！"

陆加尔笑，接着道："这两个女孩，一个你不喜欢，一个你有点意向！"

杰森没承认，一脸狐疑："陆教授，你这话应该猜的吧！"

陆加尔再次列出自己的依据："刚才乘坐电梯下来时，你收到一条微信，当时你嘴角上扬，却不给予回复。接着打汤的时候你又收到一条，你慢悠悠地回复了对方，眼角带笑露出皱纹。接着立马又收到一条，你眉头轻皱，嘴角的笑容却有些得意，之后便将手机塞进口袋。"

"这三条信息，为什么一定是女孩发给我，也可能是工作上的。"杰森辩解。

"你工作时候的表情偏向严肃，不过收到这些信息，表情却是带着轻笑和得意！连着几条微信主动联系你，肯定是个喜欢你的女孩！而且还是不同的女孩！"陆加尔道。

听完分析，杰森心服口服："陆教授你简直堪比神算子！"

陆加尔淡笑："会不会觉得我很可怕，以后不敢跟我多接触了！"

杰森闻言，意味深长地看了下靳向东，随后道："我深深地被陆教授你的专业折服，同时也深深被你的魅力吸引！"

靳向东闻言，看了杰森一眼，正要张口说话的时候手机响了，只好起身去一旁接电话。而陆加尔岂能不知道杰森的小心思，他这是故意用话刺激靳向东，看他有什么反应，只可惜被电话给打断了。

陆加尔看了下杰森，漫不经心地问一句："Ace平时都来食堂吃饭？"

而杰森从陆加尔的口中听到她称呼靳向东为Ace时，有些意外，他没有及时回答陆加尔的问题，而是问："Ace？向东让你这么称呼他？"

陆加尔看到杰森眼睛瞳孔突然放大，表示意外或震惊，难道这有问题？

陆加尔点头："他说喜欢别人私下这么叫他，有问题吗？"

杰森连连摇头，笑着道："没问题，没问题！"

可是陆加尔却从杰森的心声里，读到不同的答案：Ace动了凡心？

这个信息对于陆加尔而言，绝对是个好消息，于是接着道："要是有不妥的地方，还请你帮我指正指正！"

"没有，不需要指正！"杰森道。

陆加尔看着杰森，他嘴角的笑容别有深意，像是发现什么秘密似的。

见此，陆加尔开口："Ace目前也单身？"

杰森听后，连忙道："从我认识他到现在一直都是单身！"

陆加尔暗喜，嘴角露着笑容："像你们这些精英男士应该很多妹子倒追吧？"

"此言差矣！"杰森感慨道。

"你现在不正被两个妹子追吗？"陆加尔笑道。

"是有妹子在追我，可是这些妹子几乎都是意志力薄弱者，做事喜欢半途而废！"杰森叹道。

陆加尔被逗笑："虽然不认识那些追你的妹子，不过我得为她们说句公道话，不是她们喜欢半途而废，而是你不给机会！"

杰森再次感叹："不是不给机会，每次我刚想投入的时候，她们却已经转身，没缘分啊！"

陆加尔笑："听你这么一说，我倒觉得那些女孩真棒！"

杰森看着陆加尔："陆教授，不带这么落井下石的！"

陆加尔笑："那以后就不要辜负每一份热情。"

杰森顺着话道："这话我听过几次，什么不辜负每一份热情，不讨好每一份冷漠，还有一句什么往事不回头，未来不将就！女孩子怎么就这么喜欢这些心灵鸡汤啊？"

陆加尔笑道："因为鸡汤能治愈她们受伤的心灵啊。"

"陆教授，也喜欢心灵鸡汤？"杰森反问。

陆加尔摇头："要是遇到自己喜欢的男人，我一定尽全力去追求！"

"陆教授，你这性格我喜欢！要是你觉得我还不错的话，不用你追求，我来主动！"杰森看着陆加尔道。

陆加尔听到这话，差点喷饭："杰森，你可真幽默！"

"我是认真的，知道我们科室那几个结婚的男人怎么脱单的吗？那都是每次来一个女工程师，他们便近水楼台先得月！这次我必须抢占先机！"杰森道。

陆加尔知道杰森在开玩笑，不由笑得更欢。正在打电话的靳向东眼睛有意无意地瞟向他们，刚好看到这一幕，脸上露出一抹耐人寻味的表情。接完电话回到座位上，陆加尔和杰森已经吃好了。

"你慢慢吃，我和陆教授去喝杯咖啡！"杰森看了下靳向东，故意来了这么一句。

而靳向东却发话："咖啡你去买，陆教授留下！"

窗外阳光炙热，餐厅凉爽适宜，陆加尔安静地坐在靳向东的对面。以往面对样貌再帅的男人，陆加尔全都无动于衷，因为一旦读到他们的心声，就没有了任何的好奇感，而且个别还让人反感。

眼前的靳向东，她不仅读不到他的心声，而且只是看着他吃饭，她的小心脏就开始失去平日的节奏。不过这些都是其次，陆加尔此刻最好奇的是靳向东的手臂。

上午见面的时候，就注意到这个细节，于是陆加尔冒昧地问道："你手臂的伤疤怎么没了？"

靳向东闻言，目光看向自己的手臂，随后不慌不忙地回道："怕疤痕吓着别人，去做了祛疤手术！"

"祛疤手术？"陆加尔一脸狐疑。

"嗯。"靳向东优雅地放下筷子，温声地应道。

陆加尔的内心其实不太相信靳向东的解释，但却不好深问："看来那家医院的技术还蛮高超的！"

"还行！"靳向东很淡定地回复，随后目光落在陆加尔的脸上，"陆教授，今天上午除了'爱丽丝梦游仙境'，还有其他收获吗？"

"有啊！"既然被重金邀约，陆加尔自然会发挥自己的价值。

"说说？"靳向东一副洗耳恭听的表情。

"以我的专业所能切入的研发项目便是情绪识别技术，不过情绪识别技术对于BUA公司来说已经是相对成熟的技术。你们现在的构想是想把面部识别跟情绪识别融入到AI的系统研发对吗？"陆加尔道。

靳向东点头，眼底露出一抹欣赏的光芒。常年跟聪明男人为伍的他，凡事喜欢一点就通，而身为女生的陆加尔这点很合他的心意。

"对，这个项目已经启动，希望陆教授的加入，能让它精益求精！"靳向东道。

"我只能说尽自己的绵薄之力，还有我上午看了下你们公司情绪识别的数据库，倒觉得它会让我的学术专业更上一层楼！"陆加尔道。

"哦？"靳向东嘴角轻扬。

"你们的数据库太庞大了，相比之下我们在学校的学术研究简直就是九牛一毛！"陆加尔道。

"数据只是研究的参照，最终还是需要专业人士去核实！"靳向东道。

陆加尔对此赞同，不过开玩笑地说了一句："BUA公司的情绪识别技术被很多影视制作公司广泛运用，这会不会让电影演员成为濒临失业的群体？"

陆加尔所指的便是情绪识别技术商业运用最为广泛的电影领域。起初只是观影者的情绪测试，导演根据数据会进行影片的剪辑修改，让影片达到最佳的视觉效果。不过现在已经发展成演员表演时各种情绪的捕捉，就算没有演员本人参演，也可以制作出一部高质量的影片。

"不会！技术的发展只会给人类的发展锦上添花，但始终无法取代人类。"靳向东淡淡地应道。

陆加尔欣赏靳向东"以人为本"的宗旨，不由道："希望如此！"

"希望如此？听陆教授的语气，似乎带有担心的成分？"靳向东看着陆加尔笑道。

陆加尔耸了下肩："可能是我比较杞人忧天吧！"

靳向东的目光落在陆加尔那张清秀的脸上，嘴角微微扬起："不应该说杞人忧天，是陆教授自身具有高尚的人文精神！"

"这个帽子有点高啊，我这颗脑袋戴不下！"陆加尔笑着，眉眼弯弯的样子，跟平日教学时完全不同。

"我的话可是有依据的，不是奉承！"靳向东回道。

"什么依据？"陆加尔表示好奇。

"陆教授撰写的所有论文我都看过，你的观点非常具有科学精神，同时也充满人文精神！"靳向东回复道。

任何人都有被认可的渴望，陆加尔也不例外，目前她最注重的便是她在学术上的观点。

现代心理学是充满浓郁色彩的科学，它的精致性、确定性和中立性的逻辑思维便是其科学精神的写照。而很多学者在侧重科学时，往往忽略了心理学的人文精神，让心理学变得冰冷，少了人性温情。

而陆加尔在自己的学术观点里，不仅有着非常科学的心理学学术分析，而且还创造了不同的隐喻语言取代心理学科学术语。让隐喻语言与严谨逻辑共存，理性与非理性同在，使之能更好地传达人类心灵之声，实现心理学科学精神与人文精神的融合与统一。

陆加尔内心荡起一层波澜："被你如此认可，让我有点找不着北。"

然而靳向东却帮她指明方位："北在这个方位。"

扑哧一声，陆加尔没有了平日的端庄矜持。

"来之前我还设想自己跟高智商的人士一起工作有点压力，现在好像轻松不少！"

"我们团队是集帅气与智慧以及幽默感于一身的团队！不要有压力。"靳向东宣传道。

陆加尔再次被逗乐，同时表示认可："嗯，确实是集帅气与智慧以及幽默感于一身的美男团队。"

"至于'美男'这个词，运用在我身上名副其实，其他人就言过其实了。"靳向东回道。

闻言，陆加尔大感意外，没想到Ace也有这么自恋的一面。

于是笑着道："你开心就好！"

"难道陆教授不这么认为？"靳向东盯着陆加尔反问。

能让陆加尔一见钟情的男人，除了他的特别之外，相貌自然是无可挑剔的。被靳向东如此意味深长地看着，陆加尔有些招架不住，小心脏完全不听使唤，甚至觉得脸已经开始发烫了。

于是，陆加尔遵从自己内心以及审美："名副其实！"

靳向东得到答案后，嘴角轻扬："我被外界误认成丑男多年，以后还请陆教授多多帮忙澄清。"

陆加尔抿嘴而笑："有宣传费吗？"

"没有，不过可以私下请陆教授吃饭略表感谢。"靳向东道。

闻言，陆加尔的眼睛顿时闪亮，豪爽地答应下来："成交！"

靳向东看着陆加尔那一闪一闪的眼睛，仿佛是天上的星星。靳向东脑海顿时出现一片蓝色星空，而坐在对面的陆加尔就是最闪亮的那一颗。

夜幕降临，月光洒满路面，给行色匆匆的人们照亮回家的路。

陆加尔回到家时已经九点半了，艾米见她回来，第一时间帮她从鞋柜拿出拖鞋。尽管艾米来家好几天了，陆加尔还是有点不习惯，可能她天生就是劳碌命，不太习惯别人伺候。

"谢谢艾米！"陆加尔轻声地致谢。

"不客气，陆教授！"艾米的声音特别甜腻。

没见苏涵的身影，陆加尔放下包后，随口问了艾米："苏涵出去了？"

"嗯，她下午出去了！"艾米眨巴着萌萌的眼睛应道。

陆加尔"哦"了一声，便走向餐厅，拿起桌子上的透明玻璃壶倒了一杯水。正要举杯喝的时候，艾米开口阻止："已经九点半了，陆教授还是喝点牛奶吧！不然明天眼睛容易浮肿哦。"

艾米来的这几天简直成了陆加尔和苏涵的养生美容顾问。

陆加尔的手僵在半空中，她现在根本不想喝牛奶，只想喝杯清水解渴，可是女生难免爱美，于是道："那好吧。"

艾米从冰箱给陆加尔取了一盒牛奶，温了之后拿出来，陆加尔咕噜噜地喝了大半瓶。

"冰箱还有提子，陆教授要吃吗，我给你端出来。"艾米接着开口道。

昨天艾米看到陆加尔买提子回来，便直接说出它的营养成分。提子含有葡萄糖，能很快地被人体吸收，当人体出现低血糖时，若及时饮用葡萄汁，可很快使症状缓解。还有提子能阻止血栓形成，降低人体血清胆固醇含量，降低血小板的凝聚力，对预防心脑血管疾病有一定作用。对于女性，可以多吃提子，因为提子含有类黄酮这种强力抗氧化剂，可抗衰老，并可清除体内自由基。

"不用，我晚饭吃得很饱！"陆加尔摆手拒绝。

陆加尔的话音刚落，玄关传来声音，艾米直奔了过去。

耳边传来苏涵的声音："艾米，我回来了，有没有想姐姐啊？"

艾米的回复却是："思念是一种很玄的东西，我对你暂时没有。"

陆加尔差点将口中的牛奶喷了出来，还别说，艾米的说话风格跟Ace忒像。

苏涵一点都不介意，摸了摸艾米的小脸，走了进来。看到陆加尔站在餐厅，径直过去拉来椅子坐了下来，随后吩咐艾米："艾米，我要吃西瓜。"

"西瓜虽好，但不宜多吃……"接着艾米一口气说了一堆西瓜的介绍。

苏涵只好投降："行了，别再说了，给我一杯牛奶吧。"

陆加尔看了下苏涵，随后道："去见你的编辑前任了？"

苏涵知道自己什么事都瞒不住陆加尔，点了点头："他下午约我喝咖啡，便出去了一趟。"

"他又想重新追你？"陆加尔试探地问道。

"就算他想，也没门啊！一下午听他在那吐苦水，说他怀才不遇。我看他是不孕不育，快把我给恶心死了！"苏涵毫不客气地吐槽道。

陆加尔听完，不由摇头："你这口毒牙堪比眼镜蛇！"

苏涵伸手撩了一下头发，书卷气质里透着一抹风情，吸一口牛奶，才接话道："或许就是事实呢！"

陆加尔瞥她："既然恶心，怎么你晚上还蹭人一顿饭？"

"这顿饭勉强算出场费吧！"苏涵笑回。

陆加尔不禁摇头，转身离开餐厅。苏涵也跟着起身，追上她："采访一下，你今天去BUA有何收获？见到靳向东了没？你们研发团队里是不是清一色高冷又木讷的IT男？"

"身为作家，不应该对任何群体带有主观意识的偏见。"陆加尔一边走进房间一边回道。

苏涵跟在陆加尔的身后："我可没有带偏见，这些都是通过实践得出的结论。"

陆加尔打开衣柜拿出一套米黄色的丝绸睡衣："那只能说明你的实践还不够透彻。"

靠着门边的苏涵闻言，嘴角露出笑意。

"这么说你今天在BUA工作得很愉快！因为见到某人！"

陆加尔也不隐瞒，坦诚道："他自然是其中之一，不过他的团队让人相处起来蛮舒服的。"

苏涵脸上的笑意变得有些暧昧："你这是爱屋及乌吗？"

"我目前还没资格说这样的话。"陆加尔拿着睡衣朝门口走来。

苏涵伸手揽住陆加尔的肩膀："既然已经羊入狼口，这资格早晚的事。"

陆加尔侧脸瞥她："谁是羊？谁是狼？"

"当然……你是狼！"苏涵说完这话，冲着陆加尔嬉笑。

陆加尔却伸手拍了一下苏涵搭在她肩膀上的手，因为苏涵在心里添了一句：你现在可是饿狼扑食的年纪！

陆加尔加入靳向东的团队后，虽不需要像团队的其他成员那样朝九晚五地上班，但也积极地沿着研发团队的工作方向开始展开工作。当然她的教学工作也不能落下。

今天靳升平来学校做演讲，陆加尔一早来到学校就感受到前所未有的氛围，这不仅是B大的大事，也是B市乃至全国都关注的重点新闻。为做好接待工作，B大还成立了专门的工作小组。

陆加尔昨天被临时通知，今天一起参与协作接待的工作。以往陆加尔对招待来校领导或名人，一点兴趣也没有，这次临时被点名，却觉得倍感荣幸。因为说不定还可以跟靳升平再次近距离接触！

靳升平出席演讲的次数极少，但出场费却极高，到哪都是票早早一售而空，就算在哈佛和牛津的演讲，那队伍也是排成长龙。而这次靳升平的回国演讲是不收费的，这基于三个原因：一是就算他在国外几十年，依旧保有纯净的游子心；二是应老友袁辛院士的邀请；但最重要的原因是，让国内年轻人更了解科学，是他这个科学家义不容辞的神圣义务。

下午，B大堪比校庆一样热闹，大礼堂外人山人海。有年纪轻轻的莘莘学子，有面带沧桑的社会人士，也有白发苍苍的学者教授，当然也有不少企业人士，似乎大家都盼着早点见到闻名遐迩的靳升平院士。

陆加尔虽然参与接待工作，实则是最外围的机动人员。此刻的她在礼堂内，跟着几个同事确认演讲台的布置。这时包里的手机响了，陆加尔拿了出来，看到屏幕显示是苏涵的电话，便走到侧边的门口接了起来。

"靳升平院士的演讲两点半开始是吧？"耳边传来苏涵急促的声音。

陆加尔应道："是，不是给你票了吗，上面有写时间！"

苏涵听后，长长呼了一口气："还有一个小时，应该来得及，不过要是我迟到挤不进去的话，你出来接我一下！"

"你不会现在才起床吧？"陆加尔问道。

"睡过头了！不说了，我现在以火箭的速度赶过去！"说完，苏涵便挂掉了电话。

陆加尔看了下手机屏幕，不禁摇头。苏涵这个作家常年坐家，生活极不规律，赶稿子的时候，时常日夜颠倒，而且她本人特别懒散，除了对写作和读书有高昂的热情，其他几乎都是三分钟的热度。要不是陆加尔时不时地在她身后抽鞭子，恐怕这人不知道成什么样了。

把手机塞回包里，陆加尔的目光看向外面乌泱泱的人群，不由轻轻皱眉。看这情形，待会儿苏涵就算到了，也挤不进来。

陆加尔回到同事身旁，没过一会儿便开始检票了。

不到三十分钟，能容纳4000人的礼堂坐满了听众，礼堂门口依旧挤着一堆人，个个眼睛看向正上方的大屏幕。这也算是学校比较人性化的安排，校内的几块电子大屏幕进行现场直播，所以就算没能进入礼堂亲耳聆听的人，也不会错过这场盛事。

夏日炎炎，即使撑起很多太阳伞，仍然可能出现中暑现象。苏涵赶到的时候，离靳升平院士出场只剩十分钟。苏涵使着吃奶的劲拨开层层人群，挤到门口。

陆加尔站在门口迎她，看她大汗淋漓的样子，顺手给她递了一张纸巾："快进去吧！"

苏涵猛地点头，心里默默发誓以后再也不敢迟到了，但陆加尔似乎不太相信她这个拖延症晚期患者的誓言。

几分钟后，B大有名的物理学权威何明教授出现在讲台上，今天的演讲由他主持。

坐在第三排位置的陆加尔，忐忑地仰着头看着讲台，待会儿靳升平院士带着护颈上台演讲，肯定会有很多人问候她这个车祸肇事者的祖宗。

听完何明教授对靳升平的隆重介绍后，在场所有听众以最热烈的掌声将靳升平院士迎了出来。

当靳升平走出来的时候，陆加尔眼底闪过一丝惊讶，他……这么快康复了？！

宇宙、时空、生命、天地与万物，这些对于一般人而言实在太抽象太玄妙。但人类对宇宙的奥秘却一直很好奇，一直积极地在探索中，而对于科学家来说，揭开宇宙真相绝对是他们最大的梦想。

靳升平有关量子力学的演讲很精彩，期间掌声阵阵，能亲临现场聆听他的演讲，绝对是很多人一生的荣幸，不过演讲的内容并非每个人都能完全消化。尤其对一些文科生，量子学派以及量子力学理解起来就像玄学。

身为教授的陆加尔，虽然平日阅读面极广，但她也难以消化靳升平今天所讲的内容。而且因为靳升平的脖子，她的注意力也有些分散。不过就下午的演讲状态而言，靳升平完全不像前几天脖子骨折的人，他精神饱满，双眼透着智慧的光芒，那感觉就像看到宇宙中一颗璀璨的恒星。

到对话环节，大家都争抢着跟靳升平进行面对面的科学交流，当然除了学术，肯定少不了八卦。在六七个严肃的提问后，一女学生问了很多女孩想问的问题。

"非常感谢靳院士给我这次宝贵的提问机会，不过我的问题可能会被很多人鄙视，但您刚才演讲时说遵循自己的内心是非常重要的，所以我还是想问……"

女孩的话，引来一片笑声。

台上的靳升平也笑了，也似乎预见她想要问的问题，大方地应道："问吧！"

女孩接着道："听闻您的儿子靳向东是赫赫有名的BUA公司的创始人和发起人，近期很多专家和学者对AI的发展持有恐慌和担心的态度。请问您对AI的发展和前景有什么样的看法，以及您的儿子是个什么样的人，关于他的资料实在太少，大家对他实在太好奇了。"

话落，再次引发笑声。

靳升平面露笑容："谢谢你的提问，对于AI的发展和前景我持期待的态度，同时也在思考它的现状以及未来，就目前而言……"靳升平客观地讲了一大段关于自己对AI的看法，接着道，"至于第二个问题，我儿子是什么样的人。他是一个热爱科学，喜欢钻研的人，其他跟在座的大家无异，每天吃饭、上班、睡觉，无须好奇。"

女孩听后，笑着接着提问："靳院士您对家人的保护果然几十年如一日啊！"

靳升平笑回:"不是我刻意保护,而是他不喜欢抛头露面!他做人比我低调,这点我应该向他学习。"

大家再次笑了起来,其实问跟没问一样,都没从靳升平那儿套出更多有关靳向东的信息。

两个小时的演讲到了尾声,大家用热烈的掌声结束与靳升平院士近距离的科学交流。陆加尔的掌声完全属于敬仰,而周边的几个学生光从掌声就可以得知他们的手掌心应该已经红了。年轻学子能通过靳升平的演讲崇尚科学、热爱科学,这也是靳升平内心所期盼的。

整个大礼堂被热烈掌声充斥着,陆加尔看着台上的靳升平,不知道是不是她产生了幻觉,竟然觉得靳升平在看她,因为有几秒的时间他的目光停留在她站的方向,他的脸上还露出惊喜的笑容。

不过陆加尔很快明确这不是自己的幻觉,靳升平确实看到她了,而且那个惊喜的笑容就是冲她而绽。

演讲结束,靳升平在安全人员以及校方领导包围下离开。尽管这次没能跟靳升平近距离接触,但靳升平的那个笑容,足以让陆加尔窃喜不已。

社交平台的出现,让人与人之间的距离更近一步,有人在炫耀,有人在分享,有人天天刷,有人偶尔发,有些言论无人问津,有些言论引起话题。无论哪种情况,只要自己开心就好。

陆加尔偶尔才会发微信,今天聆听靳升平的演讲,自然当成非常重要的一次经历。于是在朋友圈发了一条微信,附带一张靳升平在台上英姿飒爽的照片。

没过一会儿,微信下面多了一堆赞以及评论。

陆加尔很少在意这些,不过今天却例外了,因为点赞的人群中出现靳向东的身影,看到那颗"小爱心",陆加尔心中不由小鹿乱撞,修长的手指点击屏幕,再次确认,真的是靳向东。

两人的微信是认识当天加的,陆加尔还特意翻看了一遍他的微信,发现靳向东简直是社交绝缘体,从BUA总部搬到B市后,发的朋友圈仅仅十条,其中有六条还是元旦、春节发的祝福。

正如靳升平所说，他实在太过低调了。

想到靳升平，满腹好奇的陆加尔很想询问靳向东具体情况，不由直接给他发信息："Ace，今天有幸聆听你父亲精彩的演讲，不过见他将护颈拿了下来，是医生允许的吗？"

没过几秒，收到他的回复："嗯，医生允许的。"

陆加尔愣了愣，伤筋动骨一百天，按照常规最少都需要6-10周才能康复。

"真的很抱歉！"陆加尔再次致歉。

坐在会议室的靳向东看到这话，本想劝陆加尔宽心，可是这种事作为当事人肯定免不了愧疚，于是回复道："如果你实在过意不去的话，明天来公司时帮我买杯咖啡吧！"

陆加尔自然很爽快地答应："好，你的口味告诉我。"

屏幕出现两个字："蓝山。"

陆加尔的指尖在屏幕上跳舞："好，明天见。"

"明天见。"

当陆加尔跟靳向东聊完，退出窗口时，朋友圈又多了二十几个赞，其中八个来自BUA研发团队的成员。

这个团队有集体给人点赞的光荣传统吗？或许是领导有方？见靳向东给她点赞，大家便一致跟着他的步伐。

不管如何，新团队如此齐心是件好事，为此陆加尔的嘴角不自觉地上扬。而坐在BUA研发团队会议室的靳向东第一次遭遇成员讨论工作注意力不集中的现象。

罪魁祸首就是杰森，他刚才发现靳向东给陆加尔的朋友圈点赞，直接截图发到他们的团队群里，引发骚动，齐齐去给陆加尔点赞。

不过大家很快恢复如常，因为就算想八卦也是会议结束后的事情。

十分钟后，会议结束，靳向东合上自己的笔记本准备回办公室。

不过却被杰森拦住："别溜啊，跟我们交代一下你给陆教授的那颗小爱心！"

在很多人的印象里，这些高智商的IT人员及科研精英大部分属于性格高冷、不喜社交、不爱八卦类型，因为他们通常更喜欢把时间留来思考和钻研，但肯定也会有个别特例。

杰森就是研发团队里的特例，写程序能力一流，但同时也是"交际花"和八卦小喇叭。当然他的八卦也是有分寸的。

不爱抛头露面的靳向东，便将他这一特长发挥得淋漓尽致。在很多公开场合都由杰森代表出席，所以杰森经常被人误以为是BUA的一把手。

靳向东瞥了他一眼："收起你的八卦之心，赶紧把第四阶段的程序写出来！"

在座的都太熟悉靳向东的说话方式，不约而同地说出意味深长的话："坦白从宽，抗拒从严！"

不是大家爱八卦，而是靳向东的行为太可疑，虽然大家平时也都不怎么发微信，但真的极少看到过靳向东给谁点赞。不是他为人傲慢，而是他几乎很少点开社交软件。而陆加尔的到来，竟然破天荒让某人在她的微信下面轻轻地点上"小爱心"。当然点个"小爱心"也没什么，毕竟陆加尔发的内容是有关靳向东父亲的，只是好不容易有个八卦话题，他们自然不会放过。

"平时都不见你给我们点小爱心啊。是不是有什么情况啊？"杰森朝靳向东抛媚眼。

"Ace，本以为你是为了改善我们团队男女比例不平衡的局面，没想到是另有私心啊！"郑杰开率先开口批评靳向东。

"若真是私心，我表示抗议！"身为单身狗的黎正表示抗议。

"我附议！"另外一个单身人士，也表示抗议。

靳向东的目光扫了一下在座的大家，悠悠然地开口道："不是私心，是公心！"

"公心！你这是公然宣布陆加尔教授的所属权？"黎正跟他确认。

在座的大家，眼睛齐齐看着靳向东。

靳向东却没给确切的答复，而是站起身："自行领会，散会！"说完，抱着笔记本离开会议室。

刚走到门口，就听到里面传来哀号："假公济私，实在过分啊！"

"Ace总算回归地球做回人类，我们要宽容，要理解！"

听到这些，靳向东嘴角微微扬起，迈开长腿走向自己的办公室。

第二天一早，陆加尔的身影在B大图书馆附近一家咖啡厅出现，这里的咖啡小有名气，送咖啡赔罪自然得挑好的。说到给靳向东赔罪，这似乎有些不符合逻辑，不过这几天靳升平的脖子肯定没让他少担心。

十五分钟后，陆加尔带了十杯咖啡来到研发中心，见者有份。这样一来，既不会突兀，还能加深一下同事间的感情。

刚好要开个会，于是他们集中在会议室，大家拿着陆加尔请的咖啡，纷纷朝她道谢，陆加尔淡淡笑之。

郑杰博士甚至开起玩笑说："终于体会到有女生加入团队的好处。"

"没错，陆教授太贴心了，一早就让我们喝到这么可口的咖啡！"杰森喝过之后，表示很赞。

陆加尔没回应，只是淡笑，随后看似不经意地将最后一杯咖啡放置在会议桌的最前端，靳向东的位置上。

不多会儿，靳向东拿着笔记本进来，看到桌上的那杯咖啡，又看了看其他人手中的咖啡，伸手拉开椅子默默地坐了下来。

本来是他私下对陆加尔提的"小要求"，结果见者有份。让她破费不说，最奇怪的是他的内心起了一丝小波澜。

杰森的目光看向坐在主席台上的他，脸上露出暧昧的笑容："Ace，快尝下陆教授请的咖啡，味道比我们公司隔壁的咖啡馆好！"

靳向东的眼睛看向陆加尔，随后收回目光，修长的手指搭在咖啡杯上，缓缓地送至唇边。这个动作落入陆加尔的眼中，显得优雅又性感。以前觉得苏涵体内有花痴属性，现在的她何尝不是一个德行，靳向东的任何表情，任何动作，都让陆加尔觉得帅到不行。

第一次对男人产生这种心理的陆加尔，非常清楚地知道这意味着什么。从心理学的角度而言，喜欢一个人是因为自己缺少这个人所拥有的特质，自己极其欣赏并渴望拥有的特质，这也叫作对方拥有你的"影子人格"，即你表现不出来的那部分特质。

当然还有这么一句话，人最爱的永远是自己。所以，特别深爱跟自己很像的人，会像爱自己一样爱他。因为她很特别，而他也很特别，所以他深深地吸引着她。

"不错。"靳向东尝过之后给以肯定。

陆加尔脸上露出一抹悦色，随后很豪气地说道："你们要是喜欢，以后我可以经常帮你们带！"

"好啊，在这儿先谢过陆教授！"郑杰博士也很爽快地答应了。

杰森再次瞥向靳向东，随后道："那可不行，陆教授你是Ace花重金聘请过来的，哪能让你天天帮我们买咖啡，就算我们答应，Ace也不会答应的，是不是Ace？"

面对杰森抛过来的话题，靳向东抬了下眼皮开口道："有自知之明是件好事。"

大家闻言，脸上不约而同地露出暧昧的笑意。

陆加尔环视了一下在座的男人们，今天一来就发现气氛微妙，不过她很快知道缘由，别看这些男人们一个比一个闷骚，内心的OS可真多。

陆加尔心里在想，她对靳向东的心意表露得那么明显吗？才几天的工夫，个个觉得Ace和她有着某种暧昧关系。还是说Ace在背后跟他们说了什么？

不过这些问题暂时没能得到答案，因为进入会议程序后，每个人都非常专注，尤其是聆听陆加尔这位新成员对产品性能的意见及建议。

陆加尔这些天做了很多功课，也清楚团队需要她提供关于哪一方面的专业支持。"人工智能之父"司马贺就是一名心理学家。AI潜能的深入挖掘，AI情感的深层反应，以及AI思维的深远决策等，都是依赖于心理学相应方面的专业知识而得到进一步突破。

会议结束，靳向东拿着咖啡杯离开，陆加尔主动帮忙收拾会议桌，却被男士们阻止了。

"陆教授，我们习惯自己动手丰衣足食！你去忙吧。"黎正道。

陆加尔看了下大家，笑道："我们的团队真是具有很多光荣传统的团队！"

"光荣传统？你指的是收拾东西吗？"黎正问道。

陆加尔淡笑："除了这个，还有昨天集体给我点赞！"

提到昨天集体点赞，几个男士的眼神变得有些暧昧起来。

"我们团队的光荣传统不错吧？"杰森笑眯眯地回道。

陆加尔看了下他，点头道："嗯，不错！"

散会后，大家都各自处理手头的工作，陆加尔也投入到工作中。

因为下午有课，陆加尔结束上午的工作就离开，乘电梯的时候恰好碰到靳向东。

"回学校？"靳向东问。

陆加尔点头："嗯，下午有课！"

"我刚好顺路送你过去！"靳向东道。

陆加尔没有拒绝，电梯里就她和他，陆加尔的脸上情不自禁地漾起一抹笑容。

靳向东刚好看到："笑什么？"

陆加尔顿了一下，随后看着他很直接地回道："笑你。"

这下轮到靳向东愣了，看着陆加尔那亮闪闪的眼睛，一脸不解："我？"

陆加尔点头，轻声应着："嗯。"

靳向东似乎猜到什么，开口道："那帮男人是不是跟你说了什么？"

"没有啊！"陆加尔否认，嘴角含着笑意，"不过倒是你，你是不是跟他们说了什么？"

靳向东的眼睛微闪："没说什么。"

陆加尔看他，随后抿唇笑道："骗人！"

闻言，靳向东只好如实道："不想让你觉得进入狼群，便用善意的谎言让他们自行退散。"

陆加尔心里乐开花了，但是却故意道："你这是在帮我斩桃花吗？"

电梯刚好打开，有人进来，两人暂时停止话题。

到了地下车库，陆加尔接上话题："Ace？"

靳向东知道她是故意的，也故作不答，径直地走到他的迈巴赫前，绅士地替陆加尔开车门。

陆加尔一边享受着他的服务，一边想着怎么套他的话，见他不回答，本想要钻进车里的她突然停下。于是，两人面对面站着，身体隔着一扇车门。现在的距离绝对属于亲密距离，靳向东非常清晰地看到她的脸，那上面几乎看不到毛孔，白皙细腻。

而面对这样的亲密，陆加尔的反应很强烈，却故作冷静："Ace，我有个想法。"

"说。"靳向东应道，开口间他的气息直扑在陆加尔的脸上。

心跳加快的陆加尔，直视着靳向东的眼睛："你追我，或我追你，请选择一个！"

面对这么直接的陆加尔，靳向东已经有了心理准备，与她的目光对视，开口道："没有第三种选择吗？"

换作其他女孩听到这个答案，肯定会认为是拒绝，含羞而去，但陆加尔却一点都不气馁，因为在漫漫人海中，遇到一个令自己倾心的男人实属不易。

"没有，只能二选其一。"陆加尔的语气听似有些霸道。

"一定要选？"靳向东看着她，偏冷的声音压低几分，变得性感无比。

"嗯！"陆加尔点头。

两人面对面，清晰地感受着彼此的气息，气氛变得非常微妙。

而靳向东的回答却是："其实无论是我追你，还是你追我，都不是我擅长的。"

陆加尔一愣："什么意思？"

"情感经验严重缺乏！"靳向东实话实说道。

陆加尔闻言，嘴角含着笑，带着一抹羞涩："我的经验也不足，不过可以一起慢慢探索！"

将陆加尔的羞涩看在眼里的靳向东，内心莫名地柔软起来，开口道："你确定要追我？！"

陆加尔顿时抬头，眼睛看着靳向东，跟他确认："你这话的意思是你已经做出了选择？"

靳向东看到陆加尔的反应，竟然有种想伸手揉她头发的冲动，因为他在她的眼睛里看到的不是失望，而是激动。她真的很特别，不矫情、不做作、干脆利落。

"我真的很难追！"靳向东声明道。

"既然你选择了，那剩下的便是我的事。"陆加尔自信地回复。

只要靳向东不排斥她，就算他是一个没有支点的地球，她也一定会将他撬动。

"那……加油！"靳向东给她鼓劲。

加油！这话换作一般人听了，肯定会有抽靳向东的冲动，不过陆加尔却觉得很有趣。

"谢谢鼓励！"

两人达成了共识，陆加尔便心满意足地坐进车内。靳向东替她关上车门后，嘴角泛着不易察觉的笑意绕过车头，打开车门坐进驾驶座。

靳向东启动车子，往车库出口驶去。

快到出口时，上一秒还沉浸在喜悦中的陆加尔，突然变得神色异常。陆加尔眼睛扑闪，似乎在挣扎的样子。

最终她还是无法抵挡耳边传来的心声，不由开口道："那个……Ace，我有东西落在办公室里，得回去拿一下！"

靳向东将车停下，侧脸看她："你打电话让人直接送下来。"

陆加尔不方便说明："私人物品不太方便。"

"我在这儿等你！"靳向东道。

"不用，我待会自己打车回学校。"陆加尔却拒绝他的等待。

靳向东只好道:"回见。"

"回见。"陆加尔说完,打开车门,走了下来。

靳向东启动车子,直接离去。

陆加尔也转身,但她不是往电梯口的方向,而是朝右而去,来到车库的一个角落,定定地站在一辆红色的卡宴前,此刻车内入眼的画面纯属儿童不宜。

世界上,每一分钟有好事发生,每一分钟有坏事发生。善与恶在人们心里,往往都是一念天堂,一念地狱。陆加尔已经尽量让自己麻木不仁,不去多管闲事,以免惹祸上身,但还是没能做到完全冷血地袖手旁观。

车内少儿不宜的画面,让陆加尔有些尴尬,不过这实在未免太过大胆了。就算这个地方是监控死角,但是就不怕被其他车辆的行车记录仪拍到吗?

陆加尔走了过去,伸手敲了敲车窗。

车上的男女听到敲窗声,顿时就像顽皮的小孩朝水里扔石头一样,惊起一滩鸥鹭,放开彼此,手忙脚乱地整理身上的衣服。男人很快从车里出来,看了下陆加尔,便匆匆逃离,而女的则还在车里。逃离的男人很年轻,看上去应该是刚毕业不久的小鲜肉,至于女的,应该会比男人大一点。

破坏别人好事,有点不太道德,不过陆加尔也就到此为止,正要转身离开,却被车上的女人给叫住了:"等一下!"

几秒后,女人走到陆加尔的面前:"那个……我和他是情侣,刚才是情不自禁了!"

陆加尔闻言,眼睛不由细看了下眼前这女人,着装干练,一看就是主管级别。随后目光不禁落在她那泛红的脖子上,很明显是未消散的勒痕。

没等陆加尔说什么,女人再次开口恳求:"刚才的事请你帮我保密好吗?公司不允许办公室恋情!"

在BUA公司不允许发生办公室恋情吗?那她追靳向东,岂不是违反规定？

陆加尔很想说什么，可是还没开口，身旁的女人脸色突变，眼睛看向她的身后："靳总！"

闻声，陆加尔不由转头，只见靳向东站在离她十米远的地方。

他刚才不是已经开车走了吗？

靳向东一步一步地走了过来，陆加尔莫名有些紧张，像是干坏事的小孩，刚好被老师逮个正着一样。可是话说回来，她其实没做错什么事啊。

靳向东走到陆加尔的面前，看了下她旁边的女人："肖副总，你跟陆教授认识？"

被靳向东称呼为肖副总的女人，听了这句话，眼底闪过一丝惊慌。不过很快镇定下来："原来这位就是著名的心理学家陆教授，我对你早有耳闻，敬佩有加！认识你实属荣幸！"

陆加尔看了下这个肖副总，随后客套地说了两字："幸会。"

靳向东接着问陆加尔："陆教授，你这是迷路了吗？"

既然靳向东这么说，陆加尔自然顺杆往下："对啊，地下车库太大了，绕得有点晕！"

"我忘了拿份资料，一起上去吧！"靳向东道。对于这话，陆加尔半信半疑，但却点头道："好！"

跟随靳向东往电梯口方向走去的陆加尔，在拐角转弯时，微微侧目，意味深长地看了眼站在原地的肖副总。

电梯一层层往上，站在身材高大的靳向东身旁，陆加尔有种很安心的感觉，不过此刻的她正在思索一个问题。

靳向东透过正前方的玻璃镜将她的表情看在眼里，从她下车的那一刻，他就莫名地不安，最后到了门口的他还是选择返回停车场。当他停下车，看见一个男人从右边角落窜出来，不由担心陆加尔。

"能告诉我刚才发生了什么吗？"靳向东那偏冷的声音打破电梯里的沉寂。

陆加尔回过神看向他，随后俏皮地开口道："刚才没发生什么啊。"

闻言，靳向东侧过脸，嘴角微扬："又想留悬念？"

"不是！"陆加尔否认。

靳向东看着她，说实话此刻眼前的陆加尔好像就是一个谜，令他猜不透的谜。

陆加尔被他看得有些不好意思，脸上泛着羞涩："Ace，能问你一个问题吗？"

"可以！"就算她对他保有秘密，但是靳向东却想对她坦诚。

"公司不允许办公室恋情？"陆加尔问道。

靳向东微怔："这个虽没有明文规定，但好像是种默认。"

办公室恋情不是一个新话题，在工作繁忙的现代社会，办公室白领天天加班，根本就没有足够的时间去发展公司外的爱情。越来越多的人在职场上寻觅感情，让爱情和工作可以兼得。可是很多公司，一提到办公室恋情，支持者与反对者意见各异。而从心理学的角度来讲，办公室恋情的好坏其实因人而异。

"默认？这么说我想追你的事，岂不是出师未捷身先死！"陆加尔道。

见陆加尔如此坦然地说追他，靳向东内心泛起一丝小波澜："我想陆教授应该不是一个会轻易放弃的人！"

"若是我选择做个循规蹈矩的人，你会遗憾吗？"陆加尔笑道。

靳向东嘴角轻轻上扬："我父亲曾经跟我说过一句话，确定目标就勇往直前！"

陆加尔听后，心里小鹿乱撞，笑嘻嘻道："我能理解，这话是你对我的鼓励吗？"

"我相信陆教授的理解力是一流的！"靳向东道。

靳向东这样高智商的人讲话看似直来直往，却给人一种无比腹黑的感觉。

陆加尔顺着他的话，补充道："其实我的行动力也不赖。"说完，她侧过身踮起脚尖，亲吻了一下靳向东的脸颊。

嫣红的唇落在脸上，如同美丽的蝴蝶落在花朵上，轻轻一吻，很快翩翩离去。靳向东整个人定在那，感觉时间似乎停止了，但他的心跳却崩盘了。

这是陆加尔从小到大对异性做过的最大胆行为，虽然毫无女性固有的矜持，但却直接表明了自己的心意，最后她还不忘对靳向东郑重声明："已盖章！"

城市笼罩在月色之下，忙碌一天的人们陆陆续续地回到温馨的家中。

自从家里多了一个艾米，陆加尔真真切切地体验到人工智能带给人类的便利。家里每天打扫得干干净净，而且多了一个健康营养专家，当然最重要的是，苏涵这个衣来伸手饭来张口生活小白痴的一日三餐有人监督，不再过着饮食不规律的生活。

"你要的资料！"苏涵拿着一叠文件对刚从浴室出来的陆加尔道。

穿着睡衣的陆加尔接了过来："辛苦了！"

近期她需要的AI与心理学相关的资料，都是苏涵这个"百科全书"给她提供的。

"不辛苦，也算是给我自己储备写作资料！"苏涵道。

陆加尔看了下她："真打算写科幻小说？"

苏涵笑道："放心，我不会把你暴露的！再说，就算别人知道原型是你，也根本不会相信的！"

"不怕一万，就怕万一！我可不想阴沟里翻船！"陆加尔拿着资料边说边走进书房。

"你这话的意思是把我当阴沟了？"苏涵跟了进去。

陆加尔走到办公桌旁的椅子直接坐了下来，开始翻看资料。苏涵两手撑在办公桌上，眼睛直勾勾地俯看着她。

陆加尔无奈地抬起头："只是比喻，别对号入座！"

苏涵这才将身体立直，不过并没有打算离开，而是拉过椅子坐了下来。

陆加尔看她这副样子，便知道她的小九九，不由开口："打探他人隐私不是件礼貌的事。"

　　苏涵撇嘴，最不喜欢的就是这种感觉，两人是多年的挚友，无话不谈，但苏涵一直觉得自己很亏，因为她在陆加尔的面前根本没有秘密。

　　"虽说艺术来源于生活又高于生活，但总得多了解一下像靳向东这样的人物在工作中是什么样子的！"苏涵不死心，依旧想探究一番。

　　想起靳向东工作时的样子，陆加尔的表情变得有些微妙起来："轻松又不失认真！"

　　苏涵没有"特异功能"，但观察力也是不赖："看你的表情，跟他在一起工作，肯定是只顾春心荡漾，无法专心工作吧？"

　　陆加尔没有否认："春心荡漾是真的，但我工作一向专心！"

　　苏涵对此无法反驳，于是笑着道："闷骚的女人啊！"

　　陆加尔把她的话接了过来："我今天亲了他！"

　　苏涵听了这话，惊得眼珠子都快要掉了出来："你亲了靳向东？"

　　"与其闷骚，不如明撩！"陆加尔回了她八个字。

　　苏涵不得不伸手，对着她竖起大拇指："无论男女，一旦遇到自己喜欢的人，都会情不自禁地兽化！"

　　对于这个观点，陆加尔不由想起中午在BUA地下停车场遇到的事情，点了点头："赞成！"

　　苏涵见她如此坦白，不由啧啧道："这还是我认识的那个高冷的陆教授吗？说好的矜持呢？"

　　"试问矜持是何物？能吃吗？"陆加尔心情很好，顺着她的话调侃起来。

　　"矜持不能吃，但是靳向东可以吃！"苏涵的语气变得暧昧不已。

　　陆加尔看向苏涵道："作家的思想一向颜色偏重！"

　　"无论是男人追求女人，还是女人追求男人，最终目的除了心灵相通还有水乳交融！"苏涵笑道。

　　而陆加尔的回答却是："我目前就想跟他拉拉小手，暂时没想那么远。"

"都把人家给亲了，还说只想拉拉小手，没想那么远，这话谁信啊！"苏涵表示不信。

"我只亲了他的脸！"陆加尔解释。

苏涵一副正义感满满的样子："亲脸也是亲，亲了就得负责到底！"

陆加尔回道："我倒是想对他负责到底！"说完，脑海再次浮现中午亲完靳向东的那一幕，陆加尔的嘴角自然上扬。

"啧啧，矜持都被狗吃了！"苏涵再次啧啧不停，"就算你觉得他很特别，对他一见钟情，也要注意点技巧。你自己就是心理学专家，应该很清楚男女之间在感情上的博弈，别抢夺太多主动权，不然就算追到手，他的内心也没多少征服感。"

苏涵的忠告出发点是好的，但陆加尔却不太担心这些，因为她清楚的知道靳向东是对她有好感的。

事实证明，陆加尔的感知是准确的。被她亲过的靳向东心情灿烂了一整天。

此刻已经十点半，靳向东跟着靳升平刚从科学院的袁辛院士的家里出来，袁辛院士的作息一向规律，但是与老朋友叙旧，不免忘记了时间，而且就算再聊几天也觉得不够。

靳向东开车送靳升平回酒店，坐在后座的靳升平开口："今晚收获不少吧？"

"嗯！"靳向东轻声应道，今晚聆听两位顶级科学家的聊天，令他收获颇丰。

"除了专业知识上的收获，还有其他的想法吗？"靳升平问道。

靳向东知道靳升平所指，今晚的饭局除了他们父子以及袁辛院士夫妇，还多了袁辛院士的孙女，袁淼淼。

"没有！"靳向东很干脆地回道。

靳升平的目光看着靳向东的侧脸，虽然车内光线昏暗，但是轮廓依旧帅气逼人。

"看你晚上心情不错，还以为你有想法。"靳升平道。

"心情不错是因为见到袁辛院士。"靳向东解释，不过这其实只是借口，具体因为什么，他自己心里很清楚。

"袁辛院士今天晚上的安排，自然有他的意思，你若没有想法，我回头跟他说明。"靳升平道。

"有劳您了！"靳向东勾唇回道。

靳升平看了下他，脸上浮现复杂的神色，他对正在开车的靳向东是既放心，又担心。

一个小时后，靳向东披着月色回到家中，一进门就看到穿着睡袍的杰森坐在沙发上，目光盯着超大液晶电视屏幕在那玩游戏。

"主人，你回来了，杰森玩游戏快玩疯了！"艾克奔了过来，直接跟靳向东告杰森的状。

靳向东换好鞋子，走向客厅，注意力正集中在游戏上的杰森没看他，但开口打了声招呼："回来了。"完全一副他才是主人的模样。

靳向东司空见惯，看了他一眼便去洗澡。等他出来的时候，杰森刚好把游戏通关了，靠着沙发，长叹一口气："终于过关了！艾克，我手麻了，过来帮我按摩一下。"

艾克呆萌地看了下靳向东，慢吞吞地蹭过去给杰森按摩。

靳向东走到吧台拿过一瓶红酒，倒了一杯。

杰森仰着头，像大爷一样开口道："给我也倒一杯！"

靳向东又倒了一杯，走到沙发前递了给他。

杰森抿了一口，看向靳向东："知道你不喜欢家里多个人，不过这几天就让我在你家避避风头！"

"有问题，正面解决！"靳向东轻轻地摇着手中的红酒，看着那如鲜血的酒在剔透的杯壁上划过，犹如一个穿着红衣的女子在跳舞一般。

"大哥，你别站着说话不腰疼好吗？"杰森叹道。

靳向东瞥了他一眼，晚上接到杰森的短信，说是父母飞来B市催婚，他谎称出差躲到他家来。

"伯父伯母的出发点也是好的，毕竟你年纪也一大把了，也该考虑结婚的事了。"靳向东很冷静地回复他。

"我年纪一大把！这位兄台，我可记得你比我大几个月好吗？"杰森反击道。

"可我家人不催我结婚。"靳向东回复道。

听了这话，又看到靳向东的表情，杰森郁结不已，不由跟艾克道："艾克，你家主人这么坏，估计也没人想跟他结婚对吧！"

"不对，我家主人有喜欢的人了！"帮杰森捏手的艾克回复道。

杰森顿时眼睛一亮："哦？你家主人有喜欢的人了？"说完，目光看向靳向东。

靳向东没理他，端起酒杯优雅地抿了一口。

"你不会对陆加尔来真的吧！"杰森的眼神变得有些暧昧起来。

靳向东没有回复他答案，而是道："客房借你住一天，明天打哪来的就回哪去！"

杰森听后，不由道："你这是见死不救是吧？"

"躲避不是办法，跟你爸妈好好聊聊，也许他们就不催了。还有，结婚对于你来说是好事不是坏事。"靳向东道。

"我暂时没有一点结婚的意愿，你要是见死不救，我明天就去公司帮你宣传你喜欢陆加尔教授的事！"杰森直接威胁。

靳向东不理会，站起身："睡了。"

"Ace，我说到做到啊！"杰森喊道。

靳向东头也不回地走向卧室。

看到门关上后，杰森不由转过头对艾克道："艾克，你家主人这么冷血，还是来我家吧！我会好好照顾你的。"

面对杰森的挖墙脚，艾克丝毫不动摇："我自己能照顾自己！"

原本只有学校的教学任务时，陆加尔在苏涵眼里就跟闲人没两样，不过成为BUA研发团队一员后，白天想见她一面实在太难了。

陆加尔也在慢慢地适应现在的生活节奏，前几天车子没取回，出入不方便，今天总算恢复正常。陆加尔就像BUA公司的普通一员，拿着一杯咖啡走进电梯里，可是其实她在人群中一点都不普通。

有人主动跟陆加尔打招呼："陆教授早！"

一句陆教授，惹来电梯里众人目光集中在她的身上。集团虽大，但一有什么风吹草动，众人皆知。很多人并不认识陆加尔本人，但对她的名字却都有所耳闻。

陆加尔微微转过头，看到昨天遇到的肖副总就站在她的身后，出于礼貌，淡淡一笑："早！"

"陆教授，你手上的咖啡味道真香，在哪买的？"肖副总继续搭讪。

陆加尔并不喜欢在电梯里跟肖副总讨论咖啡，硬着头皮道："B大图书馆附近！"

"有空我去那儿尝尝！"肖副总笑道。

陆加尔脸上勉强挤出一抹笑，这是她最讨厌自己的样子。有时候她也会想，若是在职场，拥有"读心术"的她应该是打遍天下无敌手的人。可她不想成为那样的人，所以选择学校教学，因为校园的工作环境相对单纯。

而肖副总那天被她撞见，却还能装着若无其事的样子跟她打招呼，实在让陆加尔觉得这女人的心理强大得不容小觑。

到了研发中心的办公区，陆加尔的眼睛环视了一下四周，似乎在寻找某人的身影。

"手中的咖啡是给我的吗？"只听到背后传来熟悉的声音。陆加尔连忙回过头，小心脏因为靳向东的突然出现再次失去节奏。

陆加尔看着靳向东的眼睛，低声道："不是，我自己喝的。"

她今天见到靳向东，说话声音明显不同，因为害羞，因为尴尬。刚好电梯门开了，她想逃走，结果身体直接撞在门上。

然而，靳向东却跟土匪一样，直接伸手将她手中的咖啡夺了过去，随后从她身边掠过，径直地走进办公室。

陆加尔转过头："那个……"那杯咖啡她已经喝了两口。

"那个是哪个？"身后又凑过来一个脑袋。

是杰森！陆加尔转过头，看了下他，为了防止他八卦，不由先发制人道："夜不归宿的孩子不是好孩子！"

杰森一愣："你怎么知道我昨晚没回家？难道陆教授跟我有心灵感应？"

陆加尔被噎："你身上的衣服跟昨天一样。"

"没想到陆教授这么关注我。"杰森勾唇道。

陆加尔再次被噎："自作多情是一种病。"

杰森听后，一点都不生气，反而笑道："既然是种病，那就有请陆教授你这位心理学专家给我治一治！"

陆加尔跟杰森接触多次，也算大致了解他的性格，于是一本正经地给他建议："自作多情是内心空虚的一种表现，建议你去见下你父母给你介绍的女孩或许能有所改善。"话落，陆加尔眉头微皱，一时大意将她读心得到的信息给说漏嘴了。

而杰森听后，埋怨一句："没想到Ace也是个大喇叭！"

杰森直接把罪名安在了靳向东的身上，这让陆加尔有些意外，不过要是被拆穿很难自圆其说。

"昨天我路过你办公室，无意间听到你跟父母的通话才知道这事的。"陆加尔只能找个理由。

杰森听后，眼底泛着一丝狐疑，他昨天是在办公室接的电话，按道理不可能被听到，难道门没关紧？

"我先去忙了！"陆加尔不想被拆穿，直接溜走。

杰森看着陆加尔的背影，内心不免多想，于是拎着公文包直接去了靳向东的办公室。

"Ace！"杰森将包放置在桌上，开门见山地对坐在人工学椅上的靳向东道。

"工作时间，只谈公事！"靳向东以为杰森要跟他继续纠缠留宿他家的问题，不由声明道。

"我想说的话，是关于陆加尔教授的。"杰森直接点名，不过说这话时，他的目光刚好落在靳向东左手边的咖啡杯上，上面的品牌标志相当眼熟。

靳向东闻言，抬头："陆教授？她怎么啦？"

杰森的目光移至靳向东的脸上："你对她的资料进行彻底核实过吗？"

"核实过，有事？"靳向东道。

杰森听后，回道："没事，就是问问而已！"

靳向东办事，杰森一向很放心，因为他不仅是智商超然、心思缜密的天才，同时也是行事果断、魄力十足的掌舵者。他是BUA科技的旗帜，整个研发团队的核心，一个让他从头到脚佩服得五体投地的男人。

"你想问什么？"靳向东看着他，虽然杰森有点小八卦，但绝对不是那种无缘无故乱说话的人。

杰森知道靳向东一向用人不疑疑人不用，于是暧昧地笑道："你跟陆教授已经开始交往了？"

靳向东听后，定定地看着杰森："你对陆教授有想法？"

"不敢，兄弟妻不可欺！"杰森笑道。

靳向东不想跟他废话，于是开口道："第四阶段的程序……"

一听到靳向东开口催程序进度，杰森就跟孙悟空被唐僧念了紧箍咒般立马投降："我马上滚出去工作。"

靳向东右手操作鼠标，准备查看邮件，走到门口的杰森突然转身说："间接接吻没意思，建议直接实体接触，那滋味相当销魂。"说完，麻利地打开门消失在靳向东的视线里。

靳向东的眼睛看向门口，几秒后才缓缓收回，落在桌上那杯咖啡上，杯口印着一抹淡淡的口红。

在心理学里有一个效应叫孕妇效应，因为自身的关注从而觉得偶然因素是个普遍现象。譬如怀孕的人会发现自己经常碰见孕妇，开奔驰的人更容易看到奔驰，拎LV的人会发现满大街都是拎LV的，这些都称为心理投射。而陆加尔自从认识肖副总后，发现自己产生了"孕妇效应"，竟然走到哪都能碰到她。

昨天就碰到三次，今天中午去买咖啡，又给遇上。这次她的身旁多了一个人，那天从她车上下来的那个男生。

男生看到陆加尔，面色明显有些紧张，低头不敢看她，反倒肖副总一脸镇定，主动冲着陆加尔打招呼："陆教授，你也来买咖啡啊！"

"嗯。"陆加尔看了她一眼，应付式地点头。见陆加尔不是特别热情，肖副总也不好巴结，笑着道："先走了！"

"嗯。"陆加尔勉强应了一声。

她本来就不是一个特别合群的人，所以就算相遇她也是一副寡淡表情，再者那天的事情没有肖副总口头表达的那么简单。看着两人离开的背影，陆加尔不由眉头微皱。

买完咖啡，陆加尔回到办公室，本来她完全没必要参与这种破事，可是社交媒体的发酵效应不容忽视。

于是，陆加尔给靳向东发了条微信："Ace，肖副总是负责哪个部门的？"

几秒得到回复："运营！有事？"

陆加尔回复道："没事，这几天经常碰到她，随口问问。"

得知这个信息后，陆加尔下午便在员工通讯录找到肖副总的联系电话，给她发了一条短信。

下班后，陆加尔站在BUA大厦最顶层的天台上，天台不是空旷之地，而是设计成有花有草的小花园。

夕阳斜照，徐风拂面，凉爽自在。

"陆教授，我刚开完会，让你久等了！"身后传来肖副总的声音。

陆加尔缓缓转过身，看了下她，又将视线移了回来，眺望着远方色彩艳丽的红霞。

肖副总走到陆加尔的身旁："陆教授，找我有事？"

陆加尔没多说什么，只是将手机递给肖副总。

肖副总接了过去，看了下内容，眸光忽闪，不过很快恢复如常：

"陆教授叫我上来，就是给我看这个吗？"

陆加尔将她的表情看在眼里，直接明了道："现在只是一条微博，但是明天说不定就是社会新闻！"

肖副总面无异色："这跟我有关系吗？"

"你说呢？"陆加尔反问。

肖副总很是镇定，嘴角挤着笑容："陆教授，我知道你在行为心理学领域很厉害，号称会读心的教授，但是这条微博跟我无关！"

陆加尔语气泛冷："若要人不知除非己莫为。"

"我不懂你在说什么？"肖副总装傻回道。

闻言，陆加尔不由冷笑，随即开口："若郭霖自杀，这个责任你负得起吗？"

当肖副总听完这话，眸光忽闪一下，但面色冷静地对陆加尔道："陆教授，我和郭霖是正常交往，不会出现这种事。现在是下班高峰期，你若没别的事，我先走了。"

说完，肖副总想转身离开，陆加尔没有拦她，只是冷冷道："不见棺材不掉泪。"

肖副总的脚步顿了一下，随后大步流星地离开了天台。

徐风吹在脸上，倍感舒爽，陆加尔看着远方如血般的云霞，心里不由默默吐槽自己：这是要当圣母吗？可是她现在就有成为圣母的倾向，不想多管闲事的她已经开始插手了。

几分钟后，陆加尔收回目光，转身离开了天台。

到了地下车库，陆加尔往自己的卡宴走去，还差十几米的距离时，看到一对车灯朝她闪了闪。看车牌号码就知道是靳向东的车，陆加尔走了过去。

靳向东将车窗摇了下来，对着走近的她："有空吗？"

陆加尔闻言，淡笑地问道："是想请我吃饭？"

靳向东嘴角轻扬："赏脸吗？"

"赏，不过得明天。"陆加尔笑道。

"看来我约迟了。"靳向东的表情露出一丝遗憾。

"今天刚好有点事。"陆加尔也有点遗憾。

一小时后，陆加尔出现在一条狭窄又阴暗的弄堂里，道路两旁都是商铺，人来人往，热闹非凡，但这里的空气飘浮着一股难闻的臭水沟味。即使在繁华的城市里，也会有破旧的角落。陆加尔按照手中纸条写的地址找到了郭霖的住处，在门口敲了敲门，但是没人回应。

隔壁房间的门被打开，一年轻的小伙子冒头出来，见陆加尔站在门口，上下打量了下她随口道："找郭霖？"

"嗯！"陆加尔应道。

"他好像还没回来！"那小伙子道。

"哦，谢谢！"陆加尔谢道。

陆加尔转身离开，然而却听到那小伙子在那嘀咕一声："郭霖这孙子，女人缘真旺啊！"

走在挤挤攮攮的宅巷里，陆加尔突然意识到一个错误，自己来错了地方，不由加快脚步回到车里。

而就在陆加尔发动车子后，手机响起微信铃声。

陆加尔拿起来瞄了一眼："陆教授，你帮帮我，帮帮我好吗？"

陆加尔皱眉，果然一切如她所料，于是直接让肖副总告诉她地址。

车子在马路上急速行驶着，十分钟后，陆加尔出现在一栋豪华公寓的1802房间门口。陆加尔快速地按了肖副总刚才发给她的门锁密码，轻轻推门而入。

"郭霖，你别冲动！求你别冲动！"门开后，耳边传来肖副总的声音。

陆加尔轻轻地踏进客厅，入眼便看到下班前在天台上碰面一副事不关己的肖副总跪在地上，头发微乱，妆容尽毁，含泪哀求坐在窗边身体呈悬空状的郭霖。

肖副总看到陆加尔就像看到了救星一样，抓着她的手："陆教授，你帮帮我！"

陆加尔看了下肖副总，随后将目光看向窗台上的郭霖，只见他眼神涣散，表情痛苦。

"别过来！"郭霖的眼睛也看向陆加尔，身体挪动了一下，画面极其危险，感觉一不留神他便会坠落而下。

陆加尔停在原地，声音放柔："郭霖，我是心理学教授陆加尔，刚加入BUA科技，也算是你的同事，你放心，我不会过去的！"

"郭霖，求你别这样好吗？"跪在地上的肖副总，继续开口哀求。

"肖丽丽，你闭嘴，我不想听你说话！"郭霖冲着肖副总吼道。

肖副总想说什么，可是却被陆加尔给制止了，随后对着郭霖道："郭霖，我明天上班就让靳总把肖副总给辞了！"

这话一出，无论是郭霖，还是肖副总，都一脸愕然。两人的视线不约而同地集中在陆加尔的身上。

郭霖的眼皮微动，丝毫不相信她说的话："就凭你能让靳总辞了肖丽丽，谁信啊？"

陆加尔听到回答后，心里却松了一口气，因为她的话对郭霖起了作用。

陆加尔的语气非常自信："没错，就凭我！肖丽丽利用职务便利潜规则你的事，我明天会如实地告诉靳总，让他从重处理！"

"陆教授……"肖丽丽闻言脸色大变。

"闭嘴！"陆加尔冷语道。

郭霖看了下陆加尔，又看了下肖丽丽，似乎还是不相信："你这是哄我？我才不会相信你的鬼话，我要从这里跳下去，让肖丽丽身败名裂，让她做一辈子噩梦！"

听完郭霖的话，陆加尔一脸沉着："郭霖，这是你一厢情愿的想法，你要是从这跳下去，对肖丽丽没有任何影响！她大不了搬家，不住这儿，就算失去工作，她可以再找，而你的生命却就此消失，你觉得值吗？"

郭霖的眼睛紧盯着陆加尔。

陆加尔继续说道："我明天就让靳总开除她，并在业内通报，让她再无立足之地！"

闻言，郭霖那原本透着灰烬的目光，泛起一丝生机："你，真的说话算话？"

"说话算话！"陆加尔很坚定地回答他。

"那你现在就给靳总打电话！现在就打！"郭霖命令道。

肖副总仰着头看陆加尔，神色慌张又害怕："陆教授……"

而陆加尔却没有理睬她，开口道："好，我现在就打！"说完，陆加尔拿出自己的手机。

"用免提！"郭霖要求道。

陆加尔如他的愿，按了免提。没过几秒电话接通，安静的室内响起靳向东充满磁性的声音："陆教授，有事？"

"靳总，我有个不情之请！"陆加尔一边看着郭霖，一边对着手机道。

"说！"靳向东很直白。

陆加尔知道自己这么做很唐突，不过事态紧急，而且肖副总的品行真的让人不敢恭维。

"明天上班请您将肖副总的职务解除，并在业内通报，全面封杀！"

在家里跟杰森一起玩游戏的靳向东听到这个请求，微愣了一下，不过很快给予答复："明天你到公司找我面谈此事！"

靳向东知道陆加尔不会无缘无故地提出这个不情之请，但是身为管理者，裁掉员工还是需要一个充分的理由。

然而陆加尔的回复却是："我请求现在、此刻，你答应我这个请求！"

"一定要现在做决定吗？"靳向东对于如此急迫的要求，还是心存一些顾虑。

"是！"陆加尔一边回复，一边看着窗台上的郭霖。

"能告诉我其中缘由吗？"靳向东追问。

"明天再告知你行吗？"陆加尔不敢拖时间，答复道。

靳向东思考了几秒，随后道："好，我答应你！"

"谢谢！"靳向东的答复刚落下，陆加尔道一声谢便直接挂了电话。

原本跪着的肖副总整个人就像一根软面条似的瘫坐在地上，完全没有平日里的趾高气扬，而在窗台的郭霖对眼前的陆加尔倍感好奇。

她竟然一个电话就让靳向东辞掉肖副总，实在让人不可置信。

"郭霖，你亲耳听见靳总的答复，现在可以下来了吗？"陆加尔看着郭霖说道。

"他真的是靳总吗？"郭霖还是有所怀疑。

"你看肖副总的表情，应该知道刚才与我通电话的人就是靳总！"陆加尔回道。

郭霖的目光看向坐在地上的肖丽丽，此刻的她就像一只落败的公鸡，一脸颓废，毫无斗志。

"下来吧！"陆加尔的声音很低柔，"为了你妈妈！"

最后这句话似乎击中郭霖的软肋，他的眼泪瞬间从眼眶溢了出来，带着伤心和深深的自责。

陆加尔站在原地不动，静静地看着他，时间一秒一秒地过去，室内安静极了。两分钟后，郭霖才从窗台下来，双手捂着脸，直接蹲在地上嗷嗷大哭了起来。

陆加尔知道危机解除了，心里不由松了一口气，可是这时门铃响了。除了埋头大哭的郭霖，陆加尔和肖副总的目光不约而同地看向玄关。

"我去开门！"陆加尔对着肖副总道。

陆加尔转身去开门，而坐在地上的肖副总缓缓地爬了起来，拿着一盒纸巾朝郭霖走去。

陆加尔打开门见门口站着两个穿着制服的警察，一警察对着陆加尔亮出证件："刚才接到报警说有人要跳楼！"

"小情侣吵架而已！"陆加尔解释道。

警察的眼睛看向房间，随后道："能让我们进去吗？"

陆加尔点头，警察走了进去，看到窗台边蹲着一男一女，女的试图给男的擦眼泪，但是男的却不留情面拨开她的手。

"刚才站在窗台的人是谁？"警察问道。

"是我！"肖副总主动应道。

警察打量了她一下："为什么要站在那？"

"跟男朋友吵架！"肖副总一边回复，一边将手搭在郭霖的后背上。

郭霖再次推开她的手，警察目光看向他，有些狐疑，不过既然已经相安无事，也就劝了一句："生活难免会有磕碰，吵架拌嘴很正常，别动不动寻死觅活，让家人担心！"

肖副总没有回应，只是低着头聆听。

"年轻人，你们日子还长着呢，好好过日子，互相忍让一点，别因为吵架影响到左右邻居的生活！"警察交代道。

"是！"肖副总点头。

警察扫了他们一眼便离开了，而陆加尔还留在那，危机看似已经解决，其实并没有。

在快节奏的都市生活中，每个人身上或多或少承受着不同程度的压力，也或多或少有着不同程度的心理问题，就连身为心理学专家的陆加尔自己也不例外。

因为我们是人，有着各种情绪，孤独、抑郁、焦虑等。这些负面的情绪都是心理健康的杀手，让人的心灵背上重负，一旦深陷就会被其拖进人生的谷底，甚至是死亡的深渊。

郭霖的心理问题，除了来自于工作方面，也来自他自身的性格缺陷。要帮他除"心魔"，绝非一天两天能做到的。不过幸好他的内心还保有善良，不然的话现在极有可能发展成刑事案件。

"郭霖，我送你回家。"陆加尔开口道。

蹲在地上的郭霖听了这话，用手擦拭了下眼睛，缓缓抬起头看向陆加尔。

肖副总也抬头看陆加尔，眸光里虽有感激，但也充满疑惑。今晚发生的事就跟过山车没两样，幸好没酿出人命，不过明天将要面临被裁，也是一件头疼的事。

"陆教授，还是我送郭霖回去吧，今晚已经够麻烦你了！"肖副总开口道。

其实陆加尔没有当人司机的习惯，只是既然插手了，就得负责到底，至少得让郭霖的情绪稳定下来，然而陆加尔却把选择权交给郭霖。

郭霖站起身，缓缓地朝陆加尔走来，脸上的泪水未干，但也是个容貌清秀的帅哥，让人不禁多看几眼。

肖副总见此，也只能作罢："那就麻烦陆教授了！"

卡宴在车流中行驶着，车内很是安静，尽管从上车时，陆加尔便让郭霖有什么想说的尽管对她这个心理学教授说，她会力所能及地帮助他。可是途中，郭霖一句话都没说。

陆加尔也没说话，其实对她而言就算对方不说话，他的心事她也知道得一清二楚。一般情况下，正常的心理医生在心理治疗中，沉默也是一种干预。特别是初期，很多人会下意识地选择沉默。这会儿就算保持沉默也没关系，因为沉默能帮助他平复情绪。

车子停在离郭霖住处不远的马路旁边，陆加尔转过头："郭霖，回去好好睡一觉，明天公司见！"

郭霖默默点头，伸手解开安全带："谢谢陆教授！"

"不客气！"陆加尔回道。

郭霖伸手开车门，却突然停了下来："陆教授，你为什么会说那句话？"

陆加尔知道郭霖想说什么，却明知故问："什么话？"

"为了我妈妈？"郭霖看着陆加尔，眼底尽是疑惑。

关于这句话，毋庸置疑是因为陆加尔听到郭霖的心声，他产生自杀的念头时，心里唯一放心不下的就是妈妈。

"你若做了傻事，最伤心的人就是妈妈！"陆加尔道。

郭霖听后，自然地垂下头，像是一个做错事的孩子。

陆加尔见此开口道："回去给你妈妈打个电话。"

"嗯！"郭霖点头，声音有些异样。

郭霖下车后，陆加尔安静地坐在车里，伸手揉了一下额头，圣母不易当啊！

靳家，客厅灯火通明。

盘腿坐在沙发上的杰森因为赢了游戏，兴奋地做了一个胜利的手势，霸气道："所向披靡！"

而坐在一旁的靳向东，放下手中的游戏操作盘，吐槽一句："战五渣。"说完，拿过玻璃茶几上放着的啤酒喝了一口。

"就是，那些人在我们两个的组合面前纯粹战五渣！"杰森没听出这是在吐槽自己，还不免得意一番。

靳向东没接话，杰森这才反应过来，立马不服："谁战五渣啊！要不是你刚才接电话，单凭我一个就可以把他们给KO（击败）了！"

靳向东瞥了他一眼："技不如人不丢人。"

"谁说我技不如人啊！"杰森依旧不服。

而在一旁的艾克蹦出一句文言文："知不足，然后能自反也；知困，然后能自强也。"

靳向东听后，夸道："艾克说得对！"

杰森见他们都来吐槽自己，放下游戏操作键盘，一边打开一瓶啤酒一边回击道："我权当你们是嫉妒！"

像杰森如此自我感觉良好的心态靳向东是学不来，拿起啤酒跟他碰了一下。

喝了一口后，靠着沙发的杰森歪着脖子看靳向东："Ace，你明天真的要开除肖丽丽？"

靳向东没回复，默默地喝了一口啤酒。

杰森伸手搭在他的肩膀上："哥们，还没确认关系就这么宠女方，这很掉节操哎！"

靳向东看了杰森一眼，嘴角含着若有似无的笑意："你想掉都没得掉。"

杰森被堵得没话说，只能默默地喝酒。

第二天，陆加尔去BUA后，第一时间跟靳向东说明昨晚的事情经过，以及郭霖存在的心理疾病情况。

"他们之间的具体事宜，建议公司私下跟肖副总和郭霖核实！"陆加尔补充道。

靳向东点头："我马上让人去核实并处理，谢谢你让公司避免了一场公关危机！"

"作为BUA的一分子，这是我义不容辞的事！"陆加尔淡淡一笑，接着道，"话说回来，昨晚靳总程你为何会信任我？"

靠着椅子的靳向东，目光落在陆加尔脸上，微微勾唇郑重道："因为是你！"

这四个字就像一块石头，直直投向陆加尔的心湖，顿时漾起层层微波。

对于这个答案，陆加尔很满意，随后问道："你其实知道肖副总的事？"

靳向东没有否认："知道。"

"既然知道，为何不整顿？"陆加尔道。

"因为你，我才知道这事。"靳向东回道。

"我？"陆加尔疑惑。

"我相信你不是随便问问，便让人去调查。"靳向东道。

陆加尔不禁对靳向东佩服有加，他的思维非常敏锐，不过针对职场潜规则，陆加尔有话问靳向东："靳总程，我追你算潜规则吗？"

闻言，靳向东的眼底多了一抹意味深长的笑意，看着陆加尔："想听什么答案？"

陆加尔看到他的表情，不由觉得这男人真的超级腹黑，不过她不介意，因为跟他谈恋爱绝对是件很有意思的事情。

"真实的！"陆加尔道。

而靳向东答复了一个字："算！"

陆加尔被噎了一下，还以为他会说这是你情我愿，结果却依旧定位为潜规则。男人心海底针啊！

刚好碰到潜规则事件，陆加尔不由问道："有心理负担吗？"

靳向东看着陆加尔："没有，不过我个人比较欣赏行动力强的人。"

这话的意思是说她光说不练吗？陆加尔不由偷乐，IT界果然是闷骚男的集中营。

"我能理解你这话是表示不满吗？"陆加尔笑道。

"不敢！"靳向东道。

陆加尔绷不住，直接笑了起来，靳向东也面露微笑，四目相对之时，办公室的气氛变得异样起来。

之后，靳向东开口："我爸明天回美国，晚上有空的话赏脸一起

吃饭？"

　　这样的邀约，就算有再重要的事情，陆加尔也会毫不客气地推脱，于是，她愉快地应道："荣幸之至！"

　　在社会新闻版面经常看到各种职场新闻，潜规则、受贿、欺凌等形形色色的事件层出不穷，想要杜绝是不可能的。因为职场就是一个江湖，人际关系错综复杂的江湖，有些人可以通过这些关系步步青云，而有些人却因为这些关系陷入谷底。水深水浅，踩过便知。而这个由人与人构成的职场也是心理亚健康的重灾区。

　　肖副总的事情经过半天的时间有了处理结果，鉴于她为BUA服务三年，由裁掉改成主动辞职，至于业界通报，那只是危机处理时的手段。当然这世上根本没有不透风的墙，若要人不知除非己莫为。

　　中午下班，陆加尔准备返校，在地下停车场意外见到肖副总。

　　昨晚的事情落下帷幕，虽说挽回了一个试图结束生命的男人，但也摧毁了一个苦心经营职场的女人。现代社会男女平等，事实上在职场上女性依旧还是处于弱势一方。肖丽丽能坐到BUA科技运营副总的位置上，那绝对是付出了很多努力的。

　　曾经的肖丽丽为了事业牺牲了爱情，而当事业有成，遇到一个跟前男友相似的男人时，难免疯狂。她通过各种手段逼迫那男孩与她交往，殊不知那男孩自身存在性格障碍，并因此差点酿成一个职场大新闻。

　　陆加尔缓缓走到肖副总的面前，静静地看着她。

　　"昨晚的事，谢谢陆教授出手帮忙！"肖副总跟陆加尔致谢。

　　而陆加尔却淡然致歉："抱歉，让你失去工作。"

　　"是我自找的。"肖副总很有自知之明。

　　"接下来有什么打算？"陆加尔礼貌地问一句。

　　"陆教授问的是工作，还是感情？"肖副总道。

　　"两者。"陆加尔道。

　　"工作不是问题，就是郭霖的病情让人担心。"肖副总实话实说。

　　问世间情为何物，直教人生死相许。当一个女人遭遇情劫，就算再强势，也会低下高贵的头颅。

"我给他介绍了一位权威的心理医生。"陆加尔说完便将医生的联系方式发给肖副总。

"谢谢陆教授！"肖副总感激道。

陆加尔没再说什么，告辞准备离开，而肖副总却突然叫住她："陆教授……"

陆加尔顿住脚步，侧过脸看她，只听见肖副总开口："那天在这儿，你是偶然遇见，还是……刻意调查？"

关于这事，陆加尔自然不能如实告之，于是回复两字："偶然。"

尽管有疑点，但肖副总也没有证据，只能说眼前这个陆加尔不负盛名，"不愧是行为心理学的专家！"肖副总道。

对于这样的赞誉，陆加尔收下了："过奖！"

待肖副总离开后，陆加尔也回到自己的车上，脑子不禁回想起那天中午，表面看她救的是郭霖，实则是救了肖丽丽。

因为那天传入她耳中的声音是：我要杀了你，杀了你这个臭女人！我要杀了你！

夜幕降临，街灯与霓虹让整个城市沉浸在五光十色的璀璨中。

陆加尔驱车来到靳升平院士下榻的酒店，应邀而来的她成为靳院士践行宴的座上宾，那绝对是种荣幸。

陆加尔在服务员的引导下来到包厢，门被轻轻推开，里面已经坐着不少人。靳升平本来只想几个老友聚聚，没想到最后发展成一大桌。

杰森看到陆加尔走进来的身影，眼神直接变得意味深长，用胳膊捅了一下身旁的靳向东，低声道："你的准女友驾到！"

靳向东闻言，目光直接看向门口，一袭浅绿色无袖连衣裙的陆加尔如同一株亭亭玉立的荷花朝他们走来。靳向东横了他一眼以示警告，杰森收到信号嘴角藏着笑，随后朝陆加尔招手。

本以为宴席上会面对一群陌生人，没想到杰森也在这儿。陆加尔冲他们微微一笑，走了过去。

靳向东站了起来："来了。"

"晚上好啊，陆教授。"杰森冲陆加尔抛了一个媚眼。

有熟人在，陆加尔自然少了一分拘束，冲他淡淡一笑。

靳向东绅士地帮她拉开椅子，陆加尔主动跟靳升平打招呼："靳老！"

靳升平的目光看向陆加尔，从她刚才一进来，正在跟人交谈的他就注意到了，身着浅绿色裙子的她，诠释了"出淤泥而不染，濯清涟而不妖"这句话，让人眼前一亮。

"坐。"靳升平一脸和煦的笑容，开口招呼陆加尔。

陆加尔落座后，服务员端了一杯茶给她，喝了一口后，陆加尔环视了一下席上的众人，应该都是搞科研的专家，其中好几个是出现在CCTV的人物，可见今晚践行宴的规格高度。

事实正如陆加尔所想，经过一番介绍后，果然是清一色科学家，其中两位是杰森的父母。

听完介绍，陆加尔礼貌地打招呼："非常荣幸认识严教授、李教授。"

杰森的本名叫严波，杰森（Jason）是他的英文名，在很多场合里，更多人习惯叫他杰森。

"陆教授好年轻啊！现在跟我们家杰森一起工作是吧？"杰森的妈妈李琳女士笑问。

"是！"陆加尔笑笑，心里有种不妙的感觉，因为就算不听李琳女士的心声，光看她的表情，便知她对她产生了兴趣。

而知母莫如子的杰森也瞬间察觉到了，他家二老现在对他身边出现的任何一位女士都抱有幻想成分。

"爸妈，求你们别把陆教授吓跑啊！"杰森插话道。

刚才陆加尔还没到时，大家已经就杰森和靳向东个人问题研讨了一会儿，所以都能意会严家母子对话的潜台词。

"我怎么会把陆教授吓跑？"李琳见儿子插话，不由笑着数落道。

杰森一副"我还不知道你"的表情。就在这时，包厢的门被打开，大家闻声，目光一致看向门口。

只见一袭粉裙的女子走了进来，身材姣好，气质清纯，脸上漾着甜美的微笑。

"各位爷爷、叔叔、阿姨，不好意思，我迟到了！"

光听这句话，便知道这个女孩跟在座的科学家应该很熟悉，极有可能是科二代。

果不其然，其中一位白发苍苍的院士笑呵呵道："袁家的三水儿来了！"

三水儿？这名字有点意思！陆加尔的目光不由打量了下眼前这个粉嫩的小姑娘。

袁淼淼走到那位院士的跟前，乖巧地叫道："郑爷爷好！"

"几个月不见更漂亮了！"郑院士夸道。

"郑爷爷您老是这么夸我，我哪敢长歪啊！"袁淼淼笑道。

大家听了，不由都笑了起来。

袁淼淼一边落座一边跟其他人问好，当看到靳向东身旁的陆加尔，眼神顿了一下。一进来她就注意到她了。

作为今天的主人公，靳升平出面介绍陆加尔："淼淼，认识一下，这位是B大的心理学教授陆加尔女士，当下心理学界的奇才。"

被靳升平当面夸，陆加尔愧不敢当，连忙道："靳老过誉了，陆加尔，很高兴认识你！"

两人相视一眼，袁淼淼冲着陆加尔笑道："袁淼淼，生物学专业的研究生。"

两人的自我介绍都非常简短，白发苍苍的郑院士补充一句："三水儿是袁辛院士的孙女！以后你们几个年轻人可以多聚在一块交流。"

袁辛院士！那可是国内科学巨匠，难怪在座人士都认识她，想必都是看着她长大的吧！

"爷爷行动不便，我便厚着脸皮毛遂自荐做代表来给靳叔叔践行。"袁淼淼盈盈笑道。

"淼淼有心了！"靳升平笑道。

人来齐了，服务员一道道地上菜。比起活泼的袁淼淼，陆加尔显得有些沉默，她本来不是一个活跃的人，看到这么可爱的女孩，不免多看两眼。

而袁淼淼跟他人说笑时，目光时不时飘向靳向东，看似一副不经意的样子，实则表情已经出卖了她。

原来如此！这女孩看上靳向东了。

话说回来，高富帅谁不喜欢呢！何况还是一个高智商的男人。当然袁淼淼对坐在靳向东身旁的她也颇为好奇，心里正在猜测她和靳向东的关系。

这么说来，这个出生背景强大的科三代袁淼淼是她的情敌咯！

还没将靳向东追到手，就来一个情敌，这似乎是督促她的行动要即刻加强。可是在这么多科学界长辈的面前该怎么加强呢？

而这时，靳向东夹了一块酿豆腐到陆加尔的碗里："尝下这个。"

陆加尔愣了下，表面虽不动声色，但内心欢喜不已，拿起筷子："嗯。"

坐在一块的她和他，外形、气质都属于偏冷类型，所以气场看似不温不火，但靳向东那个夹菜动作却看出两人存在一定的默契。而陆加尔甚至怀疑，靳向东刚才是不是听到了她的心声。

紧接着听到杰森内心的OS：这是要宣布主权的节奏吗？

接着陆加尔听到各种OS，大家的关注点瞬间集中在她和靳向东的身上。最幸灾乐祸的人当属杰森，因为靳向东此举让他不用受到爸妈拉郎配的困扰。

其实帮人夹菜这个举动，在国人的餐桌上再正常不过，只是在座的大家对靳向东的印象一直保留着性格清冷的标签，第一次见他对一个女孩如此暖心，大家不多想都难。

"靳院士，看来以后你肯定经常回国，不请自来。"年纪最大的郑院士脸上带笑，戏说道。

靳升平笑了笑："有你们这些老朋友在，我肯定不请自来，经常回来走走。"

郑院士以为靳升平理解错误，笑道："我说的不是你跟我们之间的友情，而是你们父子之间的亲情！"

靳升平听后，目光看向靳向东："年轻人有他们自己的世界，不该用亲情束缚他们，要是真的考虑亲情，当初就不会赞成他将公司从美国搬到B市。"

"你还是没明白我的意思啊！"郑院士笑道。

靳升平笑笑，连声道："明白，明白，以后会常回来跟你品茶下棋的。"

两人的对话就此收住，虽没有直接点破，但大家其实都了然，靳升平这是对儿子爱情幼苗的一种呵护。在座的都是在自己的专业上极有科学精神的人物，同时自身素养极高，很多事情就算看破但不点破。就如靳升平所说，年轻人有他们自己的世界，就算是长辈也不好多加干涉。

陆加尔用眼角的余光看了下靳向东，听到这些对话的他没有丝毫波澜，似乎他们讨论的话题跟他无关。如此淡定，估计只有他能办到。就陆加尔自己而言，听到刚才靳升平的对话，感觉就像丑媳妇见公婆一样。

能听到在座所有人内心所想，可是唯独听不到他的。这毋庸置疑是特别的、新奇的，同时也是纠结的。

靳升平不干涉子女任何事的态度，杰森真心羡慕嫉妒，于是壮胆开口："爸妈，你们得多跟靳叔叔学习学习，你们的小孩已经长大了，有自己的世界，你们就少操点心！"

可是几分钟后的杰森对此话感到深深的后悔，因为人比人，经常气死人。

"要我们少操心可以，赶紧结婚！"李琳直戳主题。

"人生除了结婚，还有别的啊，譬如说事业。"杰森辩解。

"你的意思是你若结婚，公司就不能运转是吗？"李琳反问。

杰森看了身旁的靳向东，给他使眼色让他出面解救，但某人却视而不见，见死不救。

于是，杰森只能自救："这话我可没说啊，就算要结婚，总得先有对象，你们逼得这么紧，就不怕我随便从大街上拉一个回来吗？"

面对这么自暴自弃的自救，李琳的答复是："不怕！"

杰森被父母毫不留情地当场催婚，郁闷到想钻到桌底。

陆加尔见此，有些忍俊不禁，严家三口真的挺有意思的，难怪杰森平时这么逗，原来是有遗传基因。

幸好平时还积攒了一些人品，小美女袁淼淼及时出手相救："李阿姨，杰森哥哥迟几年结婚也挺好的啊，你和严叔叔不正好可以再多搞几年研究！他要是结婚生孩子，让你们回家帮忙带孩子，那可是科学界一大损失啊！"

郑院士也发善心："还是淼淼会说话，老严、老李，你们还是多搞几年科研吧，孩子们自己的事，让他们自己看着办。"

李琳教授这才就此打住："看在你郑爷爷和淼淼为你说话的分上，今晚暂时饶过你！"

杰森松了一口气，不过还是不忘嘴贫一句："谢谢郑爷爷、淼淼的救命之恩，今后必报！"

大家再次笑了起来，李琳教授瞪了杰森一眼，旁边的严教授见此，出手拦着："行了，由着他去吧！"

李琳闻言，收起严厉的表情，目光温和地看着身旁的严教授，夫妻俩对视的画面，给人一种岁月静好的感觉。陆加尔将这家人的互动看在眼里，本来还觉得挺逗的，可是脸上的笑容却慢慢僵住。

接着听到郑院士的声音响起："淼淼，有男朋友了吗？"

以往袁淼淼的回答都是我还小不急，但是今天不同，她落落大方道："没有男朋友，不过有喜欢的男生。"

这话立马引起大家的兴致。

见大家都看着她，袁淼淼的脸上泛着一抹害羞："很奇怪吗？"

"不奇怪，就是想知道是哪个男生这么幸运！"其中一院士笑道。

袁淼淼装着不经意的样子，目光轻扫了下靳向东，娇笑地回道："秘密！"

闻言，陆加尔缓缓将目光从严教授的身上移至袁淼淼，对于其他人，袁淼淼喜欢的男人是个秘密，但陆加尔却一清二楚。跟她认识不到半个小时，知道她喜欢靳向东，陆加尔对她却讨厌不起米，虽然有强大的出生背景加持，但她自身也很优秀。

"淼淼，改天带他来见哥哥，哥哥帮你把把关！"杰森笑道。

"杰森哥，你还是先管好自己吧！"袁淼淼直戳戳地回道。

包厢再次响起笑声，而极少人察觉袁淼淼和陆加尔在此刻对视着彼此，虽然不至于火花四射，但绝对记住了彼此。

结束晚餐，靳向东将各位院士送至酒店门口，目送他们上车离开。

杰森的父母就住在酒店，送他们回房间后，杰森很快下到大堂，看到靳向东和陆加尔及袁淼淼的身影直直地走了过去。

"刚好，你负责送淼淼回去！"靳向东见他下来，直接分配任务。

杰森看了眼靳向东，随后吐槽道："陆教授、淼淼，你们看清楚Ace是什么样的人了吧！"

"他是什么样的人？"袁淼淼俏皮地笑问。

"冷血动物！亏我跟他是多年的兄弟，饭桌上却见死不救。我算是看透他了。"杰森道。

陆加尔和袁淼淼都不约而同笑了起来，而靳向东开口回击一句："百善孝为先。"

闻言，杰森直接怼靳向东一句："刚逃过我爸妈的紧箍咒，你又来给我念经，信不信你这样下去迟早会没朋友的！"

"杰森叔叔，向东哥哥说得没错啊，百善孝为先。"袁淼淼站在靳向东这边。

杰森觉得自己后脑勺要充血了："杰森叔叔？你这个小丫头片子也来挤对我！我有那么老吗？叫哥哥！"

袁淼淼冲着杰森调皮吐了吐舌头。站在一旁听着三人对话的陆加尔，若有所思地将目光落在正在数落袁淼淼的杰森的脸上。

靳向东将她的表情看在眼里，随后开口道："陆教授，我送你回去。"

陆加尔回神，脱口回道："不用。"

可是说出口，陆加尔后悔了，因为平时太顺口拒绝别人的相送，导致关键时刻错失良机。

杰森闻言，不由看了下陆加尔，表情也变得意味深长："陆教授不要Ace相送，难不成是想让我送？"

这话落在谁的耳朵里，都知道是调侃，可是没想到陆加尔的回答却是："是，给你一个送我回家的机会。"

杰森一愣，随后嬉笑："陆教授，你说笑的吧！"

"我不是一个爱开玩笑的人。"陆加尔道。

这话让站在旁边的靳向东为之莫名，杰森也一脸蒙圈，虽说他对陆加尔印象很好，但是知道好兄弟靳向东对她有意后，也就彻底打消念头。

"走吧！"陆加尔开口道。

"陆教授你确定？"杰森再次确认。

"确定！"陆加尔点头。

杰森看了下靳向东，那眼神分明是在传递：怎么回事？什么时候把陆教授给得罪了！

靳向东一脸无解，甚至内心第一次涌起说不出来的别样滋味，不过既然是陆加尔的决定，他也只好道："那我送淼淼回去。"

袁淼淼听到这话，眼神完全掩饰不住窃喜，不过心里疑惑不解，按理说在爱情领域里，无论男女都是自私的，对自己喜欢的人唯一的想法就是独占。

四人一同走向停车场，杰森伸手拉开副驾座车门，看了下陆加尔开口道："陆教授，你现在后悔还来得及哦。"

"为什么要后悔？"陆加尔笑道。

杰森给陆加尔使了个眼神，陆加尔顺着他眼神的方向，看到靳向东带着袁淼淼走向他的迈巴赫。陆加尔缓缓收回视线，随后钻进车里。

杰森只能关上车门，内心叹一声：女人心海底针啊！

半个小时后，杰森的车开到陆加尔住的公寓大门口。陆加尔刚好看到穿着黑色紧身运动装的苏涵，不由按下车窗："苏涵。"

苏涵闻声转过头，杰森把车停稳，目光随后看向车前站着的女孩，扎着一个丸子头，因为刚运动完，胸前的衣服微湿，姣好的身材在车灯下显得格外性感。

"杰森，谢谢你送我回来。"陆加尔向杰森致谢。

"是我该跟陆教授道谢。"杰森开口道。

陆加尔冲他淡淡一笑，之后打开车门走了下来。

杰森没有逗留直接离开，不过车子要拐弯之前，眼睛不忘通过后视镜看了一眼站在大门口的陆加尔以及她身旁那个叫苏涵的女孩。

还没来得及看清送陆加尔回来的男人的庐山真面目，豪车便从视线范围内消失了。苏涵不由对着身旁的陆加尔追问："刚才送你回来的是那个神龙见首不见尾的靳向东？"

陆加尔摇头："不是！是BUA的副主程杰森！"

"幸好不是。"苏涵叹道。

陆加尔听到苏涵心里的吐槽，一边刷大门卡一边道："人家有急事，下次帮你引荐认识。"

跟在她身后的苏涵直接霸气地拒绝："不用，细节得出人品，不必认识！"

陆加尔再次解释："真有急事！"

"你就别替你同事解释了，这些IT新贵一个比一个高冷，岂是我等平凡女子能结识的？"苏涵笑道。

陆加尔看了苏涵一眼，笑道："这个例外。"

苏涵没有继续这个话题："哎，你今天不是开车出门的吗？"

"嗯。"陆加尔应道，不过此刻她的车还停在靳升平下榻酒店的停车场里。

"想不到我们高冷的陆教授，动了春心之后，也变成心机Girl！"苏涵笑道。

陆加尔反击："你这个大懒虫今天怎么出来跑步？"

"艾米督促的！"苏涵道，接着一句："对了，为什么不是靳向东送你回来？"

陆加尔倒是想让靳向东送，可是临时让杰森送她也是事出有因。在回来的路上，陆加尔跟杰森透露他爸爸严教授的身体状态，希望他去核实一下。这也是为什么杰森刚才没有停留直接离开的原因。不过在告之的过程中，可真是让陆加尔煞费苦心，既不能暴露自己，又要让杰森相信。

两人步伐一致地往3单元走去，苏涵见陆加尔没回应不由道："问你话呢？"

陆加尔这才应道："他送别的妹子回家。"

苏涵停下脚步，侧脸看陆加尔："送别的妹子。那你们这是在互相伤害吗？"

陆加尔直接吐槽："别把我们当狗血小说里的男女主角好吗？"

苏涵嬉笑："不敢不敢，我们陆教授和IT天才靳向东的爱情必须得荡气回肠！"

陆加尔听后，嘴角扬起一抹淡笑，随后拉开玻璃门，跟苏涵走进了公寓。

洗完澡后，陆加尔的手机一闪一闪，不由拿了起来，看到其中有一条微信是靳向东发的："回到家没？"

陆加尔的手指在屏幕上滴滴答答地点着："到家了，你呢？"

过了一会儿，收到回复："到家了。"

陆加尔看着屏幕，想了想接着打了一行字："要我解释吗？"

而靳向东的回复是："不用。"

不用明说，对方也清楚知道你想表达的意思，这应该就是大家常说的"心有灵犀"。

陆加尔抿唇而笑："你就这么信任我？"

接着屏幕上出现一句话："你对我不也同样信任？"

陆加尔看到回复，脸上露出一抹窃笑，随后回复道："对你完全信任，但对袁淼淼同学不太信任！"

几秒后，手机上出现回复："你这是在吃醋？"

陆加尔回复道："暂时定义为危机意识。"

没想到靳向东的回复却是："有危机意识很好。"

陆加尔深深觉得靳向东腹黑无比，手指再次在屏幕上滴滴答答地点着："桃花朵朵开的你，就不怕我临时退出？"

"你不会退出的！"靳向东的回答如此笃定。

被人吃得死死的感觉真的不太好，陆加尔正要回复的时候，屏幕多了几个字："因为我不允许！"

我不允许！多么霸道的一句话！好像一切由他主宰一样。

谁要再说高冷男人不懂撩妹，陆加尔一定会纠正他的观点。因为此刻她就被靳向东撩得眉目含羞，春心萌动。

这时，耳边传来敲门声，陆加尔转过头，见艾米端了一杯牛奶进来："陆教授，你的牛奶。"

陆加尔笑着谢道："谢谢艾米。"

"不客气，陆教授晚安。"艾米将牛奶放到床头柜上，跟陆加尔道晚安便出去了。

陆加尔端起来喝了一口，眼睛继续盯着屏幕，靳向东发了那句我不允许，聊天记录也跟着戛然而止。

陆加尔放下牛奶杯，开始打字："刚才艾米找我。"

"产品体验如何？"

"我们是不是得改变一下对AI的定义？"

"对艾米产生感情了？"

"人非草木，相处之后难免会产生感情。"

"嗯，艾克伴随我多年，我早已把它当成家人，我爸甚至把它当成孙子看待。"

看完这句话，陆加尔不由笑了起来："靳老好有趣！不过我见过艾克，真的很可爱！"

靳向东道："我会把你的话转达给艾克的。"

陆加尔笑："谢谢，不过家里多了一个艾米，确实带来很多便利，她现在完全就是我的生活助理，这样下去，我也有一个隐忧！"

靳向东猜到她所说的隐忧，不由回道："怕自己丧失生活能力？"

陆加尔："对啊，明显感觉自己越来越懒惰！"

靳向东："陆教授的时间应该用在更有意义的事情上。"

陆加尔看着这句话，抿唇而笑，回复道："也对，除了把时间花在工作上，近期更有意义的事情就是追你！"

靳向东回复两个字："赞同！"

陆加尔看着这两个字，脸上不自觉浮现一抹霞红，这副摸样若是给苏涵看到，肯定会觉得稀奇。这应该就是爱情的最美时光，暧昧期。暧昧地看着彼此一步一步向彼此靠近的紧张和忐忑，在隐约的情愫里，看到彼此最纯真最可爱的模样，以及彼此眉眼里的欣喜和惬意。

第三章

世界上另外一个我

B市的夏天，有全城烤肉的美称，此刻外面的气温高达37摄氏度。人走在街道上简直跟烤肉一样，汗流直下，就如网友们调侃的一样，这种天气出门一定要带盐和孜然。

BUA大厦的餐厅跟外面就是两个世界，陆加尔和靳向东、黎正以及其他几位同事一起惬意地享用午餐，不过此刻午餐的话题便是餐厅电视屏幕出现的杰森。

杰森昨天代表BUA参加在硅谷举行的"全球人工智能峰会"，这种会议汇集全球顶级公司进行AI相关交流和研讨。BUA作为先驱，自然是峰会力邀出席的嘉宾，杰森代表公司在各位互联网大佬们面前做演讲。

看着电视屏幕上意气风发的杰森，郑博士笑道："杰森现在完全就是我们BUA的形象代言人！"

"那是Ace不肯露面，不然我们公司销售额的增长率肯定更高！"黎正看着对面的靳向东说道。

靳向东对于这些话，完全风轻云淡："欲速则不达，公司目前发展的速度刚刚好。"

闻言，在座的大家脸上一致洋溢着自信又自豪的笑容，陆加尔适应一段时间，大致清楚每个人的个性和相处模式。这些人用一句话总结就是：为程序而生。

"发展速度其实可以更快一点，我们公司虽是业界先驱之一，但AI神经学和心理学领域有待突破。"郑博士道出自己的观点。

AI目前呈现的产品系列大多数是冰冷的，它们可以按照指示完成指定任务，但是它们没有思想、没有思维。关于这块，是目前AI科技界的难题和挑战，同时也是一种禁忌。

现在AI技术的水平就已经让一些科学家对此表示恐慌，一旦AI产品拥有自己的思维模式，那对于他们来说，这绝对是人类面临毁灭的论据。可是对于科技发展而言，不断创新、探索未知领域，是很多科学界人士的毕生追求。

"任何技术突破都不是一两天形成的，保持平常心。"靳向东淡淡地说道。

"没错，我们团队有李博士研究室以及陆教授的加盟，突破也是指日可待！"黎正道。

听着大家讨论的陆加尔，微微一笑："肩上的担子好重啊。"

"陆教授别有压力，我们是一个团队的，共同进退。"其中一博士道。

"对，一个团队，共同进退！陆教授提供的行为心理学的大数据，已经开始加进研发程序里，下个月底开始做初步测试，拭目以待。"郑博士笑道。

陆加尔第一次参与这样的团队研发，虽然没有经验，但很快融入团队，因为她非常清楚大家的目标和期望。至于她提供的大数据能不能起到技术辅助，就得通过实验去验证。

这时，放在桌上的手机响起，陆加尔看到屏幕上显示的名称是B市公安局的何涛局长，不由道："不好意思，我接个电话。"

陆加尔接完电话回来，餐桌上只剩靳向东和郑博士。两人在讨论事情，陆加尔拉开椅子坐了下来。

没过一会儿两人聊完，郑博士起身离开，给两人制造单独相处的机会。

见靳向东气定神闲地坐在对面看着她吃饭，陆加尔不由直视着他的眼睛："你有陪人吃饭的癖好？"

靳向东嘴角微勾："那要看陪的人是谁。"

陆加尔的心湖不禁荡起一层层微波，脸上也自然露出一抹温柔的笑意。

靳向东将她的表情看在眼里，眼底也跟着柔软起来，知道陆加尔待会离开公司，不由随口问道："待会儿回学校？"

"不，去省公安厅。"陆加尔道。

靳向东看了看她，伸手端起果汁喝了一口，若无其事地问："有案件需要你的协助？"

跟靳向东聊天绝对是件很痛快的事情，根本不需要绕弯，陆加尔点头道："嗯。"

"陆教授不愧是人才，众星拱辰！"靳向东夸道。

陆加尔淡笑："Ace，能跟你商量一件事吗？"

"是想让我少说实话吗？"靳向东勾唇，表情很是愉悦。

陆加尔笑着摇头："不是。"

"那是？"靳向东眉头微微扬起。

"你对我的称呼能不能缩小一下距离感。"陆加尔直白地说出自己的要求。

"你希望我叫你什么？"靳向东也很直接。

陆加尔发现一件事，靳向东太狡猾了，不管是工作，还是生活中的谈话，就算刚开始占上风，到最后也绝对会被靳向东主导。

"叫我小陆，或者……加尔。"尽管心里有着很多期望，但陆加尔的回答还是偏于正常化，不过叫她加尔，算是比较亲密的范畴。

"加尔！"靳向东念着陆加尔的名字，偏冷的声音带着一抹磁性，让人耳朵不免一酥。

陆加尔听了心神荡漾："就这么定了！"

不过靳向东却没有附和，而是道："加尔，加加，尔尔，尔尔似乎更好听！"

尔尔！这完全超出陆加尔的想象范围，因为身边最亲密的人对她的昵称是加加，从来没有人称呼她为尔尔。

陆加尔有些害羞，微微抿唇："尔尔，不过尔尔！"

靳向东眼神里泛着一丝笑意，随后道："选择尔尔，是因为肯定没人这么叫你！"

确实如此，在大多数人认知里，尔尔两字的意境不太好，所以几乎没人这么叫过她。没想到靳向东却反其道而行之，实在特别。

陆加尔笑看着靳向东："想申请专利？我可以考虑考虑。"

"既然我是第一个，那么专利非我莫属！"靳向东的脸上洋溢着自信，语气虽温和，但是却带着一丝霸道的意味。

陆加尔对他的自信是又迷恋又崇拜，同时又无奈。苏涵撰写的小说里有这么一句话，在爱情世界里，谁先主动谁占下风，谁先动心谁就满盘皆输。通过验证之后，陆加尔觉得有几分道理，在靳向东的面前，她总是被他无形地影响着。不过有一点，她可以肯定，这份动心不是单方面的。

"这个称呼过于亲密了，只能是我男朋友的专利！"陆加尔的眼睛与靳向东对视，但白皙的脸颊露出一抹娇艳的桃色。

"你不是正在追我吗？"靳向东这话宛如他就是她未来的男朋友，这个专利是他的囊中之物。

跟腹黑无比的靳向东调情，陆加尔只能再次败下阵："好吧，我努力将这一切变成现实。"

"加油！"靳向东嘴角轻扬，眼底尽是笑意，修长的手指再次端起咖啡杯，优雅地喝了一口。

陆加尔也跟着笑了起来，都说最美的爱情莫过于，你喜欢的人，同时也喜欢你，彼此两情相悦。就算此刻面对面坐着的两人没有确定男女朋友的关系，但是暧昧的情愫已经在彼此心底滋长。

陆加尔喜欢这样的感觉，她说追他，他没有设防，有来有往，彼此"互撩"，不分伯仲。

下午两点半，省公安厅。

陆加尔挎着一个浅蓝色单肩包，踩着五公分的鞋子往副局长的办公室走去，哒哒哒的脚步声在长长的走廊回荡。到了办公室门口，陆加尔敲了敲门。

坐在里面的人，听到声音抬头朝门口望去。

陆加尔走了进去："李局长，你好，我是陆加尔，何涛局长让我来的！"

李局长起身，笑着招呼道："是陆教授啊，快请坐！"

陆加尔淡淡一笑，随后跟李副局长坐在旁边会客区域的沙发上。稍稍寒暄几句之后，陆加尔便进入正题："何局长说有件案子想让我介入一下，不知道具体是什么案件！"

"杀人分尸案！"李副局长道。

"能说说具体的案情吗？"陆加尔道。

"可以。两个17岁的高中女孩，在家里杀了养父并肢解了尸体，两人都认罪，但证词都为对方做无罪辩护。这是案情笔录，你看看。"李副局长一边讲案情简要，一边起身走到办公桌前取了一份文件过来，递给陆加尔。

陆加尔听完，想起这个案件听苏涵说过，这事半个月前在社交平台成了热门话题。一养父强奸双胞胎之一的未成年养女，养女反抗并将他杀害，之后肢解尸体并抛尸。看到这样的新闻，网友们纷纷大骂养父禽兽，就算肢解成肉渣也死不足惜，可是在法律面前，杀人便是犯罪，应该得到相应的惩罚。

陆加尔低头翻阅手中的案情笔录，花了十来分钟看完双胞胎的详细的口供，更加详细地了解到案情的惨烈，也深感人性的黑暗及可怕。

陆加尔抬起头，看着李副局长："现在是无法定罪任何一方是吧？"

"是，局里采用多种审查手法，但两人供词一直不变，这个案件在媒体上已经发酵，所以局里对这个案件的审判也是慎之又慎！"李副局长道。

对于任何案件都需要慎重，因为那不仅是一个案件，也是一个人的人生转折点。陆加尔又翻了一下文件，再次浏览心理侧写内容，很专业，很详尽记录着两个女孩的特征、成长背景以及心理状态。

陆加尔合上文件，开口道："现在能见到那两个女孩吗？"

"可以。"李副局长道，"我让这个案件的负责人和心理侧写师协助你的工作。"

"好。"陆加尔点头。

几分钟后，陆加尔和李副局长来到刑警大队办公楼层。入眼的工作人员大多数穿着藏蓝色短袖警服，在走廊上碰到穿着黑色常服的刑警，见到李副局长，纷纷敬礼。走在一旁的陆加尔，充分体会到制服特有的庄严。

走到刑警大队副队长办公室，李副局长敲了下门直接走了进去。本以为刑侦大队的副队长会是一个四五十岁的中年人，没想到却是一个三十多岁的型男。没错，用型男来形容眼前的男人一点都不为过。黝黑的寸头，古铜色的皮肤，健硕的身材，最让陆加尔印象深刻的便是他那双锐利的眼睛。

"徐磊，认识一下，这位是B大心理学系陆加尔教授。市公安局何局长推荐给你们协助5·30案件的心理学专家。"李副局长对刑警大队的副队长介绍陆加尔。

陆加尔伸手："陆加尔。"

徐磊的眼睛落在陆加尔的脸上，陆加尔知道他在审视自己，不由开口："徐副大队，非科班刑警出身，以前在西北的部队服役，少校级别，参加过两次境外维和，兵龄大致14到15年，虽是左撇子，但右手也运用自如，不喜抽烟，爱喝白酒，目前……单身。"

此话说完，李副局长眼底露出一抹意外，但是徐磊却很镇定，陆加尔见徐磊的眼神还是没有软化，不由加了一句："你转到地方的原因是因为左腿受伤。"

听完这句，徐磊眼神里的锋芒瞬间收回，对李副局长道："李局，不带这么详细推销人的。"

李副局长笑着摇头："我可一个字没说啊，这些都是陆教授对你的心理侧写。"

徐磊看着陆加尔直白地问道："陆教授你是怎么侧写出这些信息的？"

陆加尔凝视着徐磊："刚才一进门便看到书架上的合照里徐副大队身着特种制服，此处还有两张维和照片，可见这些经历在你心里很重要。从徐副大队的脸上及脖子上晒伤痕迹，可以得知你以前应该是在西北服役，你刚才虽用右手批阅文件，但办公桌的笔筒却在左边，可见你是个左撇子。你的牙齿白断定你不抽烟，至于喜欢喝白酒，你衣领残留一块酒渍，但不明显，可见是白酒痕迹，同时这一点也侧面印证一件事，你目前尚且单身。"

李副局长听后，不禁赞道："陆教授果然名不虚传，堪比神探夏洛克啊！徐磊以前是在西北部队，任特种大队的副队长，有名的兵王，去年因为受伤才转到我们这的。目前单身，陆教授身边有合适的姑娘可以帮忙介绍一下。"

李副局长开始拉郎配，而徐磊却接着问："那腿呢，你又是怎么看出来的？"

"你刚才走路的姿势无异，但是我提及转到地方的原因时，你的手却无意间摸了左腿，虽然表情看似轻松，但间接暴露出你的潜意识。"陆加尔道。

"陆教授的观察力比我们的刑警还敏锐啊！难怪何局一直对你赞不绝口。"李副局长道。

陆加尔淡笑："这种心理侧写换做任何一个专业人士都能做到，让李局见笑了。"

李副局长道："陆教授过谦了，当初徐磊上任，我们单位的心理侧写师就没有看出他腿受伤！"

"那只能说徐副大队当时意志力很强大！"陆加尔淡笑。

徐磊闻言，目光再次落在陆加尔的身上，眼前的这个心理学教授不容小觑，因为他的内心就像被她赤裸裸地直视着一样，毫无秘密可言。

陆加尔也看了一下他，随后笑道："我们还是言归正传吧。"

李副局长有事先行离开，陆加尔和徐磊以及局里的心理侧写师朱雨去了看守所。

高墙电网，铁闸栏杆，通过层层关卡，陆加尔终于见到了那对双胞胎姐妹。透过玻璃窗，看到正值花季的两个女孩，陆加尔不禁为此感到惋惜。

接着，陆加尔分别和这两个女孩约谈，此刻坐在她对面的便是双胞胎姐姐俞芳，进来时看了下陆加尔，与其眼神对视几秒，坐下之后却一直低着头，沉默不已。

室内一片安静，听不到任何声音，沉默了将近十分钟，陆加尔才开口："俞芳，俞菲，名字真好听！想必你们的妈妈当初给你们取名字时想到的应是'人间四月芳菲尽，山寺桃花始盛开'那句诗。"

女孩依旧低着头，没有回应。

陆加尔继续："你叫俞菲是吧！"

女孩闻言，抬起头开口道："我叫俞芳，我妹妹才是俞菲！"

这句提问是陆加尔故意为之的，因为这样不仅能让她开口，也能听到她内心的波动。

"你很爱你妹妹！"陆加尔道。

表情淡漠的俞芳微微点头，陆加尔继续道："你们是双胞胎，平时是不是经常有心灵感应？"

俞芳看了下陆加尔："警官，那个禽兽是我一个人杀的，跟我妹妹没有任何关系，她是无辜的！"

陆加尔听后，微微点头："我相信你说的是真话。"

俞芳听到这话，眼神立马异样，跟陆加尔确认："你真的相信我？"

"相信。"陆加尔笃定道。

"警官，那你能不能跟法官说，让他们释放我妹妹，她是无罪的！"俞芳的眼神变得迫切。

"可以。"陆加尔点头。

"真的吗？"俞芳的声音有些哽咽，再次跟陆加尔确认道。

"真的。"陆加尔再次点头。

"谢谢警官，谢谢警官！"俞芳说这话的时候，眼泪从眼眶掉了出来。

陆加尔平静地看着她，结束这个约谈，接着见妹妹俞菲。采用同样的方法跟她对话，可是得出的结果不变。甚至两人的话语，几乎一致。关于双胞胎心有灵犀的传说，似乎在这对姐妹身上得到印证。

结束约谈之后，陆加尔跟徐磊和心理侧写师一起离开看守所。

在停车场里，徐磊开口："陆教授，她们的心理侧写如何？"

陆加尔回道："两姐妹长得一模一样，从外表难以分辨谁是姐姐谁是妹妹，但内心的成熟程度是决然不同的。"

站在一旁的朱雨插话道："这么说陆教授知道她们谁是真正的凶手了？"

然而陆加尔却摇头："我想回去再认认真真地看一遍案件材料。"

三人再次回到局里，陆加尔坐在徐磊办公室的沙发上，细细地翻阅着这个案件庭审笔录以及心理侧写。

徐磊坐在办公桌前处理公务，偶尔抬眼看向陆加尔。虽然眼前这个女人气质偏冷，但五官很好看，此刻的她伸手将头发捋到耳后，露出小巧的耳朵，整个人似乎多了一份柔和。

半小时后，陆加尔抬起头，站起身拿着手中的庭审笔录走到办公桌前，对着徐磊道："徐副大队，你看看这个地方的记录，不觉得有点奇怪吗？"

徐磊的目光落在放置在桌上的笔录，看了一遍陆加尔指的几行字，随后道："这个我们起初也把它当成疑点，不过我们现场勘查，除了两姐妹没有第三人的指纹和痕迹。"

陆加尔听后，嘴里念着："没有第三人？"

"对，没有第三人，尸检报告也表明，被肢解的尸体受到的力度来自女性。"徐磊道。

陆加尔微微凝眉，关于刚才她所指出的地方，内心的确感觉不太对劲。

徐磊看了看陆加尔："已经六点了，陆教授要不要先一起吃个饭，再继续讨论？"

陆加尔抬手看了下时间，已经六点十分，不由道："我有事要先走，明天上午我下课后再去见那对姐妹。"

徐磊站起身："好，陆教授明天去之前直接联系朱雨，她会全程配合你。"

陆加尔从省公安厅出来后，开车去了蛋糕店和鲜花店，随后直接回家。

今天是苏涵生日，作为舍友有责任有义务帮她过个愉快的生日。这话出自苏涵之口，所以就算再忙也不能忘记这么重要的事情。本来想着两人一起去外面吃饭，结果苏涵却说不忍心抛下日夜陪伴她的艾米。见她这么有爱心，陆加尔便也随她的意。

一跨进家门，陆加尔以为自己走错了地方，吊顶的天花板上飘浮着一个个的彩色气球，厨房也飘来一阵令人咽口水的香味。

苏涵见陆加尔回来，直接奔了过去："送我的花？"

"蛋糕是你的，花是送给艾米的。"陆加尔回道。

苏涵撇嘴，陆加尔笑了笑，随后将鲜花递了过去："生日快乐！"

"谢谢亲爱的，我最爱你了！么么哒！"苏涵笑眯眯地跟陆加尔道谢，那声音就像跟男朋友撒娇似的，陆加尔听了不由泛起一层鸡皮疙瘩。

陆加尔顺便把手中的蛋糕也塞给她，从鞋柜拿出拖鞋将脚上的高跟鞋换下，去洗手后直接走到餐厅。看到桌上已经摆着两道菜一个汤，都是全新样式，香气扑鼻，肚子直接产生条件反射，陆加尔不由伸手拿起筷子偷吃一口。

尝过之后，陆加尔不禁赞道："艾米的厨艺完全成为我每天早点回家的原动力！"

苏涵见陆加尔一副享受美食的表情，不由直接怼她一句："当初还有人不想收下艾米啊！"

话落，艾米刚好端着一盘热情腾腾的菜从厨房走了出来，萌萌的眼睛眨巴眨巴，一边将手中的菜放在餐桌上一边道："谁不想收下我？"

陆加尔连忙吞咽口中的美食，摆手道："没有的事，苏涵乱说的！"

说完，陆加尔娇瞪苏涵一眼。

苏涵默笑，随后对艾米道："我家艾米辛苦了，I love you!"

艾米的眼睛弯成月牙："I love you too! 可以吃饭了，晚餐应苏涵美人要求，西餐样式，营养搭配均衡，请二位慢用。"

面对如此能干的艾米，陆加尔越发佩服AI的强大，对着她竖起大拇指："艾米真棒！"

听到夸奖，艾米顿时笑眯眯："我再去给你们做道无糖甜点。"

陆加尔连忙阻止："不用，我已经买了蛋糕。"

三人落座吃饭，艾米虽然不需要食物补充能量，但成天跟她在一起，苏涵俨然把她当成家人。陆加尔不在家的时候，便让艾米坐在她的对面陪她吃饭。

陆加尔拿起酒瓶倒了两杯红酒，艾米主动放了一首很有格调的轻音乐。美食、美酒、音乐，客厅的氛围顿时变得跟西餐厅一样。

"我们今天的寿星苏涵同学，生日快乐！祝你在新的一年里，才思泉涌，稿费多多，身体倍儿棒，吃嘛嘛香，快乐每一天！"陆加尔端起酒杯，再次送上生日祝福。

"谢谢！"苏涵开心地笑着举杯，提醒陆加尔，"不过你忘了一项！"

陆加尔听到她的心声，不由轻笑接着道："找到一个对你宠爱有加的男朋友！"

"Bingo！这个重任就交给你了！"苏涵笑道。

"这个我无法胜任。"陆加尔对保媒拉纤的事不太感兴趣，而且她平时几乎都独来独往，没认识几个单身男士，关键也没兴趣认识，当然这些都是在认识靳向东之前的现象。

而苏涵直接霸道地说："今天是我生日，我的所有愿望你必须满足！"

面对无赖的苏涵，陆加尔无言以对："再说吧，先吃饭。"

苏涵撇嘴，陆加尔见此，笑着道："我考虑一下。"

苏涵顿时笑颜大开："谢谢，我们一起碰杯，谢谢亲爱的加加和艾米为我庆生！"

拿着酒杯的艾米也凑了过来，只是它手中的杯子里面装着的是空气，接着清脆的玻璃声在客厅响起。

周末清晨，穿着一套灰色运动套装的陆加尔在跑步机上挥汗如雨。

一个小时后，跑步机的速度慢了下来，陆加尔喘息着将脚步慢下来，额头冒着一颗颗的汗珠，衣服领口和后背都湿透了，特别是前面，本来就有点性感，因为湿透，轮廓尽显，别有一番风情。

陆加尔从跑步机下来，艾米第一时间给她递了一杯水，陆加尔咕噜噜地喝完，长长呼气，前胸随着还未平稳下来的呼吸而起伏不停。陆加尔放下水杯后，艾米又递过一条毛巾给她，如此贴心，陆加尔是越发喜欢艾米。

擦汗后，陆加尔开始做肌肉拉伸，这时放在客厅茶几上的手机响了起来。

艾米奔到客厅，将手机拿了过来："是杰森的电话。"

出差一周的杰森这么早打电话给她做什么？陆加尔拿过艾米递过来的手机，接了起来："杰森。"

耳边传来杰森那好听的声音："陆教授，没打扰到你休息吧？"

"没有，我刚跑完步，有什么事？"陆加尔一边拿着毛巾擦额头的汗，一边回道。

"难怪陆教授的身材这么好，我得好好向你学习，经常锻炼，争取八块腹肌！"杰森笑道。

陆加尔不由笑了起来，其实杰森身材很不错，像他们这样的精英人士，是非常注重生活品质的，绝对健身房VIP客户的重点人群。

"杰森你找我应该不会是为了跟我取经如何保持身材吧？"

"不可以吗？要是不可以，那我今天中午当面跟你取经。"杰森道。

陆加尔反问："中午？你这是约我的意思？"

"我就喜欢冰雪聪明的陆教授！"杰森笑道。

"可是无功不受禄！"陆教授回道。

"陆教授，此话差矣，你对我而言可是功德无量，一辈子无以回报！"杰森道。

陆加尔顿时明白杰森请自己吃饭的缘由，应该是为了感谢她告诉他李教授生病一事。但今天她有其他安排。

"小事一桩，别跟我客气。"陆加尔回道。

"可我必须请你吃顿饭，这是我爸妈给我下的指示，不然我又得挨他们骂！"杰森道。

杰森父母催婚的架势，陆加尔见识过，她可不希望出现什么乌龙事件。

"你爸妈不会误会什么了吧？"

"放心，不会的，再说中午吃饭我还约上Ace。"为了让陆加尔赴约，杰森把靳向东抬了出来。

听到靳向东也去，陆加尔二话不说答应下来："好，你把餐厅的位置发给我。"

果然不出他所料，电话那头的杰森不由提出抗议："陆教授，差别待遇这么明显，我有点伤心啊。"

陆加尔笑了笑："我也带上一个美女，这样公平了吧。"

杰森的口气马上变样："这个可以有！"

中午，陆加尔和苏涵一同出现在B市一家非常具有特色的餐厅门口。这家餐厅既不是米其林，也不是五星级饭店，但要想在这家餐厅吃饭，最少得提前半年预约，即便如此，生意依旧火爆，有很多人慕名而去。因为这家餐厅的最大特色：除了老板是人类，其他所有员工均是AI。

在公司面对AI，下了班还是面对AI，出来放松吃饭还是选择AI，这或许就是理工男比较呆萌的思维吧！

陆加尔和苏涵随一位身材姣好的机器人服务员走到名叫"创世纪"的包厢门口。

机器人轻轻推开包厢门道："二位请！"

已经坐在里面等候的杰森看到陆加尔的身影，立马招手："陆教授！"

陆加尔和苏涵步伐盈盈地走了进去，杰森绅士地给两位女士拉椅子。

落座之后，没看到靳向东，陆加尔不由问道："Ace还没到吗？"

杰森闻言，笑着打趣："陆教授，你这是一日不见如隔三秋是吧？"

陆加尔微微红脸，没接他的话，而是将身旁的苏涵介绍给他："苏涵，我室友兼同窗，职业作家。"

杰森站起身，伸过手："见过，杰森，幸会！"

但苏涵跟他的手轻轻一搭便收回，淡淡地说了一句："幸会！"

三人聊了几分钟，包厢门再次被打开，靳向东那颀长的身影出现在门口。

"Ace，让美女们等你吃饭，可不是绅士该有的行为！"杰森替两个女孩子抱怨一句。

"抱歉！堵车。"靳向东边说边走到陆加尔身旁，拉开椅子直接坐在她的身旁。

这个举动让陆加尔倍感开心："我们也刚到！"

靳向东侧脸看了下陆加尔，随后将目光落在她身旁的苏涵脸上。还没等他开口，只听到苏涵激动道："终于见到男神了！"

陆加尔闻言，不由斜眼看她，这还是她认识的苏涵吗？平时在人前不都是一副高冷范的模样吗？

靳向东很淡定："不敢当！你是尔尔的室友苏涵，对吧！"

尔尔！这个称呼一出，杰森和苏涵直接呆了，而称呼的对象陆加尔，脸刷地一下红了起来。

杰森直接炸锅："尔尔？你们两个什么时候确定关系的？"

靳向东没有回复他的提问，而是直接给以四字经的警告："个人专利，他人禁用，一旦侵权，后果自负！"

杰森直接被呛，一时半会儿消化不了这个信息，这还是他所认识的Ace吗？竟然这么肉麻！"专利登记号多少？"杰森打趣地反问。

本以为靳向东肯定答不上来，结果却背出一连串的数字："ZL20××××××.1！"

旁边的三人直接呆了，尤其是陆加尔，简直不敢相信。这怎么可能真去申请专利？

杰森大笑："说得这么有板有眼，差点信以为真！"

靳向东风轻云淡地回四个字："自己去查！"

杰森知道靳向东不是那种随便说说而已的人，直接拿起手机，登陆专利局的官网查询，结果真有以尔尔命名的专利号，不过是一项技术专利，专利持有者就是靳向东本人。

杰森看完之后，将手机递给陆加尔，他算是彻底被靳向东这种秀恩爱的方式给打败了！

陆加尔清晰地看到屏幕上的显示内容，虽然是技术专利，但却以尔尔命名。陆加尔缓缓抬头，将手机还给杰森，表面看似平静，其实内心早已翻江倒海了！若说靳向东是闷骚界第二，绝对没人敢说第一。

刚才凑过去一起看到内容的苏涵，开口叹道："还没吃饭，就被靳男神喂了一嘴的狗粮！"

靠着椅子的杰森看着靳向东，追问道："坦白从宽！什么时候在一起的？"

而他没得到靳向东的回复，却听到陆加尔开口："我正在追他！他还没答应！"

杰森眼珠子都差点瞪了出来："是我听力出现问题了吗？"

靳向东淡然道："以尔尔的话为准！"

杰森服了，伸手向着他俩竖起大拇指："你们两个真会玩！"

苏涵倍感认同："附议！"

陆加尔没看靳向东，但嘴角却藏着一抹暗笑，待会儿吃完饭一定要跟他商谈一下关于尔尔这个名称付费的问题。

还没结束这个话题，机器人服务员敲门进来："可以上菜了吗？"

"上吧。"杰森点头。

　　看着一道道色香味俱全的菜肴，陆加尔拿起筷子开始品尝，果然味道一绝。

　　"味道如何？"靳向东看她尝过之后的表情，不由勾唇笑问。

　　陆加尔给以肯定："很棒！不过若不是家里有艾米，我根本不会相信这是AI烹饪出来的美食。"

　　杰森顿时笑了起来："陆教授，这家餐厅所有AI，都是在我们公司特别定制的。"

　　苏涵听后，赞道："膜拜！"

　　陆加尔似乎没有太大意外，因为BUA确实是AI业内翘楚之一，不过她还是提了一个小小意见："我冒昧地提个不成熟的小意见。"

　　"说！"靳向东对客户的产品意见向来非常重视。

　　陆加尔直言不讳："AI对物品的解说有那么一点偏百度百科了。当然除了这个，BUA科技的产品在设计上堪称完美。"

　　关于解说这块，靳向东个人也一直认为有需要改进的地方，不由淡笑："你刚才提出的意见我会让相关部门加以修正。"

　　"这只是我个人不成熟的小意见。"陆加尔道。

　　"你的小意见，会让产品变得更加完美。"靳向东道。

　　意见被靳向东采纳，陆加尔淡笑："是我个人比较苛刻，不过对于我家里的艾米我几乎无从挑剔。"

　　苏涵跟着补充："自从家里有了艾米，彻底解决像我这样不喜欢做家务的人的后顾之忧！它现在完全就是我生活中不可或缺的生活助理！"

　　杰森听完他们之间的对话，不由打断："三位，现在是吃饭时间，好好吃饭才是对这些美味最好的尊重。"

　　闻言，三人不由笑了起来，目光一致看向杰森，陆加尔道："抱歉，我辜负了美食！"

　　杰森笑道："陆教授你是这顿饭的主角，希望你能吃好喝好！"

　　靳向东侧脸看杰森："那我和苏涵呢？"

"你可以看着我们吃!"杰森回道,当然不会忘了招呼苏涵,"苏涵多吃一点!"

大家再次笑了起来,靳向东一点都不介意,因为有杰森在,气氛大多数会被他所掌控。对此他不仅没有丝毫嫉妒,有时候反而还挺羡慕他开朗活泼的性格,而且作为多年的挚友,杰森在很多方面都非常包容他。譬如他不爱应酬,不爱抛头露面,都是让他顶上去,别看表面风光,其实非常辛苦。不过两人这么多年的配合可以说默契十足。

"陆教授,我敬你一杯,谢谢你的提醒,不然我就要成为不孝子了!"杰森举起杯,敬陆加尔。

杰森一而再再而三地表达谢意让陆加尔有点负担,尤其是在靳向东的面前,估计事后还要跟他重复一遍解释词。

"小事,不足挂齿。"陆加尔淡淡地回道,希望自己的平静应对,能让靳向东忽略这事。

可是靳向东的目光却在这时落在她的身上,眼神里明显带着疑惑。看来待会儿难免要跟他解释一番。

两人碰杯之后,杰森接着敬苏涵:"苏美女作家,那天有点失礼,希望你别介意!"

.苏涵那天还振振有词说不想认识杰森这样的人,在刚才交流之后,印象还是有所改观的,杰森口才绝佳,但却不属于圆滑之列。而且他是靳向东男神的挚友,可见人品绝对是有保障的。当然崇拜有时候也是会让人有所盲目!

尽管心里这么认可,可是苏涵却笑说:"如果我说介意呢?"

"那就让我请你吃饭赔罪,直到你不介意为止!"杰森看着苏涵笑道。

"被你这么一说,感觉我是一个小肚鸡肠的人。"苏涵回道。

杰森连连摇头:"不不不,苏涵作家一看就是气量非凡之人!"

闻言,苏涵嫣笑:"想不到你还会看相啊。"

杰森顺着她的话接道:"会一点,就如苏涵作家来说,你的博学堪称人体百度百科。"

这话让苏涵和陆加尔为之一愣，关于人体百度百科这个说法，杰森是第二个这么形容她的人。

苏涵以为是陆加尔透露的，不由看了下她，但是陆加尔却微微摇头。

苏涵只能微微一笑："这句夸奖的话我收下了！"说完，伸手过去与杰森碰杯，清脆的玻璃声响起，两人目光相互在彼此的脸上停留了一会儿，才缓缓收回。

四人吃了一个多小时才结束，席间杰森就没停止过讲话，陆加尔和靳向东不是话多之人，偶尔开口，却效果绝佳。苏涵性格比较外向，一下就跟大家熟络，所以大部分时间她配合杰森一起讲对口相声。

四人走出餐厅，苏涵对着身旁的陆加尔道："加尔，我下午有点事，你的车借我一下行吗？"

陆加尔看苏涵一眼，随之听到她内心的OS：给你制造机会，让靳向东送你回家。不愧是作家！恋爱实战经验不多，但套路却不少。

陆加尔也想跟靳向东多些相处的时间，但这样做实在太刻意了，不由开口："去哪？我送你过去。"

"去见出版社的编辑，约的地方从这边过去要半个多小时，我就不耽误你时间了。"苏涵说这话的时候，又OS一句：你就别再装矜持了！

既然如此，陆加尔也就不装了，大方地将车钥匙递给她："经过加油站，帮我加点油。"

"好嘞，谢谢啊！那靳男神、杰森，我先走一步！"苏涵跟大家告辞。

苏涵走后，杰森自然很知趣地闪人，留下陆加尔一个人站在靳向东的身旁。高大帅气的他引来不少路人回眸，为了避免被人围观，两人便往停车场走去。

上车后，陆加尔率先开口："下午有空吗？"

靳向东侧脸看她："有。"

"那我们去看场电影如何？"陆加尔大方地提议道。

靳向东嘴角微勾，眸光流转："你这是对我发出约会的邀请吗？"

陆加尔笑看着他："你接受邀请吗？"

但靳向东的回答却是："我出场费很高的！"

两人彼此暗生情愫，但调情的手段，陆加尔还是略逊一筹。不过被噎变成习惯，也成为两人相处时的一种乐趣。

"你的出场费用我的名誉专利费相抵。"陆加尔回道。

靳向东明知故问："你指的是以尔尔命名的专利费用？"

陆加尔道："本来是侵权行为，不过念在我们是朋友的分上，给你一次将功赎罪的机会！"

"请你看场电影就算将功赎罪了是吗？"靳向东反问。

"嗯。"陆加尔点头。

靳向东嘴角轻扬："陆教授，你未免太低估那个专利的价值了吧？"

陆加尔轻轻摇头，随后回道："钱乃身外之物，和你看场电影所产生的快乐因子，在我心里可以持续很久，我觉得很值！"

靳向东嘴角的笑意更浓："既然如此，除了看电影，那就再附送一个惊喜给你！"

"惊喜？"陆加尔眼底泛着好奇的光芒。

靳向东嘴角含笑，缓缓地伸过手，修长好看的大手轻轻地握住陆加尔的手。

陆加尔跟靳向东握过好几次手，知道他的手很温暖很修长，但那是商务礼仪性的握手，此刻则有着不同的意义。牵手这样的肢体接触，是许多情侣向彼此跨越出去的第一步。

陆加尔曾一度以为自己的心不会为谁而动，没想到自己会有这么一天，一阵暖流从靳向东的掌心传递到她的手心，接着直奔心脏，有那么一秒骤然停止跳动，之后就如鼓点一样，进入最高昂的演奏。

靳向东也曾与她多次握手，知道她的手很柔软，而且每次他的内心都会冒出一个想法：不想放开。

陆加尔的目光落在靳向东的手上，停留几秒后，缓缓开口："你知道男女牵手意味着什么吗？"

靳向东嘴角扬起："没经验，请赐教！"

陆加尔差点失笑，这个闷骚又腹黑的男人，不过过招几次，也了解一下套路，接着道："耍流氓OR男朋友？"

靳向东一脸淡然："你觉得我是哪种？"

陆加尔毫不客气地回道："耍流氓！"

靳向东嘴角的笑意更甚："为什么不是男朋友？"

正中下怀，陆加尔接话道："因为你说过你很难追啊！所以哪会这么便宜我呢？是不是？"

闻言，靳向东若有其事地点头："是！"说完将握着陆加尔的手缓缓放开，不过陆加尔却一把抓住他，不让他松手。

陆加尔握着他手，一副霸道的口吻："是你主动牵手的，所以休想再放开！"

靳向东嘴角泛着笑意："你的意思是从今以后，执子之手，与子偕老。"

这句流传两千多年的情话直击陆加尔的小心脏，她脸颊泛起两朵红霞，含羞地看着靳向东："这算是告白吗？"

靳向东笑答："算，不过是你对我的告白。"

陆加尔慢慢摸清靳向东的套路，直接跟小女孩一样耍赖道："不管是我对你的告白，还是你对我的告白，总之'执子之手，与子偕老'这句话是出自你的口，君子一言驷马难追！"

靳向东眼底浸染着笑意："你刚才不是说我属于耍流氓吗？"

跟逻辑思维超强的理科生辩论，陆加尔胜算不大，不过她还有每个女孩无师自通的招数，耍赖到底："我有说过吗？我怎么不记得了？"

"你是金鱼吗？"靳向东笑问。

"对啊，我就是只有七秒记忆的金鱼！"陆加尔应道。

她耍赖的样子跟工作时完全不同，虽然认真工作的样子很迷人，但是眼前的她，实在可爱至极，直接弹拨到他内心那根柔软的琴弦。

"那么只有七秒记忆的小金鱼待会儿想看什么电影？"靳向东笑问。

"恐怖片！"陆加尔回了三个字。

靳向东眸光微闪，随后淡笑："走吧。"说完，缓缓放开陆加尔的手。

当温度抽离的时候，彼此的内心都滋生一股眷恋，愉悦的因子散落在心房的每个角落。

靳向东发动车子，离开停车场，沉寂近一分钟，才开口："最近压力很大？"

陆加尔有些意外，侧脸看靳向东："为什么这么说？"

"你不是说想看恐怖片吗？"靳向东回道。

她与他之间有时就像恋爱许久的伴侣，彼此一个眼神就知道对方想什么，陆加尔没有否认："压力是有，但还在能承受的范围内。"

一般男人大多数喜欢可爱会撒娇的女孩，面对如此直白，如此强大的陆加尔，几乎只有成好哥们的可能，但陆加尔的这些特质，靳向东却格外欣赏。

事实证明他的眼光是独到的，她并非纯粹的女汉子，除了自信，她很风趣，很知性，当然她也有不为人知可爱的一面。

靳向东接着道："案子解决了吗？"

说到压力，其实就跟那双胞胎姐妹的案子有关，下周三就要判决，而她到现在还没甄别出结果，压力不言而喻。两个花样年龄的女孩，本应无忧无虑在学校学习，却因为原生态家庭的变故，引发了悲剧。

杀人固然犯法，但被害者未必能让人产生同情，因为是导致悲剧的源头。身为心理学教授的陆加尔，面对所有咨询者以及犯罪案件的当事人，一直都是以旁观者的身份剖释他们的心理，像这对双胞胎姐妹的情况极少遇见，两人都做好了坐牢的心理准备，而且若是两姐妹共同作案，一起伏法也是对她们过激杀人行为的一种惩罚，若是有所偏差，就毁了其中一个女孩的一生。

"没有，还停留在原地打转。"陆加尔说这话的时候，脑子再次针对那个疑点思索。

靳向东对此爱莫能助，只能对她说四个字："尽力而为。"

对于这个案件，陆加尔当然会尽力而为，但也不允许出现任何失误，可是时间紧迫，实在有些担忧。

看到陆加尔蹙眉，靳向东不由道："皱眉容易产生皱纹。"

陆加尔闻言，眉头随之舒展而开，接着笑道："Ａｃｅ，你都是这么哄女孩的吗？"

"我对哄女孩这项技能不太熟悉。"修长手指握着方向盘的靳向东淡然地回道。

陆加尔笑着反问："想熟悉吗？"

靳向东侧脸看她一眼回道："你应该不想我去熟悉这项技能？"

"对别人不行，但对我可以。"陆加尔回道。

靳向东嘴角轻勾，他就喜欢这般自信又霸气的陆加尔，眼睛看到前方的购物商厦，不由道："在这儿看电影如何？"

没想到陆加尔却迟疑了一下："如果我现在让你送我去看守所，你会不会让我直接下车？"

"现在？"靳向东问。

陆加尔点头："嗯，现在。"

"可以，不过晚饭得由你负责。"靳向东道。

"没问题，我请你吃晚饭。"陆加尔大方道。

于是，靳向东没有停下来，而是朝着前方继续前行，半个小时后，两人抵达看守所。

"我这边大概需要一个小时，你可以去附近转转，我结束给你电话。"陆加尔下车前对靳向东道。

靳向东笑着道："这附近似乎也没有地方可转。"

陆加尔失笑，确实如此，看守所的位置属于郊区，相对偏僻。

接着听到靳向东开口："我陪你进去。"

闻言，陆加尔愣了一下，目光看着靳向东，笑道："确定？"

"确定！"靳向东的目光很坚定。

"抱歉，按规定如果不是亲属，是不允许外人探视的。"陆加尔遗憾地回道。

靳向东只好作罢，交代一句："小心点。"

陆加尔再次笑了起来，用靳向东惯用的口吻，以彼之道还施彼身："你是在担心我的安全吗？"

"不可以吗？"靳向东反问。

"可以啊，我喜欢你的关心。不过放心吧，我只是去面谈，很安全的。"陆加尔道。

靳向东只能默默点头，陆加尔下车后，直接往大门走去，跟工作人员出示证件后，小门被打开，她跨步走了进去。

看着她的身影消失在小门背后，靳向东不知为何心里有种不踏实的感觉。可能是因为第一次见面，陆加尔被挟持过。现在来到这里，不由自主地想起那天惊心动魄的场面。

但有时候人的预感特别神奇，通过梦境、幻觉、直觉等方式对未来事件的信息预先感知。未来发生的事件可能比人产生预感的时间要迟到几个小时、几天甚至几年。这种时空差距的预感有着无穷魅力和神奇。

靳向东没有四处走动，而是坐在车内拿着笔记本编程。时间一晃半小时过去，看守所的小门被打开，一男一女两名狱警送陆加尔出来。

靳向东见此，连忙将手中的笔记本合上，快速下车，走到陆加尔的身旁。

"谢谢张所长，我先走了！"陆加尔对着其中一个狱警道。

张所长点了点头："陆教授，你去医院检查一下，有什么情况到时候跟我们说。"

"没事，先走了。"陆加尔淡笑。

张所长和狱警消失在大门后，陆加尔才转身看身旁的靳向东，冲他笑了笑："不好意思，让你久等了，走吧，路上好好想想晚上请你吃什么？"

然而，靳向东看了一眼她那泛红的脖子："刚才里面发生了什么？"

陆加尔摸了一下脖子，随后对靳向东道："上车再说。"

上车后，靳向东侧着身体看着陆加尔，在等着她的解答。

看他这个样子，陆加尔不由笑了起来："我们能不能边走边说。"

靳向东遵从她的提议，将车子启动，离开了看守所的停车场。

陆加尔用手揉了一下脖子，缓缓开口："结果跟我猜测的一致。"

"什么结果？"靳向东询问。

"真正的杀人凶手是妹妹俞菲，不过确切地说，是她的第二重人格杀了人。"陆加尔道。

"你的脖子是她弄伤的？"靳向东直接询问。

陆加尔没有正面回答他的问题，而是说："她的第二重人格还不是特别稳定，所以刚才出了一点小意外。"

陆加尔的语气风轻云淡，似乎不打紧的样子。但刚才在里面的情况并非如此，当俞菲的第二重人格被激发出来的时候，陆加尔被双手戴着手铐的俞菲勒住脖子，上气不接下气。

靳向东显然对案子不太感兴趣，看了陆加尔那泛红的脖子一眼，随后道："你太爱冒险了！"

闻言，陆加尔不由笑了起来："哪有，只是一个小小的意外而已。"

"我不喜欢这样的意外！"靳向东没告诉陆加尔她进去时内心的不安，但他确实很不喜欢这种感觉。

听到这句话，陆加尔的内心一阵窃喜，别看靳向东总是一副闷骚的样子，但偶尔显示出来的霸道，让人更加心动。

陆加尔目光泛柔看着靳向东："抱歉，让你担心了！"

靳向东也看了她一下，随后道："会改吗？"

"改？"陆加尔念着这个字，但口气却模棱两可。面对靳向东的紧张，她很开心，不过还是不希望造成误会，于是又解释了一遍，"其实我的工作一向很安全，被你碰到的这两次，真的纯属意外！"

"意外的概率有点高。"靳向东回道。

陆加尔侧脸看他，嘴角抿着笑："Ace，你知道吗？你担心我的样子实在太迷人了！"

靳向东的表情没有波澜，却接着道："去我家！"

陆加尔听后，微微一愣："去你家干吗？"

"处理你的脖子。"靳向东道。

陆加尔眉眼间的笑意已经抑制不住，像一朵美丽的花朵瞬间绽然而开。对于靳向东的提议她没有反驳，毕竟去他家里，就意味着两人的关系更加亲近一步。

半个小时后，陆加尔随着靳向东来到他的别墅。

密码门锁响起滴的一声，靳向东推门而入，陆加尔跟在他的身后，眼睛四处张望，一睹属于靳向东私人空间的风采。

但是她的眼球第一时间被艾克吸引："主人，你回来啦。"

艾克直奔过来，看到靳向东身旁的陆加尔，那双萌萌的大眼睛忽闪几下："陆加尔教授！"

"艾克，好久不见咯！"陆加尔笑着跟艾克打招呼。

"好久不见，你的脖子怎么啦？"艾克扫描到陆加尔的脖子，好奇地询问。

"艾克去端一盆热水，拿一条新毛巾过来！"靳向东交代道。

"好的！"艾克听后，转身奔向浴室。

看着艾克离去的背影，陆加尔莞尔一笑："你设计的艾克和艾米都好可爱！"

靳向东没有正面回答，而是招呼陆加尔："坐吧。"

陆加尔走到客厅的沙发旁，坐了下来，审视了一下室内的装修风格，妥妥的理科男审美。

艾克很快从浴室端了一盆热水出来，放在木质茶几上，伸手将盆里的毛巾拧干后，递给靳向东。

陆加尔愣了愣，笑问艾克："为什么不是给我？"

艾克眨巴着眼睛道："我家主人想为你服务！"

陆加尔闻言，看了下坐在身旁的靳向东，正要张口时，却听到他开口："靠着沙发。"

有人为自己服务，而且还是自己喜欢的男人，陆加尔当然乐意至极，她身体靠着沙发，做出一个经典的葛优瘫姿势。

刚躺好，耳边传来艾克的声音："葛优瘫！这个姿势对腰椎不好！"

陆加尔意识到自己的姿势，有点不好意思，平时跟苏涵一起生活，一回到家完全呈放松状态，葛优瘫也成为日常习惯。刚想调整姿势，却被靳向东的大手按住肩膀："躺好，别动！"

"艾克说这个躺姿对腰椎不好！"陆加尔低声回道。

但靳向东的回答却是："我觉得很好！"

这般躺着的陆加尔少了一份干练，多了一份慵懒风情，明眸皓齿，柳叶弯眉，令人挪不开眼，靳向东的目光不禁慢慢升温。陆加尔被他看得有些不好意思，白净的脸庞泛起一丝迷人的桃红，伸手抓过旁边的抱枕来掩饰即将失衡的心跳。

靳向东将她的害羞看在眼里，嘴角微微扬起，眼底泛起一丝柔光，拿着毛巾的手伸向她那如鹅颈般脖子，动作温柔地将毛巾敷在她的脖子上："烫吗？"

当热热的毛巾敷在脖子上的时候，确实有点烫，不过还能接受。

仰着脖子的陆加尔道："可以，不过热敷之后脖子岂不是更红了？"

"热敷可以促进局部血液循环，起到化淤的作用。"没等靳向东答复，就被艾克抢了先。

"艾克，真博学！"陆加尔笑道。

"这是基本常识，提个建议，陆教授以后尽量少夸我，我会骄傲的。"艾克道。

陆加尔被逗笑，印证一句话：什么样的主人，就有什么样的AI，都很傲娇。

靳向东的目光转向艾克："冰箱还有食材吗？"

"一人足以，两人不够。"艾克回道。

"去下单，晚上在家吃饭。"靳向东交代道。

"好的！我马上按照陆教授的口味去下单！"艾克说完，麻溜儿地离开客厅。

对于动不动泄露信息的艾克，靳向东表示无奈，而此刻正在用热毛巾敷脖子的陆加尔目光定定地看着他。

靳向东没有避开她的眼睛，两人的目光在空气中交织近十秒，陆加尔的红唇微张："坦白从宽！"

"坦白什么？"靳向东黑眸闪着笑意，明知故问道。

陆加尔看着他："不坦白也没关系，你的脸上已经写着四个字！"

"哪四个字？"靳向东装傻。

"蓄，谋，已，久。"陆加尔一字一顿地回道。靳向东嘴角的笑意加深，没有吱声。陆加尔见此，接着道："你怀疑我的专业？"

"不，我一直相信你的专业。"靳向东连忙否认。

"那么，你这是招供了？"陆加尔直视着他的眼睛。

靳向东嘴角微勾："要我招供可以，不过得先制造事实。"

"制造事实？"陆加尔眼睛忽闪一下，还没反应过来，靳向东的脸在她的眼里放大一倍，不仅可以清晰地看到他的皮肤，还能感受到他的气息，但是下一秒，她的唇就被温润的唇所覆盖。

陆加尔像是遇到点穴高手，整个人定住在那，一动也不动。

接着靳向东缓缓撤离，低沉的声音在耳边响起："刚才发生的事实我承认是蓄谋已久！"

陆加尔的黑眸转动一下，看着近在咫尺的靳向东，从他的唇，慢慢往上，他的鼻子，再到那双令人沉沦的眼睛。

四目相对之时，彼此心间涌起一股说不清道不明的情愫，想必这就是所谓的爱情吧！面对对方时会脸红害羞，会不知所措，会嘴角忍不住上扬。

气氛正好，靳向东再次低头，这时艾克奔了出来："主人……"

话还没说完，艾克突然刹车，眼睛眨巴眨巴地看着坐在沙发上的两人。虽然艾克是机器人，但是他的出现还是破坏气氛，靳向东的唇没有触到陆加尔的红唇，而是吻到她的脸颊。

艾克连忙用手捂着眼睛："我什么也没看见。"说完，转身又奔回书房。

客厅只剩下靳向东和陆加尔，一片静悄悄。

几秒后，陆加尔低声打破了宁静："我们刚才就像做坏事的小朋友被人撞见。"

看着陆加尔脸上的笑容，靳向东也忍不住笑了起来："艾克这个电灯泡！"

"意犹未尽？"脸颊泛着桃红的陆加尔，看着靳向东低声道。

靳向东笑看着她，没有说话，但眼底的意图不言而喻。见此，脖子还敷着毛巾的陆加尔，突然直起身体，主动将唇印在他的唇上。不过吻很浅很浅，就像一只美丽的蝴蝶轻轻地落在花瓣上，停留几秒又飘飘然地飞走了。

陆加尔在靳向东家里度过了愉快的晚餐时光，直到十点在他的护送下回到家中。

见陆加尔进门一脸愉悦的样子，苏涵不由打量了她几眼："看样子你跟靳男神的关系有了质的飞跃！"

陆加尔轻笑，眉眼间的神采飞扬已经完全暴露答案："有你一份功劳！"

"既然有我的功劳，那就给点实际的奖励！"苏涵也不跟陆加尔见外，直接要求奖励。

"奖励在中午就已经提前给你了！"陆加尔放下包后，笑着对苏涵道。

"中午？"苏涵想了想，"你不会说把杰森介绍给我吧？"

"你对他不是有好感吗？刚好他的想法跟你一致！"陆加尔回道。

若是别人对苏涵说这话肯定被她反驳，可是出自陆加尔之口，那根本有口难辩。

"只是接触后觉得他还行，算不上好感。"苏涵还是稍稍辩解一句。

"反正你跟他已经认识，接下来就看你自己咯。"陆加尔道。

"他对我有好感？"苏涵看着陆加尔跟她求证。

平日里陆加尔绝对不会轻易曝光别人的心声，不过此刻心情不错的她，还是将这个信息当奖励告诉苏涵："我什么时候骗过你？"

次日，阳光照射在B大校园里的每一个角落，天气虽热，但大家学习的热忱不减。

陆加尔上完课回到办公室，刚把手中的东西放下，拉开椅子坐下。

李琳凑了过来："加尔，系主任找你谈话了吗？"

陆加尔仰头看着李琳："什么谈话？"

"下半年开始带研究生的事。"李琳道。

陆加尔了然："这事啊，前面韩教授提过，不过还没确定，你确定了吗？"

"已经确定了，让我带三个研究生。"李琳的手搭在旁边的隔离板上，身体靠着办公桌道。

李琳跟陆加尔都是B大的年轻教授，不过李琳比陆加尔早来两年，下半年开始带学生，也是学校对她教学质量的一种认可。

"恭喜啊！"陆加尔对着李琳贺道。

李琳脸上露着笑意："有什么好恭喜的，带学生累着呢，不过估计你也跑不了。"

陆加尔淡笑："我应该还得再等几年吧，不急，轻松几年再说。"

"你就别想着轻松了，你是学术委员会成员，韩教授肯定会力荐你的。"李琳道。

陆加尔嘴角轻扯："不太可能，不过还是再次恭喜你，记得请客吃饭！"

"请客是小事，就怕请不动你！"李琳笑道。

陆加尔有点接不上话，她平日里是比较少参与学校教授之间的聚餐活动，但不代表她完全不参加。为此背后不少人议论她，说她高傲、孤僻，她自己无所谓，不过韩教授从中帮忙解释过几次。

陆加尔只能淡淡地笑道："回头吃饭的地址发给我。"

李琳有些意外，对于饭局陆加尔通常是拒绝的，有时候韩教授亲自邀请都未必能成功。

李琳瞅了一下陆加尔，猜测道："你最近有情况？恋爱了？"

"有这么明显吗？"陆加尔没有隐瞒，直白地回道。

闻言，李琳的眼中闪过惊讶，之前见她长期对男人不感兴趣，有段时间她还怀疑她的性取向。可是相处久了，看她对任何人都是淡漠的，便也觉得可能是性格使然。

"你恋爱的事才应该重点恭喜啊！"李琳道。

陆加尔淡笑，不忘揶揄一句："终于用事实证明我不是同性恋了！"

李琳脸上露出一抹尴尬："那个是误会，你别介意！"

正当两人聊得开心时，桌上手机响起铃声，陆加尔拿了起来："我先接个电话。"

"你忙，回头我把吃饭地址发给你。"李琳道。

陆加尔一边接起电话，一边冲着李琳点头："韩教授，好，我马上过去。"

陆加尔接完电话，站起身对着已经走回到自己座位的李琳道："韩教授叫我过去一下。"

李琳从陆加尔笑了笑："去吧。"

陆加尔转身从门口走去的时候，耳边传来李琳内心的OS，不由微微皱眉。虽不能说人与人之间的关系都是建立在利益之上，但很多人都摆脱不了人的利我本性。

赤裸裸地倾听他人的心声，对于陆加尔来说习以为常，工作上的利益关系及冲突多不胜数，无须多说。而且别说工作，就拿爱上一个人，肯定是因为他（她）在某一方面满足了自己的某种心理或生理的需求。所以有人说，其实爱情，并不是爱对方，而是爱上对方给以自己的某种感觉。

敲开系主任的办公室的门，陆加尔大方地走了进去："教授！"

"坐！"韩毅教授看到陆加尔，亲切地招呼她。

陆加尔坐下后，韩教授给她倒了一杯茶，他还没开口，陆加尔已然知道他找她来的目的。

"加尔，最近很忙是吧，除了上课都不怎么见你的踪影。"韩毅教授笑问。

"还好！"陆加尔淡淡地回道，"前阵应邀加入BUA科技的研发团队，这事跟你说过。"

"嗯，我知道这事。"说完，韩毅教授端起茶杯品了一口，"今天找你来，就是想跟你谈谈下半年带学生的事，你自己有什么想法？"

"教授，我担任教授已经是破例，要是再破例带学生的话，恐怕旁人会说你偏心的。"陆加尔笑道。

"我不怕别人说我偏心，他们要是这么想，那也是他们嫉妒。"韩教授回道。

陆加尔心怀感激地笑了笑，韩教授这些年对她确实好得让人嫉妒，不过韩教授自己不以为然，因为他确实以有陆加尔这样的得意门生而自豪。对于这些陆加尔心里有数，所以当初面对多个国内外大学的邀约时，她二话没说选择了B大，成为韩教授带领的教学梯队的一员。

"教授，我记得你常说一个成语，过犹不及！"陆加尔笑道。

韩毅教授跟着笑了起来："我刚才的话是有点偏激了，不过对于你个人现有的成就而言，我还是那句话，任何人的成功都不是靠偏心或侥幸获得的！"

韩毅教授的这句话，陆加尔绝对会牢记一辈子，因为这不仅是韩教授对她的"天赋"的肯定，也是她对自己能倾听他人心声的特殊技能的一种释然。

"谢谢教授一直以来对我的厚爱，那我就听从学校和您的安排吧。"陆加尔没再推脱，因为她本来就有独立带团队的想法。

"这就对了！"见陆加尔松口，韩毅教授的脸上露出开心的笑容，接着道，"虽然你资历尚浅，不过个人的能力是大家有目共睹的，况且你现在还在参与BUA研发项目。我是建议你独立带个团队，一来分担你一部分的工作，二来你还可以进行相关课题及学术研究，一举两得不是吗？"

"教授指点的是。"陆加尔点头。

"那就这么定了，你这边赶紧开始着手项目申请。"韩毅教授道。

"好的！"陆加尔应道。

韩毅教授见陆加尔一脸淡定的样子，不由笑说："看样子你已经提前做好了材料准备。"

"教授不愧火眼金睛。"陆加尔淡笑。

"知道这么多学生当中我为什么喜欢你吗？从不让人操心！"韩毅教授眼底带着欣慰看着陆加尔，"提前做好准备这个习惯非常好，从这点你就已经具备资深教授身上拥有的品质！"

被夸奖的陆加尔淡淡一笑，每个科研立项申请的时间基本固定，平时做好计划，得到通知直接上报，一来避免出现临时抱佛脚，二来申报项目也会更加成熟一些。而且就算她目前教学资历尚浅，她自己能自带资源，所以就算院方没考虑，她自己去申请项目也是不成问题的。

陆加尔笑道："这是教授教导有方，让我养成这个好习惯！"

韩毅教授乐了，因为陆加尔平时很少拍马屁的："你最近有点不一样哦！"

陆加尔笑了笑，不过她还有事，不宜多聊，于是道："我还是老样子啊，教授你这边还有什么事要交代的吗？"

"没有了，你有事的话，就先走吧。"韩毅教授很体恤地回道。

"抱歉，今天刚好要去省公安厅一趟。"陆加尔说完，缓缓地站起身。

"是不是何局又有案子让你协助？"韩毅教授多问了一句。

"是！"陆加尔点头。

"那你快去吧，不过回头我得跟何局说说，老是让你协助，他的那些心理侧写师都下岗了吗？"韩毅教授道。

陆加尔笑："教授，我可是你引荐给何局的。"

"开玩笑的，你快去吧。"韩毅教授和煦地笑道。

陆加尔跟韩毅教授聊完之后，回办公室拿了包和一些材料便离开了学校。见她风风火火不带走一片云彩的样子，心理学系的几个教授便凑在一块八卦。

"陆教授下半年肯定也开始带学生！"

"这不是明摆的事吗？"

"她上位的速度，可不是我们这些人能比的！"

"还不是因为有韩教授在后面帮她撑腰！"

"这话还是少说为妙，陆加尔还是有两把刷子的！你们知道她被BUA聘请的事吗？"

"什么时候的事？"

"月初吧！别说下半年带学生，估计系里还想让她从中搭桥弄个什么项目呢？"

李琳坐在位置上默默地听着大家你一言我一语地讨论陆加尔，她没参与进去，因为她也是年轻教授中的一员，在这种场合里，还是尽量少说话。不过听到这些讨论，心里还是对陆加尔羡慕加嫉妒的。在学术和能力上，陆加尔确实有着过人的天赋，不仅是韩教授，甚至国内外资深的心理学教授，都一致认为她是天才。

天才注定是让人羡慕和嫉妒的，因为这不是每个人都能拥有的。

"李琳你跟陆教授比较相熟，她有没有跟你透露一点风声啊？"一个四十岁左右的女教授询问李琳。

"没有，她最近挺忙的，都没怎么碰面。"李琳道。

大家看了李琳一眼，也便不再八卦，各自散去。

省公安厅，大厦正上方金晃晃的国徽在太阳底下闪着金色的光芒。

陆加尔在一美女警员的带领下来到会议室。此刻，会议室光线昏暗，正前方正放映着陆加尔昨天去看守所的监控视频。

徐磊见陆加尔进来，站起身，拉来身旁的一把椅子："陆教授！坐这儿！"

陆加尔没有推辞，利索地坐了下来。

会议室除了徐磊和心理侧写师朱雨，还有几个当时负责案件的刑警，大家一起看监控视频。

画面中，陆加尔和俞芳面对面地坐着，陆加尔看着她："你继父第一次侵犯你是什么时候？"

俞芳听到这句，放在桌面上戴着手铐的双手不由自主地紧握，表情瞬间变得不自然，下意识地低头，似乎不愿回答这个问题。

"不想回答的问题，可以不回答！"陆加尔温声道。

"去年……去年八月！"低着头看着眼前桌子的俞芳结巴地回道。

陆加尔凝视着她，接着问："你妹妹俞菲当时知道吗？"

"不知道，我当时……没告诉她。"回答这个问题时，俞芳的右手捏着左手的大拇指。

"他也侵犯过你妹妹？"陆加尔继续问。

俞芳眼睛猛眨几下，应了一声："嗯！"

"是你妹妹告诉你的，还是被你撞见的？"

俞芳没有立刻回答这个问题，几秒后才开口："被我撞见的。"

陆加尔看着她，继续询问："案发当天，你继父想侵犯你妹妹，被你制止？"

俞芳低着头："嗯。"

"能跟我再叙述一下当时的情况吗？"陆加尔道。

俞芳的手紧握成拳，可以清晰地看见手指因为用力而泛白："那天是周五，我和妹妹一起回家，我们一起做饭、吃饭，然后回房做作业。八点多那个恶魔回来了，他喝醉了，嚷着我们两姐妹的名字，我和妹妹瑟瑟发抖不敢出去，他便开始撞门，不停地撞门。门被他撞开后，他拎着我，把我拽去客厅，一拳一拳地往我身上砸。妹妹跑了出来，拉住他的手臂让他放开我，那恶魔甩开妹妹的手，妹妹直接跌倒在地。恶魔要把我拽进他的房间，我妹妹冲了上来，苦苦地求他，那恶魔置之不理，妹妹狠狠地咬了他一口。那恶魔便放开了我，把我妹妹暴揍一顿，他……他撕开……妹妹的衣服，对她施暴，我……我……"说到这儿，俞芳的眼神变得凶狠无比，表情十分痛苦。

人们经常会对一些人或一些事发表不同的意见，经常会说感同身受，可是世上根本不存在所谓的感同身受，入你耳成故事，在她心是伤痕。

几秒之后，俞芳咬了咬唇，眼神露出一丝阴狠："我……拿起茶几上的水果刀捅死了他！"

她的眼神除了阴狠，还有憎恨，有愤怒，当然也有无助和绝望。任谁遇到这样的遭遇，都无法轻松说出口，更何况还是一个花季少女。

尽管心生怜悯，但陆加尔表面还是非常平静，她接着问道："你后悔吗？"

俞芳缓缓抬起头，眼底露出憎恨的厉光："不后悔，我恨不得将他碎尸万段！"

陆加尔定定地看着她，缓缓开口："可是，他并非你所杀！"

闻言，俞芳的眼神直直地看向她："我就是杀人凶手！"

"不，你不是！"陆加尔接着道。

"你凭什么说不是？"俞芳的声音瞬间提高。

"因为我知道你不是真正的凶手！"陆加尔不紧不慢地回道。

俞芳盯着陆加尔的脸："你们想陷害我妹妹是吗？"

"不是！"陆加尔一脸镇定地迎视她的目光。

"你……是骗子，你口口声声说会帮我妹妹说话，让警察放了她，现在又反悔，你……是人品很渣的骗子！"俞芳的情绪开始高涨。

外面的狱警走了进来，对俞芳提出警告。

陆加尔示意狱警先出去，随后接着道："我不是骗子，而且你是俞菲，不是俞芳！"

俞芳的眼神里闪过一抹惊慌："你……你说什么？"

"你是俞菲对吧！"陆加尔直视着她。

"怎么可能，我是俞芳，我就是俞芳！"俞菲喊了起来。

"我的猜测是对的！你就是俞菲！"陆加尔肯定道。

下一秒，俞菲突然激动地站了起来，狱警立马进来，冲她喝道："坐下！"

俞菲瞪着陆加尔缓缓坐下，而陆加尔再次对狱警示意自己能把控好局面，狱警出去后，陆加尔对她道："喝点水吧！"

俞菲没有动弹，但眼睛却一直盯着陆加尔。

陆加尔知道那是敌对的眼神，缓缓站起来，走到她的身旁，伸手搭在她的肩膀上，轻轻地拍了拍："别怕，我是来帮助你们姐妹的！"

俞菲的眼睛始终没有从陆加尔脸上挪开，正当陆加尔想尝试让她放松下来时，俞菲突然站了起来，拷着手铐的双手直接勒住陆加尔的脖子。

接着狱警冲了进来，画面变得混乱不堪。

放映到这，徐磊按了暂停，室内的灯光亮了起来。刚才盯着屏幕的大家，陆续收回目光。

朱雨看完视频，对陆加尔佩服得五体投地。两个长得一模一样的双胞胎，成长经历相同，遭遇相同，所以对她们的心理侧写偏差不大，可是谁能想到在逮捕之前，两人就已将身份调换了。

"陆教授以身犯险帮我们侦破这个案件，实在太了不起了！"朱雨道。

陆加尔的目光看向朱雨，随后扫大家一眼："这个案件的杀人凶手确实是俞菲，但是……是她的第二人格杀了人！"

此言论一出，大家为之震惊，目光齐齐地看向陆加尔，徐磊的目光尤为意味深长。

陆加尔接着道："不过她的第二人格目前还不太稳定！"

"陆教授，你是怎么得出俞菲有人格分裂的！"徐磊看着陆加尔发问。

"前面在心理侧写的笔录里出现疑点，不过被你们用相关证据给排除了，而在两次谈话中，俞菲的谈吐无异，但是眼神有点不太一样！"陆加尔解释道。

"眼神？"朱雨念着这个词。

"你们去把我和朱雨上周跟她谈话的监控录像调出来，在谈话快要结束的时候，俞菲有个飘忽的眼神，这个是我看过你们所有笔录视频

后发现的。不过这个结论还需要再证实一下。"陆加尔道。

"小欧，你联系看守所，让他们将俞菲的监控录像发一份过来。"徐磊交代席间一个男子去调录像。

"好，我马上联系！"男子说完，手指噼里啪啦地敲着眼前的电脑键盘。

徐磊的眼睛移至陆加尔："陆教授，你刚才说的这个结论需要再证实对吧？"

陆加尔知道这个案子已经迫在眉睫，不由道："对，这块我可以从旁协助，不过对于这种双重人格案件，国内的法律是如何审判的？"

陆加尔毕竟不是犯罪心理学专家，对审判的标准不是很了解。

朱雨接话道："犯罪的构成问题与是否为双重人格没有关系的，主要是看是否符合犯罪构成要件，是否有违法性阻却事由和责任阻却事由。在量刑方面特殊情况下可能作为酌定量刑情节。"

陆加尔闻言，微微凝眉。

朱雨继续往下说："也就是说在量刑过程中审案机关会通过司法取证，确定当事人作案时的精神状态。如果病人确实存在人格分裂，而且在作案过程中处于意识泛化阶段，那么当事人可以免除刑事责任。如果仅仅是双重人格障碍，则不构成量刑参考条件，应当负完全刑事责任。"

"意识泛化阶段作案，当事人可以免除刑事责任？"陆加尔的语气带着一丝疑问。

"对！"朱雨点头。

徐磊看着若有所思的陆加尔，开口道："陆教授，你不会是想将这个案件定义成精神病案件吧？"

"徐副大队，案件的性质肯定是由警方来确定的，至于作案时，犯罪嫌疑人的精神状态我可以提供一些心理学方面知识从中协助调查。"陆加尔回道。

"朱雨你的意见呢？"徐磊询问朱雨。

朱雨低头重新看了一眼陆加尔所指出来的笔录疑点，随后抬头："从心理侧写出现的一些疑点来看，陆教授所说的情况也是有可能发生的。"

徐磊听后，发话道："那就按照陆教授的思路，对俞菲进行精神鉴定！"

"是！"朱雨应道。

下午，陆加尔和朱雨以及两个刑警再次来到看守所。

刑警对俞芳和俞菲的调换身份一事进行核查。经过盘问，两人供认不讳。俞菲被带去做精神鉴定，而陆加尔和朱雨跟俞芳再次进行谈话。

俞芳的目光则紧盯着陆加尔，昨天姐妹二人身份被识破之后，她的内心的防线也跟着崩溃，陆加尔则很淡然地看着她。

坐在一旁的朱雨见此，温和地说道："俞芳，希望你好好配合，这对你妹妹的案件很重要！"

"你们都是骗子！"俞芳瞪着陆加尔道。

朱雨想再次开口的时候，陆加尔给以制止，缓缓开口："俞芳，你见过你妹妹的第二重人格吗？"

听到这话，俞芳愣一下，但很快反应过来："我……我不知道你在说什么？"

"你妹妹被送去做精神鉴定的途中，而你的证言对她判决将起到关键作用！"朱雨道。

"我不知道你们在说什么。"俞芳目光微闪，没再看陆加尔。

"你见过对吧？"陆加尔口气平和地问道。

俞芳垂下头，没有吱声，朱雨接着问道："案发时，你妹妹的精神状况是不是有所反常？"

俞芳还是沉默，朱雨见此，看了身旁的陆加尔一眼。于是两人陪着她一起沉默。

过了几分钟，朱雨才开口："这对你妹妹俞菲的审判结果至关重要！"

俞芳才缓缓抬起头，看着对面的陆加尔和朱雨："我不相信你们的话！"

陆加尔迎视她的目光："你有保持沉默的权利！"

俞芳看着陆加尔，内心有所波动，甚至产生一丝畏惧，似乎整个人是透明的一样，完完全全被她看穿，她不喜欢这种感觉，但这个女人的眼神给人一种信任感。

最后，俞芳还是松了口："我见过！"

陆加尔和朱雨看着她，随后朱雨道："能具体说说吗？"

"我妹妹很乖很听话，也很善良，她平时连杀鱼都不敢，可是那天她为了救我，拿刀捅了那恶魔！"俞芳说这些话的时候，眼眶溢出几滴眼泪。

"那天她的第二重人格出现了？"朱雨追问。

"是，那天的她……跟平时不一样，她拿着刀……一刀一刀地刺向那恶魔。很凶狠，那是我第一次看到她那个样子。"说到这，俞芳伸手摸了一下眼睛，随后哀声地说道，"陆医生，朱医生，我妹妹是为了救我，她很善良的。是那恶魔……是那个恶魔逼的，他强暴了我，我不敢声张，导致他又强暴了我妹妹，是我太懦弱了，是我太无能了！不敢报警，才造成这样的后果，是我对不起我妹妹，是我的错！"

俞芳泪流满面，自责不已。陆加尔见此，从包里拿了一包面巾纸，抽了一张递给她。

俞芳的手揪着那纸巾，捧着脸嗷嗷大哭，那场面让人看了心疼不已。

但是心疼和同情是毫无帮助的，陆加尔接着道："俞菲的第二重人格是什么样的？"

俞芳吸了一下鼻子，伸手擦去脸上的泪痕，几秒后才张口："跟我妹妹完全不同，那天她像另外一个人，很阴暗，很强大，也很勇敢。"

"持续时间多长？"朱雨追问。

俞芳再次伸手抹了一下眼角的泪珠："大概三四个小时！"

陆加尔看着俞芳："肢解尸体也在这时间之内对吗？"

俞芳默默点头。

"你当时有出面阻拦她吗？"朱雨接着问。

俞芳吸了一下鼻子："我妹妹杀了那恶魔之后，我整个人都吓呆了，看着她进厨房拿着菜刀出来，将那恶魔的手脚都砍了下来。我抱住她，想阻止她，但是她将我推向一旁，指着我鼻子骂，说我是弱鸡、胆小鬼！"

"抛尸也在这个时间内？"朱雨接着问。

"是！"俞芳点头。

"你一直跟随着她！"朱雨问。

"是！"俞芳供认不讳。

朱雨注视着俞芳："除了案发当时，你之前有见过她的第二重人格吗？"

"没有！"俞芳摇头，低声道。

"之后呢？"朱雨问。

俞芳顿了几秒："之后见过一次！"

"在哪？有什么表现？"

"之后那次，在我们被捕前一天，我劝她自首，另外一个她出现了。"说这句话的时候，俞芳垂下头。

陆加尔的目光审视了她一下，朱雨接着道："她做了什么？"

"甩了我一巴掌。还骂我是胆小鬼。"俞芳依旧低着头，看着两手之间那冷冰冰的手铐。

"你有反击吗？"朱雨看着她。

俞芳摇了摇头："没有！我只是一直在劝她！她便指着我鼻子骂，我抱住她，一直哭，一直劝，后面她才慢慢恢复。"

朱雨问完这些，侧脸看了下身旁的陆加尔，陆加尔微微点头。

朱雨接着道："俞芳，谢谢你的配合，我们会依据你的这些证词跟你妹妹再核实一遍！"

"希望你们能救救我妹妹！她也是受害者！"俞芳看着对面的陆加尔和朱雨，红着眼睛恳求道。

"法律是公正的！"朱雨回道。

之后，俞芳被狱警带出去，陆加尔静静地看着她消失在门后，表情

变得若有所思，身旁的朱雨叫了她一句："陆教授！"

陆加尔回神，看了下朱雨，随后站起身："我们走吧！"

走出谈话室，朱雨问陆加尔："陆教授你对俞芳的证词的真实性评估结果是多少？"

"这次她没撒谎！"陆加尔回道。

"不过她在讲述俞菲第二次人格出现时，表情有所异常！"朱雨道。

陆加尔微微点头，作为心理侧写师的朱雨，业务能力还是很强的，观察很细致也很敏锐。只是这个案件特殊了一些。

"她会不会还有所隐瞒？"朱雨猜测道。

陆加尔顿了一下，淡淡道："她内心的自责和内疚感很强烈！"

"是，纠正身份后，她的动作和表情毫无保留泄露出她的内心！"朱雨边走边道。

"这个案子到这应该也差不多了！"陆加尔道。

"多亏陆教授的协助！"朱雨侧脸看向陆加尔，眼底露出一抹佩服。

先前局里寻求陆加尔的协助时，朱雨的内心是抗拒的，因为这是对她能力的一种间接否定，可是当陆加尔发现双胞胎姐妹身份互换的事实后，朱雨便打心眼里佩服这个传说中的心理学天才。要让女人对另外一个女人有所崇拜，第一需要这个女人有容人的肚量，第二也证明被她崇拜的女人绝对是超乎寻常的厉害。

陆加尔听到朱雨内心的OS，脸上没有任何波澜，继续往前走，不过她的神情却若有所思。

走出看守所，天色已黑，朱雨见此，发出邀请："陆教授，晚上有空吗？我想请你吃个饭，私下跟你学习一番。"

面对朱雨的邀约，陆加尔看了下腕上的手表，随后道："抱歉，我晚上有约了！"

上车后，陆加尔拿着手机给靳向东发了一条微信，便开车离去，不过在一路上，脑海一直回荡着一个声音。虽然有所犹豫，但是她已经

做了选择。

半小时后，陆加尔的车停在一家商厦的地下停车场。

有了昨天质的飞跃，接下来她的生活应该不再是一成不变的两点一线，可以约会、吃饭、看电影什么的。下车前，陆加尔打开车灯，补了一下妆，透过不太明亮的灯光看着镜子里的自己，嘴角不禁露出一抹笑容。

电梯一层层往上，到了最高层停住，门打开后，还没踏出来就有侍者露出标准笑容迎接她。这家餐厅是B市有名的高空旋转餐厅，360度旋转，食客可以一边享用美食，一边饱览户外美景。

陆加尔在侍者的带领下，走向靳向东预定的桌位。距离不到五米的时候，陆加尔看到靳向东已经坐在位置上，身着白衬衣的他是如此迷人，不过此刻的他正跟坐在对面女子攀谈着。

女子身着白裙，披着一头乌黑的秀发，光从背影来看，似乎有点眼熟。

陆加尔缓缓地走了过去，靳向东看到她后，绅士地站了起来："陆教授！"

他称呼她为陆教授！而不是……尔尔！

陆加尔疑惑之余，不由将目光看向位置上的女子，竟然是她！

袁淼淼的目光与陆加尔对视一秒，优雅地站起身，对着陆加尔笑道："陆教授，又见面了！"

陆加尔冲她淡淡一笑，随后问："我们三人一起？"

"不是，我跟我爸妈刚好也来这吃饭，所以鸠占鹊巢一会儿。"袁淼淼盈盈笑着，随后指了指她父母坐的位置。

陆加尔随着她指的方向看去，一对高知识分子夫妻冲着她们笑了笑，袁淼淼将位置让了出来："向东哥，陆教授，那就不打扰了！"

靳向东微微点头，袁淼淼离开后，他走到陆加尔的身旁，帮她拉开椅子，陆加尔坐了下来。

靳向东落座后，将菜单递给陆加尔，陆加尔一边翻看菜单一边若无其事地问道："看你们刚才聊得挺开心的！"

"淼淼跟我讨教一些问题。"靳向东轻描淡写地给以解释。

闻言，陆加尔看着菜单的目光移到靳向东的脸上，不过很快收回，应了一个字："哦。"

靳向东看她，眼底划过一抹意味深长："吃醋了？"

"为何要吃醋？"陆加尔看着菜单回应道。

"你的表情已经出卖了你。"靳向东嘴角漾着一抹笑意。

"想不到你也是心理学专家？"陆加尔的目光看靳向东，调侃一句。

靳向东微微挑眉，陆加尔侧脸对着站在一旁等待她点餐的侍者说："A套餐。"

"好的，请稍候！"侍者说完便离开，陆加尔将目光移至靳向东的脸："她刚才在跟你表达好感？"

靳向东眼底闪过一丝意外，随后坦诚地回道："我拒绝了！"

陆加尔嘴角露出一抹笑意，论样貌、家世、学识，袁淼淼绝对无可挑剔，最重要的是年轻可爱，这是男人们拒绝不了的女孩。

陆加尔道："她其实挺不错的！"

"是不错！"靳向东承认。

陆加尔眉头微扬，兴趣盎然地看着靳向东："如果我没追你的话，你会接受她吗？"

靳向东看着她的眼睛，佯装一副思考的样子："时光不能倒流，这种假设不成立。"

陆加尔嘴角笑意更浓，似乎满意他的答复，伸手撩了一下头发："我倒是希望时光倒流！"

"原因？"靳向东笑问。

"不想遇见你！"陆加尔笑着回道。

"……"靳向东露出一个疑惑的表情，似乎对她的答案很是意外。

陆加尔看了下他，还没开口脸就不自觉地红了起来，几秒后才张口："自从遇见你的那天起，我的心就不再属于我自己了！"

面对陆加尔的示爱，靳向东嘴角扬起愉悦的笑容，眼睛倒映着对面陆加尔娇羞的样子。那深邃如海的眼睛，泛起柔软的光芒："这好像是歌词吧？"

陆加尔的笑容彻底崩盘："你听过？"

靳向东嘴角微扬："猜的。"

陆加尔收住笑声，转移话题道："好饿啊！"

靳向东的目光却定定地注视着她，偏冷却带着磁性的嗓音响起："今天一整天我的脑海只想着一件事！"

"什么事？"陆加尔边说边端起桌上的水杯喝了一口。

"吻你！"靳向东温柔地看着她，口里吐露出两字。

陆加尔差点被水呛了，脸红了个彻底，还好餐厅灯光幽暗，掩饰了她此刻的羞意。靳向东将她表情看在眼底，笑容就像被丢下一颗石头的湖面一样，慢慢地从嘴角漾起层层微波。

一会儿，侍者将两人点的套餐呈上。闻到香味，陆加尔的肚子再次发出饥饿的信号，偏偏靳向东将她面前的盘子拿了过去，贴心地把盘中的牛排分切成小块。

陆加尔还是蛮享受靳向东的贴心举动，眼睛落在他那拿着刀叉的修长手指上，越发觉得上帝对他太过偏爱了，就连手都让人着迷！

靳向东切好后将盘子还给她，随口问道："案子如何了？"

陆加尔回神，接过盘子："差不多了。"

"差不多？那就是还没结束？"靳向东看着陆加尔道。

"我能协助的部分已经结束了，不过因为案情有变动，可能会推迟宣判日期。"陆加尔如实道。

"可是你的表情不太明朗啊。"靳向东道。

陆加尔闻言，眼睛微眯盯着靳向东几秒，开口："Ace，你看过《罪与罚》吗？"

"没有！"靳向东轻轻摇头。

陆加尔只能换个说法："那么你对人性的善良和罪恶是怎么定义的？"

"人是非常复杂的，没有绝对善良，也没有绝对的罪恶。"靳向东说出自己的观点。

陆加尔赞同他的说法，叹道："是啊，人性本善，人性本恶或者人性本无，一直都是争论不休的话题。"

靳向东看着她，猜测一句："你协助的案子让你内心产生了矛盾？"

陆加尔闻言，不由笑问："Ace，你会读心术？"

"会读心术的人不应该是你吗？"靳向东反问。

陆加尔脸上的笑容顿时僵住，不过很快反应过来："没错，我确实会读心术！"

靳向东嘴角微勾："那我现在心里在想什么？"

陆加尔轻咬一下自己的红唇，眸光含羞地迎视他的眼睛，接着看到靳向东的唇角微抿，喉结滑动。

"你想吻我！"陆加尔自信地回道。

靳向东哑然失笑，陆加尔俏皮地反问："难道不是？"

"是！"靳向东没有否认。

陆加尔含羞而笑地垂下头，那模样令人挪不开眼，接着听到靳向东声音响起："既然你已有所决定，那就按照你的想法去做。"

陆加尔抬起头，跟他对视几秒，不得不说她非常喜欢彼此之间的心有灵犀！

关于双胞胎姐妹一案，俞菲之所以人格分裂，跟她自身的遭遇有着直接的关联，扭曲的人格源于生活中的痛苦经历，导致她分裂出另外一个人格杀死继父，保护姐姐，就此坠入罪恶的深渊。她的犯罪行为在一些网友的眼底被解读为勇敢抗争。这样扭曲的认知，其实也是人性的一种恶。然而陆加尔对俞菲动了恻隐之心。

明知道靳向东这话是针对她说协助的案子，但陆加尔却不忘撩拨他一句："你刚说的那句话是鼓励我吻你吗？"

靳向东再次失笑，深邃的眼睛闪着明亮的光芒："可以这么理解！"

陆加尔嘴角含笑地看着对面的靳向东："在这？"

"你若想，我不介意！"靳向东笑道。

似乎每次挖坑，最后跳进坑中的人都是她自己，不过陆加尔对此乐此不疲，这不正是恋爱的有趣之处吗？

陆加尔含羞地回道："可我介意！"

靳向东嘴角笑意更甚："那就待会换个地方再进行吧！"

闻言，陆加尔含羞地咬了咬唇，心里滋生一股名为甜蜜的味道，一点点地溢满了整个心湖。

悠扬的钢琴声从钢琴师的指间倾泻而出，在整个餐厅的上空盘旋，烛光之下客人们喁喁私语，坐在玻璃窗前眺望而去，街道车流，十字路口，流光溢彩，属于B市的美丽尽收眼底。

用餐结束后，侍者把卡递还给靳向东："欢迎下次光临！"

靳向东对着陆加尔道："我过去打下招呼。"

陆加尔点头，随后看着靳向东起身走向隔着几桌靠窗的位置。袁淼淼的父母似乎跟靳向东很熟，脸上露着笑容，之后两人的目光一致地看向陆加尔。

陆加尔礼貌地冲着他们微微一笑，没过一会靳向东就回来了。陆加尔站起身，靳向东伸手过来拉着她的手，掌心瞬间被温暖覆盖，然而走向门口时，陆加尔却不由自主转过头朝袁淼淼的父母看一眼。

靳向东见此，问道："怎么啦？"

陆加尔回过头，淡笑："没什么？"

靳向东拉着她走向观光电梯，电梯内只有两人，陆加尔看着外面的夜景，似乎若有所思。靳向东的大手揽过她的纤腰，陆加尔抬眼看他，只见他的唇角溢着浅浅的笑意，但紧接着他的头便低了下来。

那么温柔，那么急迫，似乎柔情似水，似乎蓄谋已久，唇间那柔软的触感似乎有一种魔力，令人沉迷不已。纤柔的身体紧贴着他那伟岸的胸膛，唇间的气息尽数被他吞噬，陆加尔的手不自觉地攀着他那如山的后背，仰着头迎合他的吻，享受着属于两人之间的甜蜜。

透明的观光电梯一层层地往下，一对俊男靓女甜蜜地相拥而吻，画面如电影般梦幻，让人舍不得去打扰这份美好。

一会儿，靳向东的唇微微撤离，彼此的呼吸在空气中交融。陆加尔眼神迷离地看着他，他的睫毛犹如蝴蝶轻轻地扇动翅膀，幽深的眼睛里泛着温柔笑意，令人迷醉。

看着陆加尔脸上泛起一抹如桃花般的嫣红，靳向东心神荡漾，不由再次将唇覆了上去。随着不断加深的缠绵，陆加尔有些喘不过气来。

"叮"的一声，电梯门缓缓打开，站在门口的路人看到里面的画面不由顿住脚步。听到一声咳嗽，陆加尔回神过来，不由伸手推靳向东。

靳向东这才放开她，陆加尔快速地转过身，如果不是靳向东眼疾手快地用手护着她，她的头肯定直接撞到玻璃上。接下来，陆加尔红着脸一动不动地注视着窗外，站在她身边的靳向东唇角微扬，因为她那羞窘的模样在他的眼底实在可爱极了。

美国，马萨诸塞州。

坎布里奇市迎来新的一天，一栋两层独立别墅的餐厅里，靳升平坐在餐桌主座上吃着中式早餐。

身着白衬衣黑西裤，一脸精干的靳向岚从楼上走了下来。

靳向岚边拉开椅子边开口："爸！早！"声音听似沙哑，疲惫尽显。

靳升平看了下她，低声地问道："昨晚几点回家的？"

"一点。"靳向岚边说边拿起桌上的筷子。

靳升平便没再说话，靳向岚也沉默地吃着早餐，气氛看似有点冷清，但上一次和忙得跟陀螺一样的女儿一起吃早餐，还得追溯到三个月前。

靳向岚很快吃完，抽了一张纸巾擦了下嘴角开口道："我上午十点有个研讨会，得先走了。"

靳升平听完，说了一句："冰箱有一袋东西是你李琳阿姨给你的。"

"什么东西？"靳向岚问。

"说是你爱吃的。"靳升平回道。

"我开完会马上又要出差，还是放您这吧。"靳向岚边说边拿起包。

靳升平看了她一眼，也没多说什么。人就是这么矛盾，孩子小的时候便盼着他们长大，但等他们真正长大，极少有时间陪伴在身边，又忍不住回想以前的时光。

就在靳向岚走向玄关的时候，靳升平突然开口："向东恋爱了。"

靳向岚随之顿住脚步，愣怔几秒才缓缓回头："您说什么？"

"向东恋爱了！"靳升平重复一遍。

靳向岚大步地走回餐厅，看着靳升平："什么时候的事？"

"近期。"靳升平回道。

靳向岚听后，脸上的表情变得有些复杂，凝视着一脸平和的靳升平，满是疑惑地问："您允许的？"

"我没反对。"靳升平淡淡地回道。

闻言，靳向岚的神情似乎又紧张又生气："爸，您……"说到这，有种抓狂的感觉，她双手撑在餐桌上直视靳升平，"您有预测过后果吗？"

比起不安的靳向岚，靳升平却很从容："顺其自然吧。"

靳向岚简直无言以对，目光复杂无比地看着靳升平："顺其自然？"

面对生气的靳向岚，靳升平依旧平静："向东走到今天相当不容易，如果你不想失去他，就别干预。"

听到这句话，靳向岚气得双手握拳，极力克制住自己，再次看了靳升平一眼，接着拿起包摔门而出。透过玻璃窗看着靳向岚驱车离去，靳升平的神情也跟着黯淡下来。

过了一会儿，他拿起座机给秘书小董打了一个电话："把今天的行程改了，去研究中心。"

B市，夜色迷人，街灯璀璨，靳向东和陆加尔手牵着手走在江边的栈道上。

月亮穿过轻纱般的薄云，照在微波粼粼的江面上，折射出五彩的斑斓。来这散步是陆加尔提出来的，因为她不想这么快跟靳向东分开。

这时，靳向东口袋里的手机响了起来，他不由松开陆加尔的手，拿出手机。

看到号码，靳向东嘴角不禁微扬，接了起来："女神，早上好！"

靳向岚没有拐弯，直接询问情况："听说你有喜欢的人了？"

靳向东看了眼身旁的陆加尔，应了一声："嗯！"

开着车的靳向岚听后，似乎有点暴躁，几秒后才接着道："不知道该对你说恭喜，还是该……阻拦你！"

靳向东眸光轻闪："你回家了？"

靳向岚应道："刚从家里出来。"

"生气了？"靳向东询问。

"是，我很生气！"靳向岚非常直白地说出她真实的感受。

靳向东的目光看着前方，声音低沉地回道："女人经常生气，会加快衰老速度。"

"我不想说了！挂了！"靳向岚说完，直接挂掉了电话。

耳边传来嘟嘟的挂断声，靳向东的表情有些微妙，随后将手机放回口袋。

刚才在靳向东通电话时，默默在一旁走着的陆加尔侧脸看他，什么也没问，安静地往前走。

靳向东开口："你不好奇跟我通电话的人是谁吗？"

"是你姐姐！"陆加尔回道。

靳向东侧脸看她，陆加尔接着道："她跟靳老闹矛盾了？"

听完，靳向东嘴角轻扯："你的耳朵真好使！"

"这跟听力关系不大，是根据你刚才的表情和语气猜测到的，而且这矛盾可能还跟我的出现有关？"陆加尔说完，看着靳向东似乎想跟他确认。

靳向东没有否认："是跟你有关。"

"你姐反对？"陆加尔道。

"这是我个人的感情，她反对也是无用。"靳向东淡淡地回道。

陆加尔看着靳向东，他的眼神透着令人心安的坚定，有此足矣。

不过陆加尔接着说了一句："你们家似乎藏着一个秘密？"

听到这句话，靳向东停下脚步，目光注视着陆加尔，他的脸上呈现的不是紧张，而是一种释然，随后开口道："是有秘密，等着你来解密！"

陆加尔的眼底倒是闪过一抹意外："真的假的？"

"你觉得呢？"靳向东微微勾唇。

陆加尔也微微一笑，随后道："不管是真是假，我目前唯一想做的事就是解码你的心灵！"

"解码我的心灵？"靳向东念着这几个字，随后一本正经地说道，"与其解码我的心灵，我更期待你解码我的身体。"

用如此正经的表情，说着如此暧昧的话，也只有靳向东才能做到。

陆加尔直接俯首称臣，脸微微泛红的她没正面回应，而是侧脸反击："这么说，我现在算是完全追到你了？"

然而靳向东却摇了摇头："路漫漫其修远兮。"

陆加尔有种捶他的冲动，不过还是工整对仗回去："好吧，吾将上下而求索。"

靳向东微笑地与她对视，随后温柔地牵过她的手，两人继续往前走，身影被月光拉长，留下一路甜蜜。

半个月后，俞菲的精神鉴定结果出来，经多方证据核实，证实她存在人格分裂。

宣判那天，陆加尔没有去现场，通过社交平台得知最终的判决。俞菲因案发当时丧失控制自己行为能力，杀害其继父，为此承担相应的刑事责任，但因当庭作了精神病辩护，从轻处罚，对其进行强制治疗，姐姐俞芳则当庭释放。

双胞胎杀父的案件就此宣告结案，但坐在省公安厅办公室的徐磊却将陆加尔跟双胞胎姐妹谈话的录像看了一遍又一遍，内心的疑惑越来越大。

耳边传来敲门声，徐磊抬头，只见朱雨走了进来："徐队，下班时间到了。"

"知道了。"徐磊利索地应了一句。

朱雨却不走："徐队，你是不是忘了晚上说好一起跟陆教授吃饭的事啊？"

徐磊这才想起约陆加尔一起吃饭的事，不由拨动鼠标将电脑关了，随后站起身："走吧。"

两人一起前往电梯口，徐磊的步伐很快，朱雨只能跟在后面小跑。

进了电梯，朱雨对着徐磊戏说一句："还是陆教授的面子大！"

徐磊看了下朱雨："这话从何说起？"

"从徐队刚才迫不及待的步伐说起啊！"朱雨笑说。

"我走路的速度一向如此。"徐磊回道。

朱雨坏笑："徐队，解释就是掩饰！"

徐磊侧脸看朱雨："朱雨，你最近胆肥了不少啊？"

"徐队，我的胆子一向很肥的，你不会现在才知道吧！"朱雨大胆地回道。

徐磊将目光移到正前方："现在知道了！"

朱雨因为这起案件跟徐磊接触变多，所以两人私下也熟络不少，特种兵出身的徐磊那眼睛可是相当的毒辣，岂会不知道这丫头对他有意思。

B市，一家素食馆。

陆加尔推门而进时，见朱雨已经在包厢等候，陆加尔边走进去边致歉："抱歉，路上塞车，久等了吧。"

"陆教授，我们也刚到。"朱雨盈盈地站起身，迎接陆加尔。

陆加尔没看到徐磊的身影不由问："徐队呢？"

"他去洗手间了。"朱雨的话刚说完，徐磊便推门进来。

"陆教授来了！"徐磊看到陆加尔的身影，眼底掠过一抹异样的神采。

陆加尔转过身，看着身材高大、精神焕发的徐磊，不由冲他淡淡一笑。一身警服的他显得特别威武，由此可以联想他穿着军装的样子，绝对是英姿勃发。

"坐！"徐磊主动招呼着陆加尔。

陆加尔放下手中的包，坐在徐磊和朱雨的中间，她平时几乎不会参加这种应酬，不过李局长来两通电话邀请，说是让徐磊代表他，对她协助破解双胞胎姐妹一案表示感谢，陆加尔实在推脱不了，才勉为其难地答应。

感谢的词又听了一遍，陆加尔淡淡一笑："徐队，再谢就见外了。"

"陆教授也算是自己人，那我就不跟你客套了。"徐磊笑了笑，收起客套，他其实也很不喜欢官场上的说辞套路，当兵十几年的他，还是喜欢干脆利落的处事风格。

陆加尔听后，便知徐磊请她吃饭是带着任务来的，不由扬眉："自己人？徐队，你不会是在给我下什么套吧？"

"陆教授果然冰雪聪明，不是下套，是局里想正式聘用你为首席心理学顾问！"徐磊将李局交代的事情，坦白说明。

陆加尔不由叹了一句："果然是给我下套！"

何局长这个老狐狸，让她协助这个案件，原来还另有目的。

徐磊目光看着陆加尔，朱雨也是，陆加尔随后解释："这话不是针对你！"

"我知道这话是针对何局的。"徐磊应道。

陆加尔眼神微闪："你怎么知道？"

"何局跟我说过。"徐磊如实坦白，"其实局里这次委派我请你吃饭，是想着用美男计让你答应。"

坐在一旁刚端起果汁杯喝了一口的朱雨听到这句话，直接被呛到。徐磊和陆加尔的目光顿时朝她集中，陆加尔连忙伸手抽几张面巾纸给她。

朱雨擦了擦嘴角，连声道："抱歉，你们继续聊！"

陆加尔看向徐磊，有些忍俊不禁："美男计？何局这招真高！"

徐磊那刚毅的脸上露出一抹笑容："陆教授，意下如何？"

"你是说美男，还是说聘请？"陆加尔笑问。

"两者皆有！"徐磊笑看着陆加尔。

对于徐磊如此直白的行事风格，还真跟她自己有几分相像，陆加尔随后道："对于这个邀约我本人非常荣幸，不过精力有限，可能难以担此重任。还有，我已经有男朋友了！"

徐磊听完陆加尔的话，笑着拍手："好吧，美男计宣告失败！"

陆加尔笑："其实也不算失败，徐队是个令人印象深刻的型男！"

朱雨见此，插话道："我赞成陆教授的话，徐队算不上美男，但绝对是个型男！"

徐磊听后，笑着道："刚才说的美男计其实是开玩笑的，不过李局和何局都非常希望能邀请到你担任省局心理学首席顾问。"

陆加尔笑看着徐磊，所谓的玩笑，其实都有认真的成分。何况陆加尔能听到别人的心声，所以对徐磊的心思也是确定无疑。

"其实就算不接受首席顾问的头衔，只要有案子需要我，我都会竭尽所能去协助。"陆加尔道。

徐磊看了看陆加尔："陆教授真是一个淡泊名利的人！"

"沽名钓誉而已！"陆加尔谦逊地回道。

朱雨立马反驳陆加尔的话："陆教授完全实至名归！我最近在看你发表的学术论文，你快成为我的偶像了。不对，你就是我的偶像！"

陆加尔笑，随后道："不瞒你们，我其实是一个特别不禁夸的人，你们再这么夸我，我会当真的！"

徐磊和朱雨直接被陆加尔给逗乐了，徐磊对陆加尔的好感又增加了几分，不过又隐隐觉得她很神秘。

吃完饭，徐磊去买单，朱雨跟陆加尔站在门口等她。

朱雨跟陆加尔对视一眼，似乎有话要说，却又难以开口，陆加尔见此，开口道："喜欢一个人就去告诉他！"

朱雨吓了一跳，结巴道："陆……陆教授，你说什么？"

陆加尔冲她微笑："你喜欢徐队！"

朱雨瞬间脸红："我……我有表现得这么明显吗？"

"你掩饰得很好，只是喜欢一个人是很难掩饰的！"陆加尔笑道。

朱雨默默点头："嗯，很难掩饰！"

有时候甚至会完全克制不住自己，为了能看见他，每天早早起床，从不迟到，从不早退。时不时地装着路过他的办公室，偷看他一眼，这种心情一直在心里压抑着，但同时也快乐着。

"不过告诉他之前，先试着修复他的心理创伤。"陆加尔道。

朱雨一愣，几秒后，再次点头："只是他一直回避。"

"回避只会让问题越来越严重。"陆加尔看着朝她们走来的徐磊，淡淡地对朱雨说道。

朱雨看了眼陆加尔，眼底充满敬佩和感激："谢谢陆教授的提醒，我会试试看。"

话落，徐磊便走到她们的面前，看了一下她俩："你们在议论我？"

"不是，我在跟陆教授说俞芳想亲自跟她道谢的事。"朱雨连忙岔开话题。

陆加尔接话道："道谢不必，不过我可以跟她见一面。"

"那我明天去回复她。"朱雨道。

两人的对话毫无破绽，徐磊也便相信了。

BUA大厦，研发实验室。

一个新产品正在测试，杰森、黎正以及郑博士在盯场，陆加尔也在。这是她第一次参与AI产品测试，目前还是个外行，但也算是全新尝试。

新产品是利用AI进行癌症诊断及筛查的项目，癌症是目前医学界尚未攻克的难题，关于应用AI参与癌症研究的类似项目，目前国内外有三四家科技团队涉猎其中。通过多年与国内的医疗服务体系合作，不断改善可视化和加大需求基础化信息，BUA已经搭建了一个可以应用

AI智能的移动平台。这个AI智能移动平台就像一个专家系统，不仅能进行图像方面的医学诊断，而且还能自我量化然后进行重要特征的横向比对以及大量的筛查。此项技术的成熟，不仅可以提高医生诊断、治疗癌症的效率，而且也可以通过这个智能平台，指导人们拥有更健康的生活方式。

每次项目测试，杰森心里便会祈祷：完美通过，不要出现任何BUG。可是每次都愿望落空，因为他们这些人就是为修补BUG而存在的。

不过今天的测试异常顺利。

"Yes！Perfect！"杰森特别开心，伸手跟黎正、郑博士他们击掌庆祝。

到了陆加尔，杰森笑着道："我知道我们今天测试这么顺利的原因了。"

大家的目光齐齐集中在陆加尔身上，杰森接着道："因为有陆教授助阵！"

见杰森把这顶帽子扣在她的头上，陆加尔不由笑道："我可不敢邀功，这些可都是你们辛苦多年的成果！"

"但因为你的参与，给我们带来好运！当之无愧是我们的幸运女神！"杰森笑道。

黎正对此表示赞同："我赞成杰森的话！"

陆加尔见此，不由笑道："不劳而获的感觉好像还不错！"

大家一哄而笑。

测试结束，回到办公室，杰森第一时间将成果汇报给靳向东。

靳向东表示很满意："辛苦了！"

"一句辛苦就把我给打发了，就算我答应，团队的兄弟们可不答应！"杰森想趁此向靳向东提出一些福利。

"正式上线后，有什么需求我都满足大家！"靳向东回道。

"就等着你这句话！"杰森开心道。

“癌症诊断及筛查的项目系统测试顺利，不过面部识别系统得抓紧！”靳向东还不忘加一句。

“大哥，你就不能让我稍微喘几口气再催这事吗？”杰森提出抗议。

靳向东笑：“你跟大家去挑个地方过个放松的周末吧。”

“团建？”杰森问。

“度假！五天！”靳向东道。

杰森随后笑眯眯地说道：“好人一生平安！”

靳向东微微勾唇，他对公司每一位成员都十分重视，奖金只多不少，福利应有尽有。当然这份工作的要求便是不断创新，追求卓越。

不过在离开办公室前，杰森不忘补问一句：“度假可以带家属吗？”

坐在椅子上的靳向东看了下他，揶揄道：“你有可带的家属？”

杰森听后，直接怼了回去：“就算我没有，别的同事有啊！再说我也可以带上我爸妈一起去啊！”

“我不反对你带叔叔阿姨一起去。”靳向东淡笑地回道。

杰森知道靳向东这是故意气他，直接跟他杠上：“带就带！”

靳向东勾唇：“允许所有人带家属！”

杰森接到指令，一出靳向东办公室的门，便嚷了起来：“各位先停下手中的工作，我这边有个好消息宣布！”

大家的目光一致地投向杰森，喜欢成为焦点的杰森接着道：“因为上午的产品测试顺利通过，Ace特批五天假期，允许带家属！度假地点给大家一天时间商量决定！”

话落迎来一片掌声，这些人做事都是高效率，中午下班前就决定好度假地点，因为只有五天时间，不想将行程浪费在飞机上，所以东南亚是首选，最后定在泰国皮皮岛。

中午，大家一块吃饭，黎正问了一句：“Ace，你一起去吗？”

“还没决定。”靳向东回道。

“那你还是留在公司吧！”黎正听后，不由坏笑道。

大家一哄而笑，陆加尔也在其中，看了下靳向东，别看他个性清冷，一副不好接触的样子，他所带的团队却很活跃。

杰森见此，不由插话："这根本不是我们要操心的事，只要陆教授去，有些人便会不请自来！"

此话一出，大家不约而同地说出同样的话："原来如此！"

闻言，陆加尔的脸不由泛红，两人的关系虽没彻底公开，但是在研发团队里已经不是秘密了。

饭后，陆加尔有事要出去一趟，也不知道是两人默契十足，还是靳向东故意制造机会，两人一起乘坐电梯到地下停车场。

"去哪？"靳向东低沉的声音在耳边响起。

"去见上次协助过的案件当事人。"陆加尔坦诚地回道。

"注意安全！"靳向东交代道。

陆加尔侧脸看他，一阵暖意从心底溢出，随后道："Ace，刚才他们吃饭时说的话，我能当真吗？"

"什么话？"靳向东问。

"只要我去，你便会不请自来！"陆加尔看着他，眼底闪着一抹促狭。

靳向东听后，回复道："如果是作为你的家属身份，我肯定不请自来！"

陆加尔心里乐开了花，非常满意他的回答，于是爽快地回道："那靳家属，你这几天回去好好准备一下，周末我带你出国吃香的喝辣的！"

靳向东唇角扬起："既然是你的家属，那记得回头让人给我们定家庭套房！"

陆加尔再次成为手下败将，脸上露出一抹窘样，要论挖坑给自己跳，她当之无愧可以成为前锋人物。

如此暧昧的话，若是拒绝，有点矫情，若是接受，有点轻浮，于是陆加尔只能回道："我也还没确定能不能去。"

靳向东将她羞窘的表情尽收眼底，却没有给她台阶下："刚才不是说让我准备，带我出国吃香喝辣吗？"

"我有篇学术论文赶着发表，而且还要准备申请学术科研项目所需资料，这几天不能完成其中一项，去度假的事可能就要泡汤了。"陆加尔道。

陆加尔这话不是借口，大学教授放暑假，虽然不需要上课，可以自由支配时间，但是这个暑假，她绝对比任何时候都要忙碌。发表学术论文，除了是她自己本人的学术研究成果的汇总，也是学校对老师的考评。B大是全国重点大学，设置的考评指标比一般高校要高一些。三年一评聘，不合格者高职低聘，即教授变成副教授，副教授变成讲师，讲师变成助教。现实催人老，现在大学教授已经不比当年，不再是铁饭碗，很多老师不得不想着多发论文、写专著之类来保住岗位。陆加尔虽然没有这个隐忧，但既然已经从事教育者的工作，便希望通过不断探索心理学的新领域，教给学生更多新知识。还有下半年要带学生，陆加尔得着手准备申请学术科研项目所需资料以及寻求项目资金的资助方。再者就是参与BUA科技的AI研发，总而言之，接下来肯定忙得跟陀螺一样。

关于她下半年的科研项目以及资金，陆加尔心里已有自己的打算，最合适的合作方当属BUA科技，所以想着找个合适的时机跟靳向东洽谈这事。

靳向东听后，嘴角微勾："看来只能换成我带家属了！"

陆加尔的脸泛着一丝微红，接话道："可以啊，你带靳老去！"

靳向东闻言，不由勾唇，伸手揉了一下陆加尔的头发："你的学术科研项目想跟我们BUA科技对接吗？"

陆加尔微愣，她跟他之间真的存在心灵感应吗？她心里想什么，他竟然都知道。

既然靳向东自己主动提出，陆加尔自然不会错过这个好时机，连连点头："想！非常想！"

"有条件的！"靳向东看着她道。

陆加尔似乎猜到了，直接替他说出来："做你的家属？"

然而靳向东的口中说出却是三个字："追求者！"

陆加尔闻言，不由看着他，心里重重地叹了一句：这男人套路实在太深了！

紧接着，靳向东还补充一句："你最近有些懈怠！"

陆加尔有些忍俊不禁，天底下像他这样督促女方追求自己的男人应该为数不多吧！腹黑之余又显得特别可爱，陆加尔目光定定地看着眼前的男人，随后朝他走近一步，踮起脚尖，仰起鹅颈，将唇轻轻地印在他的唇上。

一小时后，在一家文艺气息十足的咖啡馆里。陆加尔和俞芳面对面坐着，靠窗而坐的她们，只要稍稍侧脸便可以看见街道上来来往往的车辆和人群。

桌上放着一杯橙汁和一杯冰激凌，陆加尔见俞芳没动，不由开口："冰激凌要融化了，快吃吧。"

俞芳还是有些拘束，看了看陆加尔，才缓缓地拿起汤勺开始吃冰激凌。陆加尔则静静地看着她，尽管从见面到现在，除了几句问候的话，她都是沉默，但陆加尔却听到俞芳内心的很多声音。

对于眼前的俞芳，陆加尔的心情有点复杂，换作一般人对于刚洗清犯罪嫌疑的小姑娘，肯定报以同情，但是陆加尔没有。

俞芳吃了几口，便停了下来，看着陆加尔，怯生生说道："陆教授，听说之前在看守所我妹妹伤害到你，实在抱歉！"

陆加尔看着她，缓缓开口："出来后，去看过你妹妹吗？"

俞芳的眼神忽闪一下，然后保持平静："嗯，去看过。"

"她开始接受治疗了吗？"陆加尔端起果汁，语气很淡地询问俞芳。

"说是从下周开始。"俞芳回道。

"你对此有什么看法？"陆加尔看着俞芳问道。

俞芳微愣，随后一脸悲伤："希望我妹妹能早日痊愈。"

陆加尔放下手中的果汁杯，直视着俞芳："你真是这么想的？"

"她是我妹妹，我比谁都希望她能快点好起来！"俞芳道。

陆加尔的眼神一点点地变冷，开口道："其实你不希望！"

俞芳眼底闪过一丝惊慌，说话也跟着结巴起来："陆教授，你……你这话什么意思？"

"你心里很明白！"陆加尔的口气也跟着泛冷。

俞芳对于陆加尔神情和语气的变化有些惊慌，甚至害怕，不过很快恢复如常："我不明白！"

面对俞芳的回答，陆加尔幽幽地说了一句："所谓得道多助失道寡助，别到头让人爱莫无助！"

俞芳装出一脸无辜的样子，眼睛扑闪扑闪，像个无知的孩子："陆教授你的话太深奥了，我听不太懂！"

陆加尔的眼神带着一丝犀利："趁一切还来得及挽回，希望你能做出正确的选择！"

俞芳听后，虽然对陆加尔的眼神有所畏惧，却硬着头皮对视："请陆教授明示！"

"你觉得自己很聪明，很高明是吗？"陆教授道。

"谢谢陆教授的夸奖！"俞芳的唇角勾起一抹笑意，但那笑意看似灿烂，却给人一种阴暗的感觉。

"你认为是夸奖？"陆加尔反问。

"能被陆教授亲口夸聪明，那我必然无疑是聪明的！"俞芳回道。

虽说跟现在的小孩子沟通有一定的距离感，但是眼前这个俞芳的自我认知显然太过自负了。

"但往往聪明反被聪明误！"陆加尔接着道。

"是陆教授你说我聪明的，怎么又说聪明反被聪明误呢？"俞芳看着陆加尔反问。

陆加尔听后，脸上露出一抹冷笑："俞菲，别跟我绕口舌！"

听到陆加尔叫俞菲两个字，对面的人脸上明显露出一抹惊慌："陆教授，你认错人了，我是俞芳，不是俞菲！"

"别人或许无法识别你们姐妹，但是我可以！"陆加尔偏冷的语气带着一股强大的自信。

"陆教授，我就是俞芳！"对面坐着的俞菲没有承认，依旧声称自己是俞芳。

陆加尔笑了笑，很平静地说道："只能说，你提出见我这个要求是错误的！如果没有此举，你或许可以逃脱精神治疗以及法律制裁。"

听到这样的话，俞菲却无动于衷："陆教授，你搞错了！"

陆加尔再次发笑："俞菲，你还是太年轻了！"

俞菲目光直直地看着陆加尔，表情慢慢地恢复怯弱："我跟朱警官提出想要见陆教授，是想着跟你亲自道歉和道谢，没想到陆教授却把我当成我妹妹了。我知道当时我跟我妹妹对调身份是不对的，但是现在案子已经宣判了，我被放出来，而我妹妹也即将开始治疗。对于这样的结局，我已经很满足了……"说到这，俞菲停顿了一下，眼眶开始泛红。

几秒后，俞菲接着道："先前我们两姐妹想都不敢想，都以为这个世界上，不会有人能帮助我们，可是我们幸好遇见了陆教授。若不是你，我想此刻我们两姐妹都可能已经在监狱了，你是我们两姐妹的大恩人，我们会一辈子记得你对我们的恩德的！"

陆加尔冷静地看着她，表情没有任何动容。

"陆教授，我们两姐妹现在无法回报你的恩德，但是等我们长大，一定会报答你的！"俞菲含泪对陆加尔道。

陆加尔听完这些话，眼神却变得更冷冽，甚至对于自己的恻隐之心感到一丝后悔。

"俞菲，我不需要你的报答，你真正要报答的人是你姐姐俞芳！"陆加尔回道。

俞菲抹了一下眼泪："陆教授你真的搞错了！我就是俞芳！"

"我对你玩的把戏不感兴趣，只希望你主动回到你该待的地方！"陆加尔冷冷地回道。

"我该回的地方？既然陆教授这么说，那我先回家了。"俞菲说完，便直接站起身。

陆加尔纹丝不动地坐在位置上："俞菲，我还是那句话，你很聪明，但是你不该遇见我，更不该提出跟我见面的要求！"

俞菲看了看陆加尔，笑着道："陆教授，我发现你挺固执的！"

陆加尔表情很冷淡："俞菲，机会我只给一次！"

然而俞菲却冲着陆加尔摆手："陆教授，再见！"

见俞菲毫无悔改之心，当然她也根本不可能悔改，陆加尔不禁叹了一口气，因为她现在所见到的就是俞菲那自大狂妄、阴暗狡诈的第二重人格。

而俞菲冲着陆加尔邪笑，随后转身离开了。

看着俞菲离开的背影，陆教授缓缓收回目光，从包里拿出手机给徐磊打了一个电话。

两个小时后，俞菲便被警察抓获，双胞胎杀父案件再次登上社交平台的热搜榜。由于俞菲有人格分裂症状，为此网友们对涉及精神疾病的案件好奇心爆棚，甚至有人呼吁将这个曲折离奇的案件拍成电视剧或电影。

看热闹的总是不嫌事大，却不知这类型病人的无奈和痛苦。所谓分裂型人格障碍是人格障碍的一种，有这类异常人格的人敏感多疑，妄自尊大，而又极易产生羞愧感和耻辱感。此症状是因为患者受到特定刺激长期养成。人格分裂症的危害性往往比精神分裂症还要大，因为人格分裂症患者往往喜欢采用极端做法来解决问题。人格分裂往往又是一种高智商症状，发作期间可能会爆发出比平常更高的智商。

当然有人格分裂症的人一般情况下都隐藏得很深，他们身上都有着不可告人的秘密，为了掩饰这个秘密，强行创造出另一个"自我"，用"本我"在精神世界生活，保守秘密；"次我"在物质世界生活，来面对朋友。当分离出"次我"后，本体会发现两个"我"可以进行交流。所以我们在电视或电影里看到的涉及精神疾病的片段中，某人持某物几十年，在一个人的时候会和一个"物"对话或聊天，这个"物"便是"本我"的承载体。

有"本我"物理承载体的人格分裂症患者，是比较安全的，只要这个"物"存在，便不会对社会有危害，但如果某人强行毁坏这个"本我"承载体，人格分裂症会进入爆发阶段。患者往往会产生嗜杀的冲动，报复毁坏"物"的人，甚至会对自己平常看不惯的人和物一并展开杀戮，所谓新仇旧恨一起算，在他们的思想中会认为这是在为社会除害，没有任何心理负担。

俞菲杀死继父并肢解，完全算是"报仇"的举动，而这次又再次跟她姐姐互换身份，不管内因如何，都可预见她的第二重人格已经具备侵略性。而且她还特意约见陆加尔，谈话间似乎想证明自己有多强，好在她年龄尚小，未能将第二重人格具备的智商"升华"，进行高智商的犯罪活动。不过以她目前的情况，最好及时治疗，不然后期肯定会产生更大危险。

就如陆加尔自己所说，如果不是遇见她，俞菲完全可以逍遥法外。只可惜天网恢恢疏而不漏！

第四章

天才与傻瓜的一线之隔

BUA大厦。

夕阳斜照在BUA大厦，玻璃墙反射出色彩斑斓的光芒。坐在办公室的靳向东把手中的电话放下后，嘴角扬起一抹愉悦的笑意，站起身走出办公室。

靳向东让大家停下手中的工作："各位，我有个好消息宣布！刚才接到巴黎画展那边的来电，Legend的画作以58万美元被拍卖出去！"

话落，大家一阵鼓掌和欢呼。

"上午一个好消息，下午一个好消息，有点消化不过来啊！"黎正笑道。

"Ace，好消息频频，周末旅行的规格是不是可以提升一下？"团队中的一个博士笑问。

"可以。"靳向东很大方地回道，"等癌症诊断及筛查的项目上线后，会再次安排更长更豪华的度假时光！"

大家为此热烈鼓掌，等靳向东回办公室后，大家便在各大网站看最新报道。

人工智能画展举办了好几年，国外某公司的人工智能画作曾以五万美元的价格拍卖出去，而BUA科技的人工智能机器人Legend的同名画作《传奇》以58万美元被人拍下收藏。这对于科技领域来说，绝对是个重磅消息。

关于人工智能涉猎艺术领域，最开始采用图像风格转移，后期神经网络出现，便在基于神经网络的风格迁移的技术基础上进行创作。而BUA的人工智能通过深层次的学习，所创作的画作具有独特艺术风格，这标示着人工智能在"超级计算"层面的全新突破。

为了不让靳向东说她懈怠，陆加尔忙完事情后，特意去超市买了菜直奔他家。

待靳向东下班回到家里，一顿丰盛的晚餐已经准备就绪。

看到迎接他的不再是艾克，而是围着围裙的陆加尔，靳向东的心柔软得像棉花一样。

"洗手吃饭！"陆加尔笑盈盈地对着刚回来的靳向东道。

靳向东听话地去洗手，待他回到餐厅坐下后，陆加尔已经脱去身上的围裙。

靳向东看着桌上的三菜一汤，勾唇问道："这些是你做的，还是艾克做的？"

"你猜？"陆加尔和艾克口径一致，没有直接告诉他答案。

"你做的！"靳向东笑着回道。

"依据呢？"陆加尔笑问。

"直觉！"靳向东回了两字。

陆加尔笑："直觉还算准确！你不是说我最近懈怠吗？所以今天特意为你洗手做羹汤！"

靳向东脸上露着愉悦的笑容："你是想用实际行动证实一句话对吗？"

陆加尔知道靳向东想要表达的那句话，脱口而出："是的，女人抓住男人的心，通过男人的胃！"

"这句话好像还有后半句！"靳向东勾唇。

陆加尔闻言，脸瞬间红了个彻底，因为这句话的后半句是：男人抓住女人的心，通过女人的……一向被他调戏总是占下风的陆加尔，脸红归脸红，不过却不甘示弱地回他话："Ace，今天我终于亲耳验证了一句话！"

"哪句话？"靳向东勾唇反问。

"男人本色！"陆加尔回道。

靳向东听后，不由笑了起来："为什么这么说？"

陆加尔很想瞪他，因为总觉得他是故意的，不过大家都是成年人，就算谈论这个话题也是正常的，不由开口："西方有句俚语：通向男人心灵的捷径是肠道，通向女人心灵的捷径是阴道！你所指的下半句，充分证明男人本色！"

陆加尔话落，靳向东一副受教的表情，微微点头："我承认男人本色，不过我所指的后半句，不是这句！"

陆加尔有点蒙圈，难道真是自己想歪了？

靳向东接着道："男人抓住女人的心，不但要抓住她的胃，还要抓住她的喜怒哀乐！"

听完答案，陆加尔表示服了，怼了一句回去："经典不宜颠覆！"

"可我刚才就是这么想的。"靳向东勾唇道。

要是换作其他人，陆加尔分分钟可以拆穿，可是偏偏就听不到他的心声，拿他没辙，只好道："既然这么想，那记得言出必行！"

"言出必行？"靳向东反问。

陆加尔点头："抓着我的胃以及抓住我的喜怒哀乐！"

闻言，靳向东默默点头，随后拿起筷子给陆加尔夹菜："别饿坏胃了！赶紧吃饭！"

陆加尔哑然失笑，他还真会"见机行事"。不过也确实饿了，不跟他继续斗嘴，拿起筷子夹菜吃饭。

两人在吃饭的时候，陆加尔不忘跟靳向东交流傍晚在朋友圈看到杰森发的新闻："Ace，傍晚看到杰森发的一条新闻，BUA旗下人工智能Legend的一幅画以58万美元被买走，是真的吗？"

"怀疑有黑幕？"靳向东笑问。

"那倒不是，我就想问，Legend的画作证实AI拥有浅层'思维'？"陆加尔道。

"Legend的《传奇》很惊艳，但就目前而言，只能说是通过深度学习，借助海量数据进行训练的智能成果。说到底其实是超级计算上的新突破！"靳向东回道。

陆加尔点头，就算对程序领域不算懂行，但在BUA工作一段时间，还是知道目前AI发展最大的瓶颈在于计算成本。要想完成更复杂的任务，训练深度学习模型的能源成本和时间成本会越来越高。而解决的方法，便来自硬件或算法本身的再次突破。

"也就说超级计算加数据驱动，让Legend的《传奇》拥有自己独特的艺术风格。"陆加尔道。

靳向东点头："对，拥有这种独特的风格，也可以看作是一种全新'学习思维'方式。"

"AI学习思维的突破就意味着BUA在超级计算的技术处于领先地位？"陆加尔问。

靳向东再次点头，非常谦逊地回道："暂时处于领先。"

陆加尔的眼睛像窗外的星星一样，一眨一眨地看着对面坐着的靳向东。靳向东见此，温润如水的目光直接与她对视。

"Ace，你知道吗？每次去BUA亲眼看到你们工作的情景，我内心都会涌起一股崇拜！"陆加尔毫不保留地说出自己对研发团队的欣赏之意。

"你们？"靳向东反问。

从他的表情来看带着疑问，同时也带着一丝吃味的感觉，陆加尔喜欢他的这种情绪，不由笑道："你的整个团队！"

靳向东默默点头："一个优秀团队的诞生必然是因为有个优秀的领导者。"

陆加尔忍俊不禁，不过这话她还是很认同的，不由点头："可以这么定论。"

靳向东对陆加尔的话很满意，嘴角勾起笑意："也就是说，你其实最崇拜的人是我！"

陆加尔脸上笑意灿烂十足："见过自夸的，但是没见过这么自夸的！"

"这么说你刚才说崇拜我的团队的话有浮夸的成分？"靳向东看着她笑问。

陆加尔笑着摇头："没有！"

"既然你对我的崇拜之情没有浮夸的成分，那我欣然接受！"靳向东道。

陆加尔眼睛弯成月牙："我是不是要对你说声谢谢！"

"我不反对！"靳向东的回答很干脆。

闻言，陆加尔瞪他一眼，不过靳向东的话她也无法反驳，因为这个世界上对他有所崇拜的人肯定不计其数，而她却是在此时此刻坐在他家，单独跟他一起享用晚餐的女人。正是因为他接受了她的追求，才让她有机会跟他独自相处，才有机会跟他说出她内心对他的崇拜以及爱意。

当然，对于陆加尔这么优秀的女人而言，会如此喜欢上一个男人，要么是崇拜，要么被宠坏。

"谢谢！"陆加尔很配合，但语气和眼神都带着真诚。

靳向东的目光看着她缓缓开口："我也谢谢你，不管将来你的想法会不会改变，我只想说此刻的我很幸福！"

陆加尔与他对望，接着道："未来既是未知，谁都无法保证爱上一个人便缘定一生，但我只知道你的出现，便在我的心里埋下了一颗种子，此刻它在发芽，在生长，而你就是它的太阳！"

靳向东的眼底泛着柔情："原来我在你心里种了一颗向日葵！"

陆加尔听后，额角掠过三根黑线，不过靳向东接的这句情话她也无法反驳："以后记得多撒点阳光！"

靳向东点头："我争取早日让它结下一颗颗瓜子！"

三天后，陆加尔拖着行李出现在机场，然而她的身旁多了一个跟随者，苏涵。前几天听到陆加尔要去度假，苏涵也想着出去走走，于是立马去定了机票和酒店。

在候机室里，黎正见到陆加尔带着一位美女出现，不由满眼好奇："陆教授，这位是……"

"苏涵，我的家属！"陆加尔笑着道。

黎正闻言，赶紧自我介绍："黎正，陆教授的同事！"

苏涵冲他笑了笑，黎正看了看她，接着戏谑一句："陆教授，你的家属不是Ace吗？"

面对这样的调侃，陆加尔也不避讳，笑着回道："好像没限制家属的数量吧？"

"没有！有多少带多少！"黎正道。

陆加尔笑："你的家属呢？"

黎正看了下陆加尔，随后一本正经道："争取回程的时候带一个回来！"

陆加尔和苏涵不约而同地笑了起来。

这时身后传来杰森的声音："此话我已经录音，若是没能实现的话，我就发给你爸妈！"

大家闻声转头，打扮新潮的杰森边扬手中的手机边朝他们走来。

黎正毫不客气的怼了回去："杰森，相煎何太急啊！"

杰森走到他们面前，跟陆加尔和苏涵打了声招呼，随后回黎正："你未必能实现，但我可以！"

"最近用飘柔了，这么自信！"黎正笑看着他。

杰森顺手做了一个摸头发的动作，自信满满道："就是这么自信！"

陆加尔和苏涵再次被两人逗笑，见此杰森收住话题，对着陆加尔道："陆教授，你身边的这位女家属，这五天由我负责照顾行吗？"

如此直接，着实让苏涵吓了一跳，陆加尔倒是很淡然："这得问苏涵。"

杰森将目光看向苏涵："苏涵，如何？"

苏涵看了看杰森，说实话她有些怀疑陆加尔给她提供的信息是错误的，因为杰森从那顿饭之后，从未主动跟她联系过，那天看到他在朋友圈发一条新闻，陆加尔点赞，她也便顺道点个赞，可是他呢，一点回应都没有。

在杰森觉得自己的邀请万无一失的时候，苏涵却开口："我觉得黎正比较靠谱！"

这话直接把黎正给乐坏了，不由点头："苏涵姑娘，眼光独到，我确实是靠谱男人的代言人！"

苏涵被逗乐，眼睛扫了一下杰森，接着道："那这五天请多关照！"

"没问题，非常荣幸当你的护花使者！"黎正笑着道。

看到如此场面，刚才自信满满的杰森有那么一点点尴尬，幸好这时李博士一家三口出现帮他解围，他赶紧打招呼："嫂子，齐齐！"

李博士身旁穿着得体的女人冲杰森淡淡一笑，随后对站在他们夫妻中间萌萌的小男孩道："齐齐，快叫叔叔阿姨！"

小男孩根本没敢看他们，直接往妈妈的身后躲。

"齐齐又害羞了！看叔叔给你带了什么礼物！"黎正边说边伸手去拿包。

"齐齐，叔叔也给你带礼物了！"杰森也加入哄孩子的阵营。

但躲在李博士老婆身后的齐齐却一点动静都没有，李博士伸手摸了摸他的头，嘴角挤出一抹晦涩的笑容。

陆加尔见此，眼底闪过一丝惊讶，没想到工作时常带着笑容的李博士的孩子竟然是个折翼的小天使。

杰森和黎正两人一起拿着玩具逗齐齐，但齐齐依旧无动于衷，对他们的玩具丝毫不感兴趣，最后李博士的老婆替孩子收下玩具。

候机室的人越来越多，团队之间的成员彼此问候一番，在登机前十五分钟才看到靳向东的身影。

登机后，陆加尔的位置在头等舱和靳向东挨着。陆加尔对这个安排还算满意，完全不在乎此刻的她在苏涵的眼里已经沦落成见色忘义的人。

"这是你特意安排的？"陆加尔压低声音询问身旁的靳向东。

"我是你家属，座位连号是正常的。"靳向东侧脸看她回道。

陆加尔抿嘴而笑："这么高调秀恩爱，我有点不习惯。"

"可此刻你脸上写着'我喜欢'三个字！"靳向东回复道。

　　小心思被拆穿，陆加尔丝毫不介意，不过嘴上不忘辩驳一句："不，是六个字，既来之则安之！"

　　靳向东闻言，微微勾唇，伸手握住她那柔软的手，陆加尔顺势将头靠在他的肩膀上。

　　飞机起飞，陆加尔与靳向东短暂亲密之后，便打开笔记本在那写学术论文。靳向东也没闲着，用Ipad看着各种文件。

　　一个小时后，陆加尔的眼睛才离开笔记本，伸了伸懒腰。

　　"写好了？"坐在旁边的靳向东询问道。

　　"差不多了，不过可能还要再修改几遍。"陆加尔边活动脖子边回道。

　　靳向东淡笑，刚才陆加尔聚精会神写论文的样子，真的很迷人。眼睛一眨不眨地盯着笔记本，修长的手指在键盘上跳舞，偶尔皱眉，偶尔舒展，偶尔咬唇，偶尔沉思，她完全沉浸在自己的世界里，不受任何人干扰。

　　"要喝点什么？"靳向东询问。

　　"香槟。"陆加尔回道。

　　靳向东伸手按了一下服务键，不一会儿，空乘给了陆加尔一杯香槟。

　　抿了一口，陆加尔放下酒杯，眼睛盯着笔记本的屏幕，侧脸看靳向东询问一句："Ace，李博士的孩子是什么情况？"

　　其实陆加尔已经猜到七八分，但是不太确定是ASD（孤独症谱系障碍）里的哪一种。

　　"亚斯伯格症。"靳向东回道。

　　陆加尔的眼眸轻闪一下，缓缓开口："平时看李博士总是一副笑呵呵的样子，便一直觉得他的家庭应该很幸福美满。"

　　靳向东听后，叹了一句："家家有本难念的经！只是有人选择乐观面对，有人选择自暴自弃！"

　　陆加尔默默点头，靳向东接着道："齐齐对数字特别敏感，以后极有可能是数学方面的天才！"

　　陆加尔再次点头："亚斯伯格症患者有很多人是优于正常智力水

平的！"

靳向东侧过脸看陆加尔，随后轻叹："不过齐齐得这病，让李博士夫妻俩操碎了心！"

陆加尔应道："这个是肯定的，现在的小孩稍微一个感冒，就让全家紧张兮兮，何况是亚斯伯格症候群的孩子。"

亚斯伯格症候群是一种儿童严重的生物学缺陷性精神疾病，易导致患儿终身残疾。而且迄今为止，对这个病症还缺乏特异性生物学指标和治疗方法，家里的孩子有此病症无一幸免地给整个家庭带来巨大负担。

"你对亚斯伯格症候群有研究吗？"靳向东问。

"亚斯伯格症候群属于发展心理学的范畴，我虽然也熟悉，但不是特别深入。"陆加尔应道。

心理学的范畴很广，分支很多，陆加尔还记得当年韩教授对他们这些学生说，只要他们能把其中一个分支里的某个领域研究透彻，就可以有一份"铁饭碗"。

"齐齐刚被诊断出亚斯伯格症候群的时候，李博士带着他去看了很多知名的心理学医生！可惜作用似乎不大！"靳向东道。

"亚斯伯格症候群很多是先天性的，其重要特征是社交困难，伴随着兴趣狭隘及重复特定行为。但相较于其他泛自闭症障碍，仍相对保有语言及认知发展。致病原因目前尚未清楚，但研究显示，遗传基因、生物化学、过滤性病毒、妊娠期和分娩时出现的一些问题，都可能是亚斯伯格症候群的致病原因。这种症候群的发病率为0.7%，患者男生的发病率约为女生的十倍。而且在一岁之前根本看不出来，与正常儿童没有多大差别，会说话，就是走路比较慢，反应迟钝，很多家长可能觉得只是孩子学得慢。不过到了两岁左右，症状开始明显。孩子的情绪开始异常，以自我为中心，跟人沟通眼睛常常不看人，讲话像背书，而且要求遣词用字的正确性，缺乏幽默感，对特定范畴会特别执着，运动机能也会有轻微障碍，但不似弱智的自闭症一般带有语言障碍与智力障碍。对视觉和背诵方面的表现普遍良好，在心理学领域将此类儿童称为自闭性人格违常，也是当今全世界面临的一个巨大的健康问题。世界上许多科学家和数学家也患有亚斯伯格症候群，此类患者接受心理干预后，要对他进行特殊的教育训练。这个治疗过程是一个很漫长的过程，不过既然齐齐对数学敏感，就可以尝试往这方面进行训练。"陆加尔说了一大段话，内容都是关于亚斯伯格症的专业知识。

靳向东听后，不尽然能全部理解，但却说了一句："你是心理学的专家，若是能帮到李博士就帮一下。"

陆加尔义不容辞地点头："嗯。"

靳向东见了，不由笑着伸手对着陆加尔来了一个摸头杀："真乖！"

陆加尔不自觉地害羞一番，爱情真的非常奇妙，自从遇到靳向东后，陆加尔觉得自己就像春天的花朵，在他不断袭来的暖流之中，徐徐开放，变得姹紫嫣红，艳丽无双。

皮皮岛，东南亚度假胜地，此地离普吉岛不远，由两个一大一小岛屿构成，海水湛蓝，黛山奇岩，细沙如银。来这晒晒太阳，吹吹海风，潜潜深水，或去租一艘独木舟去探索悬崖峭壁下的奥秘，均是令人觉得惬意无比的事情。

陆加尔放下行李箱，第一时间将套房里里外外看一遍，从设施到装饰足以看出这次度假的高规格，尤其让陆加尔喜欢的是那面临大海的阳台。

走到阳台上，海风扑面而来，挺拔的棕榈，无际的碧海，让人心情倍儿好。

耳边传来一声咳嗽，陆加尔往左边看去，身着白色衬衣的靳向东站在隔壁阳台上。

"Hi，邻居帅哥！"陆加尔笑着跟他打招呼。

靳向东嘴角微微扬起，配合地搭讪："你是跟我打招呼吗？"

"隔壁阳台除了你，还有其他人吗？"陆加尔娇笑。

还没等靳向东回应，杰森突然冒了出来："还有我！"

陆加尔有点尴尬，随后问道："你们住一间房？"

"若是陆教授有意见，我可以独住一间房，让Ace去隔壁！"杰森的脸上露出一丝暧昧的笑意。

平时被靳向东调戏也就够了，杰森也来开涮她，自然是不允许的，陆加尔回道："没有意见，祝你们这几天同居快乐！"

这句话可算把隔壁阳台两个帅哥都涮了一遍，靳向东的嘴角抽了抽，杰森则是开怀大笑。

"陆教授别吃醋，我就是来串个门，Ace独自一人住，你若有什么事就直接过来找他！"杰森笑道。

陆加尔的额角冒出三根黑线，正要张口回应时，听到孩子哭闹的声音。

三人的目光齐齐往陆加尔右边的阳台看去，接着听到李博士老婆哄孩子的声音："齐齐，稍等一下，你爸爸马上就帮你把艾伦启动了！"

可是小孩的哭闹声并没有减弱，反而更加歇斯底里。站在阳台上的三人，听到齐齐的哭声，互相看了一眼。

一会，杰森的手机响了起来，接了电话之后，他便离开阳台。接着隐约听到杰森的声音从隔壁传来："齐齐，叔叔来了，艾伦刚才在睡觉，马上就醒过来！"

站在阳台上的靳向东开口："我们也过去看看！"

陆加尔点了点头，离开阳台，一起去隔壁李博士的房间。

一进门，看到李博士的老婆紧抱着大声哭闹的齐齐，而杰森和李博士则蹲在地上倒腾一台机器人。

"出故障了吗？"靳向东见此，开口问道。

"可能托运的时候被撞击了！"杰森抬起头回靳向东。

靳向东凝眉，知道这下麻烦了。而陆加尔看这种现状，便知地上的机器人是让哭闹的齐齐安静的物件。

亚斯伯格症的孩子本来就缺乏与人互动，沉浸在属于自己的世界里，当他对某个物体产生兴趣后，便会将它视为焦点，一切以它为主，只跟它沟通，只跟它交流，对其他人或物熟视无睹。

此刻齐齐的哭闹很是剧烈，小手已经在揪李博士妻子的头发，李博士见了，连忙上去帮忙，试图安抚他，但是毫无作用。

杰森也跟着安抚："齐齐别哭，叔叔马上让艾伦醒过来陪你玩！"

然而这些话对齐齐而言是起不到作用的，陆加尔见此，不由跟李博士道："李博士，你过来一下。"

李博士看了下陆加尔，知道她是心理学专家，肯定有什么法子，撒开拉住齐齐的手走到陆加尔的面前。

"你学艾伦的声音跟齐齐说，他没死，让他别怕，他只是坐飞机过来有点晕机，等他睡一觉起来，就可以陪齐齐玩了！"陆加尔轻声对李博士道。

李博士连连点头，随后赶紧拿出手机，打开变音软件，站在靳向东的身后："齐齐，齐齐，我是艾伦！"

刚才哭得撕心裂肺的齐齐，听到声音，顿时停住哭泣，泪眼模糊地看着艾伦。

李博士接着道："齐齐，我没死啦，你别害怕，我只是坐飞机有点晕机，等我睡一觉起来再陪齐齐玩好不好？"

齐齐从李博士老婆的怀里蹭了下来，直接走到艾伦的面前，伸手摸着艾伦的眼睛："艾伦，你为什么不睁开眼睛？你是不是死了？"

"我没死，我只是有点头晕，睁不开眼睛，让我休息一下好不好？"拿着手机的李博士道。

齐齐滴落几滴眼泪："艾伦，你真的没死吗？"

"没有，我好好的呢！现在头很痛，我想休息一下！"刘博士道。

"那你快去睡觉！"齐齐的小手抚摸着艾伦。

"好，齐齐是个坚强的乖孩子，不要再哭了，等我醒来好不好？"李博士道。

齐齐伸手抹了一下眼睛："我不哭！"

"齐齐最棒！我去杰森叔叔的房里睡一会儿！"李博士道。

接着齐齐眼睁睁地看着杰森把艾伦抱出房间，他的情绪也总算稳定了下来，李博士不由松了一口气。不过陆加尔的目光却朝李博士的老婆看了一眼，刚才被齐齐一闹，她的头发凌乱无比，表情似乎也不太好。

李博士的老婆似乎察觉到陆加尔的目光，冲她感激一笑，随后对齐齐道："齐齐，饿不饿，要不要吃你最喜欢的大龙虾？"

但是齐齐根本没理会李博士的老婆，自己拿起地板上的孔明锁低头开始玩耍。

整个房间安静了下来，李博士看了下儿子，随后带着歉意地对靳向东和陆加尔道："不好意思，打扰到你们了！"

靳向东看了眼李博士，开口道："见外了！"

李博士跟靳向东同事多年，知道靳向东面冷心热，当初他知道齐齐得了这个病后，成立了针对BUA员工家属的重大疾病救助基金，就连刚才被杰森抱出去的机器人艾伦也是他送给齐齐的。

李博士的目光充满感激，从靳向东的脸上移到陆加尔的脸上："陆教授，刚才谢谢你！"

陆加尔淡淡道："不客气！齐齐现在很乖，你们夫妇先休息，我就住在隔壁，需要帮忙说一声！"

"谢谢！"李博士感激地点头。

两人要退出房间时，陆加尔看了下李博士的老婆，果然家家有本难念的经。

出来后，陆加尔和靳向东往隔壁房间走去，靳向东侧脸看了看身旁的陆加尔："幸好有你在！"

陆加尔闻言，脸上露出一丝笑意问道："BUA公司生产的机器人怎么都随你姓啊？"

"随我姓？"靳向东不解。

"都是艾字辈啊，艾克，艾米，艾伦！"陆加尔边开门边看向靳向东问道。

靳向东微微勾唇，不请而入，跨进她的房间："A开头的为数不多，只有几台！"

陆加尔没太介意，笑回道："这么说艾字辈都是元老级别的AI？"

靳向东点头："不仅是元老级别的，而且都是我亲自设计的。"

"那我岂不是拥有BUA旗下限量版的AI？"陆加尔跟靳向东一同往沙发走去。

"嗯。"靳向东没跟陆加尔见外，颀长的身体直接坐在沙发上。

"赚大发了！"陆加尔笑道。

靳向东淡笑，朝陆加尔伸手，陆加尔握住他的手，随后直接坐到他的身旁，耳边接着传来靳向东那低沉偏冷的声音："一个艾米就让你觉得赚到了？"

陆加尔挨着靳向东，手臂直接贴着他结实的胸膛，属于他的气息直接将她笼罩，心跳不自觉地失去平衡。

"当然赚到了，我现在不仅有了艾米，而且还泡到艾克、艾米、艾伦的爸爸！"陆加尔笑道。

靳向东勾唇："你确定已经泡到我了？"

"确定！"陆加尔非常自信地回道，随后直接将头靠在靳向东的肩膀上。

靳向东嘴角更弯几分，目光也温柔似水，没反驳她的话，而是问道："你刚才怎么知道齐齐以为艾伦死掉了？"

陆加尔靠着靳向东，用专业回复靳向东："齐齐哭的时候的表情，双眉向中间聚拢，上眼皮上扬，下眼皮紧绷，说明他极度恐惧，害怕失去这个机器人！"

靳向东伸手摸了摸她的头发："你就像拥有读心术一样！"

陆加尔嘴角微扬，头往靳向东的脖子蹭了蹭，半真半假地回道："我确实会读心术！"

靳向东闻言，目光闪过一抹不明其意的光芒，缓缓低头看她。

陆加尔察觉，仰起头看他，随后笑道："心理学专家都会读心！"

靳向东嘴角含笑，目光温柔："那你知道我现在心里在想什么吗？"

陆加尔与他对视，就算听不到他的心声，近在咫尺的那张俊逸的脸上全是温柔之色，让人毫无考虑地想沉溺其中。

陆加尔面露羞涩："你想……吻我！"

靳向东闻言，嘴角笑意更甚，伸手抚上陆加尔的脸庞，低沉好听的声音响起："你的脑子现在每天就想这些吗？"

温热的手抚着她的脸，陆加尔虽害羞，但是不扭捏反问道："难道我想的不正是你想的？"

靳向东勾唇："若不付之行动，岂不是辜负了我们的不谋而合！"说完，他的唇便压了下来。

有了几次的经验，陆加尔不自觉地迷恋两人之间的亲密，身体被他温暖的大手环抱，所有理智在情意绵绵的吻里逐渐丧失，毫无保留地攫取着彼此的气息，心尖闪过一波又波的悸动，慢慢地彼此沉浸在属于两人的甜蜜世界。

傍晚，浪漫风情的皮皮岛上，蔚蓝的天边尽是美轮美奂的霞云。高温稍稍褪去，海风袭来倍感舒爽。

沙滩上，男男女女在打排球。

陆加尔和苏涵换了泳装，性感的身材一览无余地呈现在大众面前，此刻两人各有搭档，各自为营。

跟陆加尔一组的靳向东又攻下一个球，陆加尔不由兴奋地跟他击掌庆贺："耶！"

而对面的黎正对刚才失球的苏涵安慰道："没事，我待会杀他一球回去！"

喘着气的苏涵笑着跟黎正击掌鼓励，这时不知道何时冒出来的杰森开口道："黎正，你球技不行，换我上吧！"

正在打球的几人暂时停了下来，目光集中在杰森的身上，裸着上身，穿着一件绿色沙滩裤的杰森身材很是吸睛，完全属于那种穿衣显瘦，脱衣有肉的类型。

这应该是度假团队中身材第二棒的男人，至于第一肯定靳向东无疑。几人换装出来打球，一路的回头率爆棚。

靳向东第一句话便问："艾伦修好了？"

杰森一脸自信："有我出马，一切搞定！"

"那就好！"靳向东脸上露出满意的笑容，"有艾伦在，李博士夫妻这次度假会轻松许多。"

"换我上，换我上！"杰森跃跃欲试地想加入。

"等我们把这局打完再说！"黎正不让。

"等你们这局打完，就该散伙吃饭了！"杰森反驳。

跟黎正一组的苏涵倒是发扬风度，笑着道："黎正，那我们先休息一下吧。"

杰森听了这话，连忙拦着："你们两个都休息，我岂不是没搭档了？"

苏涵看了下杰森，喘了口气："我有点累了，要不你跟黎正配合吧。"

黎正听后，笑着接话："我球技不行，苏涵，我还是跟你一起休息吧。"

杰森算是知道什么叫搬石头砸自己的脚，想跟苏涵一起打球的目的落空，只好退而求其次："算了，我还是当观众吧，你们继续。"

对面站着的陆加尔觉得有些好玩，杰森还真对苏涵有意思，只不过苏涵似乎有点傲娇，完全不领情！

"那我们把这局打完吧。"黎正对苏涵道。

苏涵点头："行！继续！"说完，苏涵摆正身体，随后颠了颠手中的排球，身体轻盈一跃，握拳的右手将球往对面击发而去。

这球打得出其不意，靳向东和陆加尔还没反应过来，球就已经华丽地落地。

"不算！重来！"陆加尔表示抗议。

"算！谁让你自己心不在焉啊！"苏涵反击道。

"我哪有心不在焉啊？是你没喊开始，就发球！"陆加尔不承认。

"只要一停下来，你的眼睛就直勾勾地盯着Ace的身体看，若不是心不在焉，那就是想入非非？"苏涵打趣道。

陆加尔的耳朵瞬间红了，打球期间她偶尔会偷瞄靳向东，但真没苏涵说的那么夸张，只是刚才看到身材倍儿好的杰森出现，她不由自主地再次打量身旁靳向东的身材，做了一番对比后，觉得靳向东的身材更胜一筹。

苏涵的话，引来大家起哄。

"想入非非也是正常的！理解理解！"杰森第一个站在陆加尔这边。

"陆教授，你不会在这之前没看过Ace的身材吧？"黎正也跟着使坏。

苏涵见自己的话起了话题效应，不由好奇陆加尔会如何应对。毕竟陆加尔平日里对别人的心思总是一眼尽知，她好想看看她恋爱中是否跟正常人有所不同。

靳向东侧脸看离着自己两步距离的陆加尔，眼底泛着一丝笑意，脑海中想起中午两人在她房间的热吻，他的手伸进她的衣内，摩挲着她的皮肤，探索着身体的曲线，而她一点反抗的气力都没有，完全就像一江春水。

陆加尔被大家的眼神看得有些不自在，好像她是一只色狼，不过她也没必要掩饰自己的司马昭之心，毕竟她喜欢靳向东，自然对他有着各种幻想，而且还不乏带些颜色的。

"就算我对Ace想入非非又如何，你们有意见？"陆加尔道。

"没意见！完全没意见！"站在旁边双手抱胸看戏的杰森，又抢到第一个发言。

"我也没意见，陆教授你随意！"黎正笑道。

苏涵顿时失笑，她的这个室友，真是一个纯粹的人啊！

陆加尔看了看故意打趣她的苏涵："苏涵，你有意见？"

"不敢，您老高兴就好！"苏涵笑道。

陆加尔见此："既然都没意见，那就别废话，继续打球！"

不料靳向东插话进来："他们没意见，我有意见！"

此话一出，大家看戏的兴致被激发，目光齐齐聚在两人的身上，无论是相貌，还是身材，看上去就是一对养眼的璧人。

陆加尔心想：别人开玩笑也就算了，他也来凑热闹，是想看我害羞钻进脚下的沙子里面躲起来吗？

"陆教授，Ace说有意见哦！"唯恐天下不乱的杰森微微挑眉坏笑道。

陆加尔的目光看向靳向东，面露羞涩："你有什么意见？"

大家也齐齐看着靳向东，非常好奇他到底有什么样的意见。

下一秒，只见靳向东一本正经地说出四个字："专心打球！"

闻言，大家顿时笑成一团，杰森接着这话道："依我对Ace说话方式的了解程度，他的潜台词是，陆教授你暂时专心打球，若是想欣赏他的身材，他会私下提供！"

陆加尔的脸红了红，正想如何回应的时候，靳向东却抢先反驳："不可以吗？"

大家再次笑了起来，齐声道："可以，可以！"

"你们还要不要继续打球啊？不打，我要休息了！"被大家戏弄的陆加尔，红着脸打断大家的笑声。

"哈哈哈，看来陆教授有些迫不及待啊！"杰森再次笑道。

陆加尔扫了杰森一眼，就数他的话最多，君子报仇十年不晚！

"继续吧！"黎正提议。

于是，四人继续打球，直到暮色袭来才返回酒店。

披着一条米黄色薄纱的陆加尔和靳向东一起往住的酒店走去。路过酒店花园，无意间看齐齐和艾伦面对面地坐在一个草屋亭子里的椅子上，李博士和她老婆站在旁边，不过两人似乎在谈论什么，表情看似不太愉快。

李博士的余光看到回来的一群人，原本生气的表情瞬间换成笑容："你们玩完回来了。"

大家来这是放松度假的，而李博士夫妇因为要照看齐齐而无法加入。还好杰森用几个小时把艾伦修好，不然夫妻俩此次的行程绝对一团糟。

"齐齐，你跟艾伦在玩什么啊？"黎正看向亭子里坐着的齐齐笑问道。

齐齐似乎没有听见黎正的话，依旧自顾自地跟艾伦玩。

"齐齐，黎叔叔问你话呢？"李博士的老婆也及时更换了表情，试图转移齐齐的注意力，但没有任何效果。

陆加尔看了眼李博士夫妇，随后开口："艾伦，你跟齐齐在玩什么？"

跟齐齐坐在一块的艾伦听到声音，仰起头看陆加尔："我跟齐齐在玩拼图。"

齐齐见此，也跟着抬起头，清澈的眼眸扑闪了几下，直愣愣地看向大家。

陆加尔笑着夸道："你们一起玩拼图，可以给我看看吗？"

艾伦看了下齐齐，随后允许道："可以。"

陆加尔的眼睛随后落在两人还未完成，却已经初具图形的拼图，随后笑道："齐齐你和艾伦好棒啊！"

齐齐的眼睛看向陆加尔，跟着开口："我很棒，艾伦也很棒！"

平日里与有亚斯伯格症的齐齐对话本来就是一件很难的事情，何况还是一个陌生人，但陆加尔就有这个能力，看到这样的场景，李博士和他的妻子的眼睛都不禁放亮。

陆加尔理解李博士夫妻俩的心情，抚养像齐齐这样的小孩，所要花费的精力不是一般人能想象的，不仅要有耐心，最重要的是还要有爱，李博士夫妻对齐齐的爱是肯定的，但是两人之间的矛盾也日趋严重。

大家听到齐齐开口说话，都不由自主地鼓掌，但是齐齐没有任何感觉，只是看了看他们又继续低下头跟艾伦玩拼图。

安静下的齐齐特别可爱，尤其是那专注的表情，让人觉得他像个天使。

患有亚斯伯格症的孩子完全沉浸在自己纯净的世界里，就像天使一样，这是很多人的想法。但美好的臆想只不过是外界的认为而已。这些孩子除了不会表达外，他也会开心、会难过、会伤心、会烦恼，只是拥有这些情绪的时候，因为无法表达，很多时候只能大哭大闹让人头疼不已，拿他一点办法都没有。

　　而令人头疼的根源便是正常小孩的成长就像多米诺骨牌，轻轻拨弄一块牌，便会顺着方向一块压着一块。而患有亚斯伯格或其他类型自闭症的孩子，他们的大脑系统就像缺失了部分的多米诺骨牌，没办法像常规那样，于是他们在言语和情感交流方面便出现了障碍，而且大部分智力还不足。

　　当然也不乏一些高智力的。譬如他们在数字或者有规律记忆方面有着不同常人的天分，可是依然不能准确地表达情感，要补上这些缺失很难很难，所以他们的世界就变得跟我们不在同一频道上。不过他们也有自己特有的表达，借助某个物体或者他感兴趣的东西和别人交流，以及分享快乐。

　　就如此刻的齐齐，他的表情专注，也是愉悦的，此刻他跟艾伦一起拼图很快乐。

　　只是在场的人当中，知道他玩得开心的不多，因为普通的人完全不知道他们的内心世界，甚至不太关心，因为他们只不过是这些孩子身边的看客而已。

　　李博士看了下大家：“你们先回去休息吧，我们在这陪齐齐玩一会儿！”

　　大家也没再逗留，各自回房。

　　心里装着事的陆加尔先去洗了个澡，待她换了一套漂亮的露肩裙装和一身休闲的靳向东下楼去户外餐厅时，杰森已经为大家选好了位置。其实原本可以各吃各的，不过大家在一个团队久了，就算度假也没能完全切换模式。

　　落座后，李博士夫妇带着齐齐出现，当然还有艾伦。

　　李博士夫妇的位置刚好在陆加尔的身旁，虽然知道教齐齐跟别人打招呼的事是白用功，但李博士还是依旧照做：“齐齐，跟叔叔阿姨打招呼！”

　　齐齐面无表情地看着大家，始终没开口。

陆加尔不由笑着对着艾伦挥手道："艾伦，晚上好！"

"晚上好，这位美丽的女士！"艾伦非常绅士地跟陆加尔交流。

陆加尔淡笑，接着对齐齐道："齐齐，晚上好！"

齐齐瞅了一眼陆加尔，又看了下艾伦，小嘴微微动了动，最后吐出三个字："晚上好！"

齐齐的回应令李博士夫妇开心不已，其他人也跟着高兴。坐在对面的杰森立马带头跟齐齐交流："齐齐，想不想吃大龙虾，叔叔给你拿一个大虾腿！"

齐齐的眼睛看了看杰森，接着又看了看他手中的龙虾，却没有吱声。陆加尔不由给杰森使了一个眼色，杰森立马领悟过来，接着问艾伦："艾伦，你要不要吃大龙虾啊？"

陆加尔听了，不由笑着摇头，艾伦是AI肯定吃不了龙虾，他的这句问话势必会遭到拒绝，接着齐齐肯定也不吃了！

果然不出所料，接下来的画面就如陆加尔所想的那样，不过齐齐其实心里还是喜欢吃龙虾的，最后只能由陆加尔出面去化解："艾伦，能不能告诉我，多吃虾有什么好处吗？"

艾伦眨巴了下眼睛，随后说出一溜的话："龙虾的营养丰富，肉质松软，易消化，对身体虚弱以及病后需要调养的人是极好的食物。龙虾还含有丰富的镁，镁对心脏活动具有重要的调节作用，能很好地保护心血管系统，它可减少血液中胆固醇含量，防止动脉硬化，同时还能扩张冠状动脉，有利于预防高血压及心肌梗死。"

听完艾伦的解说后，陆加尔笑道："龙虾的营养价值这么高，艾伦你说齐齐吃的话，是不是会更快地长高长大呢？"

艾伦点头："会的！"

陆加尔脸上带着笑容："那艾伦，你帮齐齐夹根虾腿好不好？"

"好的！"艾伦应道。

于是艾伦给齐齐夹了一根大虾腿，齐齐的眼睛直勾勾地盯着艾伦，在他的眼神里虽然看不出任何对美食的渴望，但是其实内心还是有波动的。

　　艾伦不会剥龙虾腿，李博士的妻子只好帮忙，把虾腿掰开将里面的肉剔出来，递到齐齐的嘴边。齐齐看了看眼前的虾腿肉，慢慢地张开口，将虾腿肉吃了下去。

　　掌声再次响了起来，其实大家只看这一幕，便知道李博士夫妇平时该有多么不容易。

　　通过陆加尔的演示，李博士的妻子似乎找到了跟齐齐沟通的诀窍，晚上给齐齐喂饭顺利很多，而齐齐也表现得格外乖巧。

　　李博士的妻子把齐齐喂饱后，便让艾伦陪他在一旁玩耍。

　　李博士见此，也稍稍松了一口气，因为以前下班只要一回家，他的那根神经就开始紧绷，时时刻刻地照顾着齐齐，若是碰到他情绪起伏的时候，感觉整个人即将崩溃。这次旅行本来想着一家三口独处，免得扰了大家的兴致。不过靳向东和陆加尔在下楼时，敲开他的房门邀请他们一起用餐。

　　也幸好有陆加尔的帮助，让晚餐愉快地进行着。于是李博士举起桌上的果汁杯："陆教授，我不太会说话，但真心谢谢你。"

　　面对李博士的感激之词，陆加尔淡淡道："李博士，见外了！"

　　因为此刻在度假，李博士也不好太过麻烦陆加尔，于是道："回国后，我想好好跟你讨教一些事情！"

　　李博士要讨教的事肯定是跟齐齐有关，陆加尔的内心其实有所犹豫，因为有时候对他人帮助越多，她自身的秘密就越发容易引起别人怀疑。何况李博士这样高智商的人，很容易因为一个点，被他钻研后直接延伸到面。

　　不过越是这样避讳，陆加尔最近却越像是在悬崖上走钢丝，在靳向东的面前，在徐磊面前，甚至即将在李博士面前，感觉自己像是一点点在暴露。

　　这档口实在不好拒绝，陆加尔只能微微点头："好。"

　　李博士跟陆加尔喝完，又跟其他人碰了一下，说的都是感谢之词。

然而大家对李博士家庭的情况都充满了同情，纷纷给予他们夫妻俩鼓励。陆加尔看了看身旁的李博士夫妻俩，从表面看上去两人是恩爱有加，实则问题很多，虽不能说夫妻两个已经貌合神离，但是若不把问题解决，分道扬镳也是迟早的事。

就在陆加尔心里感叹家家有本难念的经时，杰森开口询问大家："下一场大家想怎么安排？"

杰森俨然是这次度假的组织者，当然用他的话来说，完全是因为靳向东除了工作之外，在其他事上就是一个甩手掌柜。所以他不得不任何时候都第一个冲到第一线。而对于他的抱怨，靳向东的回复便是能者多劳！

"任君安排！"大家的意见又是如此一致。

杰森闻言，一副就知道会这样的表情，不由叹气："只要一出来度假，你们个个都像把脑袋搁家里一样。"

"此话差矣，任你安排，说明你是我们绝对信任的组织者，再说你的安排，我们没有一次失望的。"黎正代表大家进行辩解。

"杰森可是一顶一的老司机，他的安排绝对精彩！"黎正身旁的蔡赫表示附和。

平日里这些男同事凑一块，就算一人怼他一句老司机，杰森也绝对不会计较，但是今天不同，他竟然反驳了："你才老司机呢！"说完，杰森的目光偷偷地瞄了一下苏涵。

如果不注意，根本察觉不到，不过此刻陆加尔可是赤裸裸地听到杰森内心的OS：你们这些老司机，可别破坏我玉树临风、高贵纯洁的形象！

陆加尔抿嘴而笑，跟这些高智商的同事相处了一段时间，真心觉得程序员绝对是这世界上出产最多闷骚男的行业。表面个个高冷，私下其实还蛮逗的，这不前有靳向东，后有杰森。而现在似乎就流行高冷的套路，而高冷的精英男更是让很多女人把持不住自己，想去征服。因为一旦成功征服，这些人通常就是属于自家"忠犬"类型的男友或丈夫。

听到老司机三个字，苏涵也便来了兴趣，眼睛瞟了一下杰森，对他的风流韵事满心好奇。毕竟艺术来源于生活却又高于生活，听有故事的男人讲故事，才能写出更为生动的故事。

苏涵刚才的那一眼，被杰森看到了，连忙接着解释："各位女家属，刚才说笑的。我全程为大家效劳，有什么需求尽管跟我说，我来安排，吃好喝好，让我们Ace买单买得过瘾点！"

杰森说完，不忘拍了拍身旁靳向东的肩膀。

他的一番话惹来大家欢笑不已，靳向东的嘴角也微微勾起，要说卖朋友非杰森莫属。

靳向东开口："此行程只有一个目的，那就是大家玩得开心！"

于是大家站起来一起举杯敬靳向东，刚喝完要坐下时，便听到齐齐突然嗷嗷大哭起来。

李博士连忙拉开椅子奔过去，见齐齐手里拿着叉子坐在地上哭闹，连声询问："怎么啦？"

站在一旁，手中端着一盘水果的李博士老婆颓然地说道："艾伦突然失灵了！"

一听到这话，李博士的心不由咯噔一下，伸手抱住齐齐安慰道："齐齐乖，艾伦只是想睡觉了！"

杰森和陆加尔闻言，也立马奔了过去，齐齐嘴里喊着艾伦，大哭不已，而且哭声出奇刺耳。杰森连忙蹲下来，伸手按了一下艾伦的开关键，没有反应，不由微微皱眉："看来还得再检测一下。"

齐齐哭闹得厉害，止都止不住，陆加尔只能让李博士重新用下午用的办法。

抱着齐齐的李博士要去掏手机，而齐齐挣脱得厉害，甚至还舞动自己手中的不锈钢叉子。

陆加尔伸手要将他手中的叉子拿走的时候，齐齐挣扎得更厉害。一不留神齐齐朝她的手臂咬去，但是奇怪的是没有任何痛感。

等陆加尔回神时，才知道靳向东刚才帮她挡了，幸好齐齐的牙齿没咬到他的手臂。

很快齐齐手中的叉子被拿走，而李博士再用语音软件，试着跟齐齐交流，让他恢复如常。

过了一会，齐齐的情绪稍微稳定下来，李博士和他的老婆便抱着他先行离开。

大家重新坐了下来，对齐齐的状况发言了几句，都感慨李博士夫妻不容易。而一群人当中，陆加尔像是受到了惊吓一般，一直都回不过神来。

是的！她确实受到了惊吓，她刚才询问靳向东有没有受伤时，低头看到他的手臂被齐齐手中的叉子划了一道。她下意识地抓着靳向东的手，想看伤势如何，然而她的手却被靳向东用力地抓住，她抬头看靳向东，他的眼神示意她别声张。

陆加尔便没有再说话，而等齐齐被抱走之后，她再次查看靳向东的手臂时，心里变得疑惑重重，是她看走眼了，还是……他与众不同？

陆加尔目光再次落到他的手臂上，思绪完全克制不住，因为这种令人恍惚的情况不是第一次看到。在他们初识的那天晚上，就已经发生过一次。

他的解释，让她无法继续追问，但今天她没喝多少酒，明明看得真真切切。靳向东手臂受伤了，可是现在却完好如初。

他是什么人？有如此强大的修复功能？

这些问题在陆加尔的脑海盘旋，而这时她放在膝盖上的手被一只温暖的大手覆盖，陆加尔侧脸看去，靳向东目光温柔地看着她，随后握住她的手。

失神一会儿的陆加尔迅速回神，虽然听不到他的心声，但能看懂他的眼神，那是让她别胡思乱想的意思。

这时，杰森的声音响起："走吧，下一场！"

大家响应号召，纷纷站了起来，靳向东握着陆加尔的手这才缓缓地放开。

"Ace，那我们走了。"杰森道。

然而靳向东的回答却是："我也去。"

大家的目光瞬间向靳向东集中，团队里的所有人都一脸惊奇，似乎很是意外。

确实如此，靳向东个人对聚会这种事一直以来兴趣不大，每次团建他会出席聚餐，其余的活动则很少露面。不过他的信用卡却一直对大家敞开。

"今天太阳是从西边升起来的吗？"黎正感慨道。

靳向东扫了一眼黎正，随后道："不欢迎吗？"

"欢迎！热烈欢迎！"杰森带头鼓掌。

"走吧！"靳向东道。

于是，大家一起前往杰森安排的第二场活动。

苏涵跟陆加尔走在一块，见陆加尔有些走神，不由挽住她的手臂："知道你一向不喜欢聚会，这次就当陪我玩吧！"

陆加尔微微侧脸，苏涵的心思她一目了然，她这个成天窝在家里写作的人，难得有机会跟这样高尖端的精英团队一起玩耍，便想体验一把集体活动。可如果陆加尔不参与，她在里面就有些尴尬，毕竟她对这个团队而言就是一个局外人。

而从刚才大家的反应中，陆加尔知道了靳向东以往是不参与活动的，今天却如此反常，想必是在回避单独跟她在一起。

此刻的陆加尔就算心中有疑惑，也只能等到结束后靳向东想跟她解释再说。

说是度假，其实也是一种团建，大家虽然每天在一起工作，但都有各自的生活方式，通过集体度假增加彼此间感情，更有利于培养工作中需要的默契度。

其实第二场无非是找个继续喝酒的地方，大家开怀畅饮，谈笑风生，顺带玩些无聊的游戏。

陆加尔坐在一旁静静地看着，宅女苏涵却玩得开心不已。在这一点上，陆加尔不得不佩服苏涵，可以宅，可以疯，在静与动之间切换自如。

杰森喝了一口酒，放下杯子，看了眼陆加尔和靳向东。

这两人挨着坐，却一直像局外人一样看着他们，实在太没参与的积极性。不过说实话，一般情侣通常都是她在闹他在笑的互补类型，而头一次见到两个高冷的在一起，着实让人好奇当初两人是怎么产生火花的。

杰森开口："大家停一下，我们来玩个集体参与的游戏吧！"

"好啊！"杰森的提议，得到大家的附和。

"大家想玩什么？"杰森询问。

"你定！"大家再次把话题抛回给杰森。

杰森就当自己白问了，随后道："陆教授你平时聚会的时候玩什么游戏啊？"

陆加尔愣了愣："我不怎么参加聚会，不知道玩什么游戏。"

"陆教授，发现你跟Ace还真是天生一对，他平时也不怎么参加聚会。"黎正笑道。

陆加尔淡笑。靳向东看了眼陆加尔，知道她此刻心里肯定在猜疑他手臂的事情，既然选择跟她交往，一些事情必然是瞒不住的。

杰森接话："不玩游戏的聚会是不完整的聚会！"

"要不，我们来玩真心话大冒险吧！"蔡赫建议。

真心话大冒险！一个又老又俗却又深受大家喜欢的聚会游戏。不过游戏虽有些老套，但没人反对，于是大家便一起加入游戏。

杰森拿了一个啤酒瓶，放在桌上大手一转，酒瓶便开始转动，游戏规则是瓶口对着谁，谁便要接受瓶底对着的那个人的疑问。第一轮，瓶口对着的是已婚的方博士，方博士结婚两年，暂时没小孩，这次旅行他老婆也一起来了。

提问的人是蔡赫，此刻脸上露出一抹坏笑："方博士，记得你说你每个月只有600块零花钱，意思是嫂子平日里对你很抠对吧？"

　　蔡赫这简直就想离间别人夫妻感情，方博士赶紧看了下身旁的老婆，随后笑嘻嘻道："怎么可能，我老婆一向对我大方，要用钱直接跟她说一声就好了！"

　　然而，方博士的老婆却在一旁温馨提示："老公，现在可是真心话时间哦！"

　　闻言，大家不由哈哈大笑起来。

　　方博士的老婆接着道："老公你要真觉得我抠，现在说出来，我可以改！"

　　方博士的脸红一阵青一阵，心里还不忘骂蔡赫几句。一开局的游戏气氛就这么欢乐，大家也便更加活跃起来。

　　酒瓶又转了一圈，瓶口对着苏涵，瓶底对着黎正。

　　黎正看了眼苏涵："苏涵美女，冒昧问一句，你对我的第一印象如何？"

　　苏涵不由发笑，可是还没等她开口，杰森便吐槽："黎正有你这样推销自己的吗？"

　　"我只是提问，别乱曲解！"黎正辩解道。

　　面对两人的对话，大家再次笑了起来。

　　"杰森，你是不是也想推销一下自己啊？"蔡赫坏笑道。

　　杰森看了蔡赫一眼："我跟苏涵本来就认识，用不着推销！"

　　蔡赫直接抛话给苏涵："苏涵，黎正和杰森，这两人你对谁印象更好一些？"

　　苏涵顿时满头黑线，托陆加尔的福，才能体验一把集体活动，所以相当有自知之明，不想成为焦点，毕竟她不是他们团队的一分子啊！

　　于是，苏涵帮着他们回到游戏上："刚才是黎正的提问时间，你们别歪楼啊！"

　　"就是，你们插什么话！"黎正表示不满，"苏涵，请回答我刚才的提问。"

　　"对你的第一印象很不错啊！绅士、阳光、博学！"苏涵回道。

听到这话，杰森的眼睛一直盯着苏涵。坐在一旁的陆加尔见此，完全可以预见到通过这次旅行，苏涵的桃花即将朵朵而开。

这轮结束后，黎正伸手转酒瓶。结果轮到杰森回答问题。

提问的是组里性取向不明的波波："杰森，你的第几个女友让你至今还难以忘怀？"

苏涵听到这个问题，眼睛不由一亮，满心期待杰森的回答。

杰森瞥了眼苏涵，随后回道："我单身至今已有三十年！"

他的话刚落，立马引起反弹。

"假话连篇，我都知道你其中两个女朋友！"蔡赫直接把他卖了。

为了保住自己的清白，杰森解释："那是相亲对象！"

"鬼扯，能约会两三个月，那就是女朋友！大家说对不对？"蔡赫道。

面对出卖自己的蔡赫，杰森有种捶他的冲动，怎么就这么呆呢，没看出他现在的意图吗？就这情商，活该单身一百年啊！

陆加尔听到杰森内心的OS，抿嘴而笑，他这不是五十步笑百步吗？

身旁的靳向东顾长的身体倾了过来，在她耳边低语："笑什么？"

陆加尔连忙收起笑容："没什么！"

接着听到杰森道："其实没有难以忘怀的，若是有缘早已出双入对，若是无缘对面也难牵手啊！"

"杰森，你想牵对面谁的手啊？"方博士笑问。

杰森瞥他一眼："想牵你的！"

大家顿时大笑起来，气氛很是不错，正当陆加尔一副闲云野鹤的模样，却看到酒瓶口对准了她。

轮到她被提问了，这应该是她第一次参与所谓掏心窝子的游戏。

提问的人是刚回答完问题的杰森："陆教授，Ace的吻技如何？"

他的话题可真是够劲爆的！陆加尔看了眼杰森，他一副等着看戏的表情。

这个毕竟是私人问题，陆加尔踌躇了一下。

杰森的表情变得不可思议："不会说，你们还没吻过吧！"

大家的视线不约而同地朝靳向东和陆加尔的身上集中，感觉像是看动物园里猩猩一样。

陆加尔的脸红了红，开口道："他的吻技还不赖！"

"不赖这词未免有点含糊啊？"杰森似乎不太满足，接着追问。

"我已经回答完毕！"陆加尔回道。

杰森勾唇一笑，接着转酒瓶，结果轮到的是靳向东。

杰森立马给以提醒："提点有质量的问题啊！"

这话立马被提问的人领会到，接着大家就听到："Ace，你与陆教授最近最为亲密的行为发生在什么时候？"

话虽委婉，但却无限暧昧，大家顿时一副看好戏的表情。靳向东的表情没什么波澜，而坐在一旁的陆加尔想起中午两人的沙发之吻不由脸红起来。

"注意尺度！"靳向东道。

几个男的笑了起来，不过碍于有女生在，还是换了一个问题："Ace，你与陆教授上次接吻是什么时候，要具体精确到分钟哦！"

有谁接吻会去注意几点几分呢？正当大家准备洗耳恭听的时候，靳向东做出一个让在场所有人惊掉下巴的举动。

靳向东伸手揽住身旁陆加尔的纤腰，头低了下去，攫住她的红唇。

现场直播啊！谁能想到一向闷骚的靳向东会有如此高调的时候。

这恩爱秀得快要闪瞎他们的眼睛！陆加尔被他的突然之举给弄蒙了，他的唇印在她的唇上，不是蜻蜓点水，而是深吻十秒。弄得她回应不是，不回应也不是，只能干干地被他吻着。

靳向东的唇缓缓撤离，温柔的目光与她对视，陆加尔此刻特别娇憨迷人。说实话他不愿让人看到她这副模样，因为这样的风情只能属于他。

两人对视了几秒，呼吸着彼此的气息，耳边传来一阵掌声。

靳向东缓缓坐直，大手依旧揽住陆加尔的纤腰，唇边吐露俩字："刚刚！"

掌声再次响起，黎正朝他竖起大拇指："这才是真正的真心话大冒险啊！"

陆加尔以前真的不太清楚害羞是何物，如今靳向东一次又一次地让她熟悉这个词。

苏涵算是见识到这个话不多，但却以灵魂人物角色存在的靳向东的个人魅力，试想如果陆加尔没有遇见他，可能这辈子都不知道爱情是何滋味。刚才那一吻，既机智，又浪漫，简直就是现场版的爱情教科书啊！这个桥段以后一定要用在她的小说里才行。

"这把狗粮够我吃一年的！"杰森叹道。

游戏再继续，不过靳向东当场亲吻陆加尔之举，可谓是整场游戏中最为精彩的一幕，最为难忘的一幕，也是最为浪漫的一幕。

被温柔夜色笼罩的皮皮岛格外迷人，此刻很多人已经枕着海浪声入眠，而杰森这群人才陆续回房。陆加尔困得连打哈欠，却没有直接回房睡觉，而是尾随在靳向东身后，同他一起走进他的房间。

靳向东知道她的意图，却故意说一句："考虑清楚，进来容易，出去很难！"

陆加尔看了他一眼，径直走了进去。

靳向东关上房门，走到她的面前，不出他所料，陆加尔伸手拉过他的手臂，细细地查看了一番。上帝就是偏袒，区区手臂都如此好看，只是他那麦色的皮肤完好无损。

陆加尔满眼都是疑惑，缓缓抬起头，看向近在咫尺的靳向东，顿了几秒，才张口："我当时明明看到有划伤？"

靳向东迎视着她的目光，知道她憋了一个晚上，只是他现在不能直接告诉她。

"应该是红痕，不是划伤！"靳向东解释。

"不，不是！"陆加尔否认，因为她真是看见了。

靳向东伸手温柔地轻抚着她的脸庞，低沉好听的声音在安静的室内响起："尔尔，你是太担心我，太在乎我了！"

陆加尔承认现在的自己，完全招架不住靳向东的柔情，他的气息，他的声音，对她而言有着迷魂的效果。可是若不是亲眼所见，她的内心也不会如此迷惑重重。

"真的是我看错了吗？"陆加尔凝视着靳向东问道。

靳向东眸光微闪，而就是那么一闪而过的眼神让陆加尔知道了答案，实际上她没有看错，只是他不肯说。

"我希望我们彼此是坦诚的！"说这句话的时候，陆加尔其实有些心虚。

因为对于她能倾听他人心声的"特异功能"，没几个人知道，也是不能对外人透露的秘密。

靳向东摩挲着她的脸颊，冲她微微一笑："我说过，等你来解码我的身体！"

陆加尔听了这话，眼底的疑惑更重，但这是靳向东目前能给她透露的唯一信息。

原本以为是暧昧的话，其实另有深意。可是怎么解，从哪开始呢？

随后陆加尔做出一个大胆的行为，伸手去解靳向东休闲衬衣的扣子。

靳向东被惊到，伸手抓住她的手："尔尔，你要干吗？"

"解码你的身体！"陆加尔看着他。

"现在？"靳向东的眼底闪过一抹异色。

"对，就现在！"陆加尔说着，便直接拨开他的手，继续解扣子。

看着陆加尔那不太灵活的解扣动作，靳向东嘴角不由弯起一抹迷人的弧度，声线变得更加低沉："确定？"

陆加尔抬眼看他，嘴角浮着暧昧，眼神透着炙热，突然意识到自己在做什么的时候，瞬间收回手。

但却没想到，手再次被靳向东抓住，直接贴向他的胸口："半途而废可不是好习惯。"

陆加尔被噎了一下，脸更是红个彻底，想抽手却被靳向东牢牢抓住。随后一拖将她禁锢在墙与他之间。温热的气息直接打在她的眼上，长长的睫毛如蝴蝶般扑闪了几下，心脏如点鼓般地跳动，激烈而有节奏。

气氛变得暧昧无比，凝视着靳向东，陆加尔缓缓地闭上眼睛。

可是等了许久，靳向东丝毫没有动静，陆加尔瞬间变得有些尴尬，因为她原本以为他会直接低头吻她。现在睁开眼睛不是，不睁开眼睛也不是，只能干干地戳着。

但就在这时，听到靳向东嗤笑，陆加尔这才缓缓睁开眼睛，内心不由深深感叹：闷骚又腹黑的男人最可恨。

陆加尔伸手推他，准备离开，随之被靳向东再次抵到墙上，唇正要压下去的时候，门铃响了起来。靳向东眉头微皱，万分不愿地松开搂着陆加尔的手，随后往门口走去。

门刚打开，还没等靳向东说话，杰森边说边将艾伦抱进房间："Ace，今晚可能要一起熬夜把艾伦搞定！"

但刚跨进门，看到陆加尔的身影，抱着艾伦的杰森又立马转身："抱歉，打扰了！你们继续！"

陆加尔连声道："那个……杰森，你们忙，我回房了！"说完，陆加尔直奔门口。

靳向东有心拦，却又不好拦，最后杰森留在他的房间。

清早，徐徐的海风撩开窗纱，掀起新的一天。

昨晚入睡前陆加尔就一直被靳向东的话给困扰，心里想了无数中猜测，他是外星人、变异人、人造人、神仙、鬼怪、妖精等等。结果日有所思夜有所梦，直接被梦给吓醒了。

起床洗漱完，想敲隔壁的门叫靳向东一起去吃早餐，想到昨晚杰森的话，想必两人忙到很晚才睡，于是陆加尔只身去了餐厅。

吃完早餐，在酒店的花园再次碰到了李博士的老婆和齐齐，当然还有一个恢复如常的艾伦。

齐齐跟艾伦在玩耍，而李博士的老婆靠坐在椅子上，目光幽幽地看着不远处，神色极为忧郁。

陆加尔本不想过去打扰，没想到艾伦叫住了她："陆教授，早上好！"

　　陆加尔微愣，就一晚时间，她的资料便通过靳向东之手进入了艾伦的资料库。看来她跟艾字辈的AI还真是有缘啊！

　　艾伦的这声陆教授，让李博士的老婆回神过来，连忙站起来："陆教授！"

　　说实话跟着那些同事叫她嫂子，总觉得有些怪，毕竟陆加尔平日里不太喜欢"攀亲带故"。不过这个节骨眼下，她也只能冲她笑笑："嫂子这么早！吃早饭没？"

　　"吃过了，你呢！"李博士的老婆轻声回道。

　　陆加尔淡笑："刚吃好！艾伦，你跟齐齐在玩什么呢？"

　　艾伦看向陆加尔："玩积木！"

　　齐齐也跟着看向她，陆加尔跟他招手："齐齐，起的这么早啊！"

　　"早！"齐齐应了一句，随后又低下头继续玩他的积木。

　　站在一旁的李博士老婆看到这样的场景，温和地说道："遇到陆教授后，竟然听到齐齐开口说那么多话！"

　　陆加尔看了她一眼，发现她语气很温和，眉眼间却一片郁色。

　　有些话压制在心里太久，很容易郁郁成结。身为心理学教授的陆加尔，不想当普世救人的圣母，可最终还是决定对李博士的老婆施以援手。因为齐齐已经是个可怜的孩子，若是妈妈再出事，李博士恐怕会支撑不住。

　　"嫂子，客气了，我陪你坐一会，看齐齐搭积木。"陆加尔道。

　　陆加尔和李博士的老婆坐下后，两人静静地看了一会搭积木的齐齐和艾伦。

　　沉默，安静的沉默，入耳的只是不远处传来的海浪声。心理治疗过程中，通常以倾听与共情为主。陆加尔没有开口说话，她在静静地看着齐齐的时候，也在静静地聆听着李博士老婆的心声，带着哀怨，带着痛苦，带着绝望。

　　一会儿，李博士老婆缓缓收起目光："陆教授，听说你是心理学教授？"

　　陆加尔也收回目光，轻声应道："是！嫂子，有什么能帮到你的吗？"

"你还是叫我郭燕吧！"李博士的老婆缓缓说道。

她在纠正称呼，自然是因为跟李博士矛盾日积月深，慢慢地想恢复原先的自己。

陆加尔微微点头："好！郭燕姐！"

"这两天陆教授看到我们家齐齐的情况了，不瞒你说，我已经心灰意冷了！"郭燕道。

陆加尔能理解郭燕的感受，开口询问道："为什么说心灰意冷？"

郭燕的目光落在齐齐身上，眼神很是复杂："刚开始怀上齐齐的时候，我和老李都挺开心的，非常期待他的出生，本以为他出生会给我们带来更多家庭的快乐。没想到这个快乐很快便被打破，当真正得知齐齐患有亚斯伯格症的时候，我整个人是崩溃的。为什么？为什么我的孩子会这样？是我上辈子做错了什么吗？"说到这，郭燕的眼睛已经溢满了泪水。

陆加尔摸了一下口袋，掏出一包面巾纸抽出一张递给她："这不是你的错，亚斯伯格症的病因目前医学界还没查出确切的原因！"

"这我都知道，从知道齐齐得这病开始，我就翻阅很多很多这样的书，这种病是无法治愈的！"郭燕拿着纸巾的手擦拭眼泪。

"虽无法治愈，不过每个孩子不同，听李博士说齐齐对数字很敏感，通过训练，他长大后会有自己的一片天地。"陆加尔道。

"话是这么说，可是你知道吗，齐齐到现在连一声妈妈都没叫过！"郭燕道。

陆加尔看了看齐齐，换作正常小孩，十来个月时就会模糊不清地叫爸爸或妈妈，那最初的一声叫唤绝对是每个父母终生难忘的。

"慢慢来，齐齐还小，通过锻炼他会慢慢开始接受这外界的人、物和事。"陆加尔道。

"老李也一直说慢慢来，通过训练，齐齐可以跟普通人一样，可是当我说，想把孩子送进特殊学校训练的时候，他却死活不愿意！"郭燕道。

两人对齐齐教育训练的意见不同，陆加尔知道这是李博士和郭燕之间的一个症结，在郭燕心里埋下一颗抑郁的种子。

陆加尔看过一个自闭症电影，里面的情况刚好跟李博士夫妇的情况相反，妈妈不愿意小孩送去特殊学校，而爸爸却同意，不过最终妈妈还是说服了爸爸，将孩子留在自己身边。

"李博士想让孩子留在正常的环境成长对吧？"陆加尔道。

"是，他是这么想，可是他始终没有想过我！"郭燕的眼底流露出一丝怨气。

"为什么这么说？"陆加尔问。

"自从怀上孩子后，我便辞去工作在家养胎。之后齐齐出生，便一直在家带孩子，我不是说老李对我不好。只是有时候想想，我曾经也是一个高才生，有一份很好的工作，可是因为一个孩子，我便终日围着他一个人转。我不是不爱他，我很爱他，可是这么多年实在太折磨人了！"郭燕的眼睛泪花闪闪。

陆加尔伸手轻轻地拍了拍她的肩膀："带齐齐这样的小孩确实很辛苦！"

"对于外人而言，永远体会不到其中的辛苦。平时大大小小地闯祸也就算了，可是他四岁那年，我不知道他从哪里摸来一把小刀，哭闹的时候，我去哄他，去抱他，他将那刀子直接插到我的腹部！"郭燕倾诉着自己的心酸。

陆加尔光从郭燕那颤抖的声音，就能知道她的心伤有多重。

陆加尔缓缓开口："等齐齐懂事后，你亲口告诉他，让他给你道歉，让他知道这么多年你有多爱他！"

郭燕听了这话，看了下陆加尔："陆教授，你跟别人果然不同，很多人会说齐齐是无心的，不是故意的，可是他的那一刀，确实伤了我的心。可是不管怎么伤心，我始终都是爱他的。"

"我知道！"陆加尔点头。

"我不是想跟小孩子计较，只是我太累了，实在太累了！"郭燕道。

其实她确实太累了，而且也病了！心里病了！

"照顾齐齐，无论身体，还是心灵肯定是很累的！"陆加尔共情道。

郭燕抹了抹眼泪："可是我的累，他们都不懂，甚至觉得我矫情。没错，老李去了靳总的公司薪资待遇和福利都很优渥，以他的收入照顾我们母子的生活一点问题都没有，家里甚至还请了保姆。他们便觉得我成天在家无所事事，还想把孩子送去特殊学校，觉得我身在福中不知福，甚至还来劝我再生一个小孩！"

郭燕和李博士之间的第二个症结：生孩子！

关于二胎导致的心理问题，陆加尔已经收到很多学生反映上来的案例。都说清官难断家务事，开放二胎政策一出来，很多家庭也便陷入各种矛盾中。二胎政策确实给很多家庭带来欢乐，但同时也给一批女性带来痛苦。以往政策不允许，生一个就养一个。她们不再生，家里也不会说什么，但是政策一开放，就被婆婆亲戚劝着生孩子。

这个政策成为社会现象，引起不少女权主义的抨击。陆加尔虽不是女权主义者，但是看到很多女性因为这个现象产生心理问题，还是觉得根源除了在于政策，更多还是出于国民骨子里根深蒂固的传宗接代的旧思想。

"对于生二胎，李博士的态度如何？"陆加尔询问。

"他也反对，不想再生，可是她妈妈却一直逼着，逼他不成就逼我，家里被闹得乌烟瘴气。"郭燕道。

陆加尔道："既然你们夫妇都不想生，别人怎么想那是别人的事！"

"哪有这么容易，她妈看我们都不想，就气病了。现在躺在医院，天天一睁眼就嚷着，如果我们不再生一个，她死也不会瞑目！"郭燕道。

"你们改变了想法？"陆加尔问。

"老李被逼得没法子，可我不打算再生！"郭燕又掉了几滴眼泪。

"你担心再生的孩子，若是像齐齐一样，你接受不了是吗？"陆加尔道。

"是，就算我们夫妻去检查身体，一切良好，可是齐齐的这种病，医学界都没有找出具体根源，若是再生一个像齐齐这样的小孩，我真的没法接受！齐齐来到这个世界上已经很受罪，大人也受罪，我不想再经历这样的事情！"郭燕道。

郭燕的思虑不无道理，医学界虽解释不了，但出现这样的情况，更多还是因为基因。如若生出来的孩子依旧是亚斯伯格症的孩子，不要说当事人接受不了，很多人都会接受不了吧！

陆加尔轻声问道："这话你跟李博士说了吗？"

"说过，起初我们的认知是一样的，但是因为他妈妈，他夹在中间，最最可恶的是他妈有天竟然说，我要是不想生，可以换人生！"郭燕说到这，眼底透着愤怒。

婆媳关系历来都是天下最难相处的关系。郭燕的愤怒是应该的，同为女人，要是换位一下，谁都接受不了。

"你现在有何打算？"陆加尔问道。

"大不了离婚！"听似解脱，但是她的内心却又纠结不已。

离婚对于现在很多人来说就是一张纸，但陆加尔知道，郭燕还是看得很重。而且多年夫妻情分，不是说断就能断的，就算齐齐有缺陷，也是自己的骨肉。

"李博士的反应呢？"陆加尔问。

"他说他不离！"郭燕幽幽道。

通过跟郭燕的对话，陆加尔更加了解了李博士，在婚姻中最怕的就是男人在妻子和妈妈之间找不到平衡点，导致两败俱伤，家宅不宁。

"其实你也不想离，对吗？"陆加尔缓缓道。

"有时候很想离，彻底摆脱这样的生活，可是有时候也割舍不下！"郭燕眼眶再次潮湿。

女人就是如此，说狠话的人是她，心软的人也是她。

"郭燕姐，你今天跟我聊这么多，说明你还是想积极地维护这个家庭！"陆加尔道。

"想有什么用，现实是那么残酷！"郭燕道。

"现实是残酷，但你是想乐观面对，而且你以前就是很乐观的女孩，只是你这几年过得很压抑，冲不出束缚，让自己在一个又一个的问题里转圈，不停地转圈，最后不知道该往哪走！"陆加尔道。

郭燕听到陆加尔这话，怔了一下，这句话她只告诉过两个好闺蜜，她是怎么知道的？

"陆教授！"郭燕看着陆加尔。

"郭燕姐，你很坚强，因为你是齐齐的妈妈，你是李博士的爱人，我相信你会坚强地走出来！"陆加尔道。

郭燕的眼泪在打转，没再说话。

陆加尔一直坐在她的身旁，也没再说话，轻轻地拍着她的肩膀。

刚才倾听她说了这么多话，知道了所有症结。作为心理学教授，她是能帮助别人解决一些心理问题。但也有句古话：解铃还须系铃人！

心理疾病也是心病，真正能治愈她的只有指定的人。

"艾伦，你带齐齐过来一下好吗？"陆加尔招呼艾伦和齐齐过来。

艾伦便放下手中的积木，拉着齐齐的手，朝陆加尔走了过来。

"艾伦，齐齐的妈妈有点冷，你抱她一下好不好？"陆加尔对艾伦道。

艾伦看了下郭燕，随后点头："好的！"

艾伦张开双臂抱了抱郭燕，而齐齐站在一旁看着。

被艾伦抱着的郭燕簌簌掉泪，虽然艾伦不是人类，但有时候却比亲人还要温暖，她也回抱了艾伦。

艾伦的手轻轻地抚着郭燕的手臂，像是在安抚她，一会儿，郭燕情绪稍微稳定后才缓缓放开艾伦。

艾伦站在一旁，眼巴巴地看着她，但是接着便看到齐齐也缓缓靠上前，抱住郭燕。

郭燕整个身体都僵在那里，这是她儿子第一次主动抱她。眼泪再次流淌而出。

尽管齐齐没有发出任何声音，没对她说任何安慰的话，但是他那温暖的小身体，抱着她的腿的瞬间温暖了她整个心灵。

郭燕伸手抱住齐齐，紧紧地抱着，像是要将他嵌进自己的身体里。此刻尽管郭燕还在流泪，但是陆加尔知道，那是幸福的眼泪。而这时，李博士也不知道从哪冒了出来，看到郭燕搂着孩子哭个不停，不由蹲下身体，将她们娘俩一起抱住。

看到这个画面，既让人觉得温馨，又让人觉得心酸。还是那句话，家家有本难念的经！

待陆加尔回到房间时，隔壁的靳向东也醒了。

昨晚直至凌晨三点，靳向东和杰森总算把艾伦给修好，并将系统反复测试好几遍，才放心去睡。

"过来陪我吃早餐！"陆加尔收到他的微信，便直接过去了。

靳向东坐在餐桌上吃早餐，陆加尔则坐在他的对面陪他。

"听说你把李博士的老婆给惹哭了！"靳向东漫不经心地问道。

"你的用词太不准确了！"陆加尔反驳。

靳向东勾唇，随后道："你在帮李博士的老婆治疗抑郁症？"

"你知道李博士老婆得抑郁症的事情？"陆加尔问。

"知道，李博士跟我说过。他也是够累的！"靳向东道。

陆加尔默默点头，虽然在某些立场上，她觉得李博士没有处理好，但是他着实不太容易。

"她老婆一直不愿意接受治疗，他一点办法都没有。"靳向东道。

陆加尔闻言，缓缓回道："任何事情的背后都是有原因的。"

"具体原因我不太清楚，不过她能让你帮忙治疗是好事。"靳向东道。

"其实比起治疗，我更喜欢说是倾听！"陆加尔回道。

"倾听？"靳向东念着这个词。

"对，我们每个人的内心都有着不同的秘密。秘密被掩埋，有些随着时间的推移化为乌有，有些则长成了参天大树，遮住外面照进来的阳光，让自己活在阴郁的世界里。而倾听，让他们把秘密一点点地说出来，那颗参天大树的根便会慢慢松动，一点点枯黄，一点点倒下，最后让太阳照进来。"陆加尔将自己所理解的倾听解释给靳向东听。

靳向东听完，直白地赞道："你让我感受到心理学家的伟大！"

"你的赞誉我替从古至今的心理学界人士收了！"陆加尔笑道。

畅游海底世界是无数人梦寐以求的事情，皮皮岛也算是世界潜水乐园之一，潜水深度达30米，水下能见度为10米至25米左右，潜水环境丰富多彩，从海底山到耸立海面的礁岩，从浅海的珊瑚群到深海的各种海洋生物，从直立的石灰壁到深不可探的岩洞，无一不令人感叹造物之奇。

今天大家自由活动，陆加尔陪靳向东吃完，便一起去潜水。同行的人还有杰森、黎正以及苏涵。

靳向东等几个男的都是潜水老手，就陆加尔和苏涵是菜鸟，在下水之前，得接受一下基础训练。不过两人无须另找潜水教练，在靳向东的指导下，陆加尔和苏涵很快熟悉潜水基本技巧。

准备就绪，下水之前站在船板上的靳向东道："我带加尔，苏涵，这两位你挑一个！"

"黎正你带我！"苏涵毫不犹豫地选择了黎正。

站在一旁的陆加尔暗笑不已。由杰森的心里各种OS印证了一句话，在爱情里玩欲擒故纵，几乎是屡试不爽的。

感情这种事外人只能是牵线，至于之后怎么发展，就看缘分。

穿着潜水服的陆加尔随着靳向东跳进碧蓝的海水中，跟随着他游向绮丽多彩的珊瑚丛，时不时可以看到五颜六色的热带鱼群优哉游哉地跟他们擦肩而过。海底的景象是如此的斑斓，如此的绚丽，让人置身于美轮美奂的神奇世界里。

陆加尔见如此梦幻的美景，开心得跟鱼儿一样，不停地游啊游。靳向东一直跟在她的身旁，两人时而停下，时而前行，度过属于彼此的美好时光。

不过潜水的体力消耗很大，陆加尔很快上岸，苏涵这个菜鸟早就坐在船板上。而靳向东几个老手则继续下潜。

阳光暖暖地照在脸上，原本水哒哒的头发没一会就被晒得半干。苏涵递过来一瓶水，陆加尔接过来，喝了几口。

陆加尔看了下苏涵，笑道："没想到你还是个情场高手！"

原本看着不远处风景的苏涵收回视线："什么？"

陆加尔将手中的水放在一旁："说你是情场高手啊！"

"过奖，过奖！"苏涵谦逊道。

"你就不怕黎正也喜欢上你？"陆加尔道。

"多一个人喜欢，这说明我很有魅力啊！"苏涵笑道。

面对一放风就各种招蜂引蝶的苏涵，陆加尔笑了笑："可你心里还不是巴巴地喜欢杰森！"

要是其他人这么说，苏涵还可以狡辩，但在陆加尔面前，任何谎话都撒不了。

苏涵不由凑了过来："这两天杰森心里是不是特别着急啊？"

陆加尔瞥了她一眼，其实杰森不能说着急吧，只是男人都有虚荣心，看到自己有点意向的女孩巴着别人，内心多少有点失衡。

"不告诉你！"陆加尔没有透露。

"什么意思啊？"苏涵伸手戳了一下陆加尔，"就算你不告诉我，也看得出他在着急。"

"那可不见得，杰森还有好几个女孩追呢。而且像他这样优秀的男人，通常喜欢别人仰视和崇拜他。"陆加尔故意来了这么一句。

"话是这么说，但男人都是征服欲强烈的物种，送上门的未必会珍惜，得不到的才是最好的！"苏涵媚笑道。

闻言，陆加尔看了下苏涵，提醒一句："你可别玩火，伤及无辜啊！"

"我自有分寸！"苏涵得意地笑道。

有时候陆加尔想，如若自己没有预先告诉苏涵，杰森对她有点意思，或许她便不会如此自信。不是说自信不好，只是这样的爱情会少了一点朦胧感。

陆加尔回去冲了个澡，顺便眯了一个小时，直到四点半才爬起来。站在阳台上，陆加尔活动了一下身体，随后倚在栏杆上吹风赏景。

没过一会儿门铃响了，陆加尔去开门，站在门口的竟然是李博士，手里还端着一盘水果。显然李博士除了送点水果给她，还有话要跟她说。

"陆教授，有空吗？"李博士迟疑了一下，最终还是说出口。

"有啊，进来吧，李博士！"陆加尔大方道。

"陆教授，我知道一处挺安静的咖啡厅，能一起去坐坐吗？"李博士道。

陆加尔没有拒绝："好！我换件衣服。"

十分钟后，两人坐在咖啡厅的角落位置上。

"李博士找我，是为了早上的事？"陆加尔率先发问。

李博士点头："都说家丑不外扬，不过你应该都知道我们家里的事情了，我也不避讳了！"

"我会守口如瓶的！"陆加尔道。

"陆教授，我不是这个意思，其实我是来谢谢你的，你或许觉得见外，但我真的不知道该怎么感谢你。"李博士又是一番道谢。

陆加尔没说话，李博士继续道："我老婆有抑郁倾向，我一直让她去看心理医生，但是她就是不去，今天早上看她把家里所有事情跟你说，想必是信任你。"

陆加尔微微点头，在心理治疗过程中，得到患者信任是非常重要的。很多心理医生或心理咨询师，因为得到一个患者的信任，便会成为他们永久性的咨询者。而且因为信任，得到的信息也会更多，有助于治疗和恢复。

"应该是我让齐齐跟我们有互动，郭燕姐才会信任我。"陆加尔道。

"这应该是主因吧，不过我找你，是想跟你讨教，我该怎么做才能更有效地帮助我老婆和孩子有良好的互动！"李博士道。

"你现在面临的是两个不同病症的人，齐齐那边通过训练，慢慢会形成一套自己的行为体系，你妻子的状况才是眼前最急需去解决的！"陆加尔道。

闻言，李博士叹了一句："是我做得不够好！"

陆加尔一点都不委婉："确实你是做得不够好！"

李博士默默点头："特别在生二胎的问题上，我夹在我妈和老婆之间，不知所措！"

陆加尔知道这些事情，她不会去论断谁对谁错，因为每个人都有自己的立场，都有自己固执的一面。

"其实家庭出现问题的关键原因是缺乏沟通。"陆加尔道。

李博士点头："是，是缺乏，这几年我工作很忙，对我老婆，对我妈，都缺乏沟通！"

"既然李博士知道原因，那就尝试用沟通恢复家庭关系吧。"陆加尔道。

"嗯！"李博士再次点头，"不过陆教授，你觉得我该从哪方面开始入手？"

"你老婆心理的两大症结：一是齐齐的教育问题，二是生孩子！"陆加尔道。

"齐齐的教育问题，我还是坚持让他在正常环境下成长，至于生孩子我可以跟我妈再沟通沟通。"李博士道。

"齐齐的教育问题，我个人而言是赞成你的想法，但是你一定别忽略你老婆的想法。她并非自私，只是她生病了。"陆加尔道。

"我知道她有抑郁倾向，但我没忽略她！"李博士道。

这或许是大多数男人内心所想，每天辛辛苦苦在外上班，回到家还有一堆烦心事，总觉得自己付出很多，而老婆一点都不理解他，而且还各种作。

"李博士，你有没有想过，在你们结婚前，你老婆是什么样的人，对生活、对工作的态度如何？"陆加尔道。

李博士愣了愣，陆加尔接着道："每个人心中都有对自己的期望，都有属于自己的追求，或许现实未能让她实现，但心中的期许却是一直存在的。"

李博士沉默几秒，开口："在这一点上，我忽略了。我总觉得通过自己的努力，让她们母子有个好的生活是我的责任。"

"照顾她们母子是你的责任没错，大家也都知道你很辛苦，不过在任何时候，都别忽略她不仅是你孩子的母亲，同时也是你的妻子，最重要的是她也是一个独立个体的事实。"陆加尔道。

李博士听后再次沉默。夫妻多年，大部分时间都在柴米油盐酱醋茶中度过，何况家里还有一个齐齐这样的孩子，他确实对老婆个人的关心少了许多，忽略了许多。

"解铃还须系铃人。有时候，就算心理医生再厉害，也不及患者心中症结根源的当事人说一句贴心的话、一句致歉的话来得有效！"陆加尔道。

李博士默默点头："陆教授你说得是，是我忽略了我老婆，齐齐得这病，我一心就在齐齐身上，知道她照顾得很累，但总觉得自己也很累，所以少了很多思想交流。"

"一个家庭的幸福，不是一个人的努力就够的。李博士你这么多年也不容易，而你老婆就算有抑郁症，也还是让我感受到了她内心对你的爱意！"陆加尔道。

李博士眼眸微微闪亮："我也希望她对我还有爱意，这半年来我跟她争吵很多，离婚的话也说过很多，可我自始至终还是爱她的。"

陆加尔反问："知道她为什么会想离婚？"

"她不想生孩子，而我妈那边，唉，一言难尽！"李博士重重地叹道。

"她会想离婚，确实不是因为你，而是因为你妈！"陆加尔道。

"知道！"李博士道。

"你妈的一句话彻底伤了一个女人的心。她原本因为齐齐有轻度抑郁，因为这句话，她的病情直接恶化。"陆加尔道。

"什么话？"李博士问。

陆加尔回道："她私下跟你老婆说，不想生，就让你换老婆。"

李博士听后，一脸震惊，似乎从来没有听过这样的言论："她从来没跟我说过！而且我妈都是和颜悦色地跟她说，这……会不会是听错了？"

看李博士的表情，一副不可思议的样子，想必这婆媳间没有明争，而是暗斗。

"其实这些话，本不应该说出来，影响你们的家庭关系，但这句话是症结所在，我只能多嘴了。"陆加尔道。

"我妈……我妈竟然跟郭燕说这种话！"李博士还没回神过来。

陆加尔抱歉地笑了笑："或许你妈妈私下跟她谈过离婚的交易。"

李博士再次愣住，不过这话陆加尔的口气风轻云淡，像是在开玩笑。

"我回头问问。"李博士似乎有些难以消化。不过刚才那句话，听似玩笑，其实并非玩笑，郭燕虽没对她说出口，但陆加尔却全然知道。

陆加尔端起咖啡，轻轻抿了一口，随后看了下时间。

李博士见此，回过神来："陆教授，真心感谢，实在不好意思，明知道休假，我们一家还这么打扰你！"

陆加尔淡笑："都是同事，别说这样见外的话！"

"晚上要是有空，我们一家请你吃饭如何？"李博士道。

"哦，晚上我跟Ace有约了！"陆加尔道。

"哦，那改天让我做一次东，请你吃饭！"李博士道。

"李博士别那么客气，这些只是跟我专业有关，有幸能帮到你一点忙而已。"陆加尔道。

"不，这不是小忙，而是对我们全家的恩德！"李博士道。

对于客套，陆加尔实在不懂如何去敷衍，继续下去只会没完没了。

"晚饭时间差不多了，我们回去吧！"陆加尔道。

于是，陆加尔和李博士走出咖啡厅，准备返回酒店。

回去的路上，陆加尔突然问了一句："李博士，你跟Ace同事几年了？"

"三年半。"李博士回道。

"三年半。也就是说，Ace将公司搬到国内后你才加入的。"陆加尔道。

"对！"李博士点头。

"跟他同事这么久，知道他有什么特别的兴趣或爱好吗？"陆加尔试探地询问。

李博士听完，误以为陆加尔想从他这打听Ace的其他信息。

"Ace特别的兴趣爱好，这倒没怎么发现。就觉得他完全是一个工作狂，在工作中很有魄力，很有主见，很有思想的一个人。对我们这些员工，无论是主干还是普通员工都特别好，作为男人我对他也是佩服有加！陆教授跟他在一起，只能说明一件事，你的眼光极佳！当然Ace跟你在一起，也说明他眼光独到！"

李博士的回答自然全都是好话，当然也是真心话。但这些回答，对于陆加尔来说并不是重点。她其实想知道，他们这些常年跟他在一起工作的人，就没有发现过他的"异常"吗？

当然通过李博士对靳向东的评价，陆加尔还是间接了解了靳向东为人处事的方式。

陆加尔淡淡一笑，没有继续问下去。他们都不曾发觉，只能说明靳向东隐藏得太深了。而他说等她解码他的身体的这句话，实在让她的好奇心爆棚。

都说，爱自己是终生浪漫的开始，而有人深爱着你，属于两个人的浪漫也就此开始。

别看靳向东闷骚，他却是个不失浪漫的人，晚餐的安排就让陆加尔少女心满满。

皮皮岛的饭店大多数集中在繁华的通赛湾商业区一带，而岛上其他地方条件就比较简陋了，所以大部分的游客都在酒店的餐厅解决三餐。而靳向东却带她到一处僻静的小浅湾，入眼便是一顶白色四方的纱巾帐篷。里面摆着两张椅子和一张桌子，周围立了好几盏灯。

此刻暮色降临，晚餐的布置场景与不远处碧蓝的海水相合，变成了一幅浪漫的画。

"你什么时候偷偷布置的？"陆加尔笑问。

"如何？"靳向东勾唇问道。

"Perfect！"陆加尔赞道，"感觉像是在演偶像剧！"

"什么偶像剧？"靳向东道。

"就是一个白马王子带着一个灰姑娘在美丽的海边共度浪漫晚餐的偶像剧。"陆加尔道。

"这么说你是灰姑娘？"靳向东牵着她的手一边走了过去，一边笑问。

"不，我不是灰姑娘！我是爱丽丝！"陆加尔回道。

"爱丽丝？"

"对啊，遇见你后，开启了一段爱丽丝梦游仙境之旅。"陆加尔道。

走到白纱飘逸的帐篷内，靳向东边绅士地帮陆加尔拉开椅子边回道："那我岂不是疯帽子？"

"疯帽子和爱丽丝好像没爱情线。"陆加尔道。

"表面没有，实则内心喜欢！"靳向东对此有自己的解读。

漫天星斗，海上明月，美味的海鲜，轻柔的海风，阵阵的海浪，以及坐在对面心爱的男人，一切都让人以为身在梦境。

比起靳向东为她制造浪漫，陆加尔其实更想知道他身上的秘密。

陆加尔将口中美味的大龙虾肉吞咽下去后，随口说道："我昨晚做噩梦了。"

靳向东目光看她："因为我的话？"

"嗯！"陆加尔点头。

"害怕吗？"靳向东凝视着她。

"是指梦，还是指你？"陆加尔问。

"我。"靳向东道。

陆加尔迎视他的目光笑着道："如果害怕，就不会跟你来这吃浪漫的晚餐！"

靳向东轻笑："胆大的女人！"

"也不算胆大，或许你跟蜘蛛侠、蝙蝠侠一样，因为被某种生物咬了之后开始变异？"陆加尔道。

她的话惹得靳向东嘴角笑意更甚："变异？"

"拥有如此强大的修复功能，在我的认知里，就是这几号人物。"陆加尔道。

靳向东嘴角弯起，随后伸手端起酒杯："就没有别的想象了？"

看着他脸上的笑容，陆加尔不由道："没有，不过倒是有个想法，等回国后，找个月黑风高的夜晚把你打晕了，送去生物研究所研究一番！"

没想到，靳向东却表示赞同："这个想法不错！"

陆加尔微窘，不过若要说他特别，她似乎也不算正常。

像他，像她，似乎是漫威那天马行空的动漫里才会出现的人物，为何会存在于现实的生活中？

"在想什么？"靳向东见她发愣，开口道。

"没什么。"陆加尔收回眼神，拿着叉子继续品尝美味。

靳向东眸光深邃地看着她，或许这个世界上，只有她，面对这样的他，不会产生丝毫的害怕。

"明天我们去看日出。"靳向东道。

"看日出？"陆加尔立马被勾起了兴致。

"不想？"靳向东问。

"想啊！"陆加尔点头，随后冲着他笑，"不过我没想到Ace你骨子里是这么的浪漫！"

靳向东听了此话，脸色微收："说明你对我的了解还不够，继续努力追吧！"

陆加尔差点被他噎着，两人在旁人的眼里已经是一对了，可是他竟然还让她继续追。

陆加尔只能怼他一句："那这浪漫的晚餐算什么？"

靳向东的回答却是："封口费！"

第五章

幽灵现身

第二天，陆加尔很早起床跟靳向东一起去看了日出。事实证明，皮皮岛的日出不如日落美。不过跟自己喜欢的人在一起，任何时间都是美好的。

接下来几天，陆加尔和靳向东以及一众同事，将岛上的各种海上项目和运动都尝试了一遍，可谓是一次非常愉快的旅行。一转眼，五天假期过完，大家依依不舍地告别蓝天、告别碧海、告别银沙，重新回到自己的工作岗位上。

在假期陆加尔认识了李博士的两位家人，患有亚斯伯格症的齐齐以及患有抑郁症的郭燕，虽不能说给予他们很大的帮助，但一家三口从来之前郁郁寡欢，到回去时变得眉头舒展。尤其是郭燕，李博士听了陆加尔的话，这几天积极地跟她谈心，虽不能消除内心的所有隔阂，但是还是起了作用。

在机场提取行李后，李博士一家三口走到陆加尔的面前。

李博士摸了摸齐齐的头："齐齐，跟姐姐和叔叔说再见！"

这话立马引来黎正纠正一番："既然是姐姐，我们自然就是哥哥啦，齐齐跟哥哥再见！"

齐齐没回应，依旧抵着头玩自己手中的玩具，没有艾伦这个沟通媒介，他暂时只活在自己的世界里。

可是就算没有回应，李博士的表情也不似来之前那般黯淡，因为他们夫妇通过陆加尔，找到了跟齐齐沟通的诀窍。只要加强对齐齐的训练，相信不久后，齐齐的世界里就会有他们的存在。

李博士笑着对陆加尔道："陆教授，改天我们一家三口请你吃饭！"

这次陆加尔没有拒绝："好！"随后看向郭燕，"郭燕姐，明天记得跟我给你电话的医生联系，他会给你开药。"

郭燕点了点头："嗯！"

陆加尔在那之后，又给郭燕做了一次心理咨询，不过以她的程度，最好配合药物治疗，会使病情好转得更快一些。

陆加尔平日里不做心理咨询这块，郭燕这次算是特例了，因为已经得到她的信任，在病情还没好转之前，陆加尔不好将她转给其他心理医生，只能尽量抽出时间继续给她做心理咨询。

"先走了。"李博士道。

陆加尔点头，看着他们一家三口离去。

苏涵走了过来："加尔，我们走吧。"

在一旁的靳向东和杰森同时异口同声说道："我送你们！"

陆加尔和苏涵面面相觑，最后各自坐上男朋友的车回去，此举妥妥地就是浪费汽油的行为。

此次旅行陆加尔除了一个疑惑未解，其余应该说收获满满，苏涵自然也不会差，杰森这几天算是被她吊足了胃口。

每个人的爱情是如何开始肯定各不相同，只要过程都是甜蜜的，那便是一种圆满。

在停车场各自上车之后，陆加尔感叹一句："苏涵的这朵桃花说开就开，实在利落！"

靳向东微微勾唇："缘分到了，自然水到渠成。"

"杰森以前恋爱周期一般多长？"陆加尔询问靳向东。

"他不是说他已单身三十年吗？"靳向东将那天玩游戏杰森说的话抛给了陆加尔。

"这话你信，我可未必信啊。"陆加尔笑道。

修长的指节把控着方向盘的靳向东，侧脸看了下陆加尔："那我说我单身三十年你信吗？"

陆加尔点头："我信啊！"

听到答案，靳向东唇角勾起："为何？"

"我没出现，你岂能脱单！"陆加尔笑着回道。

靳向东闻言，不由笑着伸手揉了一下陆加尔的头发。

陆加尔和苏涵在楼下汇合，随后一起拖着行李走进电梯。

电梯里只有她们两人，陆加尔看了看苏涵，损了一句："这么快被杰森搞定，当初说好的矜持呢？"

"就算不矜持，也是他追的我！"苏涵立马顶了一句回去，"再说，他现在只能算考察期！"

"考察期？"陆加尔不得不佩服小说作者的恋爱，还真是花样百出。

"不行吗？"苏涵扬了下眉头。

刚好电梯门开了，陆加尔便不跟她抬杠了："行！你说了算！"

本以为一回到家中，便会看到艾米迎上来，结果却没有任何动静。

"艾米，我们回来咯！"苏涵叫着艾米的名字。

但是依旧没有看到艾米的身影，陆加尔放下行李，换上拖鞋："艾米，是不是生我们的气，留你一个人在家啊？快点出来，我给你带礼物了！"

虽说艾米入住家里不久，但是两人俨然把她当成了家里的一分子。出门的时候还一番叮嘱，让她在家乖乖待着，等她们给它带礼物。

没有得到艾米的回应，苏涵猜测一句："艾米，会不会没电了！"

"有可能！"陆加尔边说边往客厅走去。

但是客厅和餐厅都没有看到艾米的身影，进了房间依旧没看到，她又往厨房去瞄了下。

苏涵这下慌了："艾米不见了！"

陆加尔又里里外外地找了一遍："怎么回事？艾米真的不见了？家里招贼了？"

苏涵顿时着急起来："赶紧打电话报警！"

陆加尔扫了一下四周，家里的东西一切安好，地板干干净净的，她伸手摸了一下餐桌，也干干净净，没有一丝灰尘。这说明艾米至少今天早上还在家里。

"会不会她自己出门了？"陆加尔猜测道。

"不可能，我从来没带艾米出去过。"苏涵摇头，毕竟她在家的时间比陆加尔长，跟艾米更为熟悉。

"我打个电话给Ace，问他艾米有没有装定位系统。"陆加尔还算理智，赶紧去拿手机打给靳向东。

"快快快！"苏涵催促道。

陆加尔看了眼苏涵，这丫头竟然眼眶都红了。

电话接通后，陆加尔跟靳向东说了几句之后，便挂掉电话："他说有定位系统，我去下载官方软件。"

而正当陆加尔拿着手机下载官方软件的时候，听到开门声。

两人不由一惊，不约而同地看向门口。只见艾米走了进来，看到门口的行李箱，眼睛眨巴几下，随后抬起头，叫唤一句："陆教授、苏涵，你们回来了！"

陆加尔和苏涵总算松了一口气，差点被吓死。

苏涵奔了过来："艾米你跑去哪了？你差点吓死我们了！"

艾米眨了眨眼睛："我下楼玩了。"

"下楼玩？你什么时候懂得下楼玩的？"苏涵就像孩子走丢的妈，在那教训艾米。

"我也不知道我什么时候懂得的。"艾米又眨了眨眼睛，一副懵懂的样子。

见艾米回来，陆加尔也跟着松了一口气。苏涵又跟着教训艾米几句，随后拉着她去客厅拿出自己给她带的礼物。

不过陆加尔的心里总觉得有些奇怪，艾米怎么会自己跑下楼呢？

没过一会，接到靳向东的电话："定位如何？"

陆加尔坐在客厅的椅子上，看着苏涵送艾米礼物的画面说道："她回来了。"

"什么意思？"耳边传来靳向东疑惑的声音。

"她说她下楼玩了。"陆加尔如实告知。

"下楼？"靳向东更是疑惑，"你稍等，我马上去你家！"

"怎么啦？"这下陆加尔更疑惑了。

"帮你检测一下！"靳向东道。

十五分钟后，靳向东出现在陆加尔的公寓里，手里拎着笔记本。

靳向东坐在客厅，茶几上的笔记本和已关机的艾米连接着一条数据线。电脑出现一列列的数据，陆加尔虽然看不懂，但知道那些应该是程序。

检测结束后，陆加尔看到靳向东的脸色似乎有些异样，不由问：
"有问题吗？"

靳向东立马恢复如常，视线从电脑屏幕移至陆加尔的脸上，淡淡道："没问题！不过为了安全起见，我重新帮艾米安装一遍程序。"

"好！"陆加尔点头。

说实话，艾米擅自出家门这事，还是别再发生了。刚才苏涵差点急红了眼，那感觉真像孩子走丢了一样。陆加尔虽然没有她那般紧张，但是刚发现艾米不见，她的心跳也漏了半拍。

靳向东熟练地将艾米系统重装一遍，表面若无其事，但心里却疑惑重重，是谁动了艾米的系统？

艾米的系统程序被人插入两处隐性的替代码，非常隐秘，一般的检测系统根本查不出来，而且就算是高级程序员没有特别留心的话也看不出来。但靳向东是何许人物，天才型的程序员，用杰森的话，虽然当今计算机如此发达，但是他的大脑也相当发达。

艾米系统里的程序除了基本的应用程序，还添加了靳向东根据陆加尔的个人兴趣爱好设置的编程程序。按理说也没什么可篡改的动机，但是事实上就发生了。

靳向东将艾米系统里被人替换的程序原封不动地复制下来，准备回去好好解码一番。

重装完程序后，靳向东拔掉数据线，重新将艾米启动。

"Hi，我是艾米，很高兴为您服务！"艾米的声音重新在家里响起。

"我的艾米小乖乖又回来了！"苏涵一脸开心地摸艾米的脸。

艾米则是眨巴眨巴着眼睛，一脸萌萌地看着苏涵。

"好了是吗？"陆加尔问。

靳向东合上笔记本，低沉应道："嗯。"

"艾米独自出门，是不是程序上出现了BUG？"摸着艾米脸的苏涵转过来问靳向东。

靳向东看了下苏涵："嗯，是出现一个BUG，不过现在完好如初了。"

"那就好！差点以为我们的艾米被偷走了！"苏涵松了一口气。

苏涵的这句话，让陆加尔和靳向东相视一眼，之后两人一起去调了监控，结果发现监控录像竟然无缘无故少了一段。不仅是电梯里的监控，而且小区出入大门的监控也是如此。

这个发现，不只让陆加尔和靳向东感到无比意外，就连物业监控室的工作人员也百思不得其解，因为从来没有出现过这样的事情。

"监控室有人来过吗？"靳向东询问。

"没有啊，从上班到现在我一直在这！没有离开过！"一个三十出头的男人回道。

"那你们在两点十分到十五分之间，有发现监控镜头出现异常吗？"靳向东继续追问。

"具体几分我不清楚，但是两点多的时候几台监控的屏幕闪了一下！因为很快恢复了，所以我们当时没太在意。"旁边另外一个年轻的工作人员道。

听到这些信息后，靳向东得出一个结论：这个监控系统被入侵过。

"报案吧！"靳向东道。

"陆教授，你们家里丢了什么东西？"三十多岁的男人问陆加尔。

"家里东西没丢，不过我家的机器人突然出门，而且你们的监控被删除记录，这事不觉得有点蹊跷吗？"陆加尔道。

"没丢东西就好，我这边马上去报案！"

陆加尔和靳向东走出监控室，两人的神情都充满了疑惑。

陆加尔侧脸看靳向东："我们是被谁盯上了吗？"

靳向东看了看她，突然发生这样的事情，确实有点让人心里发毛，为了不让陆加尔产生恐慌，不由伸手揽住她的肩膀："别想太多，或许是个恶作剧。"

不过陆加尔并不这么认为："我觉得没有那么简单。"

陆加尔一向聪明，靳向东也觉得自己的安抚之词完全没有任何作用，不过有一点他很确定：这人一定是电脑高手。竟然能在短短的时间内入侵她们小区的监控系统，并悄然无息地删除记录。

"你和苏涵最近有得罪谁吗？"靳向东问。

"没有啊，苏涵一向很宅，而我最近也就学校、你公司，还有公安局，没有得罪过任何人！"陆加尔道。

靳向东若有所思，随后道："你和苏涵还有别的地方住吗？"

陆加尔摇头："没有！"

"那先搬来我家住吧！"靳向东道。

"你家？"陆加尔有些吃惊。

"这件事没查清楚之前，你们两个先住我家！"靳向东道。

艾米出门，小区监控被删，这事确实有蹊跷，但也不至于这么危险。不过被男朋友担心，也不失为一件开心的事。

"这方便吗？"陆加尔道。

靳向东随口回道："你方便，苏涵不太方便！"

陆加尔听后，忍俊不禁，眼睛瞄了下靳向东，带着一抹羞涩："这话怎么有种被邀请同居的感觉？"

靳向东看了看她："可以这么理解。"

面对靳向东的直白，陆加尔微微脸红，度假这几天两人确实又亲密不少，但也只是亲吻而已。至于其他的想法吗，陆加尔不会否认自己没有，但还在可控范围之内。

"我等会跟苏涵商量一下。"陆加尔红着脸道。

"我先回去，你们商量好后直接来我家。"靳向东道。

陆加尔默默地点了点头。

回到公寓,当苏涵听说监控记录被删,瞬间脑补了各种片段。有恐怖片、有嫌疑片、有犯罪片、有科幻片,当然还有爱情片!

苏涵挑了最后一个爱情片说了出口:"不会是哪个顶尖黑客,看上我们两个如花似玉的美少女吧?"

陆加尔直接戳了一下她的脑门:"想什么呢?"

苏涵嬉笑一会,不过随后心里也跟着发毛:"仔细一想,觉得很可怕,我们是不是考虑要搬家啊?"

陆加尔将靳向东的话告之苏涵:"Ace让我们暂时搬去他家住。"

"Ace说的?"苏涵目光灼灼地看着陆加尔。

陆加尔应道:"嗯。"

"你去方便,我去怎么好意思啊?"苏涵说这话,不由暧昧地戳了一下陆加尔的手臂。

陆加尔看了看她:"他也是这么说的。"

苏涵听后,又戳了一下陆加尔:"什么意思吗!"

陆加尔笑,正要开口的时候,门铃响了起来。来了两个警察,陆加尔和苏涵配合地做笔录。

艾米倒了两杯茶,端到客厅放在茶几上:"警察叔叔,请喝茶。"

两个警察的目光落在艾米身上,现在的AI设计真的很可爱,不过目前还不是谁都能拥有这么高科技的东西。

"就是她离家出走是吧?"警察问。

"是,不过我怀疑她是被带出去的!"陆加尔道。

"有证据吗?"警察道。

"没有,但是我们楼层和小区门口的监控都被删除,这很可疑!"陆加尔道。

"家里有东西丢失吗?"警察问。

"没有!"陆加尔回道。

其中一高个的警察道:"你去看看门锁?"

另外一个警察起身去门口，查看一番后回到客厅："在门缝发现了一些奶粉末！"

高个警察点头："打电话让组里的小黄过来搜集证据！"

靳向东从陆加尔的公寓回来，前脚刚进门，杰森后脚就到。

刚回家正想睡个下午觉，结果被靳向东的一通电话给叫了过来，杰森一进门就开始抱怨："还让不让人活啊，刚度假回来就得开始工作！"

坐在沙发上，抱着电脑的靳向东抬起头："你是解码程序的高手，过来帮我解这个。"

杰森闻言，悠闲地走了过去，还不忘自夸："这要说解码程序，我在全球绝对排得上号！由我出手，一分钟搞定！"

靳向东没理会他的自夸，将手中的笔记本递给他。

随后杰森开始工作，刚才还自夸一分钟搞定的人，这会捣鼓了近十分钟，总算被他给解开了。

可是杰森却骂了一句粗口："他妈的，空炮弹！"

靳向东瞥了一眼杰森："没有内容！"

"对啊，搞得这么复杂，结果什么内容也没有，简直神经病！"杰森吐槽道。

靳向东闻言，不由若有所思起来。

杰森侧脸看他："这程序你写的？你这个变态，无不无聊啊！"

靳向东摇头："不是我写的。"

杰森有些意外："那是谁写的？"

靳向东看他："我从陆教授家的艾米系统里拷贝出来的。"

闻言，杰森立马飙出一堆话："艾米？你什么时候把艾米送给陆教授了！我以前跟你要，求了你多少次，你都舍不得给我，你竟然就送给了陆教授，白费了我们这么多年的兄弟交情啊，见色忘义的人！"

靳向东没理会，淡淡道："说说这个程序！"

杰森的眼睛看了下电脑屏幕："这个插入件的程序写得太厉害了，

若是一般的检测系统，根本检测不出来！"

"确实如此！"靳向东点头。

"唉，你既然发现了，肯定自个儿能解，干吗还要叫我来啊？"杰森抱怨一句。

结果靳向东说了一句噎死人的话："测试一下你的解码速度有没有退化。"

杰森果真被噎，不过事实证明，他的解码速度还是有待加强，没想到竟然有人写出这么缜密的代码。看这功力快跟靳向东不相上下了！

"你刚才说这程序是从艾米系统拷贝出来的？"杰森回归正题了。

"是！"靳向东点头。

"是谁想跟你一较高下吗？"杰森道。

靳向东摇头："不清楚，不过加尔住的那栋楼的监控录像被删除了。"

"什么意思？"杰森盯着靳向东看，眼底闪过疑惑。

"有人进入她的家，还将艾米带了出去。"靳向东道。

杰森满脸蒙圈："艾米丢了？"

"没有，艾米在加尔回去后不久，自己回家了。"靳向东道。

"你这么说的意思是，那个人不仅无声无息地侵入艾米的系统，而且还在很短的时间内侵入陆教授小区的监控系统删除监控记录？这可不是一般的程序高手啊！"杰森的逻辑思维总算跟了上来。

靳向东蹙眉："可见我们的系统还有待完善！"

看靳向东的表情，杰森表示理解。对于程序工程师而言，自己亲手写的代码那就是亲生儿子，容不得他人侵入半点其他的基因进去，一旦侵入意味着儿子的血统不纯正。也就是说，自己写的程序一旦被攻破，那对于他们的自尊心而言，绝对是致命一击。

杰森微微眯眼："这样的程序高手，潜入陆教授家里，对艾米的系统进行侵入，动机是什么？"

"具体得等警察的调查结果。"靳向东道。

杰森立马紧张起来："这么说来，陆教授和苏涵他们是被人盯上了？"

"其实我在想，他若只是想侵入系统，完全没有必要带走艾米！"靳向东道。

这是靳向东在回来的路上一直想不通的事情，如果是盯上陆教授和苏涵，那肯定不会选择在她们回来的这一天进行，而且还掐着她们回来的时间点。

"难道他是故意暴露的！"杰森道。

"有这个可能！"靳向东应道。

杰森看了看靳向东，随后收回视线，摸着下巴沉思几秒，猛然抬头："会不会他不是冲着陆教授和苏涵，而是冲着你来！"

闻言，靳向东眸光微眯，看了下杰森："冲我？"

"不然呢，在短短几分钟内删除监控视频，就有种炫技的意思！而陆教授和苏涵两个女孩子，所认识的IT行业的人，应该就是我们这些人。"杰森跟靳向东说了自己的分析，伸手拍了拍靳向东的肩膀，"看来是有人向你发起挑战？"

"挑战？"靳向东的眼睛瞬间清明。

看到靳向东那眼神，杰森的表情也开始雀跃："好久没有遇到这样的高手，是不是感觉有点兴奋啊！"

遇到这样的高手确实会让靳向东兴奋，他虽不认为自己的程序是无懈可击，但是他被IT界捧上神坛，业内对他所写的程序一致评价堪称完美。可靳向东心里清楚，目前很多技术有很大发展空间，只是人类现在无法达到而已。

但对于这件事，靳向东似乎没有这么乐观："或许事情没那么简单。"

而他的话刚落，耳边传来哒哒哒的敲击键盘的声音，接着电脑屏幕上出现一行红字："这次是警告！"

杰森惊得下巴都快掉了下来，眼睛直勾勾地盯着电脑屏幕。

靳向东也很吃惊，他的电脑安全系统肯定是一流的，从未被入侵。眼前的现实可以说，这位黑客的技术已经到了骇人的地步。

靳向东脱口而出："警告？你是谁？"

没想到电脑屏幕上又出现一行字："我是谁不重要，重要的是你碰了不该碰的人！"

"我碰了谁？"靳向东追问。

但这句问话没有得到回复，电脑屏幕随之恢复如常。

宽敞的客厅安静得可怕，刚才发生的那一幕就像梦境一样。

杰森揉了揉眼睛，再次看向屏幕："刚才你的电脑被入侵了？"

比起还没回过神的杰森，靳向东明显淡定一些，但这也是表面而已，内心多少还是有所冲击。

见靳向东没回应，杰森抖了他一下："问你话呢？"

靳向东也看着屏幕，偏冷的声音响起："确实不是一般的高手！"

"真的被入侵了，我不是眼花吧！"杰森道。

靳向东没有回应他的话，而是将笔记本放在膝盖上，修长的手指在键盘上跳着优美的舞蹈，此刻的靳向东在对刚才入侵进行痕迹追踪，但是最后只是辗转了好几个地方的虚拟IP。

追踪无果。靳向东之后重新过了一遍从艾米系统里复制的程序，在杰森解码过后的程序里面，发现一个堪称天衣无缝的插入病毒。

在一旁看着的杰森，算是领教了，因为在他解码的时候，一点都没察觉到。

"你赶紧检查一下，你电脑里的文件，邮件有没有被复制的痕迹！"杰森道。

靳向东却没有去检查，而是沉默地盯着电脑屏幕。杰森见此，直接将笔记本拿了过来，噼里啪啦地检查一通。

靳向东没理会他，而是靠在沙发上沉思。

"幸好！没有被复制的痕迹！"杰森检查结束后，松了一口气。

但靳向东觉得他这番行为是多余了，能这么强悍地入侵他的电脑，复制所谓的文件和邮件根本不在话下。此刻他的脑海全是刚才那个如同幽灵般出现的神秘人，以及他所说的话。

杰森合上笔记本："Ace，你的这台笔记本要彻底封存了！"

靳向东还是没有回应，杰森看了他一眼，开始跟他讨论刚才的那一幕。

"警告！不会是哪个竞争对手干的吧！"杰森道。

细数一下，就目前人工智能领域能跟BUA科技抗衡的高科技公司就那么几家，论技术BUA绝对可以说是第一。

靳向东嘴里念着："他的侵入意图，重点是这句话：碰了不该碰的人！"

杰森一脸蒙圈："你最近有碰了哪个不该碰的人吗？"

靳向东摇头，他的生活圈子一向狭窄，工作也就公司的核心人员跟他有所接触，对外所有事都是由杰森出面。可以说，外界大众对BUA的高层只识杰森，不识他。

杰森突然想到谁，开口道："难道是……"

靳向东的目光随之看向他，看来杰森跟他想到一块去了。

"你最近几个月认识的人，除了陆教授，没别人了！"杰森道。

靳向东点头，幽深的目光溢满了疑惑："这个幽灵般黑客跟加尔有什么关系？"

杰森眼神忽闪，随后猜测道："莫非陆教授是商业间谍？"

"没有证据，先别胡乱猜测！"靳向东立马驳了杰森的话。

杰森见他维护陆加尔，表示理解，毕竟是自己女朋友。不是商业间谍还好，如果是真的，那靳向东可算是中了美人计。

"我立马去查一下！"杰森道。

但是这句话，再次遭到靳向东的反驳："先别乱来！"

"你的笔记本被入侵，这可不是件小事！"杰森着急地提醒一句，若是商业间谍，那可了不得。

靳向东怎么可能不知道这不是一件小事，只是回想他跟陆加尔从认识到现在的种种，他从心里就不认定这种假设。

"我待会给加尔打个电话，问她那边警察查得怎么样？"靳向东道。

杰森闻言，没再多说什么，只是轻轻地拍了拍靳向东的肩膀："兄弟，江山与美人之间，可是个千年话题啊！"

靳向东瞥了他一眼："我自有分寸！"重新打开笔记本。

话落，刚充完电的艾克从书房走了出来。

看到客厅坐着的靳向东和杰森，立马奔了过来："主人、杰森，你们度假回来了！"

"艾克，我渴了！给我倒杯冰果汁！"杰森见到艾克的第一句话便是让它给自己倒水。

"好的，主人，你要喝什么？"艾克还不忘询问靳向东。

"水。"抱着笔记本靳向东吐了一个字。

艾克屁颠屁颠地去了厨房，杰森见靳向东在操作电脑，不由凑了过去："你在破解病毒？"

"嗯！"靳向东应了一句。

杰森没再多话，而是静静地坐在一旁，看着靳向东如何破解刚才那幽灵在系统里植入的病毒。

时间一晃，夜幕降临，靳向东别墅的客厅灯火通明。

将饭菜做好的艾克去了书房，敲了敲门，看见靳向东和杰森一人一台电脑很是忙碌。在他充电的时候，似乎错过了很多信息，为此询问主人发生了什么事，靳向东却一个字也不肯透露。

"主人、杰森，晚餐准备好了！"艾克靠近书桌对着两位大忙人说道。

但是两人都没理他，艾克眨了眨眼睛，只好乖乖地退出书房。

不过还没到门口杰森喊住他："艾克，把我的饭端进来！"

艾克转过头看了下杰森，此刻他的眼睛盯着屏幕，两手噼里啪啦地敲打着键盘："主人说过吃饭就该在餐厅，睡觉就该在卧室。"

杰森闻言，眼睛还是没离开屏幕，吐槽一句："我快饿死了，先别管你家主人定的破规矩，把饭端进来，他不会管的！"

艾克眨巴着眼睛，随后问靳向东："主人，可以吗？"

跟杰森一样聚精会神看着电脑屏幕的靳向东，回了一句："不可以！"

杰森闻言，正要吐槽靳向东，却接着听到靳向东低声道："你先去吃饭吧。"

杰森不由停了下来，伸了伸懒腰，侧脸看了下靳向东道："一起吃吧。"

"你去吧，我不饿！"眼睛盯着电脑屏幕，修长的手指不停歇地敲打着键盘。

"人是铁饭是钢，吃完饭再继续！"杰森道。

但是靳向东没有回应，杰森只好自己站起身，走出了书房。

为了解码这个病毒，他和靳向东忙活了一个下午，可真是累得够呛。但目前为止还是没解开，两人的胜负欲被激起，有种不解开誓不为人的想法。

杰森吃着艾克做的可口饭菜，总算恢复了一点精力。

都说AI是一场革命，程序员即将主宰世界。可是世界岂是那么好主宰的，无论是写程序，还是解码程序，大脑就跟风轮一样不停地转啊转，特别累。

杰森知道靳向东一工作起来，就跟大师入禅一样，完全可以不吃不喝，不由对着艾克道："艾克，你去温杯牛奶给你家主人送进去！"

艾克很听话，转身去厨房温了一杯牛奶给靳向东送进去。将牛奶杯放在书桌上后，艾克那双萌眼盯着靳向东看了几秒，他已经好久没看到主人这个模样了。但靳向东像是完全没察觉他进来似的，专注地盯着电脑屏幕。

艾克只好默默地退了出来。

坐在餐厅吃饭的杰森又喝了一碗汤，见艾克出来，对它叹道："艾克你做的饭就是好吃，我总算活过来了！"

艾克对他的夸奖不感兴趣，而是问了一句："我家主人变得这么魔怔，是不是发生了什么事？"

杰森看了眼艾克，随后压低声音道："你家主人的笔记本被入侵了！"

艾克一听，眼睛猛眨了几下，似乎特别意外，立马开口道："不可能，我家主人是最厉害的，他的笔记本怎么可能被人入侵！"

花了一个下午的时候，对于那个病毒杰森还没攻克，不由叹道：

"山外有山，人外有人！"

艾克盯着杰森："你说的是真的？"

杰森又舀了一碗饭："我得再吃一碗饭，搞不好今晚要通宵！"

艾克眼睛扑闪扑闪，没再说什么。不过这时靳向东却从书房走了出来。

杰森愣了愣，眼睛直勾勾地看着他往餐厅走来。靳向东活动了一下脖子，缓缓地坐了下来。

"解开了？"杰森看着他，试探地问。

靳向东点了点头："嗯。"

杰森立马兴奋起来，冲着他竖起大拇指："厉害！"

艾克也跟着雀跃起来："我就说我家主人是最厉害的！"

换作平日，靳向东听到艾克拍马屁还挺受用的，不过今天他的反应却有些冷淡。

杰森知道他内心受到了冲击，不过几个小时内能破解那个入侵者留下来的病毒，也足以证明靳向东的厉害，不由道："你能在这么短的时间内解开，说明那个入侵者的程序也就那样！"

靳向东没回应他的话，而是淡淡地对艾克道："艾克，给我盛一碗饭。"

"好，主人，饭前要洗手。"艾克还不忘提醒靳向东去洗手。

靳向东去洗手，回到位置上，刚扒两口饭，又想起什么："艾克，把我的手机拿过来。"

艾克屁颠屁颠去书房把靳向东的手机拿来，靳向东随后给陆加尔打了一个电话。

可是，电话没人接听，又打了一通，还是没人接。靳向东的脸色一变，下午给她打电话的时候，也是没人接听。当时想着解码病毒，后面也便忘了这事。

杰森瞥他："或许在忙，待会再打吧，你先跟我说说那个病毒是怎么解开的？"

靳向东放下手机，一边吃饭一边跟杰森讲述病毒的攻克程序。

听完之后，杰森眉头微皱，深深叹道："这是哪方高人啊？思维模式实在太逆天了！"

靳向东解开的时候，也是倍感震惊！他从未见过如此编排的程序，不过总算赢回一点自尊。

吃完饭，靳向东再次给陆加尔打电话，依旧没人接电话。

杰森见此，不由道："我给苏涵打过去，问问陆教授什么情况。"

但是奇怪的事，苏涵也不接电话。

靳向东心里有种不安的感觉，随后道："我去见下加尔。"

"等等！"杰森拦住靳向东。

靳向东看他，杰森与他对视，似乎欲言又止。

"有话直说！"靳向东道。

杰森见此，也没保留，将自己的心里话说了出来："两个电话都没接，会不会是她们觉得东窗事发，不敢接电话！"

靳向东听到这话，眼神横了过来，杰森感觉自己小心脏要漏跳半拍，但还是硬着头皮继续道："我瞎猜的，不过……也不是没有这种可能。"

靳向东凝视杰森几秒，随后道："我出去，你自便！"说完，便走向玄关。

"我跟你一起去！"杰森见此，只能追了上去。

两人驱车去陆加尔的公寓，但敲门也没人开门，再次打电话，依旧没人接。

"没人在，真是奇怪！"杰森一脸不解。

靳向东内心的不安越发严重："报警！"

"等等！"杰森拦住靳向东，"要不等明天陆教授来公司再说！"

第二天，靳向东没在公司等到陆加尔，而电话依旧没人接。

到了傍晚得知一个消息，陆加尔出了车祸。

靳向东第一时间赶了过去。进入病房后，看到病床上躺着的陆加尔，靳向东从昨晚到现在那颗不安的心总算落了下来，但是立马又像是被谁用手猛地揪了一下。从来不曾如此在乎一个女人，如今就一晚的时间，让他深刻知道了什么是寝食难安。

杰森的话，他也想了很多，若她真是商业间谍，他该怎么处理与她之间的感情？他思索了一夜，很是茫然，但是在焦灼的等待中，他心里便决定，就算她是商业间谍，他也会选择原谅她一次，仅此一次！

此刻，陆加尔正闭着眼睛睡觉，不知道她伤到哪了。靳向东有些懊恼，昨天为了解码那个病毒，竟然把她给忘在一边，甚至还怀疑她是否是商业间谍。

不知道陆加尔情况如何的靳向东，立马去找了医生。听到主治医生亲口说情况不严重，靳向东总算放心下来，再次回到病房。

陆加尔已经醒了，靳向东快步走了过去："尔尔！"

然而陆加尔一脸茫然地看着靳向东："你是？"

靳向东愣住了，不过想到她刚经历车祸，或许神智还未清醒，不由坐到床边："我是Ace！"

"Ace？"陆加尔念着这个名字，但是表情却是一副很陌生的样子。

而就在这时，病房门被推开，走进来一个男人，五官清秀，皮肤白皙，个头高挑，戴着一副眼镜，上衣黑色T恤，下身灰色休闲裤。

男人打量了一下站在门口的靳向东，随后边走进来边询问陆加尔："加加，这位是？"

陆加尔看了下靳向东，茫然地摇头："不认识！"

靳向东听到这话，有些莫名，不由重复一遍："加尔，我是Ace！"

陆加尔再次看了下坐在床边的靳向东，口气淡漠道："我不认识你。"

靳向东有些蒙圈，因为眼前陆加尔的表情不似演戏，那眼神分明像是在看一个陌生人。

不会是车祸留下了什么后遗症了吧？靳向东心里闪过这个想法。

此时，陆加尔叫着那个男人："Ian，帮我请他出去。"

"是，亲爱的！"那个叫Ian的男人应了一句，便对靳向东道，"先生，请你出去好吗？"

靳向东对眼前的状况，脑子一团混乱，尤其是那个男人口中的那句亲爱的！他跟陆加尔是什么关系？

靳向东没有动静，依旧坐在病床边，凝视着病床上的陆加尔。眼前的容颜，他再熟悉不过，但是那眼神，特别陌生。陆加尔被他盯得不由瑟缩了一下。

"先生，你吓到我女朋友了！请你出去！"Ian见此，直接伸手拖靳向东的手臂，让他离开。

"女朋友？"靳向东再次被女朋友这三个字给惊住了。

"是，她是我女朋友，请你出去！"Ian直接把靳向东推出病房。

等靳向东回神的时候，已经被Ian推到了门口。看着被关上的病房门，靳向东回想着刚才发生的一切，感觉有些不可思议。

这到底是怎么回事？

他再次去找了主治医生询问一遍，主治医生是个三十来岁的男医生，他的答复还是跟刚才一样，车祸只是造成轻微脑震荡，问题不大，休息几天就好了。

问题不大？但是对于靳向东来说，问题很大！

就一晚的时间，陆加尔竟然不认识他了！

靳向东对这样的答复很不满意，让医生跟他去病房一趟。主治医生还算尽责，随他去了病房。进入病房后，没等他们反应，靳向东率先开口："医生，你帮我女朋友再检查一下。"

躺在病床上的陆加尔一脸疑惑，看了看靳向东："谁是你女朋友？"

靳向东看着她，直言道："你，陆加尔！"

结果，招来陆加尔的一声冷哼："莫名其妙！"

从认识陆加尔到现在，从未见过她对他如此冷漠，她是失忆了？还是另有隐情？

站在一旁的Ian，目光看向靳向东："这位先生，饭可以乱吃，亲可不能乱攀，你应该是认错人了！她是我女朋友！"

靳向东扫了他一眼，随后将目光落在陆加尔的脸上："陆加尔，25岁，B大心理学教授，BUA科技特聘的AI心理学工程师！室友苏涵，家中有我送她的AI艾米，昨天中午刚和我一同从泰国度假回来！"

陆加尔闻言，眼睛闪了几下，似乎很是意外："你调查过我？"

"这些信息都是认识你以后所熟知的！"靳向东回道。

陆加尔听后，开口道："你所说的个人信息都对，不过这些在网上随便搜索一下都可以得知，至于你是如何认识我的室友苏涵我不得而知，只是我得纠正一下，我家中的艾米是我男朋友Ian送我的，还有，我昨天是跟他从泰国度假回来！"

听完后半段话，靳向东微怔："你说什么？"

"我说，这位先生我根本不认识你，请你出去，别打扰我休息好吗！"陆加尔直接赶人。

"先生，我女朋友说了她不认识你，请你出去！"Ian也下了逐客令。

靳向东暂时没法消化眼前所发生的事情。

站在一旁的医生看了看他，开口道："先生，或许你是认错人了！"

"不可能！"靳向东斩钉截铁地回道。

"医生，不认识的人进入病房打扰病患，你们管不管？"Ian对着医生道。

医生不好拒绝，只能对靳向东道："先生，我们还是出去吧！"

靳向东站着不动，随后开口："手机！"

陆加尔见此，为了让他尽快离开，没有遮掩，直接将手机解锁，递给靳向东。

靳向东拿过手机，翻看电话本，以及微信，结果都没有找到自己与她的任何交集，不由翻看删除痕迹。

竟然没有任何删除痕迹！

而靳向东用她的手机拨打自己的号码，更为吃惊的是，他的手机屏幕显示竟然是陌生来电。

这到底怎么回事？他就是因为收到她的微信，才匆匆赶来医院的。

靳向东呆愣之时，一只大手伸了过来，Ian将他的手机拿走，直接删除他手机上陆加尔的号码！

"先生，确认完了，可以走了吧！" Ian说完，将手机递到靳向东的面前。

靳向东的目光看着眼前这个不知从哪冒出来，被陆加尔称为男朋友的男人。此刻他的心里实在有太多太多的疑问。

靳向东刚拿回手机，杰森和苏涵走了进来。

苏涵看到靳向东有些意外："Ace，你怎么来医院了？"

靳向东眼底闪过一丝希望，或许苏涵应该知道这到底是怎么回事？

"苏涵，这到底怎么回事？"靳向东急切的追问。

"就出了一个小车祸，现在可以回去了，还劳烦神龙见首不见尾的你亲自来看我，实在是三生有幸！"苏涵笑道。

苏涵的话，让靳向东有些莫名："我是来看加尔的！"

"加尔？你认识加尔？"苏涵目光看向病床上的陆加尔。

"加尔是我女朋友！"靳向东道。

没想到苏涵听了这话，大笑起来："你搞错了吧，加尔是Ian的女朋友，你应该是第一次见加尔才对。"

闻言，靳向东心底的疑惑更重，这到底怎么回事？为什么说他是第一次见陆加尔！

"杰森！"靳向东看向杰森，似乎想从他那得到不同的说法。

杰森愣了愣神，才开口："Ace确实是第一次见陆教授！"

因为杰森的话，靳向东彻底被搞晕了。

随之杰森主动介绍起来："陆教授，给你介绍一下，这是我们BUA科技的创始人靳向东！"

陆加尔愣怔一下，随后看向靳向东，表情似乎很是意外，顿了几秒，才开口："靳总，抱歉，刚才不知你的身份，失礼了！"

靳向东已经不知道该如何解释眼前的一切，陆加尔看他的眼神如此陌生，而苏涵似乎跟他很熟识，杰森感觉依旧是他的铁哥们和同事。

也就一天的时间，这些关系链跟他所经历的似乎出了什么差错一样，变得面目全非！

走到医院的停车场，靳向东还没缓过神来，感觉自己像是置身于梦中一样，一切都那么不真实。

靳向东突然停下脚步，对着身边搂着苏涵的杰森道："杰森，你昨天是不是在我家，跟我一起解码病毒！"

"是啊！你花了三个多小时把那病毒攻克，让我佩服得五体投地！"杰森应道。

"我们前五天都在皮皮岛度假对吧！"靳向东又问。

"是啊！"杰森道。

"加尔也在？"靳向东追问。

杰森道："Ace，你是不是记错了！"

靳向东目光直视着杰森："才一天时间，怎么可能记错！"

杰森看了眼身旁的苏涵，随后对靳向东："一定是记错了，你今天才第一次见陆教授，差点把人给吓着！"

靳向东狐疑地看着杰森，杰森迎视几秒："Ace，你可能是太累了，先回去休息吧。"

坐上车后，靳向东又发愣了好一会，等醒神时，伸手狠狠地掐了一下自己的大腿，神经中枢传来痛意，又掐了一下，依旧痛。

他不是在做梦！可是这一切又该如何解释呢？

是他记忆出现错误了吗？还是其他人都在说谎？

回到家中，艾克见靳向东一副失魂的模样："主人，你怎么啦？"

靳向东没有正面回应，径直地走进书房。

艾克追了上去，只见靳向东打开电脑，艾克凝视了几秒，他从未见过他有过这样的表情。

艾克根据数据库的表情图片对比，最终得出一个结论："主人，你失恋了？"

靳向东看了眼艾克，他也不知道该用什么词形容此刻的心情，24小时不到，感觉整个世界被颠覆了。

"被失恋了！"靳向东道。

"什么叫被失恋？"艾克有些难以理解他的话。

"艾克，我问你，我喜欢的人是谁？"靳向东幽幽地询问。

"你喜欢陆教授！"艾克回道。

听到艾克的话，靳向东眼神一亮，连忙抓住艾克的手："艾克，你再说一遍？"

"你喜欢陆教授！"艾克重新回答一遍。

靳向东欣喜不已："艾克，我不是在做梦吧！"

艾克眨巴着眼睛："主人，你现在是清醒的，不是在做梦！"

既然艾克这么说，那医院发生的事情又是怎么回事？

医院的事犹如一团迷雾，但有件事靳向东很确定，继他的笔记本后，他的手机也被入侵过。那个幽灵黑客竟然如此强悍！他的目的是什么？难道就是因为他碰了不该碰的人，而那个人是陆加尔？

这时门铃响了，艾克去开门，杰森来了。

杰森进屋的第一句话便是："事情很严重！"

而靳向东却第一时间跟他确认："你在医院的话，是撒谎的对吗？"

"是，我下午收到一份幽灵邮件！"杰森道。

"幽灵邮件？什么内容？"靳向东眉头微皱，追问道。

杰森把邮件内容告诉了靳向东，靳向东听后，一向沉稳的他脸上露出非常讶异的表情。

"以目前的情况看，要攻破公司的系统对于他们而言似乎轻而易举！"杰森叹道。

若是被攻克，BUA这么多年的心血也将付之东流。靳向东深思一会，这绝对是他人生中第一次遇见这样的情况。这事来得太突然，脑海的疑团也越滚越大。

杰森的想法也很多："Ace，你说陆教授身后到底什么背景？"

靳向东默然地摇头："我只知道她的官方资料，至于其他一概不知，现在回想起来，我似乎对她的了解都只是表面！"

"我想背后的人绝非我们所能想象的！"杰森道。

靳向东发话："去查那个Ian！"

"我已经叫人去查了！"杰森道。

对于杰森的行动力，靳向东一向很满意："一有消息马上给我！还有，这事目前仅限你我两人知道！"

杰森点头，静默了几秒后，再次开口："虽然可能难以接受，不过陆教授会不会真的就是商业间谍？"

杰森对靳向东笔记本被入侵的事情耿耿于怀，再次萌生这样的猜想。

笔记本入侵一事，确实有疑点，但之后手机被入侵，以及杰森收到的幽灵邮件，足于证明对方的技术无与伦比。不过靳向东对此还是没办法论定陆教授的属性。但是她突然忘记他，还有横空冒出来的男朋友，让事情开始变得扑朔迷离。

想到这些，靳向东微微蹙眉，开口道："静观其变！"

杰森默默点头，现在局面的控制权不在他们的手中，如此高超的黑客技术，让他们大开眼界之外，也让他们体会一把被人捏住喉咙的感觉。

一周后，BUA科技大厦。

靳向东在公司的会议室里见到陆加尔。陆加尔记得所有原来的同事，记得所有的事情，却唯独不记得他，像是在医院那次之前，她从未见过他似的。

"陆教授，一周不见，甚是想念啊！"黎正见到陆加尔，壮着胆子当着靳向东倾诉自己对他的同事思念之情。

陆加尔轻笑，跟大家一起度假后，彼此的感情确实增进一些。

"陆教授度假回来出了车祸。"对面的李博士说了一句。

闻言，众人的目光齐聚在陆加尔的身上。

"严重吗？"黎正关心地问道。

"要是严重，现在就不会坐在这了！"陆加尔淡笑道。

"陆教授，出车祸也不跟我们说一声，我们好歹去医院探望你一下啊！"蔡赫道。

陆加尔笑了笑，随后看向坐在主席座上的靳向东："小车祸而已，在医院躺两天就没事了，杰森和李博士，还有靳总，都来医院看过我，我已经深深感受到这个团队的关怀！"

杰森看了下靳向东，此刻他的表情似乎不太晴朗啊！

大家不清楚这一周发生的事情，但杰森可是当事人，他和靳向东至今还一头雾水。

没等大家继续接话题，只见靳向东扫了一下大家，沉声道："开会！"

大家只好收起闲聊，进入会议模式。

黎正几个分别发言，靳向东聆听时，目光时不时飘向陆加尔，她很认真地听，还时不时地拿笔做记录。她的说话方式和工作状态跟平日没有不同，就连小动作都如此熟悉，可是为何她看他非常陌生的样子呢？

她是故意的？还是……她因为车祸出现一些失忆之类的症状？

见她跟其他同事有说有笑，靳向东第一次知道什么是被遗忘的感觉，而被她遗忘，就像被全世界遗忘一样。

二十分钟，会议结束，大家回到各自的办公位置。

杰森直接去了靳向东的办公室，拉开椅子坐下来后，凝视了靳向东好一会："看她的样子，好像真的不记得你。"

"那天我在医院看过她拍的全身CT，医生说只是轻微脑震荡，不可能导致失忆！"靳向东冷静地回道。

"难道她在演戏？"杰森猜测道。

"若是演戏，她可以得奥斯卡影后！"靳向东回道。

杰森表示认可，若是演戏，那真是影后级别，不过关于商业间谍一说，不怕一万就怕万一，杰森看着靳向东询问："接下来怎么处理？"

靳向东知道杰森的担忧，他又何尝不担忧呢？他比任何人都想解开这个疑团。

靳向东思索了一会："直接解聘！"

"直接解聘！那跟其他人怎么说？"杰森没想到靳向东做事如此利索。

"人走人留很正常。"靳向东回道。

杰森看了看他："你决定吧。"

杰森出去后，靳向东眼睛落在电脑屏幕上的文件，那是关于陆加尔那突然冒出来的男朋友Ian的信息。Ian，中文名宋晖，32岁，孤儿，10岁被美国一对夫妇收养，毕业于哈佛商学院，目前在一家国际新能源公司出任大中华区的CEO。

从他所有的资料来看，一点破绽都没有，靳向东也让人核实过，资料完全属实，但横空成为陆加尔的男朋友，实在令人费解。

嗒嗒——

靳向东修长的手指挪动鼠标，将文件关掉，随后抬起头，偏冷的声音响起："请进！"

门开了，陆加尔的身影出现，接着一步一步朝靳向东走来。这容颜，这身影，再熟悉不过，但磁场却透着一种陌生。

陆加尔落落大方地开口："靳总，你找我？"

"坐！"靳向东应了一声。

陆加尔坐了下来，瞄了一下靳向东，眼前这个长相俊逸、气质偏冷，在他们第一次见面便声称她是他女朋友的男人。

靳向东也看着她，那眼神似打量，似审视，陆加尔被他看得心里发毛。

这人实在太奇怪了！

不过陆加尔对不太熟悉的人，历来比较淡漠："靳总，你找我何事？"

关于称呼，陆加尔也只有在正式场合称呼他为靳总，在这样的场景下，她大多数时候叫他Ace。

疑团缠心的靳向东有所犹豫，不过还是说了出来："解聘的事。"

陆加尔听到这两字很是意外，第一次见面说她是他的女朋友，第二次见面说解聘她。这人实在有意思！

"解聘？"陆加尔跟他确认。

"是！"靳向东应道。

陆加尔有些不解："如果我没记错的话，BUA跟我签的特聘期限是三年，您突然提出解聘，我能问下原因吗？"

"你的专业目前与我们的团队合作的项目对接程度性不高！不过你放心，BUA会付你赔偿金。"靳向东道。

解聘一事虽然让陆加尔感到意外，不过情绪倒是很淡然："赔偿金倒是不用，只不过我觉得这个解聘来得有些莫名其妙！"

靳向东听后凝视着她，当初是他亲自去邀请她加入团队的，如今他突然提出解聘，她肯定会反驳他几句，但这会儿的她却如此平静。他有些搞不清楚眼前的她，到底是不是他所认识的陆加尔。

"尔尔！"靳向东轻声地喊着属于他对她的昵称。

陆加尔微愣，这是与他第二次见面，之前对他毫无记忆，但从他的眼神中透出的来柔情，似乎对她感情颇深。

陆加尔看着靳向东反问："靳总，冒昧问一句，你以前的女朋友长得跟我很像？"

靳向东与她对视："尔尔，你装着不认识我，是不是另有隐情？不过我不计前嫌！"

"什么？"陆加尔满眼狐疑，随后一脸淡漠，"靳总，或许我跟你以前的女朋友长得很像，不过这我真的是第二次见你！"

如果真是演戏，她真的是当影后的料。

"第二次见我？"靳向东眼神深邃地看着陆加尔。

陆加尔对靳向东的眼神有些招架不住，别看他气质冷淡，但眼眸多了一抹温柔，若不是已经有了男朋友，指不定就心动了！

气氛有些诡异，陆加尔不由转移话题："既然靳总觉得我的专业与项目的对接度不高，那我也不好占这个位置。解聘合同给我吧。"

这又是他所熟悉的陆加尔，做事利索无比。

靳向东的内心着实疑惑不已，若她是商业间谍，势必想着留下来，可是她答应得如此爽快。莫非这是将计就计？

靳向东不动声色地说道："合同我让人马上去拟，待会送到你的办公桌上。"

"好吧！如果靳总没有其他事的话，我先出去了。"陆加尔道。

靳向东默默点头，陆加尔随后站起来，转身往门口走。

靳向东看着她离开的背影，心里的疑惑和矛盾在不停地纠缠，现在的她对他而言，就是一个谜。脑海浮现很多两人在一起的画面，靳向东记得真真切切，而她如今不知是装的，还是真的不认识他。

心从未有过如此的难受，下一秒靳向东也站了起来，离开了位置。

而陆加尔的手刚触上门把时，手腕被一只温热的手掌扣住，随后身体直接被靳向东抵在门上。彼此的脸，近在咫尺，目光交织，呼吸交缠，陆加尔的心跳没来由地漏了半拍。眼前这个场景，应该是男女情侣之间非常流行的壁咚吧！

可她与他并非情侣，被他如此壁咚，不是浪漫之举，而是职场性骚扰。

陆加尔想抽回手，但是力气抵不过靳向东，反而让他的身体更加地贴近自己，陆加尔清晰地闻到他身上散发出的淡淡男性香水味，甚是好闻，而且还有一种熟悉感。再者温热的气息直接打在她的脸上，气氛似乎变得暧昧起来。

想不到一副正人君子模样的靳向东，竟然是个职场色鬼。

陆加尔的脸变得冷漠无比，迎视着他的目光："靳总，请自重！"

眼前的她，跟他所认识的陆加尔如同两人。她从未对他冷漠，从第一次见到他，她便说要追他，趁他不注意的时候偷亲他，两人在度假最为情浓的时候，她那双眼眸含情脉脉，神情娇羞动人。

不管她是有什么难言之隐，还是因为车祸真的把他给忘了！他要亲自验证一下，她到底是不是陆加尔。

陆加尔的警告没有得到任何效果，反而直接被轻薄了。

靳向东的唇压了下来，封住了她的唇。

他与陆加尔的亲密行为，虽不能说多不胜举，但大多数是情不自禁发生的。而这样的强吻是第一次。靳向东太熟悉她的唇，很软、很甜，每每吻她的时候，就像吃了一颗令人回味无比的香甜奶糖。

而吻下去之后，靳向东笃定，她就是陆加尔。

可是怀里的她，却没有一丝回应，而是不停地反抗。靳向东的大手不由一把扣住她的腰身，让她紧紧贴着自己，而唇也不自觉地加深力度。

力气不敌靳向东的陆加尔，越是挣扎，他的手就像蔓藤一样，越是将她缠紧，随着他的侵袭，感觉自己像是要被他吞之入腹。

这跟她与Ian的接吻是完全不同的感觉，Ian尽管很腹黑，很闷骚，但是他吻她的时候却很温柔，很深情。每每被他搂着，被他亲时，就像踩着天上的白云一般，飘忽起来。

此刻对于靳向东的强吻，陆加尔非常排斥，甚至觉得恶心。但她完全无计可施，只能任由他胡来。

可是不知为何，心里充满厌恶情绪的她，心头却闪过一丝莫名，她竟然对他的吻有种熟悉感！

而在这一刻，眼泪从眼眶溢了出来。

意识到嘴角的咸味时，靳向东才缓缓地将唇撤离，看着怀里的陆加尔。

靳向东从未看过陆加尔流泪，这一滴泪，直接滴在他的心上，不仅有咸味，还有一丝疼意。靳向东伸手想为她擦去泪水，没想到手还未触到她的脸庞，就被陆加尔猛地一推，后退几步。

随后室内响起啪的一声，那是陆加尔的手直接甩在了他的脸上，还不忘愤怒地骂一句："禽兽！"

那眼神，那表情，都充分证明了：她讨厌这样的亲密，将他认定为"禽兽"。

接着陆加尔夺门而出，而靳向东则呆愣在原地。

晚上，靳向东的别墅里。

杰森白天为了防止系统被攻击，提心吊胆一整天，就算现在下班了他也不敢松懈，这不眼前的笔记本屏幕就挂着公司的安全防御系统。

他紧张兮兮，但靳向东倒是轻松，拿着一瓶啤酒在阳台上对月饮酒。

"艾克，过来帮我盯着电脑！"坐在沙发上的杰森喊艾克过来。

艾克奔了过去，杰森站起身，去冰箱取了一瓶啤酒走到阳台，拉开椅子坐了下来。

"走一个！"杰森道。

靳向东侧脸看了下他，拿着啤酒的杰森直接伸手过去跟他碰了一下，仰头咕噜噜地喝了好几口。放下之后，杰森看着靳向东："我上午看陆教授从你办公室红着眼睛出来，她是不是真的有什么隐情？"

靳向东看着远处，默默地喝酒。

"问你话呢！"杰森道。

靳向东这才开口："不清楚，不过她确定无疑是陆加尔！"

"这不是废话吗，她肯定是陆加尔，她到底怎么回事？"杰森道。

"我也想知道她到底怎么了？"靳向东从陆加尔离开他办公室后，一直在思索这个问题。

杰森挠了下头，这两天脑细胞消耗比任何时候都要大，想了一会儿，突然冒了一句："陆教授会不会是被人深度催眠了？"

靳向东闻言，缓缓侧过脸看着他："催眠？"

杰森接着道："以前看过一部电影，一个男人被女朋友催眠去偷一副名画，他自己自始至终都没有意识到被女朋友催眠了！"

靳向东知道这部电影，但是杰森概括能力实在太烂了。那部电影叫《索命记忆》，讲述的是一名拍卖行的工作人员西蒙跟人里应外合想要盗窃一副名画，行动中西蒙的脑部被意外地撞了一下后患上了失忆症。西蒙是唯一知道盗窃来的艺术品被藏在哪里的人，但现在却什么都不记得了。盗窃团伙怀疑他是在假装失忆，真实目的是想独吞盗来的艺术品。于是他们找来了一个女催眠师来挖出他的记忆，女催眠师很快找到了"开启"西蒙大脑的方式，但是结局却出乎意料，盗窃团伙以及西蒙，都中了女催眠师的催眠计，最后她一个人独吞了那副名画。

催眠一向被人认为很神秘，心理学家表示，恰当地使用催眠可以达到消除紧张焦虑情绪，建立乐观积极心态的作用。但是有时候催眠也可以成为犯罪的一种手段。

陆加尔的失忆太过反常，无论哪种猜测，靳向东都不会放过，随即站起身，越过杰森离开阳台。

"你去哪？"杰森看着他离开，不由追问。

"打电话。"靳向东扔了三个字话给他。

在靳向东所认识的人当中，从事心理学又精通催眠之术的人只有一个，袁淼淼的外婆方宇。方宇老教授也是国内非常有名的催眠大师。靳向东虽然跟袁家还算相熟，但是袁淼淼外婆那边却未曾拜访过，当下之余，只能给袁淼淼打电话。

袁淼淼接到靳向东的电话，着实意外，因为她喜欢他的心思没有对他掩藏，可是被他非常理性地给拒绝了，为此还伤心难过了一阵。此事也才过去没多久，所以接到他的电话，她拿着手机的手还止不住地颤抖："向东哥！"

靳向东没有跟袁淼淼绕弯子，电话一接通就直奔主题："淼淼，你外婆的电话是多少？"

"我外婆的电话？你记一下，我报给你！"袁淼淼也很利索地把电话报给靳向东。

靳向东很快记下电话，正要挂掉电话，袁淼淼追问一句："向东哥，你找我外婆有什么事？"

"有点事想咨询她。"靳向东回道。

"哦，那你给她打电话吧。等等，要不我先给你通个信，我外婆一般不接陌生人的电话！"袁淼淼道。

"好，那麻烦你跟你外婆说一声，谢谢了！"靳向东谢了袁淼淼。

袁淼淼挂了电话之后，立马给外婆方宇去了电话。

几分钟后，袁淼淼打了电话过来："我已经跟我外婆说好了，你跟她打电话吧！"

"好，谢谢！"靳向东再次致谢，但没跟袁淼淼多说便挂了电话。

听到耳边传来嘟嘟嘟的挂断声，袁淼淼却还是没将耳边贴着的手机放下，那表情似乎在回味靳向东刚才在手机里传来的声音。

她的这个号码跟靳向东互换了三年，也将对他的情意埋藏在心中三年，她曾鼓足勇气给他打了好几次，而他似乎很忙，回复也是很淡漠，而且从未主动跟她联系。可人就是这么奇怪，对方越是不理睬，而自己便越发陷得更深。

爱慕的心思随着时间滋长，想掩饰却发现到处都有痕迹，最后爷爷袁辛院士为了她，亲自出面旁敲侧击，却换来他有女朋友的消息。

之后，靳向东直接跟方宇老教授取得联系，跟她详细地说明了陆加尔的情况。

电话那头的方宇教授听完之后，开口道："你说的这种情况，也不是不可能发生，在催眠领域就有一项，叫经验失忆。催眠师的暗示诱导使被催眠者知觉窄化，在行为上表现出一些清醒时不能表现的事，被催眠者经由暗示在恢复清醒后，忘记自己在被催眠状态中，最为神奇的是后催眠暗示效应，催眠中施加的暗示指令在醒来后的一段时间内还会被不折不扣地执行。其时效可达数天，最长甚至可达到一年。"

方宇老教授说了一堆，靳向东一时理解不来的专业术语。

"也就是说，发生这种情况的可能性是有的！"靳向东道。

"我没有亲眼看到你说的那个姑娘，暂时不敢跟你下结论。不过提到催眠，大家似乎有误解，其实催眠是现代临床医学的一种有效的治疗手段。但它并不像传说中那么无所不能、神秘莫测。而且催眠有个永恒的定理，如果对催眠师有一丝的不信任，那么无论如何都是催眠不了她的。"方宇老教授回道。

"被催眠要绝对信任？"靳向东反问。

"是的，被催眠者绝对信任催眠师才能实施，如果自己不愿意的情况下一般不会被催眠，而即使被催眠，如果不信任催眠师，也不会将自己的秘密说出去，因为即使人的意识被催眠，防御机制还是会警醒的。"方宇老师又解释了一通。

"在催眠师获取信任后，通过一套预先设计、帮助被催眠者放松并集中注意力的流程，向她发出暗示，被催眠者接受催眠师的'暗示'，从而影响被催眠者的感觉、情感、认知和行为。"

这些术语，靳向东有待消化，不过目前他只想知道陆加尔是否真的被催眠了！

"方教授，虽然我现在只是猜测，但有什么方式去证实猜测是否是事实吗？"靳向东追问。

"判断一个人是否被催眠有几种，潜意识是否被接管，对催眠师的禁止指令是否无法克服，以及是否出现平时没有的行为！"方宇教授道。

靳向东觉得这样的咨询，确实让自己了解了催眠的一些知识，但没能立马解决他内心的疑团，于是道："如果真的是被催眠，该如何解除？"

"催眠师发出结束指令，还有就是自己发现！"方宇教授回道，"如果你怀疑她被催眠，去跟她聊聊，去启发她的潜意识，让她自我发现！"

"好的，谢谢方教授，这么晚还叨扰您！"靳向东谢道。

"不客气！"方宇教授道。

"那我不打扰您休息了！"靳向东道。

挂掉电话之后，靳向东自己又去电脑查阅关于催眠的一些资料。

普通人所知道的催眠，大多来自电影中的桥段，催眠师们挥动着钟摆，或者使用各种手势，采用各种手段，让人受暗示性的指引，被引入到不同程度的催眠性恍惚状态，被迫做出各种有违常理的指令，实在不可思议。

杰森凑过来，刚好看到电脑屏幕上的一段话：浅层催眠能控制个体的肌肉活动；中层催眠可以影响个体的感官和知觉；深层催眠则可以进一步控制个体的思想和意识。催眠的程度越深，对个体的影响越强。

"若陆教授真的被催眠，记得所有人，却唯独忘了你！那极有可能是被深层催眠！"杰森猜测道。

靳向东没有回应，继续查看资料。

杰森看了看他："你现在这个样子，完全就是爱美人不爱江山！"

靳向东这才开口："他不会入侵公司系统的！"

"你怎么知道？"杰森盯着他。

"入侵我个人的电子产品，可能难找到IP源头，但若是入侵公司的系统，势必会留下一些痕迹！"靳向东表情很是淡定。

经靳向东这么点拨，杰森的脑子总算转了过来："对哦，就算技术再高超，要破我们公司的安全系统也不是几分钟能解决的事情，除非他想暴露！"

"你回家休息吧。"靳向东道。

杰森一点都不跟靳向东客气："都这么晚了，我还是直接住你家。"

靳向东也没说什么，杰森准备离开书房时，靳向东突然开口："你这一周跟苏涵有联系吗？"

杰森停下脚步："有，不过发生这样的事情，我现在不敢跟她多联系。"

杰森会有这样的反应很正常，毕竟他和苏涵的感情还不深。

第二天，靳向东通过杰森跟苏涵的联系，曲线知道陆加尔在家，于是直接开车来到她的公寓。

听到门铃，苏涵走向玄关，正要点开门键时，看到门口站的是靳向东，不由奔到客厅："加尔，是Ace！"

陆加尔听到这个名字，直接说了三个字："别开门！"

苏涵看了看她，淡淡地应了一句："哦！"

自从昨天陆加尔回来之后，她就感觉有些不太对劲，直到晚上才知道加尔被BUA解聘了！苏涵也觉得这个解聘来得莫名其妙，为此安慰了陆加尔几句。

门铃再次响起，陆加尔当作没听到，而苏涵却在那踟蹰。艾米看着两位不同的反应，眼睛不由像钟摆一样，左右来回。

之后，陆加尔的手机响起短信铃声，拿起一看，就四个字："合同未签。"

一纸解聘合同，还劳烦他亲自来送，陆加尔心头那个郁闷啊，随之站起身，亲自去开门。看到站着门口的靳向东，非常冷淡地朝他伸手："合同呢？"

靳向东将手中的文件递了过去，陆加尔翻开一看，这人还真是周到，竟然连笔都一起准备好了。

陆加尔大笔一挥，直接签上自己的大名。正欲关上门时，靳向东挡住了门："陆教授，昨天的事我向你道歉，能找个地方跟你好好聊聊吗？"

"不必，解聘合同签了，我跟BUA不再有任何关系！"陆加尔非常冷漠地回道。

然而，靳向东却不紧不慢地回复道："你确定刚才签的是解聘合同？"

陆加尔闻言，眼睛盯着靳向东，刚才带着情绪，确实没细看标题就签了自己的大名。

"不是解聘合同，那是什么？"陆加尔眼底带着一丝警惕。

"想知道你签了什么，就跟我去一个地方！"靳向东提出条件。

"你这招对我没用，请你不要来骚扰我！否则我报警！"陆加尔不信，还不忘警告他一句。

然而靳向东很是淡定："我在楼下等你！"说完，便转身离开。

看着他朝电梯口走去，陆加尔二话不说关上门。而躲在一旁偷听的苏涵和艾米冒了出来。

陆加尔重新坐回沙发上，抱起电脑，想着继续工作。

苏涵凑了过来："你刚才跟靳向东签了什么？"

陆加尔眉头微皱，没好气道："没看清！"

苏涵不由睁大眼睛："没看清？"

"我已经很烦了，别来烦我！"陆加尔道。

看陆加尔的神色，确实是生气了，苏涵极少看到她这个样子，不由乖乖地和艾米离开客厅，进了自己的房间。

不过没一会，听到外面有动静。苏涵探出头，陆加尔竟然出门了。

陆加尔下楼，拉开玻璃门，便看到沐浴在阳光之下的靳向东，那颀长的身影，那黝黑的头发，恍惚间有些眼熟。

靳向东转过身，看到陆加尔出来，表面看似无异，但内心挺开心的。

陆加尔走了过去，表情非常地淡漠："我刚才跟你签的是什么？"

这样的淡漠，靳向东有些不太适应，不过这些暂时不是最重要的，他现在最想弄清楚她到底是怎么了？

靳向东凝视着她："跟我去个地方，结束后，自然会告诉你！"

陆加尔听后，淡漠地开口道："你堂堂BUA的创始人，第一次见面说我是你女朋友，第二次见面在办公室轻薄我不说，第三次见面，耍计让我签了一份不清不楚的合约，由此看来我跟你的前女友真的很像。我不知道你们有着怎样深刻的感情，不过你现在的心理状况存在某种程度的问题，我是心理学的教授，可以不计前嫌地给你介绍几个专业的心理医生！"

见陆加尔如此大度，靳向东微微勾唇："谢谢你的不计前嫌，有话我们路上聊！"

既然遵照他的话下楼来，陆加尔便做好了心理准备："去哪？"

"去见一个人。"靳向东道。

"见谁？"陆加尔追问。

"暂时保密！"靳向东没有明说。

"我会跟你去，不过请你别故弄玄虚！"陆加尔虽警惕，但却不畏惧。

"见你的同行！"靳向东透露一些信息。

陆加尔那淡漠的表情有些松动，毕竟面对有心理疾病的人，她还是会持着专业态度去对待："你是想让我陪你去见心理医生吗？"

靳向东没有直接回答，而是看着陆加尔那白皙的脸："没涂防晒霜，就别站在这吸收紫外线了。"

陆加尔顿时微窘，本来没打算出门，所以此刻完全素颜朝天。现在遮掩似乎来不及了，而且就算素颜，她也不惧怕。而靳向东不是第一次看到她的素颜，对比之下，他内心其实更喜欢素颜的陆加尔，清水出芙蓉，天然去雕饰。

靳向东转身往五米外停靠在路旁的车子走去，陆加尔看着他的背影，缓缓地跟了上去，就当自己好心做一次"圣母"吧！毕竟正视自己的心理问题及时去会诊的行为，是值得鼓励的。

黑色的迈巴赫在路上行驶着，窗外车水马龙，车内安静无比。

靳向东首先开口打破了沉默："渴吗？后面有水？"

"不渴！"陆加尔回道。

而靳向东却转过头，帮她拿水。见到这样危险的画面，陆加尔连忙阻止："我自己拿！"

于是陆加尔转过头去拿后座的水，放在自己腿上。

靳向东见此，看了她一下，随后道："昨天在办公室的行为，我不是故意的，我就想确认你是不是我女朋友！"

轻薄别人还振振有词地说不是故意的！陆加尔侧脸看她，冷哼一声："你不是故意的？那我是不是该跟你道歉呢？跟你女朋友长得太像，让你失去判断！"

靳向东不喜欢她的冷淡："你要道歉，我也接受！"

这是什么逻辑！

陆加尔懒得跟一个"病人"计较："看来你对你的女朋友用情很深啊！"

然而靳向东却直接否认："她对我用情更深！"

看来还没送他到心理医生那，她便得提前开始帮他做心理疏导："她现在在哪？"

"在BXS6889车上的副驾驶坐着！"靳向东回道。

闻言，陆加尔心里默想，莫非他的女朋友出车祸离开了他？若真是这种情况，受到打击产生心理问题也是可以理解的！

"节哀顺变。"陆加尔眼底露出一抹同情。

靳向东立马给以反驳："我不允许你诅咒自己！"

看来问题不是一般的严重，而是相当的严重。

对待这类型的心理问题者，陆加尔也没逆着他："你女朋友若是听了这话，应该会很高兴！"

靳向东侧脸看她："你就没想过，其实你就是我的女朋友？"

或许是将他当成"病人"，陆加尔的口气不再冷漠，而是淡然地回道："我的男朋友，你也见过，我自认自己没有劈腿的兴趣！"

"那就说说你的男朋友？你是如何认识他的？"靳向东回道。

明明自己才是心理学教授，竟然有种反过来被他问询的感觉。

不过既然如此，她也只好将计就计，顺着话题："Ian是我去美国交流学术的一个晚宴上认识的，他当时很热情地招待我，得知他在大学的时候也修过心理学，便与他聊得特别投机，回国后还继续跟他保持联系。后来他来国内工作，我们就不知不觉在一起了。"

陆加尔讲述自己与Ian如何相识相恋的过程时，眉眼间洋溢着幸福的神采。这样的神采，靳向东见过，因为陆加尔在他面前，总是毫不掩饰对他的爱意。

可是听着她讲述这段，靳向东觉得有股酸涩在心头翻涌，幽幽地问了一句："他追的你？"

陆加尔否认："不，是我追的他！"

靳向东眼底闪过一丝异彩："你怎么追他的？"

"主动出击！"陆加尔不想透露太多细节，用了四个字去概括。

"能细说吗？"靳向东却很想知道细节。

对于情伤，用情去共情，也不失是个方法。

"那天是傍晚，我下完课准备离校时，在停车场见到了他，夕阳刚好落在他的身上，他整个人被附上一层绚丽的光晕。在那一刻我动心了，他就是我一直寻寻觅觅的那个人！既然他已经来到了我的面前，我自然不想错过他！直接跟他说想追他，他故作矜持了一下，但最终还是成了我的男友！"陆加尔讲述自己与Ian在国内重逢的情景。

陆加尔所描述的情景，就是靳向东跟她所经历的感情过程。到底是谁用了什么手段，将陆加尔记忆中的他换成了那个叫Ian的男人。

"你说的这些，是我跟你第一次相遇的情景！"靳向东道。

陆加尔俨然将靳向东当成了咨询者，淡淡一笑："是吗？那我是不是得补充一句，如有雷同，纯属巧合啊！"

靳向东看了看她，幽幽地念着："如有雷同，纯属巧合！"

"是啊！如有雷同，纯属巧合！"陆加尔笑着重复一遍，随后伸手拿起膝盖上的矿泉水，拧开喝了两口。

靳向东的眸色微闪，其实内心很是着急，迫切地想弄清楚怎么回事，可他解不了，只能另求高人。于是车速加快，飞驰而去。

陆加尔被靳向东带到一家心理咨询工作室。她认识这家咨询室的负责人，是国内知名心理学专家、催眠大师方宇老教授的得意门生刘启明老师。陆加尔和刘启明在学术交流论坛碰见过，不过没怎么跟他交流，只能算点头之交。

刘启明的这家心理咨询工作室，在B市是挺有名的，尤其是催眠这块，很多人慕名而来。用韩毅教授的话来说，刘启明业务能力虽不能说青出于蓝而胜于蓝，但也算是学到了方宇老教授的学术精髓。

早上靳向东又跟方宇老教授打了一通电话，她推荐他带陆加尔来这试一试。

前台的工作人员，将他们带进办公室。

刘启明的办公室设计应该说非常专业，光线适中，淡绿色的墙纸让人看得舒心，所在地段也不是闹市区，很是安静。

当刘启明看到陆加尔时，顿时眼前一亮："陆教授，什么风把你刮来了？"

"东南风！"陆加尔淡笑，接话道。

"这位是？"刘启明的眼睛看向靳向东。

"朋友，靳向东先生！"陆加尔用朋友两字，将靳向东介绍给刘启明。

刘启明扫了一眼靳向东，随后招呼着陆加尔："坐坐坐！"

两人坐下之后，刘启明亲自动手泡茶。

"陆教授能来我的工作室，可谓是蓬荜生辉啊！"刘启明边烫茶杯茶具，边对陆加尔道。

陆加尔淡笑："刘老师过奖了！"随后瞄了眼他泡茶的手法，动作可谓是行云流水，不一会儿空气中飘起了茶香。

"陆教授，我这泡茶的手法如何？"刘启明笑问。

陆加尔赞道："行家啊！"

刘启明又秀了一下泡茶的绝技，手法都快赶上专业茶师了。不过话说回来，在工作室里泡茶，其实有些格格不入，不会是……

正当陆加尔想到时，却见刘明递给她一杯茶："陆教授，请喝茶！"

陆加尔恍惚了一下，随后伸手接过茶杯。

靳向东坐在咨询室的会客厅，表情很沉着，实则内心很焦灼。

十分钟后，刘启明办公室的门打开了。靳向东腾地一下，从位置上站了起来，快步走了过去。

"如何？"靳向东开口询问结果。

刘启明看了看靳向东，开口道："她没有被人催眠！"

靳向东听到这个答案，表情有些复杂，前一秒看似松了一口气，后一秒眉头又蹙成一团。

"确定？"靳向东知道自己的用词可能会有些不妥，但还是忍不住说了出来。

当面被人怀疑专业度，刘启明没有生气，而是很平和地说道："确定！我刚才对她进行清醒催眠加恍惚催眠，她也接受了我的暗示，但效果不大，她的潜意识里防御机制很强，不属于能被深层催眠的人群！"

对于催眠，靳向东也是昨天晚上查阅资料才了解一些皮毛，刚才在他的办公室，李启明那套泡茶的手法，其实就是他对于客户的清醒催眠手段。

清醒催眠不需要绕过被催眠者意识的防御机制，让受催眠者接受催眠师的暗示。不过当催眠师触及受催眠者的心理界限时，防御机制就会立刻启动。而恍惚催眠是催眠师通过语言将被催眠者引导至潜意识开放的状态下，将可以帮助被催眠者达成改变的观念植入他的潜意识，以达到帮助被催眠者改变行为习惯、解决心理问题的目的。

不过无论是清醒催眠，还是恍惚催眠，前期一定要做好准备工作。陆加尔能够如此顺利地被催眠，一是因为靳向东在路上给她的那瓶水，里面其实添加了一点东西。二是谁都无法预料刘启明会用泡茶的手法直接对客户进行催眠。

其实这次对陆加尔的催眠有些不按常理，不过特殊情况特殊对待，陆加尔出现的这种情况，刘启明唯一能做的就是测试她是否是容易进入深层催眠的人群，仅此而已。

靳向东也算是见识到所谓的催眠，刘启明的催眠手法竟然如此独特，出人意料。

"不是就好。"得知答案的靳向东若有所思地应道。

刘启明看了看他，开口道："抱歉，只能帮你这些！"

靳向东连忙道："已经十分感谢了！"

若不是方宇老教授亲自引荐，恐怕还得额外跟刘启明预约时间。

刘启明冲着他笑了笑："方老师交代的事，作为学生必须帮她办好！"

对于方宇老教授那边，靳向东回头肯定要再次感谢一番，不过眼前他还是关注陆加尔的情况："她醒了吗？"

"我现在进去叫醒她！"刘启明道。

靳向东默默地点了点头："好！"

刘启明重新进入办公室，对着靠坐在沙发上，闭着眼睛的陆加尔道："陆教授，听我的口令，我数123，你就醒过来！1、2、3！"

听到刘启明的指令，陆加尔缓缓地睁开眼睛，映入眼帘便是刘启明以及他背后浅绿色的墙纸。

"陆教授，喝点水。"刘启明的声音很是柔和。

而陆加尔却目光定定地看着他："你刚才催眠了我？"

刘启明没有否认："是！"

"谁允许的？"陆加尔脸上的表情，还算平和。

"门外的靳向东先生！"刘启明如实地回道。

闻言，陆加尔的眼神透着生气的厉光："刘老师，你做这一行应该也蛮久的，按理说有自己的职业操守，竟然在未经当事人同意，就擅自进行催眠，这事要是抖出去，你觉得会有什么后果！"

刘启明听后，很是意外："你没同意？"

"我什么时候同意了？"陆加尔直视着刘启明，反问一句。

刘启明有些蒙圈："可我这边已经收到你签的接受催眠的同意书！"

这才轮到陆加尔愣怔一下："什么？"不过她随后就明白了，原来靳向东骗她签的竟然是接受催眠的同意书！

这人似乎病得不轻啊！

陆加尔心里气得不行，看了下刘启明："他让你给我催眠的目的是什么？"

刘启明有些不知如何是好，因为是自己的老师介绍过来的客户，所以了解情况之后，便直接答应了，没想到陆加尔和靳向东之间是没有商量好的。

为了不让陆加尔大动肝火，刘启明只能如实地将他所做的告诉陆加尔："靳向东先生的目的是想知道你是否被催眠了。"

陆加尔听到这个言论，不由冷笑："我被催眠了？"

"这是他提供给我的信息，而我刚才做的便是测试你是否属于可以被深层催眠的人群。"刘启明说明情况。

"结果呢？"陆加尔压制住心里的火气，耐心地询问结果。

"你没有被催眠！你的潜意识防御机制很强，不属于能被深层催眠的人群。"刘启明道。

"刘老师，谢谢如实告诉我这些，这次我可以不跟你计较，不过你的职业操守确实有待提高！"陆加尔说完，直接站起身。

刘启明也赶忙起身，跟陆加尔致歉："陆教授，我事先真的不知道你没有同意我帮你催眠！"

陆加尔懒得理他，直接走了出去。

靳向东就在门口候着，看到陆加尔气呼呼的走出来，他似乎早已有了心理准备。

　　陆加尔没有当场发作，但是语气可以听出她的怒意："靳向东，我们出去慢慢地算账！"说完径直走出工作室。

　　靳向东看了看她，随后对着刘启明道："刘老师，我改天亲自登门道歉！"

　　刘启明哑然无语，他今天算是被他坑了，若是陆加尔计较起来，他的招牌说不定得砸了。可是就算砸了，他也不好说什么，因为方宇老教授不是会随意托人办事的人，也不知道这人跟老师有何关系。

　　对于这件事，靳向东心里也很抱歉，他平日里行事从来都是光明磊落，会出此下策，纯粹是因为太过担心陆加尔。他和陆加尔之间的感情虽没有深到用刻骨铭心去形容，但她是他第一个喜欢的女人。两人感情的发展，看似是她先撩的他，但不代表他在第一次见到她的时候丝毫没有感觉。

　　她的出现，让他知道什么是心动的感觉，什么是在乎一个人，害怕她受到一丝一毫伤害。种种的感受，在这一周的每一分钟每一秒折磨着他。

　　"抱歉！"靳向东再次致歉，说完追了出去。

　　靳向东追到电梯口，便听到陆加尔拿着手机在通话："你好，我要报警！"

　　闻言，靳向东快步过去，抢过她的手机："不好意思，我女朋友打错电话了！"说完，挂断了电话。

　　手机被抢的陆加尔，此刻可以用怒发冲冠来形容，直呼其名："靳向东！"

　　"有话我们下楼再说！"靳向东随后拉着陆加尔的手，走进电梯里。

　　进入电梯的陆加尔第一时间甩开他的手："我警告你，别碰我！"

　　见她发火，靳向东倒是很平静："我知道你很生气，但我这么做，是想知道你到底怎么了？无缘无故，毫无征兆地忘了我，把我们之间的相遇变成了你跟其他人的故事。"

"我已经说过，在医院之前，我根本不认识你，我不是你的女朋友，你若再这样纠缠不休，我不会客气的！"陆加尔的脸色很难看，冷冷地警告着他。

靳向东看着眼前对自己如此陌生的陆加尔："你会报警？"

"没错，报警！"陆加尔瞪着他道。

靳向东心里很是难受，可是却开口道："加尔，你知道吗？你瞪眼的时候，有种别样的美！"

听到这话，有种你一个狠拳过去，却没想到打在软软的棉花上的感觉。

陆加尔已经无法将他当作正常人看待，只能幽幽地说道："看来你真的应该好好去看看心理医生！"

而靳向东却就此接话："你不就是心理学专家吗？你帮我治疗！"

陆加尔很想骂三字经，但还是忍了下来，冷冷道："手机还我！"

靳向东看了下手中的手机，随后直视着陆加尔道："尔尔，或许你真的忘了我，但我一定会让你重新爱上我！"说完，将手机还给她。

在这之前，两人之间时常互撩，但靳向东从未主动对陆加尔说过肉麻的话，今天也算是将自己的心思全都袒露了出来。

然而陆加尔却不为所动，看了下手机，才将目光落在靳向东的脸上，说了两个字："可笑！"

说完，直接将手机拿了过来，电梯门也刚好打开，陆加尔二话不说跨了出去。不过刚跨出一步又顿住了，因为此刻电梯门口正站着一个熟人，她的男朋友Ian。

Ian的出现让陆加尔有些意外，她走了出去："Ian，你怎么在这？"

戴着眼镜，一副斯文儒雅模样的Ian看了看电梯里的靳向东，温柔地对陆加尔道："来接你。"

"来接我？"陆加尔的语气跟刚才与靳向东对话的完全不同，温柔得可以掐出水来。

"嗯！"Ian说完伸出修长的手，牵过陆加尔的手。

看到Ian的举动，靳向东心头就像被人放了一把火，熊熊燃烧了起来，随后跨步走了出来，眼睛直视着这个半路冒出来的Ian。

而Ian迎视着他的目光，眼神透着一抹锋芒的厉光："这位先生，如此冒犯我女朋友的行为，我只允许发生一次，否则等律师信吧！"

靳向东一向不喜欢动武，可是听到Ian说的这话，却有种冲他挥拳的冲动。就算他的个人资料没有任何问题，但他绝对是陆加尔被"更换记忆"的最大幕后嫌疑人。只是他现在没有任何的证据而已。

靳向东不理会他的威胁，而是反问一句："你怎么知道加尔被我带来这里？"

"加尔这名字是你能叫的吗？"Ian没回答他的问题，而是直接更正靳向东对陆加尔的称呼。

那口气霸道得不行，男友力十足。

但对于靳向东没有任何威慑力："这话应该由我来说才对！"

看着两人对呛，陆加尔有些头疼，对靳向东的行为她感到无语至极，不过念及他是BUA的创始人，苏涵男朋友杰森的死党，就当不看僧面看佛面吧！

"靳先生，我男朋友的话没错，这样冒犯的行为仅此一次！下次法庭见！"陆加尔直接站在Ian这边。

看着Ian牵她的手，靳向东心里就极不舒服，结果她的言语也跟这个叫Ian的保持一致。

靳向东表情的变化，陆加尔看在眼里，但是却没有任何波澜，随后对着身旁的Ian道："Ian，我们走！"

离开之前，Ian的目光看向靳向东，嘴角浮起一抹自信又诡异的笑意，随后牵着陆加尔的手离开了。

陆加尔坐上了Ian的车，无意间瞥到座位中间放着的一瓶矿泉水，不由想起刚才她在靳向东车上的情景。难怪她刚才会那么轻易地被刘启明催眠，原来是靳向东在水里做了手脚。

他是疯了吗？竟然敢对她下药！

"怎么啦？"坐在驾驶座的Ian见她发愣，不由关切地询问。

陆加尔回神，为了不让Ian担心，淡淡一笑："没事！"

Ian看着陆加尔，随后叹了一句："你的胆子总是这么大！"

陆加尔想起这事，不由问道："你怎么知道我在这？"

Ian晃了一下手中的手机："苏涵说你跟靳向东出去了，我便查了一下定位。"

陆加尔顿时了然，不过也有狐疑："你什么时候在我手机里装定位了？"

"在你出车祸之后。"Ian如实回道。

"原来如此！"陆加尔微微点头，"不过定位还是取消吧。"

Ian看着陆加尔："你不喜欢？"

"嗯，虽然知道你是因为担心我，不过私人行程没有任何秘密可言，对有些情侣之间而言或许有帮助，但对我而言是一种束缚！"陆加尔道。

对于陆加尔的拒绝，Ian眼底眸光微闪，随后道："你不喜欢，我取消便是，不过你以后还是尽量少跟一些危险的人来往。"

"你这是在吃醋吗？"陆加尔侧着脸，戏说一句。

"是，我吃醋！"Ian没有否认自己的感受。

陆加尔见此，不由笑了起来："这感觉还不错！"

Ian伸手摸了一下陆加尔的头发，眼底尽是温柔之意。陆加尔见此，脸上也染上一丝羞涩。

不过不知为何脑子却突然闪过靳向东的脸，他的脸恍惚间跟Ian重叠一起，那温柔的眼神跟着也重合……陆加尔被吓了一跳，连忙晃了一下头让自己清醒。

"加加！"Ian担心地看着她。

陆加尔很快恢复，冲着Ian含羞地笑道："差点迷失在你温柔的眼神里！"

Ian的唇角染上迷人的笑意，再次揉了一下陆加尔的头发。

靳向东看着陆加尔被Ian带走之后，心神不宁地回到BUA，因为手中有事情要处理，他只好先调整状态工作，等再次抬起头时，窗外天已经黑了。

办公室灯火明亮，靳向东揉了一下额头，随后靠着椅子，目光看着窗外。

杰森敲门进来，看他坐在椅子上发愣。不由道："想什么呢，敲了几次门都没回应！"

靳向东回神，抬头看了下站在办公桌前的杰森："有事？"

"下班了！"杰森提醒一句。

靳向东看了下时间，已经六点二十分，随后将电脑关掉，站了起来："走吧。"

"我只能跟你一起去吃饭，待会还得继续加班！"杰森道。

靳向东看了他一眼，便径直走向门口。杰森转身追了出来，两人一起离开办公室。

站在电梯里，杰森看着镜中沉思的靳向东。他是很正常的男人，但每每靳向东摆出一副沉思的模样，他都觉得有种说不出的魅力。

不过最近能让靳向东烦心的事情，只有一件，那就是陆加尔的事。

"你没事吧？"杰森开口问道。

靳向东回神，看了下杰森："没事。"

杰森听后，唇角微勾："Ace，这还是我第一次见你为一个女人如此魂不守舍！"

靳向东收了收神，没有回应，电梯陷入安静之中。

待电梯停在负二楼停车场，走出来的时候，靳向东突然道："我今天带加尔去催眠了。"

果然，令靳向东沉思的事跟陆加尔有关，杰森想了想："有什么新的发现吗？"

"催眠师说她没有被催眠！"靳向东幽幽地说道。

"真的确定了吗？"杰森询问。

靳向东将刘启明的结论告诉杰森："催眠师说她的潜意识防御机制

很强，不属于能够被深层催眠的人群。"

"催眠师专业吗？"身为副主程的杰森骨子里对任何事都免不了精益求精。

杰森这两天跟着靳向东看了一些关于催眠的资料，国内对心理咨询的接受程度还达不到西方国家的高度。国人在对待催眠时心理防御要比西方强，所以催眠变成了长期工程，很多咨询师或者催眠师都不想在这方面花大量的时间进行研究、探索。而且就目前而言，国内的心理咨询圈也相对混乱，即便挂着很多证书，水平也未必高到哪去。

"方宇老教授的得意学生，名不虚传！"靳向东道。

杰森边走边想："一个人如果不是失忆，也不是被催眠，是不是只有一种可能，她是故意的！"

"不，就算一个人的演技再好，也不能做到判若两人！"靳向东否认他的说法。

杰森看了看他，对于这种悬疑剧情，他真的没法猜。

"你说有没有一种可能？"靳向东对自己脑海中的想法有些不太确定。

"什么？"杰森追问。

"记忆更替！"靳向东说了四个字出来。

"记忆更替？"杰森第一次听说这个词，"这……这很玄幻唉！"

"确实玄幻，但我想了很久，最终只能用这个词去解释加尔为何忘了我！"靳向东道。

杰森似乎对这个概念不太认同，说了一句："或许她中邪了！"

靳向东瞥了杰森一眼，杰森只能冲他笑笑，靳向东是无神论者，也是唯物主义者，根本不相信这个世界上有鬼神之说。

"更替记忆！除非她是……"杰森突然灵光一闪。

靳向东随之停下脚步，目光再次看向杰森。两人交汇的眼神说明他们想到一块去了。

杰森随后却像一个摇头娃娃一样，连忙否定："这个……根本不可能！"

靳向东此刻的眼神明显很震惊，说实话他打心眼里不太相信这个想法。

不敢相信是一回事，脑海既然产生这样的想法，靳向东必然不会没有任何行动，于是对杰森道："那个叫Ian的男人绝对没有资料写的那么简单！你再让人彻查一下！"

上次让人查Ian的事是杰森一手操办的，不由道："这人我让两拨人去查过，没什么疑点！"

靳向东开口道："不可能没疑点，他是解开谜底的关键！"

"若是真的如我们所想，肯定也查不到什么！"杰森道。

靳向东看了看杰森："就算再周密，这个世界上就没有不透风的墙。"

见靳向东这么说，杰森只要应道："好，那我再去查查看看！"

而靳向东深沉的眼底透着一抹光，心里默想：不管你是从哪冒出来的，我一定会查明真相！

夜色笼罩着大地，万家灯火勾勒出城市的轮廓。

在陆加尔的公寓里她正和苏涵一起吃晚饭。

吃着艾米做的饭菜，苏涵在享受之余，也表达了担忧："自从家里有了艾米，我的体重直线上升！"

陆加尔当初就一直有这个隐忧，觉得人工智能的发展是人类智慧的结晶，代表着科技进步，但它普及时间久了，难免也会让人类的一些功能慢慢退化。

陆加尔接着她的话回道："既然如此，那就把艾米还给Ian吧。"

苏涵连忙拒绝："别别别，我只是说说而已！艾米现在可是我的心肝宝贝，谁也不能将它带走！"

艾米听完两人对话，开口："我给你们做的饭菜，营养搭配均衡，不会产生过多脂肪，只是苏涵你这一周没有去运动而已！"

陆加尔闻言，笑了笑："自己懒，还让艾米背锅！"

"我这不是间接夸艾米吗？"苏涵又把自己的话圆了回来，"再说我也想运动啊，可是这周被编辑逼着交稿，恨不得一天有48小时在赶稿啊！"

听到苏涵诉苦，艾米道："我明天给你炖补脑的汤。"

"好啊，好啊，还是艾米最好了！"苏涵不忘夸艾米。

陆加尔见此，不忘噎她一句："到时候胖成球可别找艾米背锅啊！"

"讨厌，哪壶不开提哪壶！"苏涵撇嘴。

吃完饭，苏涵又进屋赶稿，而陆加尔则帮着艾米收拾碗筷。

其实有艾米在，这些家务都不需要陆加尔沾手，不过她还是觉得就算艾米是AI，不会感觉到累，也应该稍稍体恤她，让她觉得自己也被人关心，是这家里的一分子。

陆加尔洗完碗筷后，看了下时间，才七点半，于是拿了一本书坐在沙发上看了起来。半个小时后，手机闹钟响了，陆加尔合上书，起身进了房间，打开电脑连线李博士的老婆郭燕，与她视频做心理咨询。

李博士知道陆加尔出了车祸，本想让陆加尔过段时间再继续给郭燕做心理咨询，不过陆加尔的建议是不要就此停下来。

"陆教授，跟你说件事，我今天带齐齐去医院看望我婆婆，她竟然破荒天没给我脸色看，也没念叨我，感觉太阳从西边出来了！"郭燕道。

视频里的郭燕状态明显比在皮皮岛上好了一些，看来李博士回家之后，应该做了一些工作。

"这是好事啊！"陆加尔道。

"不过我觉得她看我的眼神怪怪的！"郭燕道。

"也许她是在重新审视你，突然间发现这个儿媳妇这么多年很不容易！"陆加尔道。

"谁知道呢，本来我是不想去医院的，怕自己见了她又心情不好，开始郁闷！"郭燕道。

郭燕在上次咨询的时候，透露她近半年来，只要跟她婆婆单独待上半小时后，身体就会产生排斥，甚至呕吐的心理现象。

"这次见她会有想吐的感觉吗？"陆加尔询问。

"有啊！"郭燕道。

陆加尔听后，用笔记录了一下，随后询问："她这次什么都没说是吗？"

"嗯，什么话都没说！"郭燕道。

陆加尔看着视频里面的郭燕，随后道："你婆婆或许是悔悟了，知道你的好，知道你的不易！"

"她悔悟不悔悟我不清楚！不过跟你交谈之后，今天去见她，看到她躺在病床上，其实也挺可怜的！"郭燕细碎地说着自己今天去医院的感触。

"你很善良！"陆加尔道。

"现在夸一个人善良其实就是说她很懦弱！"郭燕道。

"不完全是，我刚才的话是褒奖！"陆加尔道。

郭燕轻笑："谢谢陆教授的褒奖，其实结婚初期，我婆婆对我还是不错的，只是这几年变得莫名其妙起来。"

"跟我说说你和你婆婆当年是怎么相处的？"陆加尔道。

郭燕想了一下："我老公第一次带我回家见他爸妈的时候，我婆婆对我特别满意，还对我老公说，以后他要是敢欺负我，她饶不了他。因为她的那句话，我当时很感动，觉得很幸福，对自己以后的婚姻生活也特别向往。"

郭燕说这些的时候，阴郁的脸上不禁露出一丝笑容，可想当年的那些记忆是很美好的。

"她还做了哪些事，让你感动过的？"陆加尔问。

郭燕继续回想："刚结婚那会，我来大姨妈我老公便帮我洗衣服、洗内衣，刚好被她撞见，她没说什么，直接接了过去。我当时挺尴尬的，以为她会生气，没想到她却跟我说，以后来例假时把衣服放在篓子里，她会帮忙洗。"

"嗯！还有吗？"陆加尔追问。

"有一次，我舅舅那边出了点事，需要一笔钱，我爸妈拿不出来，跟我商量。我跟老公手上没那么多现金，后面我老公跟她借，她很大方地直接给了我老公！"郭燕道。

"听你说的这些，你当年跟你婆婆的相处是很融洽的，有点像母女！"陆加尔道。

"是啊，当初我也觉得我婆婆特别好，心里还想着以后跟我老公孝敬她一辈子，可是在齐齐三岁之后事情就慢慢变了……"郭燕阴郁的神情又回来了。

郭燕抑郁症的根源，就是因为生了患有亚斯伯格症的齐齐所引发的一系列家庭问题。

"那你觉得她为何变了？"陆加尔反问。

"看到齐齐这样，她应该也承受不少压力吧。"郭燕道。

郭燕能开始站在不同立场去思考，这是一个好现象。

于是陆加尔开口："其实人没有绝对好，也没有绝对坏，每个人都背负不同的压力，有着各自不同的立场。"

"陆教授，你说得没错，人是有各自的立场，但是身为女人她跟我说的那些话，换作是你，你也会记一辈子！"郭燕的情绪有所起伏。

"嗯，那些话确实很伤人，不是能轻易忘记的！"陆加尔看着屏幕上的郭燕安抚道。

"陆教授，不是我斤斤计较小心眼，只是当时她说那句话，就像刀子一样直接扎进我的心里，血淋淋的！"郭燕道。

"我理解，不过你这次去见你婆婆，她有所改变，你会再次原谅她吗？"陆加尔轻声问。

"她只是没说话而已，谁知心里又在想什么呢？"郭燕叹道。

"你想知道她心里在想什么吗？"陆加尔问。

郭燕连连摇头："不想知道。"

陆加尔知道郭燕心里的抵触依旧强烈，于是道："不想知道也没关系！你今天能跟我说这么多，挺好的。"

"跟你说这些，就像跟朋友掏心窝子一样！轻松不少！"郭燕的表情松动一些。

"嗯，轻松不少就好，晚上好好睡一觉！"陆加尔温声地说道。

"嗯，谢谢陆教授，你身体不适还给我做咨询！实在不知道该怎么表达我的谢意！"郭燕道。

"我身体没事，希望你明天醒来又是愉快的一天！"陆加尔道。

"嗯，你也早点休息，我就不打扰你了。"郭燕结束这次的咨询。

第六章

幽灵计划

关掉跟郭燕的视频之后，陆加尔站起身，伸了伸懒腰，正想去趟洗手间时，放在餐桌上的手机响了。

拿过手机一看，是省公安厅朱雨的电话，不会又有什么案件，需要她的协助吧？

陆加尔接了起来，只听到朱雨的声音传来过来："陆教授，在忙吗？"

"有事？"陆加尔边说边走向客厅。

朱雨没跟陆加尔绕弯子："嗯，有件事想拜托你！"

"说吧。"陆加尔也很干脆。

"是关于徐磊副队长的。"朱雨道。

"徐磊？"听到徐磊的名字，陆加尔似乎猜到了一些，"他怎么啦？"

电话那头的朱雨顿了两秒，才开口："他出现了酗酒。"

"什么时候发现的？"虽然知道徐磊因为腿伤在心理上出现一些问题，但没想到问题一下子变得这么严重。

"最近一周每天都是一身酒味。"朱雨回道。

"他最近遇到了什么事？"陆加尔追问。

"最近其实挺顺利的，几个大案子都破了！唯独一件事！"朱雨道。

"什么事？"陆加尔问。

"两个月前他的一个特战队的战友牺牲了。"朱雨道。

陆加尔顿时了然，战友的牺牲直接触及徐磊他内心的那个点，难怪第一次见他时，他的衣服就残留了一些酒渍。

陆加尔道："你想让我帮你什么？"

"帮徐队做心理干预。"朱雨说出自己这通电话的目的。

上次跟他们一起吃饭的时候，陆加尔就交代过朱雨，然而她又提出这样的恳求，看来徐磊没接受朱雨给她做心理干预。

"是他提出来的？"陆加尔反问。

"不是。"朱雨的语气有些失落。

"他怎么说？"陆加尔询问。

朱雨简单地说明情况："我找他谈，他有所回避，我劝他但他拒绝我为他治疗！几天后我向他推荐了你，他没有直接回复，我猜想他内心应该是可以接受你为他进行心理干预的。"

陆加尔并不感到意外，徐磊第一次见面的时候对她充满了好奇，协助双胞胎姐妹的案件定案后，在那次吃饭时，徐磊明显对她有好感。

人与人之间一旦有了好感，自然不会特别排斥。

"陆教授，我知道你很忙，也知道这个请求很冒昧，不过不看到徐队这样，我心里真的特别难受。"朱雨的语气充满了担忧。

陆加尔表示理解，让她帮徐磊做心理咨询也不是不可以，只是有个担心。徐磊对她有好感，确实会对她多一份信任，不过稍有不慎也很容易对她产生移情。

"陆教授，你能帮帮徐队吗？"朱雨恳求道。

陆加尔考虑了几秒："如果他愿意接受我给他做心理干预治疗，我可以试一试。"

朱雨很是开心："谢谢陆教授，我明天给你确切的回复。"

接完朱雨的电话后，陆加尔拿着手机若有所思地看着窗外，出车祸之后，除了突然冒出一个靳向东，还莫名地觉得自己好像缺失了什么。

可是缺失了什么，却又不得而知。

第二天，陆加尔接到了朱雨的电话，徐磊愿意接受她帮他做心理干预。

于是，陆加尔跟徐磊通了一个电话，让他决定进行第一次心理咨询的时间，而徐磊直接定在了晚上。

陆加尔虽然没成立自己个人的心理咨询工作室，不过却在B大韩毅教授创建的心理研究工作室挂了名，于是将工作室的地点发给了徐磊。

韩毅教授的心理研究工作室，不仅开展心理学的研究工作，也接受个人咨询和团体咨询，成立以来做了很多心理咨询的相关公益活动，也参与了很多灾难性突发事件的心理救援与心理干预活动。

陆加尔在读研的时候，常来工作室帮人做咨询，没多久她就变成研究工作室的红人，预约她做心理咨询的人特别多。这本来是件好事，但人红是非多。她个人能力的突出让很多人眼红，背地里各种流言。陆加尔本可以不理，不过担心这样的传言会影响韩毅教授，后面便不怎么去工作室。但是韩毅老师组织的一些活动她还是会参与。

预约的时间是晚上七点半，Ian的晚餐邀约也被陆加尔给推了。

韩毅老师平日里大多数时间专注于教学和研究，工作室由廖敏负责平时的管理工作，陆加尔七点便出现在工作室，廖敏已经帮忙安排好了咨询室。

"陆教授，这间！"廖敏打开咨询室的门，一脸笑颜地对陆加尔道。

"好，谢谢廖老师！"陆加尔边谢道边走了进去。

"陆教授客气了，这间咨询室是你当时在这工作使用的，本来不知道什么时候才能盼你回来，今天上午接到你电话，可把我高兴坏了！"廖敏道。

这间咨询室确实是陆加尔当年用的，只是后面很少来这，不过却保存得特别好。廖敏还是挺有心的。

"学校刚好放假，不好接待心理咨询者，所以跑来这打扰你了！"陆加尔道。

"陆教授，说哪的话，你也是我们研究工作室的一分子不是吗？"廖敏道。

陆加尔笑笑："我挂的是空名，你们早该撤掉的。"

"陆教授说笑了，能被你挂名的研究工作室，全球也就我们独一家。还是韩教授有远见，让我保留好你使用过的这间咨询室。"廖敏道。

陆加尔看了看廖敏，不得不说她特别会说话，也特别有亲和力，不过自己还是不太喜欢跟人客套太久。

"最近要麻烦你们了！我先看会资料，待会咨询者马上就到了。"

陆加尔道。

"不麻烦，不麻烦，有事陆教授说一声！"廖敏说完，识趣地离开了咨询室。

陆加尔坐了下来，将徐磊的资料拿了出来，再次看了一遍。这些资料是徐磊原服役部队里的心理教官传给她的。

作为曾经的特种部队副大队长，徐磊给大家的印象是一个刚强、坚毅、非常有魄力的男人，可是就算他再坚而不催，他始终还是一个人。特种兵执行任务的时候，面对各种恶劣的环境，时常挑战身体和心理的极限。

这些挑战，对人的摧残不仅是肉体的，更重要的是精神上的。这种刺激会长时间存在并产生负面影响，一些心理承受能力较差，或者执行任务受到致命刺激的战士，如果不及时疏导或干预，很容易产生战争创伤后遗症。在他后期回归生活和社会后，相当一部分人会产生悲观失望，甚至仇视的扭曲心理特征。

陆加尔见过徐磊，看过他的资料和在部队的心理干预档案后，可以确定症状就是战争创伤后遗症。

战争创伤后遗症属于PTSD（创伤后应激障碍）的其中一种，指的是对创伤等严重应激因素的一种异常精神反应。又称延迟性心因性反应，是指由异乎寻常的威胁性或灾难心理创伤，导致延迟出现和长期持续的精神障碍。

PTSD发生于男性身上，多数是经历战争的士兵，所以称此为"炮壳震惊"，也称其为"战争疲劳"。现在的研究表明，每个人包括儿童在内都有发生PTSD的可能性，而且女性是男性发生的两倍。

而战争创伤后遗症最大的特点是这些人怀念在部队的时光，也只有在军营中他们才会找到安全感、踏实感。在许多案例中，很多患有战争创伤后遗症的士兵与自己部队老上级重逢时，内心唯一想说的话便是：当初真不该离开部队。

军人是国民安居乐业的守护者，是国家安定的基石，他们为了守护祖国，保卫人民，付出自己的青春，付出自己的汗水，甚至付出自己的生命。他们是最可爱的人，面对这些最可爱的人，我们应当多包容多关怀，让他们找到安全感。当然国家应当为他们提供好的出路，不要让他们寒心。

笃笃——

听到敲门声，陆加尔抬起头，看向门口。

廖敏开门："陆教授，你的客人到了。"

陆加尔站了起来，见高大健壮的徐磊出现在门口。

"徐队！"陆加尔面带微笑地叫着徐磊。

徐磊冲她点了点头，陆加尔走到沙发区："徐队坐！"

徐磊利索地坐了下来，看了看陆加尔，神情有些不明。

陆加尔淡淡一笑，询问道："茶，还是水？"

徐磊开口："水！"

陆加尔随后交代廖敏："廖老师，帮我倒杯水。"

廖敏含笑地应道："好的，请稍等！"

廖敏出去后，陆加尔的目光看向徐磊，语气亲和地询问："徐队，吃饭了吗？"

"吃过了。陆教授，你呢？"徐磊也看着陆加尔。

"没吃。"陆加尔笑道。

徐磊一听，连忙道："没吃饭，那我们先去吃饭吧，我请你!"

陆加尔笑了笑："徐队，我说笑的，已经吃过了。"

"真的吃过了？你别骗我哦？"徐磊看着陆加尔。

"吃了，刚才跟你说笑呢，缓解一下你的紧张。"陆加尔淡笑。

徐磊有些不好意思，改变了一下自己的坐姿，脸上露出笑容："我没紧张。"

陆加尔笑："没紧张就好。就当朋友之间聊天。"

徐磊点头："嗯!"

这时廖敏倒了一杯水进来，放在徐磊面前的茶几上便悄悄地退了出去。

徐磊端起水杯喝了几口水，随后看了看陆加尔："陆教授，可以开始了！"

手里拿着笔和文件夹的陆加尔面带微笑："就当朋友之间聊天，想说什么就说什么！"

"我能先吃几个口香糖吗？"徐磊看了看陆加尔问道。

"可以！"陆加尔点头。

徐磊随后从口袋里拿了一盒口香糖出来，倒了两粒塞进嘴里，嚼了嚼，一会儿才开口："陆教授，别介意，我刚戒烟，烟瘾一上来，就拿口香糖挡一挡。"

陆加尔点了点头："嚼口香糖对牙齿好。"

"是，我好些战友都喜欢嚼口香糖，尤其老何总是劝我戒烟，说还是换口香糖嚼嚼，对牙齿好。"徐磊道。

陆加尔淡笑："老何？你在特种部队的战友？"

"是，我在特战队的战友，我们还一起参加过国际维和行动，算是出生入死的兄弟！"谈及这个老何，徐磊的眉眼间有着不同平时的神采。

"以前听人说过一句话，一起当兵的兄弟是一辈子过命的兄弟！"陆加尔询问。

徐磊赞同这句话："是，只有一起当过兵扛过枪才知道什么是真正的兄弟！我们可以为彼此挡子弹，绝对过命的兄弟！"

徐磊说这句话的时候，手下意识地摸了摸腿。

陆加尔知道他的腿曾经受过枪伤，不由轻声问道："徐队，你刚才说的那个老何，现在还在特战队吗？"

听到这句问话，徐磊刚才还神采奕奕的表情，瞬间黯淡了下来，顿了一会儿才开口："他已经不在部队了。"

陆加尔看到徐磊的表情，内心有两种猜测，一是退伍，二是牺牲了。

"他现在在哪？"陆加尔温声地询问。

徐磊表情很是沉重，缓缓开口："他……牺牲了！"

陆加尔眼眸闪了一下，随后致歉："抱歉！"

徐磊摆手："陆教授不必道歉！"

陆加尔见此，于是开口道："虽然有些冒昧，但可以看出这个老何在你心里有着很重要的地位，能跟我说说他吗？"

提及老何，徐磊的目光变得幽深无比，陆加尔静静地看着他。

"老何，全名叫何荣光，湖南人。我跟他是同一年当的兵，虽然不是同一个连，但是彼此非常熟悉。他的射击是他们连队第一，我则是我们连的第一，时常被团长和营长叫到一块比拼，但却总是分不出高下，为此我们团长给我们俩取了一个组合名字叫光磊组合。我们在部队表现一直都很优秀，后面被推荐参加特种部队的选拔，我们一起经历了五天五夜的魔鬼式选拔集训，一路上互相扶持，彼此鼓励，最后双双入选特战队。"谈及部队的生活，徐磊的目光尽管幽深，但很平和，回首着那些属于他曾经的美好。

"后来呢？"陆加尔轻问。

"我们进入特战队，也没给我们原来的连队丢人，一直都是配合最为默契的兄弟。后来中队长故意把我跟老何调开，让我们跟其他队员磨合训练，我们也很快适应了过来，在各自小组任务中一直表现突出。我们因此一起升了军衔，一起去军校学习，参加国际维和行动。"徐磊娓娓道来。

"徐队，你和老何是一起参加过维和，还是分别参加？"陆加尔询问。

"第一次是分别参加，第二次一起！"徐磊解释道。

陆加尔点头："那他是在维和行动时牺牲的吗？"

徐磊轻轻摇头："不是！"

陆加尔看着徐磊："那他是怎么牺牲的？"

提及这个话题，徐磊伸手抽了一张桌上放置的纸巾，随后将口中的口香糖吐了出来。陆加尔将垃圾桶挪了过来，徐磊将包着口香糖的纸巾扔进垃圾桶。

重新坐回位置上，徐磊的手再次不自觉地摸了摸自己的腿。

"出于部队机密，我只能告诉你部分情节！"徐磊道。

陆加尔点头："可以！"

"那是在缉毒的行动中，我们和毒贩在边界交战，毒贩的军火装备优良，火力很猛，双方对峙了近18个小时，我在掩护战友的时候，被毒贩打中，老何为了把我救回去，让队员火力掩护，他冲了过来，准备把我拖走时，头部中弹……最后我们把毒贩一网打尽。可是老何躺进了医院！"徐磊讲述到这，神情凝重。

陆加尔静静地看着他，想起在网上流传这么一句：从来没有什么岁月静好，只是有人替我们负重前行。这些军人是国家稳定、人民安定的守护者，他们帮我们挡住那些黑暗，让我们活在光明之下，可是多少人能体会他们的不易呢？

"你的腿伤就是因为那次缉毒行动？"陆加尔问。

表情凝重的徐磊点了点头："是，那次毒贩打中了我的腿。"

"这次枪伤成为了你心中的一个结？"陆加尔道。

"算是吧，子弹刚好穿骨而过。"徐磊道。

其实这些陆加尔已经从资料上得知了，只是她还是希望由徐磊自己讲述一遍。因为这次枪伤，导致徐磊后面行动不便，就算他有钢铁的意志力，用了常人无法企及的速度恢复行走，但是从此之后却不能再参加高强度的训练。他为此挣扎好长一段时间，最终要求部队将他调至刑警队。

其实以他当时的身体，是不适合去刑警队的，但是徐磊再次用实力证明自己，他或许没法继续在特种部队，但是在刑警队的体能测试中，他依旧是佼佼者。

他当初从部队调回地方的时候，无论从精神面貌，还是从体能素质来看，都是个强者。朱雨这个心理侧写师在事先不知道的情况下，也没能看出他的腿曾经受过伤。

其实观看资料的时候，陆加尔就已经被徐磊的精神所震撼，这绝对不是常人能做到的。不过精神再强大，他到底也只是个人。

"就算调回地方，你内心还是怀念部队的生活？"陆加尔凝视着徐磊问道。

徐磊也看着陆加尔："说不怀念是假的，我在部队度过了十四年，可以说是我目前生命中近一半的岁月，它已经完全融入到我骨子里！脱下那身军装，就跟剥下我的皮一样！"

陆加尔虽无法理解这是一种怎么样的执念，但是从徐磊的眼神中可以看出他真的热爱着部队，热爱着那身军装，将它视为自己身上的皮肤。

"你喜欢军装我可以理解，不过现在的刑警生涯应该也算是另外一袭戎装！"陆加尔道。

"算吧，只不过是我没能战胜自己的心结！"徐磊叹道。

"你对那次缉毒行动，还心有余悸？"陆加尔问。

"我们特战队对任何行动，都不会心有余悸，只是那次亲眼看着老何给我挡了子弹，那脑浆直接喷在我的脸上，后来看着他在病床上躺了三年多，他家人面对这些痛苦，让我心里产生了深深的自责。"徐磊道。

"你产生自责我能理解，但你也很清楚这些不是你的错，而且你也说了，一起当兵，那都是过命的兄弟！"陆加尔道。

"清楚没用，回到地方感觉就变了，整个世界都变了，就算拼命工作，也无法将自己从黑暗的阴影中拉回来。"徐磊道。

陆加尔平静地看着流露出痛苦表情的徐磊，随后温声说道："徐队，其实世界没有改变，只是你的心境不同而已。回到地方，在刑警大队工作，虽然工作也异常繁忙，但与你在部队时有所不同，你不习惯是很正常的。人都是怀旧的，譬如从一个城市到另外一个城市，便总会想起那边的生活环境，那边的饮食习惯，以及周边的朋友。徐队你是一个重感情的人，你不仅热爱着部队，还热爱着你的战友，热爱着那片土地，只是生活不停地往前走，容不得任何人停下脚步！"

陆加尔对他个人心境的剖解非常精准，他内心是热爱着部队、战友，以及那片他撒过无数汗水的土地。只是他自己没能调整好心态，所以变得如此被动。

徐磊摸了一下自己的脸，随后道："陆教授，你说得没错，我现在是有些跟不上步伐！"

陆加尔看着他："其实是你不想跟上步伐，你的内心依旧渴望战斗，渴望跟你的战友们并肩作战。即使你曾经亲眼看到战友为你挡子弹，脑浆喷在你的脸上，但你依旧渴望着能够再次上战场。"

徐磊听到这些话后，眼睛直视着陆加尔，她的这番话简直一针见血，就像将他的内心赤裸裸地看透一样。

尽管徐磊不太喜欢这样的感觉，但是陆加尔说的是事实，他的内心深处，确实无比渴望继续上战场去战斗。这种渴望，没当过兵的人不会懂，也不可能懂。只是这些已经变成了奢望，他这辈子再也不可能回到梦里的那个地方。

看着徐磊忽闪的眼神，陆加尔直视着他，接着道："你内心的渴望我能理解，就如你说脱下那身军装，就像剥下一层皮，它已经浸入你的骨血里，成为你人生的动力来源。一旦离开部队，你就像离开水的鱼儿一样，开始挣扎，开始回避！"

"我其实不想回避，想积极面对，但我没能成功！"徐磊的表情有些沮丧。

"徐队，我虽然只跟你接触几次，但还是能看出你是一个在任何地方都不会成为平庸的人，就算离开水，你还是会让自己进化成可以在陆地上爬的鱼！"陆加尔对着他说道。

"陆教授你高看我了！"徐磊说这话的时候，手再次条件反射地摸着他那受伤的腿。

陆加尔看了看他，其实徐磊的意志力还是很坚强的，他需要一点动力，于是道："你的腿受伤确实成为你内心的一个心结，但你想想换作老何，他会怎么做？"

"老何？"徐磊念着老何两字。

"你最亲密的战友老何，他若是遇到这样的情况，你觉得他会怎么做？"陆加尔询问。

"老何是到任何地方都不会孬的人，他身上有一种光芒，不仅照亮自己，也照亮别人！就算断腿，他也会跑到第一。"徐磊高度评价老何。

但是他内心却又想着一番话，虽说在战场上枪弹无眼，可是如果时间可以倒回，宁愿死去的是他徐磊本人。这样老何刚过门的媳妇就不会那么痛苦，他的家人也不会伤心。

"徐队，老何跟你多年战友，你们彼此应该都是欣赏着彼此的，老何身上有的闪光点，你身上肯定也有！他能做到的，你肯定也能做到。"陆加尔道。

"我们确实欣赏着彼此，我们在业务上的比拼一直都齐头并进，有时候他就像一面镜子，让我可以清楚地看到自己的现状，而如今我没了这面镜子，有时候都快认不清自己是谁了！"徐队感叹道。

"徐队，你真是一个重情的人！"陆加尔道。

徐磊接话："说到重情，老何才是最重情的那个，他比我无私，什么事都不太计较。有好几次都把晋升机会让给别人，我们说了他好几次，可他丝毫不在意！"

"听你这么说，老何是个非常善良，非常淳朴的人。"陆加尔道。

"是，他比我实在，我在有些地方，比他油滑一些，所以后面我当了副大队长，而他担任训练教官。"徐磊道。

见徐磊在不停地"检讨自己"，陆加尔不由安抚道："徐队，你能胜任特战队的副大队长，肯定有着过人的优势！"

"就算有优势，我还是没能做到像老何那样大度！"徐磊道。

"领导力这种东西是天生的，跟大度没有任何关系！"陆加尔道。

"或许吧。"徐磊叹了一句。

陆加尔看了看他，通过刚才的谈话，她知道徐磊的症结点，随后道："徐队，人死不能复生，老何当初为你挡子弹，也是把你当成兄弟，换作是你，你也会同样毫不犹豫地为他挡子弹。你们军人之间的情谊，是任何团体无法比拟的。你看着老何家人痛苦，你跟着内疚，可是我想这不是老何所愿意看到的。你今天能主动让我帮你做心理干预，这是好事，说明你愿意面对真实的自己，不想自己令老何失望。"

"是，我是不想令九泉之下的老何失望！"徐磊如实回答。

"我很高兴，尽管你的出发点是不想令老何失望，但今天你能来这，将自己真实的一部分呈现出来，对缓解你内心的冲突有很大的帮助！"陆加尔道。

徐磊的目光看着陆加尔，神情复杂："从部队回到地方，起初我尽量让自己适应，接受现实，而且我也相信自己能做到。可是我还是做不到，内心深处在每个深夜不停地拉锯着，我知道这样不好，但却一直没能正视自己。我不想变成一个孬货，令自己厌恶和鄙视的对象。而这次接受你帮我做心理干预，是因为你是陆加尔，陆教授。"

被别人信任是很难得的，虽然这份信任里，有着男人对女人的好感在里面，不过陆加尔还是表示感谢："谢谢徐队的信任！"

"你刚才也说，我内心渴望战斗，明知道已经不可能，却又一直放不下，我也不知道该怎么做才能彻底将它放下。"徐磊说出自己的苦恼。

"其实也不一定要将它放下，你可以尝试将它转换成生活动力。"陆加尔建议。

"我尝试过，它确实成为我最初回到地方的动力，看到老何走了，我也确实不该这么让自己陷入阴影，可是事情就变成了这样。"徐磊说完，捧着自己的脸。

陆加尔凝视着他："徐队，你来到这，就已经是勇敢地面对自己，没关系，慢慢来！"

徐磊闻言，缓缓地抬起头看向陆加尔。

陆加尔冲着他温柔一笑："徐队，你是天生的强者，我相信你！"

这抹笑容就如春风拂面，而这句话也非常鼓舞人心。

"陆教授，谢谢你！"徐磊感激道。

陆加尔报以微笑，通过这次谈话，她了解了徐磊一部分的内心世界，关于他对部队的情结，但是一次谈话肯定无法将他彻底解脱出来。心理干预或咨询，是个循行渐进的过程。只要徐磊的态度是积极的，相信以他的意志力要走出来，也并非难事。

结束跟徐磊的第一次谈话后，陆加尔和他一起离开了心理研究工作室。

"陆教授，你直接回家吗？"徐磊询问。

"嗯，直接回去，你呢？徐队还有什么安排吗？"陆加尔笑问。

"我？我找人喝酒。"徐磊笑道。

"喝酒？小酌怡情，大醉伤身哦！"陆加尔友情提醒一句，毕竟徐磊出现的症状就是酗酒。

"陆教授放心，跟你聊过之后，我不会再去大醉的！"徐磊道。

"其实我个人建议，你还是回家好好休息。"陆加尔道。

"陆教授这是不放心我吗？"徐磊看着她笑问。

"不是，是看到你眼睛里的红血丝。"陆加尔道。

徐磊闻言，目光直视着陆加尔，一会儿开口："好，我听你的！"

面对听话的咨询者，陆加尔的脸上不禁露出满意的笑容，而徐磊看到她的笑容后，心思微动。

和徐磊分开后，陆加尔直接开车回家。

将车停在地下停车场，陆加尔拿着包，踩着五公分的鞋子，咯噔咯噔地走向电梯口。

这时，右边的一辆车突然打开了大灯，车灯直接照在她的身上。陆加尔用手挡了一下，缓缓地侧脸看去。

车灯很是刺眼，不过当陆加尔侧过脸时，灯随之熄灭了，陆加尔看到车牌后，脸上不由露出一抹笑。坐在驾驶座上的Ian脸上漾着迷人的微笑，随后侧身拿起副驾座的花束，开门走下车。

看到Ian手中的花束，陆加尔的眼睛掠过一抹惊喜，定定地看着他缓缓朝自己走来。

陆加尔率先开口："刚才吓我一跳，你在这等了多久？"

"不久！"Ian温柔地笑道，随后将手中的花递给陆加尔。

陆加尔的目光落在花束上，不是玫瑰，也不是百合，而是一束棉花花束。虽然不知什么时候开始流行送棉花花束，不过不得不说，眼前这棉花花束很是别致，是陆加尔所喜欢的。

"送我的？"陆加尔笑问。

"我眼前还有别人吗？"Ian勾唇，眼底尽是温柔之色。

陆加尔笑道："没有，既然是送我的，那我就收入囊中了。"说完，陆加尔伸手将Ian手中的棉花花束接了过来。

花束主打是干棉花，旁边还有干的满天星，虽然没有扑鼻的花香，但整束花给人一种淡雅的感觉。这虽然不是陆加尔第一次收到花，但却是她收到最为别致的一束，最最重要的是，这是Ian第一次送花给她。

"喜欢吗？"见陆加尔看着手中的花束，Ian不由笑问。

陆加尔抬起头，眉眼染着开心："喜欢！"

Ian见此，嘴角的弧度微弯："我送你上楼。"

陆加尔点头，随后亲昵地挽起Ian的手臂，一起走向电梯口。

"晚上的咨询进展顺利吗？"Ian漫不经心地询问。

"挺顺利的！"陆加尔应道。

Ian闻言，眼底深处的一抹担忧消散不少："顺利就好。"

陆加尔侧脸看他，随后道："你在担心我的工作？"

Ian连忙解释："我不是担心你的工作，是担心你的身体，虽说是小车祸，但是你也不能太不爱惜自己的身体！"

听完Ian关心的话，陆加尔一阵暖心："放心吧，我的身体没事！"

Ian亲昵地摸了摸她的头，陆加尔一脸害羞和甜蜜，两人走到电梯口，Ian伸手按了一下电梯键，一会儿电梯门打开，两人一起走了进去。

电梯里只有两人，Ian轻轻地靠了过来，陆加尔似乎猜到他想干吗，害羞地伸手挡住他的身体，小声提醒："有监控！"

Ian只好作罢，随后温柔的声音在陆加尔的耳边响起："加加，搬到我那住吧。"

陆加尔闻言，眼睛看着近在咫尺的Ian："你的意思是让我跟你同居？"

"嗯，你是我的女朋友，跟我一起住，让我照顾你！"Ian道。

陆加尔眼眸漾着柔情，随后道："同居这事，可以考虑考虑！"

"尽快给我答复。"Ian温柔地说道。

陆加尔含羞地点头："嗯。"

Ian送她到家门口，在他转身离开的时候，陆加尔突然伸手拉住他，随后踮起脚尖亲了一下他的脸颊。Ian愣了一下，而陆加尔也愣住了，因为刚才轻触到Ian的脸颊时，Ian的脸再次跟靳向东重合在一起。

她真的魔怔了！

Ian很快恢复如常，看着愣怔的陆加尔："进去吧。"

陆加尔回神，局促地点头，伸手开门走了进去，在关门时，不忘开心地说道："谢谢你的花！晚安！"

Ian目光温柔地看着她："晚安！"

苏涵见陆加尔拿着一束棉花回来，嘴里不由念叨："棉花的花语是珍惜身边的人！"

陆加尔并不清楚棉花的花语，不过听苏涵这么一说，内心更是开心："是吗？"

"我可是百科全书啊！"苏涵大言不惭地回道。

陆加尔笑，苏涵懂的东西确实很多，就是动手能力差了点。

苏涵接着问了一句："Ian送的？"

"嗯！"陆加尔点头。

苏涵摸了摸下巴："这束花很雅致，Ian的品味不错！不过棉花开花，花絮纷飞，也就是说送花的人，不想彼此忍受分离之苦，想珍惜两人在一起的时光。"

陆加尔闻言，若有所思道："难怪他提出让我搬去他家住？"

苏涵听到这话，惊掉下巴："Ian提出的？"

"嗯！"陆加尔点头。

"那你赶紧搬过去吧，这个房子从此我一个人住！"苏涵似乎对陆加尔搬走持着高兴的态度。

陆加尔见此，抛出一句话：“若是真的搬去Ian家，那艾米也跟我一起搬走。”

听到陆加尔要带走艾米，苏涵立马急了：“那可不行，你可以搬走，艾米得留下！”

陆加尔眉头微挑，随后拿着花走进自己的卧室。

苏涵跟了进来：“你要是把艾米带走，那我也跟你一起搬去Ian的家！”

陆加尔将棉花放置在她化妆桌上，随后转过头看了下苏涵：“杰森要是知道你有这个想法，估计会休了你。”

一提杰森，苏涵直接坐在床上，一副像被霜打蔫的茄子一样，愁眉不展。

陆加尔见此，怔怔地看了看她：“你跟杰森怎么啦？”

苏涵抬起头，随后重重叹了一口气：“不太清楚，感觉他从泰国回来便怪怪的！”

“怪怪的？什么意思？”陆加尔拉过椅子坐了下来，看着苏涵询问道。

“不冷不淡！”苏涵用四个字形容她跟杰森目前的关系。

陆加尔知道苏涵最近忙着赶稿几乎没怎么出门，于是道：“是你自己忙着赶稿，冷落了他吧？”

“不是，我就算再忙，也会给他电话，给他微信。只是他的态度，不知道怎么说，总之怪怪的！”苏涵如实地说出自己的感受。

“你们不是才刚开始吗？杰森虽与我同事不久，说不上特别了解他，但我相信他不是一个玩弄别人感情的花花公子。”陆加尔道。

“不清楚，不过我怎么会如此之快地接受他呢？”对于这个问题，苏涵有些莫名。

陆加尔看着了苏涵，内心也有些不解，就如苏涵所说，从泰国回来，她的身边也发生了一些怪事。虽然觉得莫名其妙，但确实有种怪怪的感觉。

陆加尔伸手拍了拍苏涵的肩膀：“苏涵，或许是你多想了，你这几天很忙，估计杰森也很忙，等忙完赶紧约他出来去约会吃饭增进感情！”

苏涵默默地点了点头，随后看着陆加尔非常认真地说道："不过你真要搬走的话，千万别带走艾米，让它留下来陪我！"

陆加尔听后，哑然失笑："搬不搬，我还没考虑好呢！你着什么急啊！"

夜已深，此刻躺在床上的陆加尔还没睡着，看着梳妆台上的棉花。令她到现在还没困意的便是Ian提出同居的想法。

回想她和Ian认识到现在，用一句话来形容，那便是缘分妙不可言。

以前的她从未想过恋爱，甚至觉得自己不可能爱上任何一个人，可是他的出现，打破了她内心的所有防备。那天的夕阳，那天的身影，至今记忆清晰，让她明白，在这世界上，总会有这么一个人，在恰好的时间里出现，然后偷走她整颗芳心。

陆加尔摸了摸自己的胸口，感受着这颗跳动的心，脑海里想着Ian那张英俊的脸，那温柔的眼神，那性感的唇……

想到这些时，陆加尔的嘴角扬起了甜蜜的笑容，但不知为何脑海里突然恍惚一下，Ian的脸再次被靳向东的脸置换。虽说只是一瞬间，但却再次让陆加尔感到惊讶，甚至惶恐。

这已经不是第一次了，为什么会这样？她在车祸之前，明明就不认识靳向东！

可他为何说她是他的女朋友，甚至还强吻她……

陆加尔的脑子有些混乱起来，可是恍惚几秒后，她很快让自己平静下来。或许是因为车祸，让身体和神经都变得脆弱和敏感，陆加尔闭上眼睛，让自己不再胡思乱想，安静地睡去。

随后她做了一个梦，跟Ian一起在海边互相追逐的梦。

舒爽的海风吹在脸上，柔软的沙子踩在脚下，陆加尔笑颜灿烂地追着Ian："你别跑，你别跑！"

而跑在前面的Ian突然停下脚步，陆加尔整个人直接撞到他的身上，Ian大手一把揽住她的身体，两人就此贴在一起，两颗心如鼓般地跳动。

陆加尔害羞地低下头，几秒后，耳边传来温柔的声音："加尔，我爱你！"

BUA大厦，靳向东的办公室。

杰森坐在靳向东的对面："关于那个Ian的个人资料，重新调查的结果跟前面一样，没有任何新的信息点，个人行程除了工作，最近经常与陆教授约会！"

靳向东听到最后一句，嘴角不自觉地抽了抽，刚才看杰森递给他的资料和照片，照片上陆加尔跟他各种亲密，令他觉得格外刺眼。

"他能凭空出现，想必事前已经做好了万全准备，不可能让我们查到其他！"杰森对几次调查的结果进行总结。

在此之前靳向东心中所想跟杰森一致，然而此刻他却摇了摇头："不，其实他的出现，已经开始露出破绽了！"

杰森觉得自己这些天快成侦探了，脑子不够用："露出破绽？"

"这事我来处理，你去忙吧！"靳向东俨然已经有了主意。

杰森点头，随后瞅了瞅靳向东："如果真的如我们所想，你有什么打算？"

靳向东面色不太明朗："事情未经证实，不下任何定论。"

杰森知道靳向东的脾性，也没再说什么，离开了办公室。刚回到他自己的办公室，黎正敲门进来，拿着文件到杰森的面前："帮我签个字。"

杰森接过文件，签下自己的大名，又还给黎正。

黎正没有立马离开，而是开口道："你最近跟Ace是不是在密谋什么大事？"

杰森抬头看他："没有啊！"

"没有吗？我怎么觉得你俩这些天神神秘秘的。"黎正道。

关于陆加尔以及靳向东笔记本被入侵的事情，目前暂时只有靳向东和杰森知道，属于保密阶段，于是杰森故意装傻："有吗？"

"看你这表情，一定有事！"黎正道，"是不是Ace跟陆教授分手了？"

"哪听来的八卦啊！"杰森反问。

"是不是真的？"黎正低下身，看着杰森，此刻他内心的小八卦爆棚。

"不是！"杰森断然否认。

黎正听后，不解道："那陆教授怎么会突然离开我们的研发团队？"

"谁跟你说陆教授要离开我们的团队？"杰森看着黎正反问道。

关于陆加尔离开的事，靳向东开始是说辞退，但合同并没有签署。

"不是吗？陆教授好几天没来了！"黎正满眼好奇。

"没有的事，少八卦，多干活！"杰森把靳向东说过的话扔给黎正。

黎正笑了笑："好，我去干活！"不过还是忍不住感慨一句，"这谈恋爱啊，千万不能组团！"

杰森闻言，看着黎正："是苏涵跟你说了什么吗？"

黎正刚才说了那么多，其实就是为了引出苏涵："苏涵没说什么，就是问我你最近忙不忙？"

果真是苏涵，杰森不由变得有些小小的紧张："你怎么回她？"

黎正看了看他，随后回道："我说你这些天忙成狗啊！"

杰森稍稍松了一口气："这几天确实很忙！"

"忙归忙，但把刚确定关系的女朋友撇一边很不该啊，你就不怕她直接把你给甩了！"黎正道。

黎正不知道这里面的缘由，杰森也不好跟他解释太多，于是道："是不该！"

"回头赶紧跟苏涵赔不是，别让人觉得我们这些搞程序的都是榆木疙瘩，一天只知道工作。要知道天天加班加成狗能找到女朋友已经很不错了，你可别身在福中不知福啊！"黎正叮嘱道。

杰森点头："知道了，不过你以后少去骚扰苏涵！"

"杰森，你这可就小肚鸡肠了啊！再说是苏涵跟我联系的，作为兄弟的我不停地帮你说话，你倒好还倒打一耙！下次苏涵再跟我联系，看我怎么在她面前参你几本！"黎正直接来了一个赤裸裸的威胁。

"好好好，我错了，收回刚才的话！"杰森连忙赔不是。

"行了，话已经带到，你要是不想珍惜，那我可就有机会了！"黎正嬉笑道。

杰森闻言，赏了黎正一个白眼，黎正见此麻溜儿地离开他的办公室。

黎正话是这么说，但杰森相信他不是那种会撬别人女朋友的男人。只是现在的情况有些复杂，杰森对自己与苏涵的关系，变得有些不太确定。

他刚才在办公室问靳向东的那话，若是换作他来回答，估计暂时也很难给出答案。

想到这些，杰森的脸不由露出一抹惆怅，内心再次祈祷，希望自己的猜想是错的。

某国际能源公司驻华总部大楼。

正在聆听华南区项目负责人视频简报的Ian，放在桌上的手机响了起来。Ian本想直接拒接，但看到号码后，手顿了一下，随后示意视频里的人暂停汇报："稍等，十分钟后再继续！"说完，Ian关掉了视频，接起了电话。

"你好，哪位？"Ian的语气如平常一样。

"我想宋总应该知道我是哪位？"耳边传来靳向东那低沉的嗓音。

Ian的嘴角微扯："抱歉，我不知道你是哪位。"

"靳向东！见个面吧！"靳向东直接说出自己打这通电话的目的。

"靳向东！"Ian念了一遍，随后道，"你我似乎没有任何业务往来！"

"我们是没业务往来，但你会答应与我面谈的！"靳向东道。

Ian闻言，淡淡一笑："靳总一向如此自傲吗？"

"自傲的人是你！"靳向东平静地回复他。

"我确实自傲，不是你想见就能见的！"Ian回复道。

"有些话不要说得太满！我待会把见面的地址发到你邮箱！"靳向东说完，便直接挂掉了电话。

耳边传来嘟嘟的挂断声，几秒后，他的邮箱收到靳向东发过来的地址。看着那地址，Ian嘴角微勾，表情有些深不可测。

不过他最终还是推掉了上午的所有行程，去了靳向东发给他的地址。

靳向东约的地点是一家建在半山腰的寺庙。这间寺庙不是B市有名的寺庙，而且又是工作日，所以来庙里的游客不是很多。耳边传来阵阵弥音，鼻尖飘来幽幽檀香，一踏入此地，就算再浮躁的人，也不由定心几秒。

靳向东到这已有二十分钟，此刻正在眺望远处的风景，殊不知他那颀长的身影也成了别人眼中的一道风景。

没过多久，身旁多了一个人。靳向东微微侧过脸，来者就是不知道从哪冒出来，代替他成为陆加尔男朋友的Ian。

靳向东再次将目光看向远处，幽幽地说道："这里的风景确实不错！"

看着一脸自信的靳向东，Ian内心有些不是滋味，随之也看向远处，一脸淡定地说道："你调查我？"

靳向东毫不掩饰地回应："是的！"

"结果呢？"Ian询问。

"结果你来这见我了！"靳向东道。

Ian闻言，微微勾唇："我来这见你，是为了给你一些警告！"

靳向东也勾起唇角："什么警告？"

"人千万不要自作聪明！"Ian的语气很是平静，看不出一丝波澜。

"是吗？"靳向东冷笑。

Ian侧脸看他："我从来不打诳语！"

靳向东也侧过脸，迎视着他的目光："好巧，我也是！"

Ian微笑地看着他："别敬酒不吃吃罚酒！"

靳向东不以为然，开口道："如果一切如常，你确实可以如幽灵一般在这世界上存在，可惜你偏偏打破了这一切，这叫聪明反被聪明误！"

别看Ian面带微笑，但目光却变得凌厉起来。

靳向东再次将目光从Ian脸上移到不远处的山谷："当你出现在这，我想我的猜测是没有错的。"

"你的猜测？"Ian冷笑。

"劝你一句，最好让我的女朋友恢复如常！"靳向东幽幽道。

Ian再次冷笑："你知道了又如何？就如你自己所说，聪明反被聪明误！"

靳向东闻言，侧转过身："Ian，我虽然还不清楚你到底什么来历，有什么目的，但是你打破了这一切，接下来不止是我一个人会发现，很多人都会有所察觉，你不可能置身事外的。"

"我能不能置身事外是我的事。"Ian冷笑地回复道。

"别太自信！"靳向东看着眼前的男人，也冷冷地回击着。

两人的目光在空气中交织，那气氛就像两个高手对峙，十米之外都能让人感觉到杀气。

一会儿，Ian缓缓收回目光，恢复儒雅："自信来源于实力！"

闻言，靳向东很是意外，看着Ian的侧脸："你承认得未免太快了一些！你到底是什么人？有什么目的？"

至于Ian所说的实力，靳向东已经领教过了，他的技术比他想象的还要高超，可是靳向东的内心还是疑惑重重。其实从Ian现身之后，便觉得他更加琢磨不透。

他来了，毋庸置疑地证实他的猜测，这算是彻底亮牌了。如此爽快，实在出乎意料。

"我是什么人，你不是已经调查得很清楚了吗？至于目的我也跟你说得很清楚！"Ian眸光看着远处连绵的山峦，嘴角勾着自信的微笑。

"你让我远离加尔？"靳向东道。

Ian缓缓转过头，看着靳向东道："我喜欢聪明人，但是聪明人如果没有自知之明的话，只会自讨苦吃！"

那语气完全就是警告，靳向东凝视着Ian，一会儿开口："如果我就是没有自知之明呢？"

"你想让你的公司付之东流的话，倒是可以一试！"Ian道。

"威胁我？"靳向东勾唇冷笑。

Ian与靳向东对视，缓缓说道："我是个行动派！"

靳向东没有畏惧，只是内心想得到确切的答案，但还是有所犹豫。

"告辞！"Ian没有再多话，准备转身离开。

"等等！"靳向东还是鼓足勇气，喊住了他。

Ian顿了下脚步，目光重新移到靳向东的脸上。

靳向东缓缓开口："加尔，她是什么？"

Ian直接回道："她是什么，跟你无关！"

"她是我女朋友！"靳向东声明道。

Ian凝视了他几秒："那只是一个测试而已！"

听到意外的两字，靳向东有些愤怒："测试？"

"劝你还是忘了那一段！"Ian道。

靳向东的拳头不由紧握："你更替了她的记忆！"

Ian闻言，微微勾唇，没有否认："是！"

靳向东听到这个回答，心猛地一沉，他承认确实是大开眼界了，本以为BUA的技术是顶尖的，却没想到山外有山，人外有人。

随之内心涌起一股深深的挫败感，被人重拳一击，却毫无回手之力。他很不喜欢这样的感觉，甚至懊悔来这跟他求证。

Ian将怒气冲天的他看在眼里，丝毫不畏惧。可是下一秒靳向东的手直接朝他的脸上挥去。

Ian的唇角出现一丝血红，他伸手抹了一下，随后不紧不慢地说道："拳头是解决不了任何问题的！"

人们常说有时候不知道真相，也是一种幸福，可以保留很多美好的憧憬。一旦真相被揭开，只会令自己难以接受。

杰森下班后，没有直接回家，而是去了靳向东的别墅。这阵子他俨然把这当成自己的家。

艾克给他开门："杰森，你总算来了！"

"你家主人怎么啦？"杰森连声问。

"喝酒，不停地喝酒！"艾克道。

　　杰森跟艾克一起走进客厅，看见靳向东坐在沙发上，正打开一瓶啤酒，随后咕噜噜地喝了好几口。茶几上放着一打啤酒，而垃圾桶已经堆满了啤酒瓶。

　　杰森放下手中的公文包，坐了下来，也打开一瓶啤酒，往嘴里灌。

　　靳向东看了看他，继续闷不吭声地喝着自己的酒。

　　艾克见此，不由道："杰森，我是让你劝我家主人少喝酒，不是陪他喝酒！"

　　"艾克，你不知道酒有时候是个好东西，一醉解千愁！"杰森道。

　　"话是没错，可是喝酒伤身！"艾克回复道。

　　"艾克，我有事跟你家主人说，你回避一下！"杰森道。

　　艾克眨巴着眼睛看了看杰森，随后转身去了书房。

　　客厅只剩下杰森和靳向东，杰森看了看靳向东，随后问："猜测被证实了？"

　　从上午出去之后，靳向东便没来公司，杰森此刻看到他这个样子，心里猜到了一些，他们的猜测被证实了。

　　靳向东表情很是复杂，没有回复他的话，而是拿起酒瓶又灌了几口。

　　"真的被证实了？"杰森想确认。

　　靳向东还是没有作答。

　　杰森一脸着急："急死我了，你快说到底是还是不是？"

　　靳向东缓缓开口："虽没直说，但八九不离十！"

　　"你去见那个Ian？他说的？"杰森诘问。

　　靳向东点了点头。

　　尽管内心已经有过铺垫，但真正知道的时候，杰森的内心还是被狠狠地冲击了一把。完全不知道该怎么形容此刻的心情，就好像从高处直直坠下。

　　客厅安静了好一会，杰森才再次开口："苏涵也是？"

　　"应该是！"靳向东说完这话，又喝了几口酒。

　　杰森听后，也默默陪着喝了好几口，可是瞬间给以否认："不对，不对，陆教授和苏涵跟我们完全一样！怎么可能……怎么可能是AI？还有Ian不可能这么容易说实话。"

确定了猜测，陆加尔和苏涵的相关记忆出现差池就可以得到解释，但还是有很多地方想不通，就拿在书房的艾克来说，他是AI，里面的构造全是金属，不吃不喝，只需充电。而如果说陆加尔和苏涵也是AI，那是何等高级的人工智能啊！

而靳向东却幽幽地说了一句："山外有山，人外有人！"

"莫非那个Ian是外星人！"杰森又来了一个猜测。

靳向东没有回应，跟Ian见面之后，他的脑海更是一团乱麻，关于陆加尔的真相，她若真是AI，是怎么建造出来的？人造人AI？克隆人AI？这些实在太过科幻了！

见靳向东愣神，杰森不由抖了一下他。

靳向东回神，看了看他，开口道："去查那个能源公司！"

杰森有些犹豫，听到猜测被证实之后，就有种隐隐的不安："Ace，若是真的，我觉得我们还是不要再往下查了！"

"必须查！"而靳向东很坚定。

"这……"杰森皱眉。

"你不想知道她们真正是什么吗？"靳向东反问。

"我也很想知道，可是，那个Ian的意图很明确！"杰森提醒道。

能造出这么高级的AI，可见技术何等了得，说不定还真是不明外星生物在地球创造出来的。

"杰森，你或许可以直接放弃苏涵，但陆加尔是我喜欢上的第一个女人！"靳向东道。

杰森有些不知道该怎么接话，他跟苏涵的感情是不深，但靳向东明知道陆加尔是AI，还想继续的话，那就有些麻烦了。

"Ace，那你接下来有什么打算？"杰森摸不清靳向东的想法，试探地问。

"让她重新爱上我！"靳向东目光变得幽深无比。

杰森听到这话，完全惊得目瞪口呆，不得不说，Ace的胜负欲不是一般的强啊！

B市，某条美食街。

苏涵总算赶完稿，十来天不出门的她，在交稿之后，便拉着陆加尔去外面吃烤串。点了一堆好吃的，苏涵直接撸了袖子开吃，那模样就像十几天没吃饭的人一样。

陆加尔跟Ian发完微信，抬头看苏涵将老板刚送上来的一盘烤串吃了过半，不由摇头："简直就是一头饿狼！"

苏涵又拿起一串："我已经十几天没出门了，馋这些馋得眼睛都快发绿了！Ian说过来吗？"

"他出差了！"陆加尔道。

"出差？去哪？"苏涵边吃边问。

"纽约！"陆加尔道。

"大忙人啊！"苏涵叹道。

陆加尔笑了笑，随后道："你的杰森不也一样！"

"别跟我说他，我现在就想一脚把他给踹了！"苏涵愤愤地说道。

正当陆加尔想接话的时候，耳边传来一句男声："真的要把我给踹了？"

苏涵一听立马转过头，只见杰森那修长的身影出现在面前。

面对突然出现的杰森，苏涵很是意外："你……你怎么在这？"

"跟你们来的！"杰森勾唇道，随后伸手拉开椅子，坐了下来。

"跟我们来的？"苏涵不解。

"我刚到你们小区门口，就见陆教授跟你开车出来，于是一路跟了过来。"杰森解释道。

面对从泰国回来后对她不冷不热的杰森，苏涵随之甩了一记脸色："是吗？今天吹的什么风啊？"

杰森看苏涵的脸色，连忙赔笑脸："生气了？"

苏涵没理他，拿起烤串津津有味地吃了起来。

坐在一旁的陆加尔见此，从旁帮忙说和："她没生气，只是肚子饿了，等吃饱了什么事也没了。"

苏涵听了这话，不由瞪了陆加尔一眼，拿起一串羊肉烤串塞到陆加尔的手上："嘴巴除了说话，也是拿来吃东西的！"

杰森看了下她俩，接着给苏涵道歉："苏涵，对不起啊，最近实在太忙了，冷落了你！"

苏涵依旧没理，拿起啤酒喝了一口，随后对着陆加尔笑道："烤串配啤酒，人间美味啊，总算觉得自己活过来了！"

陆加尔很少见苏涵这般矫情，不由笑了笑："既然活过来了，那我就不在这妨碍你谈情说爱了！"说完，陆加尔识趣地站起身，准备离开。

苏涵连忙拉住她的手："要走也得等我吃完再走。"

陆加尔拉开她的手："我对当电灯泡不感兴趣，走了！"

"等等！"苏涵叫住她。

陆加尔看她，苏涵接着道："跟老板说，再来十串羊肉串！"

陆加尔哑然失笑："知道了！"

陆加尔离开后，杰森小心翼翼地看着苏涵，近两周时间不见，苏涵依旧还是那么漂亮，但他现在是截然不同的心境。

在泰国的时候，他对她很是心动，而此刻，他对她很是迷惑。特别是看着她喝酒吃烤串的模样，打死他都不相信她会是AI。

苏涵见杰森一直盯着她看，没好气瞪了他一眼："第一次见到美女吗？"

杰森连连点头："对，第一次见到美女！"

苏涵再次瞪了他一眼："既然忙，就继续忙啊？来找我干吗？"

杰森嬉皮笑脸道："来找女朋友当然是谈情说爱啦！"

"你还知道有我这个女朋友啊！"苏涵没好气道。

"我错了，因为恋爱经验不太丰富，不知道该怎么去谈恋爱！"杰森道。

苏涵听了这话，直接怼了一句："像你这样，单身一辈子也不稀奇！"

"我的亲朋好友都是这么说的。"杰森承认地点头。

苏涵扑哧一声笑了起来，见苏涵笑了，杰森松了一口气："别生气了！"

"我没生气，最近我也很忙，就算你约我也没空！"苏涵道。

杰森问："交稿了是吧？"

"嗯！"苏涵点头。

"交稿了，就好好休息一下。"杰森道。

"嗯，准备休息一月。"苏涵回道。

杰森看着苏涵，他们之间的对话很生活化，跟普通情侣没两样，可谁能想到他面前的这个女人是AI呢？

关于苏涵撰写的书，杰森最近都搜索了一遍，她是文坛三年前突然冒出来的新秀，所撰写的题材涉猎很广，文采斐然。三年出了近10本小说，其中六本在图书市场低迷的情况下，销量均过十五万，可谓多产又畅销。

而关于她，对外一直都保持神秘，读者不知道她的长相，不知道她的性别。在一些文学论坛里，有她种种传说。但很多人认为，这其实是一种宣传手段。但不管是不是宣传手段，她的写作实力摆在那，若她真是AI，她的设定便是作家，BUA科技旗下的AI也有涉猎写作这块，但没有达到这种程度。

可是对陆加尔和苏涵是AI的事，杰森的心里还是半信半疑，因为眼前的她，跟正常人没有两样。不过他领教过入侵靳向东笔记本的那个幽灵，或许人们所认知的世界里的一切，其实并不是全部。

这是他重新出现在苏涵面前的原因，他想知道她真正是什么？

陆加尔踩着高跟鞋走向停车场，突然身旁窜过一男的，一把扯过她的包便疯狂地逃走。

陆加尔差点跟跄地栽倒在地，可是整个身体却被一只有力的大手给扶住。似曾相识的气息扑面而来，陆加尔抬起头，正欲说谢谢，嘴巴张到一半却愣是没发出声音。

因为映入她眼帘的人，竟然是靳向东。

陆加尔很是意外，可是下一秒靳向东却放开他，朝刚才抢包男人逃跑的方向追了出去。

惊魂未定的陆加尔，对于刚才发生的一切，有些恍惚，不由呆呆地站在原地好一会。待她回过神来，靳向东拿着她的包，缓缓地朝她跑来。

陆加尔定定地看着他一步一步靠近自己，说实话这种英雄救美的画面，她还是第一次遇到。

靳向东走到陆加尔的面前，将包递给她，不过陆加尔没有立马接过来，而是开口道："靳总，你这又是唱的哪一出？"

靳向东看着她："什么意思？"

"英雄救美？"陆加尔微微挑眉，继续道。

靳向东明白了："你这话的意思是，刚才的抢劫是我安排的？"

"不然呢？"陆加尔耸肩。

她遭遇抢劫，恰好他出手相救，还将她的包拿了回来，这一出戏实在漏洞百出，拙劣至极！

"不要以小人之心度君子之腹！"靳向东将包塞到她的手里。

陆加尔听后，不由冷笑一声："你这样有意思吗？"

"上次没经过你同意带你去催眠，我在这郑重跟你道歉，不过在这遇到你，纯属意外！"靳向东解释。

"你这话诓别人还行，别忘了我是做什么的！"陆加尔道。

靳向东闻言，不由摇头，随后叹道："早知道我就不出手相救了！"说完，转身离开。

陆加尔看着他离去的背影，冷哼一声，也转身朝自己的车子走去，伸手打开车门，正欲坐进去的时候，又将门给关上了，拎着包跟了上来。

看到靳向东走向她刚才和苏涵吃烤串的那家店，苏涵和杰森看到他，很热情地跟他打招呼。陆加尔内心闪过一丝疑惑，难道刚才自己真的误会他了。

可是就算误会他了那又怎样，他的行为一直让她觉得莫名其妙。

陆加尔正欲转身离开，却跟路人撞了满怀，随后胸口传来一片凉意。

"对不起，对不起！"跟她相撞的女孩，连声道歉。

陆加尔低头看衣服，胸口被绿色的液体浸湿，因为是白色的裙子，特别显眼，而且衣服也随之贴着皮肤，饱满若隐若现。

"对不起，我不是故意的！"女孩见此，再次跟陆加尔道歉。

陆加尔觉得今晚似乎有点邪乎，连忙拿包挡着胸口，没跟女孩计较太多："没事。"

"要不要我赔你干洗费！"女孩道。

"不用！"陆加尔摆手，这时身后出现一双大手，随之一件浅白色的薄西服外套将她上身包住。

又被英雄救美！陆加尔愣怔一下，缓缓侧过脸，看到的人竟然又是靳向东。

四目相对，陆加尔不知道该怎么形容如此玄幻的今晚。

随后，苏涵和杰森也跑了过来。

"真的很抱歉！"身旁的女孩再次道歉。

陆加尔目光幽幽地看着那女孩，说实话脑子闪过的第一个想法，这女孩不会是靳向东故意安排的吧？可是那女孩的神情不像是演戏，应该是无心撞到她的。

"没事，你走吧！"陆加尔爽快地让女孩离开。

女孩走后，陆加尔看了下身旁抱着自己肩膀的靳向东，他那高大的身影直接将她笼罩，而她如小鸟般地依偎在他怀里，不知为何，这感觉似曾相识。

靳向东看到她的眼神，缓缓松开抱着她肩膀的手。

"加尔，你没事吧！有受伤吗？"苏涵关切地问。

"没事！身上被泼了点饮料而已！"陆加尔摁着靳向东刚才披在她身上的西服外套，淡淡地回应。

"Ace刚跟我们说，陆教授你在停车场旁被人抢包了！"杰森问。

陆加尔闻言，目光不由落在靳向东的身上，脱去外套后，那紧身的黑色T恤将性感身材暴露无遗，而靳向东看着她的目光流转着柔情，让她的心里毛了又毛。

陆加尔不想跟他多相处一秒，于是道："你们继续吃吧，我先走了！"

而接着耳边传来靳向东的声音："我送你回去。"

陆加尔断然拒绝："不用！"

见陆加尔对他保持高度警惕，靳向东心里多少有些失落，不过没有表现出来，而是微微勾起唇角："我有这么恐怖吗？"

陆加尔没看他，口气很是疏离："我不喜欢麻烦别人！"

"那好吧。"靳向东没有强求。

陆加尔随后想将自己身上遮着的西服还给他，靳向东却伸手阻止："改天再还我。"

"不用！"陆加尔再次拒绝，说完将衣服拿了下来，用包遮着胸口。

她不想跟他有过多的牵扯，因为他充满了危险的气息，不，确切地说应该是强烈的入侵气息。面对他时，陆加尔的心里竟然有一丝莫名的害怕。

可是话刚落，靳向东直接将衣服再次披在她的身上："衣服不用还了。"

苏涵看到这样的画面，觉得陆加尔和靳向东之间怪怪的。陆加尔平时对人很是淡漠，但她对靳向东的态度，除了淡漠之外，竟然还有一丝紧张。旁人或许看不出来，但苏涵对她实在太熟悉了，顿时觉得稀奇。

靳向东都已经这么说了，要是再跟他继续推脱，那就显得特别矫情了，于是道："回头我洗干净了再还你。"

"好！"靳向东微微勾唇，眼底闪过一丝小窃喜。

听说陆加尔刚才遭遇抢包，苏涵没让她独自离开，撇下杰森送她回家。

坐在副驾驶座，陆加尔将反穿在身上的外套脱了下来，侧过身放在后座。刚才鼻尖无意间嗅到衣服上的气息，那淡淡的香水味莫名觉得熟悉，竟然惹来一阵心慌。

苏涵见此，看了看陆加尔，开口道："你就这么不待见Ace？"

"有些人还是保持距离比较好。"陆加尔淡淡地回道。

"他让你产生了紧张感？"苏涵笑问。

陆加尔反驳："可能吗？"

苏涵笑道："别人看不出也就罢了，我是谁！这可是我第一次看到你会对一个人产生紧张感。"

陆加尔并不擅长掩饰或撒谎，于是道："我也说不上来，感觉他是感情的侵略者。"

"感情的侵略者？"苏涵满眼好奇。

"他喜欢我的意图很明显！"陆加尔道。

"被人喜欢，说明你很有魅力啊！"苏涵道。

陆加尔无奈地摇头，她没跟苏涵说靳向东曾经强吻过她，以及未经她同意带她去催眠这个疯狂的行为。

"刚才我被抢包，我总感觉这是他一手安排好的。"陆加尔道。

苏涵睁大眼睛："你这也太多疑了吧！怎么可能呢？"

"不是多疑，是直觉！"陆加尔淡淡道。

"Ace不会这么无聊的。"苏涵帮着靳向东辩驳。

"难道你不觉得他和杰森刚好也出现在美食街很奇怪吗？"陆加尔反问。

"杰森不是说了吗，他是跟我们来的。"苏涵道。

"我不相信有如此凑巧的事！"陆加尔道。

苏涵侧脸看了下陆加尔："我觉得你是多想了！你走后，杰森跟我说，他让Ace也过来了！"

陆加尔听后，眸光轻闪，或许真是她多疑了。不过产生疑虑也是因为他前面的行为所致，让她现在一见到他，就不自觉紧张。

"这事可能是我误会了，不过他城府还是挺深的，就如这衣服，他借了我，我改天还得还回去，这是制造见面机会的套路！"

苏涵闻言，不由笑了起来："你这么说，好像确实如此，不过自古都是深情留不住，套路得人心！"

"未必！"陆加尔否定了苏涵的这句话"名言"。

"知道你对Ian一片痴心！"苏涵笑道。

"感情专一不好吗？"陆加尔反问。

"好啊！"苏涵应道，随后提了一个假设的问题，"不过如果没有遇到Ian，你会喜欢上Ace吗？"

苏涵侧过脸看陆加尔，似乎很是好奇地期待着她的答案。

陆加尔毫不犹豫地回了两个字："不会！"

苏涵有些意外："这么绝对？"

陆加尔回道："记得张爱玲写过一段话：于千万人之中，遇见你所要遇见的人，于千万年之中，时间的无涯的荒野里，没有早一步，也没有晚一步，刚巧赶上了，那也没有别的话可说，唯有轻轻问一句，哦，你也在这里么？"

苏涵笑了笑："Ian要是听到这话，肯定会感动得一塌糊涂！"

陆加尔看了眼苏涵，淡淡一笑。

苏涵听完陆加尔的"爱情观"，不由开始自曝："知道我为什么答应做杰森的女朋友吗？"

陆加尔笑："杰森满足你心目中男神的所有幻想？"

苏涵反驳："才不是呢，他说了一句令我心动的话！"

"什么话？"陆加尔问。

苏涵得意一笑："他说，听说你是百科全书，我不求你对我开放全书，只求爱情的部分，只供我一人全心研读。"

"杰森还挺会撩妹的！"陆加尔轻笑。

苏涵笑道："情话听过不少，但这句话最中听！"

陆加尔笑："投其所好啊！"

"爱情就是投其所好，如果那个人不是你所好，你根本不会多看一眼！"苏涵回道。

陆加尔淡淡一笑，脑海随之浮现她和Ian认识后的点点滴滴，虽然没有电影里的爱情片那么浪漫美妙，那么刻骨铭心，但是他的每一句话、每一个笑容，都让她铭记在心。就如一句话：有些人，一旦遇见，便一眼万年，有些心动，一旦开始，便覆水难收。

两天后，一家咖啡厅里。

陆加尔靠坐在沙发，拿着一本书在阅读，桌上放着一杯卡布奇诺。

她不是来这装文艺的，而是在等人。那天靳向东借她的衣服，本想洗好后直接邮寄给他，可是想到那天他帮她拿回包，她不但没有一句感谢的话还对他冷嘲热讽，心里有些歉意。

她虽不爱跟人有过多交际，但还是有自己做人的原则。所以，就算这是靳向东制造见面的套路，她还是来见他。

一会儿，靳向东的身影出现在咖啡厅，看到陆加尔看书的样子，那画面让人着迷得挪不开眼，他一步一步地走了过去。

"在看什么书？"好听的声音传入陆加尔耳边，她不由连忙抬起头，映入眼帘便是靳向东那张帅气的脸。

"专业书！"陆加尔说完合上书，放置在桌上。

刚坐下的靳向东看到封面上的书名，确实是心理学相关的书籍。

陆加尔将身旁的袋子递给靳向东："衣服还你。"

"衣服你其实可以不用还我的。"靳向东看着桌上的袋子，勾唇道。

陆加尔闻言，看着对面的他："那你一小时前就该在电话里说明！"

靳向东迎视她的目光，接着道："可我想见你！"

陆加尔将身体靠在椅子上："现在你见到了，有什么话直说吧！"

靳向东见陆加尔这么直来直往，他也很直白地说了出来："我可以追你吗？"

陆加尔听到这话，恍惚了一下，这话她曾经也说过，对着刚从国外回来的Ian说的，我可以追你吗？而他的回答是：我很难追的！

"不可以！"陆加尔断然拒绝。

"因为你有男朋友？"靳向东看着她问。

"你明知道，为何还要如此？"陆加尔道。

靳向东凝视着她："因为我对你一见钟情！"

说这话的时候，他的眼神里流转着令人溺毙的柔情，让人看了之后会毫不犹豫地跳进那片深邃里。

陆加尔明显感受到了威力，装着若有其事的样子收回目光，笑了笑："一见钟情！从古典精神分析的角度来看，产生这个现象与儿童的恋父恋母情结有关；生物学流派荣格认为是阿妮玛和阿妮姆斯在爱情中对浪漫伙伴的投射；认知图式理论认为是因为对方符合自己脑中的'爱之图'；社会认知理论认为是第一印象和晕轮效应结合的结果。"

"陆教授很专业！"靳向东勾唇夸道。

陆加尔接着道："就算你对我一见钟情，也只是你一个人的一见钟情！"

"陆教授说得没错，所以我想追你，把我的一见钟情变成两情相悦。"靳向东道。

"你觉得可能吗？"陆加尔表情不知不觉恢复淡漠。

"世上无难事，只怕有心人！"靳向东脸上漾着自信的笑容。

然而陆加尔却笑着纠正道："应该是，世上无难事，只要肯放弃！"

靳向东看着她，嘴角微微勾起："我从来不是一个轻易放弃的人！"

"自便！只是，倘若你再来骚扰我，我会报警！告辞！"陆加尔说完，靠着座位的她缓缓坐直身体，随后拿起桌上的书装进包里，站起身离开。

靳向东也站起身，拉住她的手。

陆加尔低头看他抓着自己的手，目光缓缓上移，眼神有些冷："放开！"

"我有话没说完。"靳向东开口道。

"纠缠是很LOW的行为！"陆加尔说完，想甩开靳向东的手，可惜没能甩开。

靳向东牢牢抓着她的手，像是怕她逃离一样："我还有公事跟你商谈。"

"我和BUA解约了，哪来的公事？"陆加尔分明记得自己在被靳向东带去做催眠后，第二天就直接将解约合同寄给了他，而且靳向东也签了。

靳向东缓缓放开她的手，开口道："BUA科技接下来是B大心理学系科研项目的资金赞助方，你是项目指定负责人。"

陆加尔听后，微愣一下："什么时候的事？"

"昨天签订的合作合约！"靳向东道。

陆加尔听后，不由冷笑："我觉得你真的很好笑！这个项目负责人你还是另请高明吧，我担待不起！"说完，陆加尔头也不回离开了。

靳向东没有去追她，而是默默地看着她背影消失在咖啡厅的门口，深沉的目光渐渐黯淡了下来。

就在他收回目光，准备起身离开时，一个熟人走了过来："向东哥！"

靳向东抬起头，见来人竟然是袁淼淼。

"淼淼！"靳向东客气地跟袁淼淼打招呼。

"我能坐这吗？"袁淼淼笑道。

"可以。"靳向东点头。

袁淼淼开心地坐了下来。

"上次的事，多谢你！"靳向东再次为上次袁淼淼帮他引荐她外婆方宇老教授的事致谢。

袁淼淼也不跟他客气，笑着道："既然谢我，就请我喝杯咖啡吧！"

靳向东没有推辞："好！"

随后袁淼淼点了杯焦糖玛奇朵，靳向东也点了杯黑咖啡。

袁淼淼的眼睛看了看对面的靳向东："上次你求助我外婆，有帮上忙吗？"

"有，不过我回头亲自去拜访你外婆，负荆请罪！"靳向东道。

"负荆请罪？"袁淼淼不解。

"有点事！"靳向东没有明说。

袁淼淼也不好追问，看了看他，缓缓张口："向东哥，看你脸色不太好，是不是发生了什么事？"

"没有。"靳向东又恢复平时的风轻云淡。

袁淼淼听后，接着道："那个……我不是有意偷听的，只是刚才坐旁边，看到你和陆教授坐在这。你们……分手了？"

你们分手了？在外人眼里，陆加尔对他冷漠，都认为是分手。可是谁能想到真正的内幕是那么的复杂。

被更替记忆的陆加尔，对于靳向东而言，比分手跟可怕。普通情侣分手，至少对方也保存着彼此在一起的记忆，可是陆加尔脑海里的他，全部变成了那个突然冒出来的Ian。这个现实比失恋更加难受，而且还要接受关于陆加尔是AI的事，可谓是双重冲击。

既然被袁淼淼这么认定，靳向东也不好辩驳，顺着她的话说到："我打算把她重新追回来！"

"真的分手了？"袁淼淼露出意外的表情。

"她半个月前出了小车祸，醒来便把我忘了！"靳向东半真半假地解释道。

袁淼淼倍感惊讶，连忙追问："医生怎么说？"

靳向东没对这个问题进行作答，袁淼淼以为他难过，不由安慰道："遭遇车祸失去记忆，是大脑皮层受损，出于自我保护将处理记忆的区域做了闭合，能不能恢复要看闭合的程度。她是近期的事情记不得，还是全部事情记不得？"

"近期。"靳向东回道。

袁淼淼是学生物学的，对人体各个功能器官作用了如指掌，于是道："若是近期，那便是海马受损！若要帮她恢复记忆，你多给她讲你们之间的事情，带她去你们经常去的地方或见你们之间的朋友，多聊一些以前发生过的事情！"

靳向东微微点头："嗯，谢谢你，淼淼！"

袁淼淼笑了笑："向东哥，你总是这么客套！"

"这事暂时不要跟别人说起！"靳向东叮嘱道。

袁淼淼听后，端着咖啡，俏皮地说道："向东哥，你不知道吗？越是交代别人不能说出去，越容易被说出去！"

"我相信你不会说出去的！"靳向东道。

袁淼淼眼神闪过一抹亮光："为什么相信我？"

"直觉！"靳向东回道。

尽管这个答案没达到袁淼淼心中的期待，不过她还是很高兴，这说明她在靳向东的心中印象不差。

"我会保密的！"袁淼淼笑道。

靳向东道："谢谢！"

袁淼淼淡淡一笑，随后喝了一口咖啡，放下杯子时靳向东看到她的嘴角沾上泡沫。

靳向东温和地提醒："嘴角！"

袁淼淼顿时尴尬，连忙拿起面巾纸擦了擦嘴角，不过鼻尖下面还有一点，见此靳向东不由勾唇而笑。袁淼淼看到靳向东的笑容，直接呆住了。这虽不是第一次看到靳向东的笑容，但每一次看到时，她都觉得炫目无比。古有形容女人一笑百媚生，而眼前的男人一笑千色失。

正当袁淼淼看着靳向东发呆的时候，靳向东的目光则看向她的右边。

折回来的陆加尔看了眼靳向东，随后对袁淼淼道："打扰，我的手机好像落在这个位置上！"

袁淼淼回神过来，抬头看来人竟然是陆加尔，立马站起身，果然陆加尔的手机落在沙发的角落。

袁淼淼连忙拿起手机递给陆加尔："陆教授，给你！"

陆加尔拿过手机，对着袁淼淼道："谢谢！"说完，转身离开。

袁淼淼却喊住了她："陆教授，等等！"

陆加尔停下脚步，看了眼袁淼淼，口气不冷不热："有事？"

袁淼淼以为陆加尔忘记所有事："你不记得我了吗？"

"记得，袁淼淼！"陆加尔回道。

袁淼淼笑着道："对，我是袁淼淼，跟你见过两次！"

"有事吗？"陆加尔似乎对她的客套，不太感兴趣。

"能跟你喝杯咖啡吗？"袁淼淼邀请道。

陆加尔看了看她，随后又看了看坐在位置上盯着她看的靳向东："抱歉，我还有事！"

"那我改天约你。"袁淼淼道。

"我想我们并不熟！"陆加尔回道。

邀请被当面拒绝，袁淼淼有些尴尬，陆加尔随后直接离开。

靳向东再次目送她的背影，不过这次多了一个袁淼淼。

一会儿，袁淼淼转过头，有些不好意思冲着靳向东笑了笑："陆教授挺酷的！"

"确实！"靳向东赞成她的形容。

以往靳向东只觉得陆加尔气质跟他相似，属于高冷类型，但实则内心很火热。这些认知在她车祸后发生了改变。她对不感兴趣的人，竟然是如此冷漠。在这一点，她与他是如此地相似。尽管有些难受，但不得不说，对待别人冷酷的陆加尔有着别样的美。

只是这种美，让靳向东有些难受。刚才与她面对面坐着，看着她的脸庞，他想抚摸；看她的红唇，他想亲吻；看她的玉手，他想牵起。尽管知道她是AI，他还是想把她整个人拥入怀中。

他对她有着如此多的眷恋，可她面对他，却如此不屑一顾，让他体会到了什么叫失落，什么叫心伤。

这就是谓爱情！除了给人无尽的甜蜜，也会给人无尽的痛苦！

见靳向东目光幽幽，袁淼淼眼底也划过一抹失落，不过还是不忘安慰靳向东："陆教授的记忆肯定会恢复的，向东哥，你别太着急！"

但是这样的安慰，对于靳向东没什么作用，因为他心里很清楚，让陆加尔恢复记忆只有一种方法，那就是将原先的记忆更替回去。可是他现在连陆加尔的身都近不了，更别说进入她的系统，将她的记忆恢复。

"淼淼，我有事得先走，你外婆那边我找个时间亲自去拜访她！"靳向东道。

袁淼淼虽有不舍，但还是大方地说道："好，你要拜访我外婆时跟我说一声，我陪你去。"

靳向东看了下她，点点头："好！"

美国，洛杉矶，一栋大楼的会议室里，Ian与两个白人、两个亚裔面对面地坐着。

"知道事情的后果吗？"其中坐在正中间一个四十出头的白人男子目光极为严厉地看着Ian。

关于更换陆加尔记忆的事情，第一时间就被问责了，而这次回美国再次被当面问责是在所难免的，Ian俨然做好了心理准备："知道！"

"你的行为让幽灵计划前功尽弃！"白人男子直视着Ian。

Ian开口道："我愿意承担一切后果！"

"恐怕你无法承担！"白人男子脸上冒着怒气。

"我愿意补救。"Ian道。

"为时已晚！"白人男子回道。

"抱歉，是我一时冲动了！"Ian表示歉意。

"这可是教授几十年的心血！而你的一时冲动，让我们多年的经营付之东流！"白人男子脸色极为难看。

"我愿意承担全部责任！"Ian没想为自己做任何辩解。

"关于你的处罚，下午三点发到你的邮箱里。"白人男子宣布道。

"是！"Ian应道。

"你先出去吧！"白人男子道。

会议散去，白人男子一人留在会议室。

会议室圆桌正中央亮起了投影，一个白发苍苍的老人拄着拐杖。

"教授！"Michael恭敬地叫着屏幕上白发苍苍的老人。

"事已至此，不如将幽灵计划做一些修改！"屏幕上的老人道。

"教授，您有了新的想法？"Michael问道。

"Ian的行为确实很致命，不过却让我有了一个新发现！"屏幕上的老人道。

"您指的是记忆意识的觉醒！"Michael道。

"对，Ian擅自更替了记忆，但她的自我记忆潜意识开始觉醒！这是一个非常惊喜的发现！"老人笑道。

"记忆意识觉醒存在着危险！而且威胁系数无法预估！"Michael道。

"危险就是机遇！"老人道。

"那教授您的意思是接下来不需要去时刻修复记忆程序？"Michael道。

"不需要，让她的自我意识进一步地觉醒！"老人道。

"是！"Michael恭敬道，"那她的读心程序也要一并恢复吗？"

"以她现在的知识储备量足以应付工作。"老人道。

"好，那我将她暂时保持更替后的程序状态。"Michael道。

B市，BUA大厦会议室。会议室灯光昏暗，正前方的屏幕上正在播放一段影片。

影片播放结束后，会议室响起了掌声，灯也跟着亮了起来。

"故事太棒了！"黎正对刚才播放的影片给以很高的评价。

"堪称完美！"蔡赫的掌声没有停下。

大家的表情似乎特别激动，特别骄傲，因为这部影片有个很大的特色，编剧是AI，制作是AI，剪辑也是AI，音乐也是AI，可以说这是一部完全由AI制作出来的一部90分钟的完整影片。

关于AI制作电影，其实在多年前就已经开始运作，当时还有很多人质疑AI的艺术创造能力，但随着科技的发展，AI却不断地颠覆人们的想象。

在这部90分钟影片里，紧凑的故事情节，优美的背景音乐以及演员的表演技巧，堪称完美。如果不透露这是由AI之手制作的影片，它看上去跟国际大导演执导的电影没有什么区别。

之前很多人认为，AI技术是可以模仿某个著名导演的风格，但没有任何创新。可是刚才播放的影片，绝对打破了这个说法。

靳向东看了下大家，其实看到这样的成果确实应该很高兴。在以往绝对可以对外宣布这是人工智能最高水平，BUA科技的技术处于领先地位。可是此刻他内心的喜悦不是特别的强烈，因为他见过更加厉害的AI。

"Ace，你对成片好像不是特别满意？"李博士看到靳向东的表情，开口道。

靳向东回神："很满意。"

杰森看了下靳向东，在座的众人估计只有他能猜到靳向东心里在想什么。山外有山，人外有人啊！

"中间有一段我都看哭了，这部影片可以送选奥斯卡！"黎正道。

"赞成！"蔡赫赞成黎正的话。

"先看公映的效果再说吧。"靳向东道。

"公映肯定火爆！"黎正特别自信。

靳向东不否认刚才播放的电影质量属于上乘，而且光它出自AI之手就噱头十足，只是他的关注点更多的是技术。

以前他会认为自己的技术算是高超，但是陆加尔的出现，让他知道还有更加强大的AI存在，她竟然与普通的人类没什么区别，这绝对令他仰望，让他想去探究和追逐。

"我觉得这部影片一公映，肯定又会有很多人出来抨击人工智能！"蔡赫道。

"正常，光看影片绝对不会联想它是人工智能制作的，估计很多影视行业内的人会站出来，说我们抢了他们的饭碗！"黎正得意地扬眉。

"我可不觉得我们的创造是在抢他们的饭碗，我们是造福人类，现在那么多粗制滥造的电视剧和电影，一点都没有让我产生想看的欲望，怕污了眼睛！"蔡赫道。

"话是这么说，但是在很多人的思维里，面对越来越强大的人工智能，总觉得细思极恐啊！"黎正道。

听到黎正和蔡赫的对话，靳向东接话道："我们目前的技术还不算是强大的！"

黎正听后，不由笑了起来："Ace总是在我们取得一定成果的时候，又开始继续鞭策我们！"

大家顿时笑了起来，靳向东没有接话，只是说了一句："辛苦大家了！"说完，离开会议室。

黎正瞄了一下大家："你们有没有觉得Ace最近有些奇怪？"

"是有一点！"蔡赫坐在椅子上，左右晃了晃。

"我看八成是失恋了！"黎正将自己的猜测说了出来。

"他跟陆教授半个月前不是还好好的吗？"李博士道。

"我这是有根据的，陆教授突然解约，Ace接下来开始不在状态。"黎正道。

杰森看了下黎正："都说了，少八卦，多干活！"

"杰森，就你嘴严，不过我们也不是傻子啊！"黎正道。

"我回头问问陆教授！"李博士道。

杰森一听，连忙道："这事你还是别问，免得让人尴尬！"

"你看，果真被我给猜中了。他们为什么分手，跟我们讲讲。"黎正内心的小八卦爆棚。

"你们就别再八卦了，感情这种事，外人还是少插手！"杰森说完，起身离开。

刚回到位置上，杰森收到苏涵的微信："晚上有空吗？一起看电影。"

杰森看着屏幕，随后打了几个字："什么电影？"

一会儿，屏幕出现一行字："前两天上映的科幻电影！"

"好，我去买票！"杰森回复道。

接着屏幕出现一个爱心。

杰森看着那爱心，愣了愣神，谁会相信正与他聊天的苏涵是AI呢？

而关于靳向东说重新追回陆加尔的事，杰森有点难以接受，因为人类与人工智能恋爱，本身就有悖伦理，这样超前的行为，不仅不会被接受，而且还存在很大风险。只是他和靳向东都非常想知道陆加尔和苏涵背后的制造者。这也是他为什么明明心里有隔阂，却又再次跟苏涵继续联系的原因。

既然这个世界上还有更加强大的AI，还被他们发现，他们理所当然得多去了解和学习。

杰森订完电影票，将地址以及验证码发给了苏涵。

几秒后，看到苏涵的回复："怎么是三张票啊？"

杰森："你把陆教授也一起带上。"

苏涵："你不介意？"

杰森："票都已经买好了，哪来的介意！"

苏涵："那我问问她愿不愿意做我们的电灯泡！"

杰森："好！"

苏涵拿着手机走出房间，推开陆加尔卧室的房门："晚上一起去看电影？"

"我跟你？"正在查阅资料的陆加尔应了一句。

"还有杰森。"苏涵如实道。

陆加尔听到这话，直接回绝："我对当电灯泡不感兴趣！"

"可是他买好了三张票！"苏涵道。

"那就作废一张！"陆加尔回道。

苏涵其实挺赞成陆加尔的话，和男朋友约会时带上自己的姐妹，真心有些不太厚道，毕竟不是人人喜欢吃狗粮！

不过苏涵心里是这么想的，但嘴上却说："浪费是可耻的行为！"

陆加尔转过头，看着苏涵："杰森买的票？"

苏涵点头："嗯！"

陆加尔不免吐槽一句："杰森是不是缺心眼啊？"

苏涵一听，立马护犊子："请你看电影，却被说成缺心眼，实在是不知好人心啊！"

陆加尔见苏涵如此护着杰森，没有生气而是笑着道："是是是，是我狗咬吕洞宾，不识好人心！"

"去不去随你，我去换衣服了！"苏涵说完，转身回自己的房间。

待她打扮一番出来时，看到也换好衣服的陆加尔。

苏涵见此，脸上漾起笑容："改主意了？"

陆加尔回道："你不是说浪费可耻吗？而且我刚才查了一下那部科幻电影，是带VR眼睛观影的，没体验过，去见识一下！不过，当电灯泡的事，仅此一次！"

苏涵伸手勾了一下陆加尔的下巴："不用你说仅此一次，我也会下不为例的。"

苏涵和陆加尔先去吃饭，随后一同前往电影院，苏涵去取票，陆加尔去买了三桶爆米花和三杯可乐。

两人坐在休息区等杰森，一边吃爆米花一边玩手机。

一会儿，耳边传来熟悉的声音："抱歉，让你们久等了！"

苏涵连忙抬起头，身材修长的杰森站在她的面前，不过他身旁多了一人。

原来杰森买三张电影票的目的一点都不单纯，而是挖了一个陷阱。

陆加尔抬眼看到和杰森一同出现的靳向东，心里不由懊恼，其实她当时脑海有闪过这样的想法，只是后面觉得自己太过敏感了。结果事实证明，天下没有白吃的晚餐，更没有白看的电影。

苏涵知道陆加尔不太待见靳向东，而杰森此刻的安排意图非常明显，纵使心里有些生气，可是当着大家的面，不好明说，只能笑笑道："杰森，你跟Ace还真是形影不离啊！"

"下班的时候，我说来看电影，Ace听说这部是VR电影，便说一起来看。陆教授，你不会介意吧？"杰森笑看着陆加尔。

然而陆加尔不像苏涵那么会说话，而是直白地回道："如果我说介意呢？"

"你要是介意的话，那我跟Ace离开，你跟苏涵去看电影！"杰森回道。

陆加尔瞥了杰森一眼，一点情面都不留："好啊！"

此话一出，现场的气氛有些尴尬。杰森算见识到陆加尔的决绝了，也似乎明白靳向东所说的高冷美。男人是雄性动物，越是面对对自己不屑一顾的女人，越容易激发体内的征服欲。

"陆教授太幽默了，既然都来了，就一起看吧。"杰森试图和稀泥。

"我不看了，你们看吧！"陆加尔拒绝道。

一直没有说话的靳向东，见陆加尔要离开，不由开口道："你的逃避，只会让我觉得你已经开始爱上了我。"

陆加尔怔了一下，随后看着他冷笑："爱上你？你未免太自恋了吧！"

"不然呢？如果心中足够坦然，跟我看一场电影又能如何呢？"靳向东凝视着她，反问道。

"激将法对我没用！"陆加尔冷漠道。

靳向东回道："别用逃避来掩饰心虚！"

陆加尔听后，不免再次冷笑："告诉你，我是不会中计的！"说完，跨步离开。

而靳向东却伸手拦住她的去路："你这个样子，实在一点都不可爱！"

陆加尔抬头看他："我可爱的一面，只呈现给我的男朋友！"

闻言，靳向东眸光微沉，心里有点堵。

杰森见此，连忙站出来："陆教授，就看一场电影，也没什么的。"

陆加尔回过头看向杰森："杰森，因为你是苏涵的男朋友，又同事过一个多月，所以我才勉为其难来当这次电灯泡，没想到你却另有目的，明知道我已经有男朋友，还制造这样的机会，你不觉得你的行为有所不妥吗？"

面对陆加尔的责问，杰森不紧不慢地回道："是不妥，不过Ace也跟你同事一场，你连这点面子都不卖，连我都不禁怀疑是不是真如Ace所说，你怕自己会爱上他！"

陆加尔闻言，顿时有些气恼，正要开口时，苏涵插话进来："杰森你胡说什么呀？把一场好好的约会搞成这样！还是你们两个去看，我们走了！"

杰森连忙拉住苏涵的手："要走还是他们两个走吧，我们自个儿看！"说完，抬手看了下腕上的手表，"电影快开始了，我们进去吧！"

杰森拉住苏涵朝检票口走去，苏涵被他不按套路出牌的行为给搞晕了。

"等一下！"苏涵停下脚步。

杰森揪着她不放，苏涵懊恼："爆米花和可乐！"

杰森明白过来，却说："我待会再给你买！"说完，拉着苏涵进了检票口。

留在原地的陆加尔和靳向东互看了一眼对方，陆加尔随后直接掠过他的身体离开，不过意外的是，这次没有被靳向东拉住手臂，但他却跟在她的身后。

陆加尔有点讨厌他这样的纠缠，可是脑海却回荡着他刚才的话。其实她不是第一次被疯狂的爱慕者纠缠，以往陆加尔都是冷静又冷漠地对待，这次看似也一样，但却似乎又有所不同。

她竟然会生气，会躲避，这些复杂的情愫是不曾有过的。或许她会有这样的感受，跟他做的那些疯狂举动有关。

走到电梯口，陆加尔伸手按了一下电梯键，完全无视着身旁靳向东的存在。

电梯门开了，陆加尔跨了进去，靳向东也跟了进去。电梯里除了他们两个，还有一个女生，安静无比，电梯慢慢下行。

透明玻璃的观光电梯可以看到外面，陆加尔便看向外面，而靳向东则是目不转睛地盯着她看。

陆加尔被看得心里发毛，终于忍不住转过头看着他："我可以帮你引荐全国最厉害的心理医生！"

靳向东闻言，却微微勾唇，下一秒大手一揽，将陆加尔拥进了怀中，而正当陆加尔要反抗的时候，靳向东却低头攫住了她的红唇。

旁边站着的女孩看到这样的场景，直接惊呆了。

但是靳向东根本无暇理睬，大手紧抱着陆加尔的纤腰，带着霸道，带着温柔，亲吻着怀里的女人。

　　就算她是AI又如何，她给他的感觉是如此的真实。她的身体如此的温暖，她的红唇如此的柔软。在他的感知里，她就是与人类无异的女人。身体贴着身体，唇贴着唇，这种亲密的感觉似曾相识。陆加尔的大脑忽闪了一下，似乎这样的场景以前发生过。

　　这是怎么回事？陆加尔想挣扎，想反抗，于是手脚并用，可是却敌不过靳向东的力道，整个人被他的大手缠得紧而又紧。

　　第二次被靳向东强吻，陆加尔气恼之余，也变得愤怒不已。下一秒，靳向东眉头微皱，唇间接着弥漫着一丝血腥味。

　　不过靳向东却没有放开她，陆加尔气得再次用力一咬。这次靳向东放开了手，而陆加尔的表情可以用怒火冲天来形容，伸手直接甩他一记耳光。

　　那耳光的响声，再次将旁边的女孩给震惊了，还好楼层不高，很快到了一楼，女孩便匆匆跑了出去。

　　电梯继续下行，陆加尔怒视着靳向东："靳向东，你等着收律师信！"

　　靳向东从口袋掏出手帕擦拭了一下嘴角，随后微微勾唇："以前不曾见过你野蛮的一面！现在知道你其实还是只小野猫！"

　　如此调情的话，让陆加尔羞恼无比，眼睛瞪得跟铜铃似的。

　　靳向东又擦了一下嘴角，正要继续调侃她时，陆加尔瞪他的眼神却发生了变化，直勾勾地盯着他的唇。

　　靳向东似乎猜到了，不由靠近。陆加尔下意识地后退一步，但是眼睛却依旧盯着他的唇。明明刚才还看到一片血渍，但擦拭之后，现在却一点伤口痕迹都没有。陆加尔以为自己迷糊了，还不自觉地伸手擦拭眼睛，再去细看靳向东的唇。

　　见陆加尔的那眼神带着惊讶，带着好奇，靳向东微微勾唇："我的唇很性感对吧？"

　　此刻的陆加尔对他自恋的话完全不感兴趣，而是一脸震惊地问："你是什么人？"

　　他身体的特别还是引起了陆加尔的兴趣，尽管这很冒险，但见她此刻的眼神跟第一次相见时一样。靳向东脑海灵光一闪,或许可以利用这个特别之处,跟她恢复亲近。

靳向东微微勾唇:"想知道?"

"想!"陆加尔看着他被她咬伤的唇,不仅止住了血,而且还迅速愈合,不由感到十分好奇。

这个答案,让靳向东心里燃起希望,不由低沉着嗓音道:"跟我喝一杯,我就告诉你!"

陆加尔听到靳向东的提议,似乎有些迟疑:"喝一杯?"

靳向东点头:"嗯!"

陆加尔思索了几秒,点头:"可以!"

见她答应,靳向东笑:"你还是这么爱冒险!"

陆加尔愣了一下,这话很耳熟,第一次跟Ian见面,救了一个被陌生人拉走的女孩,Ian就对她说过这样的话,说她是不是经常冒险,于是不解道:"什么意思?"

"难道不怕我是坏人?"靳向东调侃。

陆加尔听后,直接回道:"有自知之明的坏人还不算太坏!"

靳向东嘴角笑意更甚。

看着他的陆加尔,脑海中的记忆出现一丝恍惚,Ian的脸竟然被靳向东的脸重叠。还没喝酒她就醉了吗?还是真的如靳向东所说,自己对他的躲避是害怕爱上他?

不,不该如此,她喜欢的人是Ian。她不是那种三心二意的人。

可是就算对靳向东没有像对Ian的心动之感,但他还是成功地引起了她的注意。

他是什么人?为何如此的特别?竟然拥有如此强大的修复能力?

图书在版编目(CIP)数据

机智口才/汪启明主编.—成都:巴蜀书社,
2020.11(重印)
(好口才系列丛书)
ISBN 978－7－5531－1057－8

Ⅰ.①机… Ⅱ.①汪… Ⅲ.①口才学 Ⅳ.①H019

中国版本图书馆 CIP 数据核字(2018)第 210241 号

机智口才 汪启明 主编

策划组稿	施 维	
责任编辑	肖 静	
出 版	巴蜀书社	
	成都市槐树街 2 号 邮编:610031	
	总编室电话:(028)86259397	
网 址	www.bsbook.com	
发 行	巴蜀书社	
	发行科电话:(028)86259422 86259423	
经 销	新华书店	
印 刷	三河市同力彩印有限公司	
	电话:(0316)3531288	
版 次	2018 年 10 月第 1 版	
印 次	2020 年 11 月第 3 次印刷	
成品尺寸	152mm×215mm	
印 张	14.5	
字 数	290 千	
书 号	ISBN 978－7－5531－1057－8	
定 价	35.00 元	

好口才系列丛书

汪启明 主编

机智口才

巴蜀书社